La promesse de Noël

Un si merveilleux cadeau

Bébé-surprise

YVONNE LINDSAY

La promesse de Noël

Traduction française de
JULIE BUTTIER

HARLEQUIN

Titre original :
THE BOSS'S CHRISTMAS SEDUCTION

Ce roman a déjà été publié en 2017

HARPERCOLLINS FRANCE
83-85, boulevard Vincent-Auriol, 75646 PARIS CEDEX 13
Service Lectrices — Tél. : 01 45 82 47 47 - www.harlequin.fr
ISBN 978-2-2804-6181-8

Composé et édité par HarperCollins France.
Imprimé en octobre 2022 par CPI Black Print (Barcelone)
en utilisant 100% d'électricité renouvelable.
Dépôt légal : novembre 2022.

MIXTE
Papier issu de sources responsables
FSC® C159065

Pour limiter l'empreinte environnementale de ses livres, HarperCollins France s'engage à n'utiliser que du papier fabriqué à partir de bois provenant de forêts gérées durablement et de manière responsable.

1

Connor Knight n'avait jamais été aussi furieux de sa vie.

Il jeta avec rage le rapport du détective privé sur son bureau en acajou. Les feuilles de papier voletèrent un instant dans la pièce avant de mourir sur le luxueux tapis qui recouvrait le sol.

Ce qu'il venait d'apprendre sur son ex-femme le rendait malade. Il sentit la nausée monter en lui, une nausée impossible à combattre tant les preuves de l'atroce trahison de son ex-femme étaient incontestables.

Elle l'avait déjà fait tant souffrir par sa passion immodérée pour le jeu et les soirées trop arrosées que Connor avait cru qu'elle ne pourrait rien lui faire de pire, mais voilà qu'aujourd'hui il apprenait qu'elle avait commis l'irréparable. Alors qu'à l'époque elle savait pertinemment qu'il rêvait d'avoir un enfant, elle avait en secret mis fin à sa grossesse et s'était ensuite fait stériliser, ne voulant à aucun prix retomber enceinte.

Dire qu'il n'avait jamais rien soupçonné de cette trahison, du moins jusqu'à ce qu'un des amis de son ex-femme ne laisse échapper un commentaire qui lui avait mis la puce à l'oreille. Ses soupçons éveillés, il avait décidé de mener une enquête, qui venait juste de lui confirmer l'impensable : la soi-disant fausse couche de sa femme n'avait été qu'un vaste tissu de mensonges.

La douleur qui lui labourait la poitrine était insupportable. Ses yeux tombèrent de nouveau sur les feuillets qui jonchaient le sol de son bureau, et qui attestaient sans aucun doute possible que sa femme avait bien subi un avortement, quatre ans plus tôt. *Interruption de grossesse. Stérilisation.* Ces mots répétés sur tous les documents, de la facture du chirurgien au formulaire d'admission de la clinique privée, lui sautaient à la figure. Et dire qu'il ne s'était jamais douté de rien !

Il serra les poings. Cela lui avait coûté une vraie petite fortune d'obtenir ces preuves, et, à présent, il n'allait pas faire de cadeau à son ex-femme. Au début, il avait été prêt à payer les sommes folles qu'elle exigeait pour se débarrasser d'elle une bonne fois pour toutes, mais, depuis qu'il avait pris connaissance de ces nouvelles informations, il n'en était plus question. Le divorce avait été éprouvant, et Connor s'était vite rendu compte qu'elle s'était bien moquée de lui tout au long de leur mariage, qu'elle l'avait manipulé, poussée par une cupidité sans bornes. Son amour-propre en avait pris un coup, mais jamais il ne l'aurait crue capable d'aller aussi loin.

L'horloge de son aïeul sonna neuf coups, le tirant de ses sombres pensées. Il étouffa un juron : il ne s'était pas rendu compte qu'il était si tard.

Il décrocha son téléphone et composa le numéro de son bureau du centre-ville.

— Holly, fit-il d'une voix pressée quand son assistante décrocha, j'aurai un peu de retard aujourd'hui. Y a-t-il des messages pour moi ? Tout se passe bien ?

— Rien d'urgent, monsieur Knight. J'ai pris la liberté de repousser votre conférence téléphonique avec New York.

Il se sentit immédiatement apaisé par la voix musicale de la jeune femme. Dieu merci, il y avait encore des personnes de confiance sur lesquelles il pouvait toujours se reposer en cas de besoin.

Après avoir raccroché, Connor enfila sa veste, rajusta sa cravate et s'avança à grands pas vers les portes-fenêtres de son bureau, sans prêter la moindre attention aux documents qui crissaient sous ses pieds. Il se dirigea vers son hélicoptère personnel, le meilleur moyen de transport pour rejoindre le quartier des affaires d'Auckland lorsqu'on habitait sur une île privée.

Si on lui offrait encore un poinsettia décoré aux couleurs de Noël, Holly Christmas ne répondait plus de rien.

D'accord, son anniversaire tombait la veille de Noël. Mais ce n'était pas une raison pour recevoir le même cadeau encore et toujours ! Tous les ans, c'était la même histoire. Elle tenta de ravaler les larmes qui menaçaient de jaillir et s'admonesta en silence. Allons, ce n'était pourtant pas dans ses habitudes de s'apitoyer sur son sort. L'instinct de survie, voilà ce sur quoi elle comptait depuis sa plus tendre enfance. Pourtant, cette année, elle se sentait particulièrement vulnérable. Elle était si seule, sa vie lui semblait si vide de sens…

Enfin, se consola-t-elle, tout n'était pas si noir. Au moins, ses collègues de Knight Entreprises n'avaient pas oublié son anniversaire en cette veille des vacances de Noël. Elle se redressa et, serrant la plante contre sa poitrine, se força à sourire.

— Ce poinsettia est vraiment magnifique, je l'adore. Merci beaucoup.

Dieu merci, sa voix n'avait rien trahi de son malaise et elle était parvenue à communiquer l'enthousiasme approprié à ce genre de situation.

— On se voit ce soir à la fête ? demanda une de ses collègues.

— Oh oui, j'y serai, confirma-t-elle en étouffant un léger soupir.

Il fallait bien que quelqu'un vérifie que la petite fête organisée tous les ans pour Noël se déroule sans anicroche, qu'il s'agisse de raccompagner discrètement vers la sortie ceux qui avaient bu un verre de trop ou de s'occuper des verres renversés et des objets brisés. Et ce quelqu'un, depuis trois ans, c'était elle.

Mais ce n'était qu'un faible prix à payer : Holly adorait son travail. Et elle était la meilleure dans son domaine, elle le savait. Ses compétences et son professionnalisme ne lui avaient-ils pas permis de gravir les échelons de Knight Entreprises ? Alors qu'elle y était entrée comme simple secrétaire, elle occupait aujourd'hui le poste prestigieux d'assistante personnelle du directeur du département juridique, Connor Knight lui-même.

Les portes de l'ascenseur s'ouvrirent soudain, interrompant le cours des pensées de Holly. La haute et imposante silhouette qui en émergea causa un petit vent de panique parmi le groupe de femmes qui s'étaient réunies autour du bureau de Holly et qui se précipitèrent aussitôt vers leurs bureaux respectifs. Embarrassée, elle chercha des yeux où elle pourrait bien poser la luxuriante plante rouge qu'elle tenait dans ses mains et finit par la placer sur la desserte située derrière son bureau, où trônaient déjà le poinsettia qu'elle avait reçu du service financier et les deux autres provenant du service de sécurité et du personnel. Comment diable allait-elle bien pouvoir les ramener toutes chez elle ?

— Bonjour Holly.

Elle ne put retenir un petit frisson en entendant cette voix, aux inflexions riches et profondes. Elle réagissait toujours ainsi à la simple présence de son patron, et ce depuis le jour de leur première rencontre, lors de son entretien d'embauche. Dieu merci, jamais Connor Knight n'avait soupçonné l'effet qu'il lui faisait ! Holly avait toujours réussi à dissimuler son attirance physique grâce à une infaillible maîtrise de soi.

Elle avait depuis longtemps renoncé à percer le mystère de son irrésistible désir pour Connor Knight. Certaines personnes ne croyaient pas au coup de foudre, disait-on. Eh bien, elle, elle était bien obligée d'y croire. Elle était bel et bien accro. Mais elle refusait de perdre son temps à se pencher sur une question qui n'aurait jamais de réponse. Son travail, voilà ce qui était vraiment important. Ses sentiments devaient passer au second plan.

Elle prit une profonde inspiration pour se détendre un peu, puis se tourna vers lui.

— M. Tanaka des bureaux de Tokyo a appelé à propos des négociations. Il avait l'air tendu.

Connor Knight ne ralentit pas l'allure. Il se dirigeait vers la luxueuse double porte en chêne de son bureau.

— Ça ne m'étonne pas, il doit être 5 h 30 du matin là-bas. Passez-le-moi sur ma ligne privée, je vous prie.

L'espace d'un instant, Holly s'autorisa à baisser la garde et inhala la légère fragrance qui flottait autour de lui. A l'odeur fraîche de sa luxueuse eau de Cologne se mêlait un parfum musqué et masculin, une esquisse de plaisirs interdits.

Puis, reprenant ses esprits, elle s'empara du combiné et composa le numéro. Elle attendit que Connor eût décroché, puis se leva pour refermer la porte de son bureau et lui laisser un peu d'intimité. Il était si absorbé par sa conversation — qu'il conduisait dans un japonais irréprochable — qu'il ne la remarqua même pas.

Holly se laissa aller à un petit soupir. Elle avait eu le coup de foudre pour lui, c'était une évidence, mais c'était loin d'être réciproque. Cet homme était complètement insensible à ses charmes, se désola-t-elle. A vrai dire, elle avait commencé à travailler avec lui alors qu'il venait juste de se séparer de sa flamboyante épouse, et jamais il ne lui avait accordé le moindre regard qui aurait pu sortir du cadre professionnel. En fait, il se comportait comme si elle, et toutes les autres femmes qu'il côtoyait, n'existaient pas. Elle soupira de nouveau. Connor Knight ne voyait en elle qu'une collaboratrice fiable, rien de plus.

Certaine que sa conversation avec M. Tanaka le retiendrait pendant quelque temps, elle passa une dernière fois en revue les détails de la fête de Noël. Elle s'était vraiment surpassée, cette année. La cafétéria, décorée par ses soins aux motifs de Noël, était vraiment sensationnelle, et Connor Knight devait y faire son apparition à 18 h 30, grimé en Père Noël.

Un sourire aux lèvres, Holly examina le costume de Père Noël suspendu au vieux portemanteau en cuivre à l'autre bout du bureau. C'était M. Knight père qui avait insisté pour que son fils joue le rôle du Père Noël cette année, alléguant que son genou perclus d'arthrite le lui interdisait désormais. Connor avait eu beau protester, rien n'y avait fait. Une fois que son père avait une idée en tête, rien ni personne ne pouvaient le faire changer d'avis. Ainsi, songea-t-elle avec un petit sourire, pour la première fois de sa vie, elle allait voir son patron dans une position de faiblesse…

— Bon sang !

La voix grave qui jaillit soudain derrière elle la fit pivoter sur sa chaise.

— Il ne s'attend pas à ce que j'enfile ça, tout de même ? s'exclama Connor.

— Je suis sûre que vous allez faire un merveilleux Père Noël, monsieur Knight, fit-elle valoir malgré la répugnance qu'elle pouvait lire sur son visage.

Avec une petite grimace, il déposa un Dictaphone et un tas de papiers sur le bureau de Holly.

— Transcrivez-moi ça le plus vite possible, je vous prie. Oh, mais avant, si vous pouviez vérifier que la salle de réunion est disponible et prévenir l'équipe que je veux tous les voir dans une demi-heure.

— Il y a un problème ? s'inquiéta Holly.

— Rien de grave. Mais ça tombe plutôt mal…

Il jeta un regard assassin au costume de Père Noël qui pendait sur la patère.

— Croyez-vous qu'il y ait le moindre espoir que je… ?

— Pas l'ombre d'une chance, répondit-elle avec un sourire à la fois amusé et compatissant. N'y pensez même pas.

Connor poussa un profond soupir de découragement et se passa la main dans les cheveux, dérangeant sa coiffure d'ordinaire toujours impeccable.

— J'ai bien peur que vous ayez raison.

Holly ne put retenir un sourire. Connor Knight, l'homme capable de faire face à des bataillons d'avocats, était en train de perdre tous ses moyens pour une histoire de Père Noël. Qui aurait pu croire que la perspective d'une file d'enfants attendant leur tour pour pouvoir s'asseoir sur ses genoux puisse autant l'affoler ?

D'un autre côté, elle ne pouvait pas lui jeter la pierre. Holly ne s'était jamais sentie à l'aise avec les enfants. Elle n'avait que 26 ans, mais elle savait déjà qu'elle ne voulait pas être mère. Du moins tant qu'elle n'aurait pas trouvé de réponses aux questions qui la hantaient jour et nuit. Ces questions qui se faisaient de plus en plus pressantes à mesure que Noël approchait…

Elle détestait cette période de l'année, toute cette débauche de joie et de festivités qui ne faisait que lui rappeler cruellement ce qu'elle n'avait jamais eu. L'idée de passer ses vacances de Noël seule la déprimait. La seule chose qui lui remontait un peu le moral était de savoir que, grâce à elle, ses collègues s'apprêtaient à finir l'année en beauté.

Holly soupira de nouveau et se remit au travail. C'était sa vie, et elle ne pouvait rien faire pour la changer.

Des éclats de rire s'élevèrent de la salle où les enfants étaient rassemblés. Le clown qu'elle avait engagé venait sans doute de faire une pitrerie. Holly jeta un coup d'œil à sa montre. Son patron devait faire son apparition dans cinq minutes : il aurait déjà dû arriver. Et s'il y avait un problème avec le costume ? Elle se tourna vers Janet, sa jeune assistante. Même si cette dernière sortait tout juste de son école de commerce, elle avait prouvé en diverses occasions qu'elle avait l'étoffe d'une excellente secrétaire, et Holly l'appréciait beaucoup.

— Janet, je vais chercher monsieur Knight. Si nous ne sommes pas là dans cinq minutes, demandez au clown de continuer un peu son spectacle.

— Est-ce que je peux faire quelque chose pour vous aider ?

— Non, je suis sûre que tout va bien se passer. Papa Noël a sans doute été retenu par un coup de fil.

Une fois dans l'ascenseur, Holly se repassa mentalement le plan de la soirée : elle avait tout réglé à la seconde près, et voilà que Connor Knight risquait de tout gâcher ! Même si elle comprenait sa réticence à jouer au Père Noël, il devait tenir ses engagements. Les enfants comptaient sur lui. Elle sentit l'irritation la gagner. Si jamais il s'avisait de les laisser tomber, elle allait lui dire ses quatre vérités.

Lorsque les portes de l'ascenseur s'ouvrirent, Holly fusa vers le bureau de son patron, frappa sèchement à la porte et y pénétra sans attendre la réponse. La remarque acerbe qu'elle s'apprêtait à lancer mourut sur ses lèvres. Connor Knight était planté au beau milieu de la pièce. A moitié nu. Le pantalon rouge vif qu'il avait déjà enfilé était bien trop large pour lui et menaçait de glisser de ses hanches à tout moment. Les lèvres sèches, Holly laissa son regard remonter lentement le long de la poitrine de Connor, admirant son ventre musclé, son large torse bronzé et ses solides épaules. Elle sentit une onde de chaleur la traverser. Il était encore plus beau que dans les coûteux costumes Armani qu'il portait d'ordinaire et qui lui allaient pourtant à la perfection, se dit-elle en se forçant à le regarder dans les yeux comme si de rien n'était. Pourvu qu'elle ne se mette pas à rougir ! Il était hors de question qu'il sache à quel point il la troublait.

A grand-peine, elle tenta de rassembler ses esprits. Elle en aurait presque oublié la vraie raison de sa présence ici.

— Il ne vous reste que cinq minutes monsieur Knight.

— Je sais, je sais, mais ce satané costume est trop grand

pour moi ! Pourriez-vous m'aider à glisser quelques coussins autour de ma taille ? Les enfants seraient déçus de voir que le Père Noël a perdu sa grosse bedaine.

Holly ramassa quelques coussins posés sur le canapé du bureau.

— Ceux-là feront-ils l'affaire ?

— Oui, ça devrait aller. Aidez-moi à les mettre en place.

Connor tira sur l'élastique de son pantalon et l'invita à y placer les coussins.

Holly ne bougea pas, paralysée par une appréhension grandissante. Mon Dieu, il ne s'attendait quand même pas à ce qu'elle fasse cela ?

— Bon alors, qu'est-ce que vous attendez ? fit-il en lui jetant un regard perplexe.

Le ton qu'il avait employé laissait transpirer son impatience et elle tenta de se reprendre. Il n'avait vraiment aucune idée de l'effet qu'il lui faisait. Mais encore une fois, se rappela-t-elle, avec amertume, Connor Knight ne la considérait pas comme une femme de chair et de désir. Non, elle n'était rien de plus que sa secrétaire. Et quoi de plus normal que de demander à sa secrétaire de rembourrer un pantalon avec des coussins ?

Holly sourit pour cacher sa nervosité et fit un pas dans sa direction. Elle sentit aussitôt la chaleur qui rayonnait de son torse nu. A moins que ce ne soit le rouge qui lui montait aux joues ? Elle se força à réprimer le frisson qui menaçait de la secouer tout entière et, de la manière la plus professionnelle qu'elle pût, plaça un premier coussin entre le ventre musclé de Connor et le pantalon de satin. Tout cela en prenant bien soin de garder les yeux sur la partie supérieure du corps de son patron.

— Détendez-vous un peu Holly, je ne mords pas.

Voilà qu'il se moquait d'elle, maintenant ! songea-t-elle, furieuse. Il ne manquait plus que cela. Elle allait lui montrer qu'elle n'avait pas peur de lui. Avec rudesse, elle fourra le second coussin dans le pantalon. Mais, dans sa hâte, elle frôla sans le vouloir le ventre de Connor et le sentit se raidir. Elle retira aussitôt la main, notant avec gêne qu'une légère chair de poule recouvrait désormais la peau de son patron.

— Voilà, cela devrait suffire à faire illusion, dit-elle avec un léger tremblement dans la voix.

Se maudissant en silence, elle pria pour qu'il n'ait rien remarqué.

— Non, il m'en faut plus.

Comment ça plus ? La main de Holly brûlait encore de l'empreinte de la peau de Connor. Pire, elle pouvait ressentir la douceur du fin duvet sombre qui courait sur ce ventre plat si masculin. Oh oui, elle aussi elle en voulait davantage, mais elle savait pertinemment qu'ils ne pensaient pas du tout à la même chose.

Tout en se mordant les lèvres, Holly plaça un dernier coussin dans le pantalon. La tentation était irrésistible, c'était si dur de se contrôler… Elle avait tant envie de faire glisser sa main sur la surface douce et ferme de ce ventre si tentateur… Mais non, elle ne pouvait pas se laisser aller, elle devait être forte.

— Cette fois, c'est bon, déclara-t-elle avec une légère tape sur le ventre rembourré.

Elle attrapa la veste du costume de Père Noël et la tendit à Connor. Alors qu'il l'enfilait, elle laissa son regard vagabonder le long de son dos, admirant les muscles puissants qui jouaient sous sa peau. Vraiment, cet homme était magnifique… Connor enroula ensuite une ceinture noire autour de sa taille à présent bien élargie, attrapa le bonnet et la fausse barbe blanche qui complétaient le costume, les enfila rapidement, puis se tourna vers Holly.

— Comment me trouvez-vous ?

Elle le contempla, le souffle coupé, incapable de prononcer la moindre syllabe. Il ne ressemblait en rien aux Pères Noël qui la terrifiaient tant dans son enfance. Combien de fois s'était-elle enfuie en pleurs, déjouant l'attention de l'assistante sociale ? Mais en l'observant ainsi, avec sa fausse barbe ridicule et sa grosse bedaine, elle ne pouvait s'empêcher de l'imaginer torse nu, tel qu'elle l'avait surpris quelques minutes plus tôt.

— Vous avez oublié les faux sourcils, parvint-elle enfin à dire.

— Oh non, protesta-t-il, ne me dites pas que je suis censé porter ces trucs grotesques ?

— Bien sûr que si. Vous ne seriez pas vraiment le Père Noël sans eux.

Holly saisit la pochette contenant les faux sourcils et les décolla délicatement, se forçant à contenir le tremblement de ses mains. Elle s'approcha ensuite de Connor et se pencha vers lui pour les mettre en place. Il ne fallait surtout pas qu'elle le touche, cette fois ! Mais elle n'avait pas prévu qu'il se pencherait un peu pour lui faciliter la tâche. Et voilà que, d'un coup, leurs lèvres se retrouvèrent au même niveau. Leurs deux visages étaient si proches que Holly pouvait sentir le souffle chaud de Connor sur sa joue.

Troublée, elle oublia soudain ce qu'elle était en train de faire. Il était si proche d'elle… Il ne suffirait que d'un pas, d'un simple petit pas, pour qu'elle puisse presser ses lèvres contre les siennes. Elle avait rêvé de cet instant tant de fois, elle s'était si souvent réveillée au milieu de la nuit, échevelée et remplie d'un désir si profond qu'elle ne pourrait jamais assouvir…

Allons, se reprit-elle à grand-peine, leur proximité physique ne devait pas lui faire oublier qu'un gouffre les séparait. Elle reporta son attention sur les faux sourcils. Il n'était pas question qu'elle mette son emploi en péril à cause de son attirance pour son patron. Elle ne pouvait absolument pas se le permettre, surtout pas avec les dépenses médicales d'Andréa à sa charge. Cette simple pensée suffit à la ramener sur terre. Elle finit d'appliquer les sourcils et s'éloigna aussitôt afin de placer une distance de sécurité entre eux.

— Vous êtes parfait, dit-elle à voix basse.

— Bien. Allons-y, alors.

Ils se dirigèrent en silence vers la cafétéria du huitième étage. Une fois à la porte, Holly posa la main sur la manche de son patron. Elle ne put s'empêcher de remarquer la douce chaleur qui se dégageait de son corps et il lui fallut user de toute sa maîtrise de soi afin de ne pas se laisser troubler une nouvelle fois.

— Attendez ici une minute, ordonna-t-elle à Connor d'une voix anormalement tremblante.

Il lui jeta un regard surpris et Holly se maudit tout bas. Elle devait être plus prudente.

— Le chauffeur de salle a prévu un petit numéro pour annoncer votre arrivée, ajouta-t-elle d'une voix plus mesurée.

Holly crut le voir pâlir sous son beau costume. Voyons, elle devait rêver, Connor Knight ne pouvait pas se laisser impressionner de la sorte par un simple spectacle ! Pourtant, elle ne pouvait s'empêcher de remarquer le pincement angoissé des lèvres de son patron, et elle le prit en pitié. Aussi lui murmura-t-elle doucement en lui frôlant le bras :

— Ne vous inquiétez pas, les enfants vont vous adorer.

— Vous n'allez pas vous en aller, hein ?

Cette question la prit au dépourvu. Elle n'avait pas prévu de rester pour son numéro de Père Noël. Cette simple idée la faisait frissonner.

— Je suis désolée, mais je dois encore peaufiner les derniers détails pour ce soir. Je vous retrouverai après.

— Non, restez avec moi, s'il vous plaît.

Holly détourna le regard. Comment lui dire non ? Connor Knight n'avait évidemment aucune idée de ce que représentait Noël pour elle. Tout le monde était censé adorer cette période de l'année. Tout le monde, sauf elle, dont le nom, choisi avec bien peu d'à propos par les services de l'assistance sociale, lui rappelait sans cesse l'épisode le plus noir de son existence. Elle, qui avait été abandonnée par ceux qu'elle aimait…

Mais elle ne voulait plus penser à son enfance, les années vécues dans des familles d'accueil. Tout cela appartenait au passé. Sa véritable vie avait commencé le jour de ses 18 ans, lorsqu'elle avait enfin été libre de faire ce qu'elle voulait.

— Quelque chose ne va pas, Holly ?

Les dents serrées, elle sentit monter en elle la familière vague d'angoisse qu'elle avait de plus en plus de peine à refouler. Mais non, elle ne craquerait pas, elle ne devait rien montrer des séquelles qu'avait laissées son enfance traumatisée. Même à lui. Surtout pas à lui. Elle hocha la tête avec raideur.

— Allons-y, il est l'heure.

A l'évidence, Connor n'avait même pas eu le temps d'être nerveux tant l'enthousiasme débordant des enfants mettait du baume au cœur. Pourtant, Holly avait du mal à supporter cette cacophonie de cris et d'excitation. Pourquoi diable avait-elle accepté d'être présente ? Assis sur un trône installé pour l'occasion, Connor Knight accueillit sur ses genoux une petite fille brune qui ne devait pas avoir plus de 3 ou 4 ans. L'enfant balaya la salle du regard, cherchant à apercevoir ses parents. Des larmes commencèrent à se former dans ses grands yeux sombres.

En dépit de l'air conditionné, Holly sentit des perles de transpiration couler le long de son dos et un étourdissement soudain la força à s'adosser contre le mur le plus proche. Elle essaya désespérément de se raccrocher au moment présent, mais ne put résister à la panique qui la submergeait. En un éclair, elle fut projetée dans le plus sombre cauchemar de son passé. Une image d'une netteté saisissante s'imposa à son esprit. Cette petite fille assise sur les genoux du Père Noël, c'était elle. Elle se revit fouillant la foule des yeux, cherchant avec anxiété le visage familier de sa mère parmi les badauds. Son angoisse s'était vite muée en peur, puis en effroi le plus total lorsqu'elle avait dû se résoudre à admettre que sa mère n'était plus là.

Il avait fallu un certain temps pour que les personnes présentes, apeurées par les hurlements hystériques de la fillette, comprennent la gravité de la situation et préviennent la police. Entre-temps, sa mère avait disparu corps et biens. Holly ne s'était toujours pas remise de cette horrible trahison. Elle lui en voulait énormément, même si, avec le temps, elle avait renoncé à comprendre comment une mère avait pu abandonner sa petite fille de 3 ans la veille de Noël.

Le cœur battant, elle parcourut la salle des yeux, cherchant avec affolement quelque chose d'assez solide pour l'empêcher de sombrer dans le gouffre noir de son passé. Ce fut Connor qui la secourut. Avec une gentillesse infinie, il montra à la petite fille où se trouvaient ses parents dans la foule. Cette dernière ravala aussitôt ses larmes et offrit au Père Noël du jour un éclatant sourire de reconnaissance.

Holly constata alors qu'elle serrait les poings à s'en faire mal, et les relâcha. A l'autre bout de la pièce, la petite fille lançait de grands sourires à sa mère, mais Holly s'aperçut que Connor ne leur prêtait aucune attention : il avait les yeux rivés sur elle. Elle lut sur ses lèvres, à demi dissimulées par la fausse barbe, cette question muette : « Tout va bien ? ». Elle lui fit un petit sourire et hocha la tête pour le rassurer. Il la fixa du regard quelques secondes encore puis reporta son attention sur la fillette, à laquelle il offrit un cadeau joliment emballé.

Holly retint un soupir de tristesse. Voilà ce qu'aurait dû représenter Noël pour elle : des enfants aux yeux brillant de joie, recevant chacun un beau cadeau et ayant la chance de monter sur les genoux du Père Noël pour lui murmurer à l'oreille ce dont ils avaient envie. Tout cela sous le regard bienveillant des heureux parents. Mais pour Holly, tout cela n'était qu'un rêve inaccessible.

Le Père Noël eut bientôt fini de distribuer tous les cadeaux, et la fête des enfants toucha à sa fin. Holly n'avait qu'une demi-heure de battement avant le début de la soirée pour les employés de Knight Entreprises, aussi s'avança-t-elle au centre de la salle pour annoncer qu'en raison de son emploi du temps chargé, le Père Noël était contraint de repartir. Le tonnerre d'applaudissements qui suivit ne laissait aucun doute sur le succès de M. Knight. Enfants et parents avaient adoré son petit numéro.

La salle se vida peu à peu. Holly sentit la tension qui s'était accumulée tout au long de la journée — ou tout au long de cette année si elle voulait être honnête avec elle-même — se dissoudre peu à peu. Après la fête de ce soir, elle pourrait enfin souffler.

— Que vous est-il donc arrivé ?

La voix de Connor la fit redescendre sur terre en un éclair. Elle aspira une grande bouffée d'air et fit mine de ne pas comprendre la question.

— Tout s'est passé à la perfection, vous ne trouvez pas ? Les enfants vous ont adoré.

— Vous étiez blanche comme un linge.

Holly poussa un soupir. S'il y avait une chose qu'elle savait au sujet de Connor Knight, c'était qu'il n'abandonnait jamais. Elle n'avait aucune chance d'esquiver ses questions. Ce n'était pas pour rien qu'il était connu dans le monde entier comme le meilleur dans sa partie. Il était aussi tenace qu'un bull-terrier.

— Je reprenais juste mon souffle. Cette journée a été rude pour moi, les préparations pour ce soir m'ont vidée.

Voilà qui devrait le rassurer, pensa-t-elle. Mais lorsqu'elle vit passer dans ses yeux sombres un éclair de défiance, elle comprit qu'elle n'avait pas réussi à le berner.

— Ça ne m'a pas semblé si bénin. Pendant un moment, j'ai bien cru que vous alliez vous évanouir.

— Mais non enfin, qu'allez-vous imaginer ? répliqua-t-elle en forçant un sourire.

— Mais vous vous sentez mieux, maintenant ?

Grands dieux, il ne lâchait donc jamais la partie ?

— Je me sens tout à fait bien, cessez donc de vous inquiéter pour rien.

Le regard que Connor lui lança était chargé d'inquiétude et de compassion.

— Vous vous tuez à la tâche, dit-il. Je vais demander à Janet de vous remplacer pour ce soir.

— Ce n'est vraiment pas nécessaire, je suis tout à fait capable de m'occuper de la fête.

— Comme vous voudrez, concéda-t-il. En attendant, l'heure tourne et nous ne sommes toujours pas prêts. Vous venez ?

— Allez-y sans moi, je vous retrouverai là-bas.

Elle le suivit des yeux alors qu'il quittait la pièce. Ainsi, Connor avait remarqué sa petite crise. Pourvu que personne d'autre ne s'en soit rendu compte ! Elle n'aurait jamais dû accepter d'assister à la distribution des cadeaux, cela avait été une erreur monumentale.

Holly jeta un rapide coup d'œil autour d'elle, et se sentit un peu rassérénée de voir que l'équipe de nettoyage avait presque terminé de réaménager la salle. Cette année, elle avait eu la bonne idée de conserver le décor de la fête des enfants pour la soirée du personnel, en y apportant toutefois quelques modifications. Cette solution toute simple lui avait fait gagner un temps précieux, et elle était sûre que cette salle aux couleurs de Noël allait faire le bonheur de ses collègues.

Elle regagna son bureau et extirpa de la penderie une longue housse en plastique. Il ne lui restait plus qu'à se glisser dans les toilettes pour femmes afin de se changer et de retoucher son maquillage. Elle défit le strict chignon qu'elle arborait habituellement au travail, et passa quelques coups de brosse dans sa longue chevelure sombre. Elle fixa son reflet dans le miroir. Il y avait une éternité qu'elle n'avait pas lâché ses cheveux ainsi. Cela en disait long sur la vie qu'elle menait, elle en était bien consciente… Mais elle n'avait pas le temps de s'apitoyer sur son sort, elle avait bien trop de responsabilités.

Elle réarrangea sa chevelure soyeuse en un chignon un peu plus lâche que le précédent, mais duquel aucun cheveu ne dépassait. Elle appliqua ensuite un rouge à lèvres rubis, bien plus provoquant que les teintes neutres qu'elle préférait d'ordinaire. Mais Holly devait bien reconnaître que la vendeuse qui l'avait convaincue d'acheter ce bâton de rouge avait vu juste : cette couleur seyait à merveille à son teint de peau légèrement mat et mettait en valeur ses lèvres pleines. Et puis ce soir l'ordinaire n'était pas de mise. C'était son anniversaire, après tout !

Un rapide coup d'œil à sa montre lui indiqua qu'elle n'avait plus que quelques minutes avant le début de la fête. Elle se hâta d'ôter son tailleur sombre et fit glisser la fermeture Eclair de la housse. Elle en sortit une longue robe de soirée pourpre qu'elle avait achetée pour l'occasion. Si le décolleté carré restait bien sage, le dos de la robe au contraire était presque entièrement nu. Holly dégrafa son soutien-gorge et le fourra dans son sac avec le reste de ses habits, puis elle enfila sa robe, ajustant avec soin le tissu satiné. Elle en avait peut-être fait un peu trop cette fois, songea-t-elle en s'examinant dans le miroir. Les années précédentes, elle s'était contentée de louer une classique robe noire. Mais, à la minute où ses yeux s'étaient posés sur cette robe, elle s'était sentie irrésistiblement attirée. Bien sûr, elle avait hésité devant son prix élevé, mais ce n'était pas comme si elle devait se ruiner en cadeaux de Noël. Elle n'avait pas de famille ni de petit ami, personne à gâter. Elle s'était donc autorisé une petite folie. Cette robe était son cadeau de Noël, et elle comptait en faire bon usage ce soir.

A l'instant même où Holly sortit des toilettes, elle entendit les éclats d'une voix féminine provenant du bureau de son patron. Aucun doute, songea-t-elle, ce timbre perçant ne pouvait appartenir qu'à Carla, l'ex-femme de Connor.

Lorsqu'ils étaient encore mariés, Carla Knight s'était mise dans la tête que l'équipe de secrétaires était à ses ordres et les sollicitait sans arrêt pour ses œuvres de charité. Holly se rappelait encore comment les filles avaient pris l'habitude de tirer à la courte paille pour savoir qui aurait « l'honneur » de traiter avec Carla lorsque cette dernière exigeait leur aide.

Elle leva les yeux au ciel. Pourvu qu'ils règlent vite leur problème, quel qu'il soit. Elle se dirigea à pas de loup vers son armoire et y rangea ses affaires. Elle s'apprêtait à quitter le bureau lorsqu'elle fut interrompue par la voix de M. Knight qui résonna tout à coup avec une intensité et un dégoût qu'elle n'avait que bien peu entendus auparavant.

— Alors, tu n'as rien à dire pour ta défense ?

— Comment as-tu osé enquêter sur moi ? Ces dossiers étaient privés !

— Voyons Carla, tu sais bien qu'on peut tout obtenir si on y met le prix. C'est bien malheureux que je ne me sois pas rendu compte du tien tant qu'il en était encore temps. Va donc dire à ton snobinard d'avocat qu'il faudra te contenter de ta pension alimentaire. Tu ne me soutireras pas un sou de plus tu m'entends ? Disparais maintenant, je ne veux plus te voir !

— Avec grand plaisir !

Holly serra les dents et se prépara au face-à-face avec l'ex-Mme Knight. Elle n'avait plus le temps de s'esquiver sans être vue.

— On s'encanaille avec le personnel à ce que je vois, cracha Carla lorsqu'elle l'aperçut.

Son beau minois était déformé par un rictus rageur et elle lui lança un regard assassin.

— J'aurais dû me douter que tu traînerais dans les parages. Après tout, personne ne t'attend à la maison, pas vrai ? ricana sournoisement Carla.

Holly s'écarta et la laissa passer sans dire un mot. Carla claqua la porte, laissant derrière elle les lourds effluves d'un luxueux parfum.

— Holly, je suis vraiment navré que vous ayez dû assister à cela, dit Connor dont les yeux brillant de colère et de ressentiment restaient fixés à l'endroit où se tenait son ex-femme une seconde auparavant.

— Ce n'est rien, monsieur.

Elle ouvrit un des tiroirs de son bureau et y attrapa son sac de soirée, bien décidée à ne rien laisser paraître de la peine que lui avait causée Carla. Elle avait eu à affronter bien pire que le persiflage de cette femme au cours de sa vie, et avait appris avec le temps à passer outre de tels affronts.

— Etes-vous prêt à y aller ? fit-elle en se tournant vers son patron.

Ce dernier sembla soudain revenir à la réalité et baissa les yeux vers elle, avant de laisser échapper un long sifflement d'admiration.

— De toute évidence, vous êtes prête vous aussi, Holly.

Le regard de Connor s'embrasa d'une étincelle de désir, mais elle s'éteignit si vite qu'Holly se demanda si elle ne l'avait pas imaginée.

— Holly, vous êtes… splendide.

Holly frissonna sous le regard appréciateur de Connor qui la dévorait des yeux. Quelques minutes auparavant, elle avait réussi à garder son calme face aux attaques sournoises de Carla, mais à présent, elle sentait toutes ses défenses s'écrouler sous le regard brûlant dont il la couvrait. Si elle ne le connaissait pas aussi bien, elle aurait pu penser qu'il la considérait avec un intérêt tout à fait extraprofessionnel.

— Merci, monsieur. Vous n'êtes pas mal non plus.

Et encore, c'était un euphémisme. Alors que la plupart des hommes prenaient un air austère dans un smoking, Connor, lui, respirait la sensualité. Il avait l'air tout droit sorti d'un fantasme, avec ses cheveux sombres et ses yeux brillants, vêtu de son costume noir à la coupe impeccable, d'une chemise blanche qui mettait en valeur sa peau bronzée et d'une cravate noire. Elle retint un sourire. Il avait surtout l'air tout droit sorti de *ses* fantasmes, en particulier de celui qu'elle faisait si souvent, celui où ils se tenaient tous les deux devant un autel et où il promettait de la chérir jusqu'à la fin de ses jours… Ça suffisait comme ça ! s'intima-t-elle en abandonnant à regret sa rêverie.

Pour ne pas risquer de dire ou de faire quelque chose de stupide, elle lui tourna le dos et se dirigea vers la porte du bureau.

— Attendez une seconde, Holly, dit-il, sa voix indiquant qu'il se tenait juste derrière elle. Vous permettez ?

Il lui offrait son bras et elle l'accepta après une seconde d'hésitation. Il était si proche d'elle que leurs hanches se frôlaient à chaque pas. Sa nervosité augmentait à mesure qu'ils s'avançaient vers l'ascenseur. Aussi fut-elle soulagée de lâcher son bras et de s'éloigner de sa présence magnétique pour presser le bouton de la cabine. Elle laissa sa main retomber le long de son corps, mais quelques secondes plus tard, elle sentit les longs doigts de Connor sur son poignet.

— Monsieur Knight ? murmura-t-elle, la voix tremblante d'émotion.

Elle vit briller dans ses yeux une flamme qu'elle ne pouvait pas identifier, qu'elle ne voulait pas identifier. Il sourit légèrement, comme pour se moquer de lui-même.

— Faites-moi plaisir, Holly. Ce soir, j'aurais bien besoin d'une femme splendide à mon bras.

2

Holly se figea, muette de stupéfaction. Il avait besoin d'elle ? Voilà qui était pour le moins déconcertant. La jeune femme fit un effort surhumain pour ne pas montrer à Connor à quel point elle était désorientée. Peine perdue. A la seconde où elle croisa son regard, elle ne put s'empêcher de détourner les yeux.

Sa main reposait toujours sur la manche du luxueux smoking de Connor. Elle pouvait sentir sous ses doigts à quel point il était tendu, prêt à exploser. La discussion houleuse qu'il venait d'avoir avec son ex-femme l'avait de toute évidence bouleversé. Et voilà que maintenant Connor se mettait à la toucher, alors qu'il avait toujours gardé ses distances. Holly était bien consciente que ce comportement cachait quelque chose, et pourtant comment pouvait-elle espérer résister à son charme magnétique ? Comment pouvait-elle contrôler les frissons enflammés qui la traversaient de part en part ? Il disait avoir besoin d'elle, mais ce qu'elle ressentait, elle, allait bien au-delà d'un simple besoin ! Elle sentait sa résistance s'amenuiser de seconde en seconde…

Heureusement, les portes de l'ascenseur finirent par s'ouvrir sur la cafétéria, et l'air frais qui s'introduisit dans la cabine lui fit l'effet d'une bouffée d'oxygène. La salle était déjà remplie par les employés et leurs conjoints, et les conversations allaient bon train.

Sans lâcher le bras de Holly, Connor balaya la salle du

regard et retint un soupir. Combien de temps allait-il devoir rester là avant de pouvoir échapper à ses devoirs et quitter la soirée ? se demanda-t-il. Allez, dans deux heures au plus tard il serait chez lui. Et il entendait bien que Holly ne s'éternise pas non plus ici. Elle l'avait vraiment inquiété cet après-midi. Elle lui avait paru si pâle et si tendue… Elle avait beau refuser de l'admettre, il savait que quelque chose clochait.

« Ça ne t'a pas empêché de te servir d'elle pour te sentir mieux. »

Connor tenta de repousser la petite voix qui s'insinuait en lui, même s'il savait que c'était la pure vérité. Il ne se sentait pas très fier de lui, mais n'avait pas su résister. Holly était si différente de Carla ; alors que cette dernière piquait des crises de colère, lançait des injures et proférait des menaces à tout-va, Holly savait garder son sang-froid en toutes circonstances. Il pouvait compter sur elle pour garder les pieds sur terre.

Du moins, c'était ce qu'il croyait jusqu'à ce qu'il pose les yeux sur elle ce soir… Il retint un soupir. Il aurait fallu être aveugle pour ne pas remarquer que sa précieuse secrétaire était aussi une femme.

Une femme absolument magnifique.

Connor laissa son regard remonter l'arc gracieux de la nuque de la jeune femme. Quel goût la peau de Holly aurait-elle sous ses lèvres ? Mon Dieu, se reprit-il en détournant les yeux, que lui arrivait-il ? Il devait chasser ces pensées de son esprit au plus vite avant qu'elles ne l'entraînent vers des terrains trop dangereux. Holly était sa secrétaire, bon sang ! Que penserait-elle si elle savait à quoi il pensait à cette minute précise ?

Il jeta néanmoins un nouveau coup d'œil dans sa direction, et nota avec plaisir qu'elle avait bien meilleure mine que cet après-midi. Elle avait repris des couleurs, et ses yeux avaient retrouvé leur éclat habituel. Il ne put s'empêcher de sourire. Il avait bien fait de demander à Janet de prendre en charge la soirée. Cette décision arrangeait tout le monde : Janet avait accueilli avec joie cette occasion de faire ses preuves, et Holly pourrait enfin profiter d'une pause bien méritée. Quant à lui, il allait avoir la chance de jouir de la présence de Holly toute la soirée.

Même si elle semblait avoir du mal à oublier qu'elle n'était pas en service, remarqua-t-il, amusé, tandis que, à peine arrivée, Holly parcourait déjà la salle d'un regard de professionnelle, vérifiant tout dans les moindres détails. Il se pencha vers elle, si proche qu'il pouvait respirer son léger parfum, aussi doux qu'une nuit d'été. Il s'attarda quelques secondes de plus que nécessaire, ignorant sans vergogne les signaux d'alarme qui s'allumaient dans sa tête, puis lui murmura à l'oreille :

— Détendez-vous donc, Holly, vous n'êtes plus en service.

— Impossible, réagit-elle aussitôt, il faut que je m'occupe de…

— J'ai demandé à Janet de prendre en charge la soirée, et elle s'en sort très bien, la coupa-t-il. De toute façon, vous aviez déjà tout réglé à la perfection. Janet n'est là que pour gérer les éventuelles complications. Ce soir, votre seule obligation est de vous amuser, lui intima-t-il d'une voix douce et rauque à la fois.

Il parcourut la salle des yeux dans l'espoir d'attirer l'attention d'un des nombreux serveurs qui circulaient avec des coupes de champagne. Il remarqua alors à quel point le couple qu'il formait avec Holly attirait les regards. Il devait se montrer plus prudent, se rappela-t-il en se raidissant légèrement. Les rumeurs de bureau se propageaient aussi vite que des feux de forêt, et il en fallait bien peu pour les allumer. Même un Knight n'était pas à l'abri des ragots.

Pourtant, malgré toutes ces bonnes raisons, il ne parvenait pas à s'écarter de Holly.

— Vous ne pouvez pas m'empêcher de faire mon travail ! protesta-t-elle à cet instant, en faisant un léger pas en arrière.

Connor ravala un soupir de frustration. Un serveur

s'étant approché, il s'empara avec élégance de deux coupes de champagne et tendit l'une d'elles à Holly.

— Votre travail est terminé, Holly. Allez, trinquons. A la fin d'une merveilleuse année, en grande partie grâce à vous !

— Vous savez bien que je ne bois pas aux fêtes d'entreprise.

— Arrêtez un peu de me contredire et décontractez-vous ! Essayez au moins d'avoir l'air de vous amuser, lui dit-il d'un ton faussement sévère.

Connor crut pendant une seconde qu'il avait enfin eu le dessus, mais il déchanta vite quand il surprit un éclair de défiance dans les yeux bleus de la jeune femme.

De magnifiques yeux bleu nuit.

A cet instant, il se rendit compte avec stupéfaction qu'il n'avait jamais fait attention à la couleur de ses yeux. Rien d'étonnant à cela : il était son patron et elle était son employée. Il n'avait pas à la lorgner dans les moindres détails. Pourtant, ce soir, il ne pouvait s'empêcher de la manger des yeux.

Bien plus grave, il ne voulait pas se contenter de l'observer. Il n'essaya même pas de résister à l'envie de se rapprocher de Holly et de placer une main sur son dos dénudé. Il caressa avec délicatesse la peau presque brûlante de la jeune femme, et la sentit aussitôt se raidir. Le contraste saisissant entre sa main fraîche et ce corps si chaud lui remit encore une fois à la mémoire le gouffre qui les séparait. Sa raison lui criait d'arrêter ce petit jeu immédiatement, mais les sensations qui l'envahissaient étaient si délicieuses... Bon sang, il était en train de perdre tout contrôle !

Il finit par retirer sa main, à contrecœur. Juste à temps d'ailleurs, car, quelques secondes plus tard, Janet vint vers eux avec un grand sourire.

— Pas la peine de vous inquiéter, Holly, j'ai la situation en main, dit la jeune femme. M. Knight a eu bien raison de vous libérer de vos obligations ce soir : vous allez enfin pouvoir vous divertir un peu !

Holly tenta de sourire à Janet, mais elle était si bouleversée par la tournure des événements qu'elle échoua lamentablement.

— Merci, Janet, parvint-elle toutefois à dire. Je… j'apprécie beaucoup tout ce que vous avez fait ce soir. Mais si jamais vous avez le moindre problème, surtout n'hésitez pas à…

— Vous faites un travail remarquable, Janet, merci encore, l'interrompit Connor.

Holly sentit de nouveau les doigts de Connor lui caresser délicieusement le bas du dos. Un long frisson la traversa de la tête aux pieds, la rendant muette de stupeur.

C'en était trop. Elle fit un pas en avant et pivota sur elle-même de façon à ce que Connor ne puisse plus la toucher.

— Monsieur Knight, commença-t-elle à dire.

— Appelez-moi donc Connor. Et une dernière fois, laissez-vous un peu aller. Vous devez m'obéir, je suis votre patron, après tout ! lui dit-il avec un sourire taquin, coupant court à toute discussion. D'ailleurs, à propos de patron, je pense qu'il est grand temps que nous allions saluer le mien.

Connor tourna alors les yeux vers son père, Tony Knight, le fondateur et le président de Knight Entreprises. Impossible de le manquer dans la foule, tant sa fière allure de patriarche respirait l'autorité et la confiance en soi.

Holly sentit de nouveau la main de Connor se poser sur le bas de son dos, alors qu'il la guidait à travers la foule, et cette simple pression déclencha une seconde vague de frissons, qui laissèrent dans leur sillage une chaleur déconcertante.

Elle devait arrêter de se comporter comme une collégienne et recouvrer ses esprits. Pas question de se conduire comme la dernière des idiotes devant Tony Knight pour la simple raison que son plus jeune fils la mettait dans tous ses états ! Le vieil homme l'avait toujours rendue nerveuse. Elle côtoyait des hommes de cette stature presque tous les jours, mais il avait quelque chose de plus, quelque chose qui forçait le respect. Un respect qui, dans le cas de Holly, était très proche de l'admiration.

Elle avait de nombreuses raisons d'apprécier le patriarche. Né en Nouvelle-Zélande, fils d'immigrés italiens qui avaient anglicisé leur nom de famille afin de faciliter leur intégration, Tony Knight avait bâti un empire à partir de rien.

Pourtant, ce n'était pas cette incroyable réussite qui impressionnait le plus Holly. Ce qu'elle estimait par-dessus tout, c'était la dévotion totale de Tony pour sa famille et son amour sans fin pour son épouse, depuis longtemps décédée. Il avait élevé seul trois fils, et malgré les difficultés, il avait toujours su garder d'excellentes relations avec chacun d'entre eux. Il était en tout point différent de la mère de Holly, qui l'avait abandonnée comme un indésirable fardeau. Holly s'efforça de refouler la vague de tristesse qu'elle sentait monter en elle. Elle aurait tout donné pour avoir été élevée dans une telle famille, absolument tout. Cette pensée la ramena sur terre en un instant, et elle parvint enfin à s'arracher à la redoutable attraction de Connor pour saluer Tony Knight.

Holly avait mal aux joues à force de sourire en permanence.

Connor ne l'avait pas lâchée de toute la soirée, restant près d'elle alors qu'elle se mêlait aux invités et qu'elle discutait avec ses collègues. Il avait veillé à ce qu'elle ait en permanence une coupe de champagne à la main, et s'était assuré qu'elle reste à l'écart de toute responsabilité professionnelle. Pour la première fois de sa vie, elle n'avait pas eu à lever le petit doigt, et elle avait du mal à s'y faire.

Elle porta la coupe à ses lèvres et fit la grimace lorsqu'elle avala une petite gorgée de champagne. Il était tiède. Elle buvait bien trop lentement, ce qui n'était d'ailleurs pas plus mal. Elle était si nerveuse qu'elle n'avait pu avaler une bouchée, et ce malgré l'appétissant buffet et les petits fours qui circulaient.

Elle jeta un coup d'œil à l'horloge murale située près de la sortie et soupira de soulagement. La petite fête touchait à sa fin. Monsieur Knight père ferait bientôt son habituel discours de fin d'année, ne manquant pas de remercier les quelques employés qui feraient tourner la boutique pendant les fêtes, et souhaitant à tous les autres de très bonnes vacances et un joyeux Noël.

Un joyeux Noël qui ne signifiait rien pour ceux qui n'avaient pas de famille et d'amis avec qui le partager. Holly fronça légèrement les sourcils, sentant poindre un début de migraine.

Elle étouffa un soupir en songeant à la journée qui l'attendait demain. Andréa se rendait-elle compte que, demain, c'était Noël ? Le personnel de la clinique lui avait déconseillé de lui rendre visite, lui assurant que sa sœur adoptive ne verrait pas d'inconvénient à ce que, pour une fois, Holly passe les fêtes avec ses amis. Oui mais voilà, Holly n'avait personne d'autre avec qui elle souhaitait célébrer Noël. Elle n'avait qu'Andréa, la seule bonne chose qui lui fût arrivée dans son enfance.

Elle allait peut-être appeler la clinique, finalement, et passer voir Andréa pour lui apporter son cadeau : une légère chemise de nuit de soie verte, assortie à ses yeux.

— Hé, souriez donc un peu ! lui murmura soudain Connor à l'oreille, la tirant de sa rêverie. C'est Noël, vous vous rappelez ? Personne ne doit avoir l'air triste à Noël.

Il avait parlé d'une voix basse et rauque, et se tenait si proche d'elle qu'cllc pouvait sentir son souffle chaud caresser sa peau. Il l'apaisait et l'électrisait en même temps, la plongeant dans un tourbillon de sensations. Elle se tourna vers lui, mal à l'aise.

— Vous trouvez que j'ai l'air triste ? Je me sens parfaitement bien, pourtant, lui répondit-elle.

— Vous en êtes sûre ?

— Bien sûr, dit-elle d'un ton alerte.

— Je suis content de voir que vous vous sentez mieux, lui dit Connor en souriant. Vous avez même rctrouvé votre voix habituelle ! Essayez juste de vous amuser un peu.

— Je vous assure que je m'amuse beaucoup, répliqua-t-elle, un peu sur la défensive.

Elle jura en silence. Quelle idiote ! Elle devait lui sembler tellement coincée ! Elle porta sa coupe de champagne à ses lèvres afin de se donner un air plus léger, mais fut stoppée en plein mouvement par la main de Connor qui s'empara de son verre. A son contact, les doigts de Holly furent saisis d'un tremblement incontrôlable.

— Je vais vous en chercher un autre, le champagne est probablement tiède, à présent. Vous êtes censée boire ce qu'il y a dans le verre, vous savez ?

Elle secoua faiblement la tête en signe de protestation, mais il l'ignora et fit signe à un serveur qui leur apporta une nouvelle coupe. Elle s'en empara, mais ses doigts tremblants lui firent renverser un peu de champagne.

Connor se rapprocha aussitôt d'elle et glissa un bras autour de sa taille afin de la soutenir.

— Vous êtes sûre que vous vous sentez bien ? Vous avez l'air secouée.

— Tout va bien. Je suis juste un peu fatiguée. Si vous n'y voyez pas d'inconvénients, j'aimerais m'esquiver un peu plus tôt que prévu.

— Excellente idée, répondit Connor en jetant un coup d'œil autour de la salle. Je pense que nous en avons assez fait pour la soirée. Allons-y.

Holly se figea. Il voulait qu'ils partent *ensemble* ?

— Mais non enfin, restez encore un peu, protesta-t-elle. Je suis certaine que votre père…

— Ne m'en voudra pas si pour une fois je pars plus tôt. Et puis, il me doit bien ça. J'ai accepté de jouer au Père Noël pour lui alors qu'il sait très bien dans quel état me mettent les enfants.

Même si Connor souriait encore, il avait prononcé cette dernière phrase avec un éclat dur dans les yeux. Le masque de bienséance qu'il avait porté tout au long de la soirée s'était un peu déchiré, et Holly pouvait entrevoir une noirceur inattendue qui assombrissait ses traits.

— Vous… vous n'aimez pas les enfants ? demanda-t-elle d'un ton surpris.

— Au contraire, je les adore. Mon père sait bien à quel point ils comptent pour moi. Allez, il est temps de faire nos adieux, dit-il d'une voix enrouée.

Connor lui prit la main, la glissa autour de son bras et ce fut dans cette position qu'ils se dirigèrent vers Tony Knight, qui se tenait avec ses associés à l'autre bout de la salle. Holly n'arrivait pas à effacer de son esprit ce que Connor lui avait dit. S'il adorait les enfants, pourquoi diable avait-il tant rechigné à jouer au Père Noël ? A moins que… Mais oui, elle comprenait à présent. Voir tous ces enfants autour de lui avait dû lui rappeler cruellement que lui-même n'en avait pas. C'était la seule explication plausible à son comportement.

Ainsi, il voulait des enfants… Holly, elle, n'en voulait pas. Encore un nouveau gouffre qui les séparait. Donc, pas la peine de se faire des idées sur la façon dont il s'était comporté ce soir ! Il ne pourrait jamais rien y avoir entre eux.

Ils arrivèrent enfin à la hauteur de Tony Knight.

— Je vois que vous nous quittez déjà ? s'enquit ce dernier en jetant un regard acéré à son fils.

— Oui papa, *nous* y allons, répondit ce dernier.

Holly connaissait assez bien le père de Connor pour deviner son mécontentement. Elle observa, fascinée, la lutte silencieuse que se livraient les deux hommes. Tout le monde savait que le patriarche ne voyait pas d'un bon œil les relations intimes dans le cadre du travail. Pourquoi donc Connor le narguait-il en donnant l'impression qu'il quittait la soirée avec Holly ? Son père allait penser qu'ils étaient en couple ! Toutefois, avant qu'elle ait eu le temps de faire le moindre mouvement, Tony Knight se pencha vers elle et l'embrassa sur la joue. Il avait beau avoir été élevé en Nouvelle-Zélande, son tempérament exubérant était sans conteste celui d'un Italien. Holly sentit le rouge lui monter au visage.

— Vous avez fait un travail fabuleux, ce soir, Holly. Comme d'habitude d'ailleurs, la complimenta le vieil homme en souriant.

Mais Holly nota avec inquiétude que ses yeux étaient loin de sourire. Ils étaient fixés sur les siens, et la jeune femme se sentait aussi vulnérable qu'une souris face à un oiseau de proie.

— Merci, monsieur. Tout le plaisir est pour moi, parvint-elle à dire.

Tony Knight hocha la tête avec raideur, puis se tourna vers son fils.

— On se voit demain matin, n'est-ce pas ? N'oublie pas que ma cousine Isabella et sa fille seront aussi présentes.

— Je n'avais pas oublié.

Holly sentit la main de Connor se crisper légèrement sur son bras, comme s'il essayait de se contrôler.

— Parfait, approuva le patriarche tout en se détournant déjà d'eux, mettant ainsi un terme à leur conversation.

— J'avais pensé inviter Holly pour se joindre à nous. Tu n'y vois pas d'inconvénient, n'est-ce pas ? rajouta soudain Connor.

La question resta suspendue dans l'air, comme un défi lancé ouvertement à son père. Ce dernier le fixait, bouche bée.

— Vous n'avez rien de prévu demain matin ? demanda Connor à Holly.

— Mais je…, protesta-t-elle.

— Je suis certain que Holly…, commença le vieil homme au même instant.

Interrompant son père, Connor se tourna vers Holly.

— Alors, qu'en pensez-vous ?

— Eh bien, je n'ai pas envie de m'imposer.

— Vous êtes donc libre demain matin ?

— Oui, admit-elle à contrecœur.

— Parfait ! Nous serons là à 10 h 30, papa.

Holly se sentit prise au piège, mêlée de force au petit jeu qui se tramait entre le fils et le père. Pourquoi diable Connor se servait-il d'elle ainsi ? A l'évidence, le patriarche était furieux, mais il savait se maîtriser. Seuls ses yeux durs et glacés laissaient transparaître sa colère.

— Bien. Ne soyez pas en retard, concéda Tony Knight.

— Nous serons à l'heure, ne t'en fais pas, fit-il en entraînant Holly vers la sortie.

Une fois dans l'ascenseur, Connor laissa échapper un profond soupir. Il s'adossa contre le mur de la cabine et ferma les yeux quelques secondes. Il ne supportait plus le comportement de son père. Tony ne pouvait s'empêcher de vouloir contrôler la vie de ses trois fils. Mais ce soir, Connor était bien décidé à lui tenir tête. Pas question de devoir encore subir l'humiliation d'un rendez-vous arrangé avec une lointaine cousine. Il savait que son père voulait le voir se remarier, fonder une famille, mettre l'échec de sa relation avec Carla derrière lui une bonne fois pour toutes. Mais les tentatives de Tony, d'abord subtiles puis de plus en plus grossières, le fatiguaient au plus au point.

Pourtant, sa conscience le tiraillait. Il observa Holly du coin de l'œil. Elle avait l'air complètement perdue. Jamais il n'aurait dû la mêler à toute cette histoire, il se sentait vraiment honteux de la façon dont il l'avait utilisée. Vraiment, à quoi pensait-il ? Il savait pourtant que Noël était une affaire de famille chez les Knight. Une chose était sûre, il aurait droit à un interrogatoire en bonne et due forme demain. Enfin, se rassura-t-il, le déjeuner promettait d'être intéressant, c'était déjà ça. Et puis qui sait, il trouverait peut-être le courage de parler à son père du petit-fils qu'il n'aurait jamais l'occasion d'embrasser ?

Il coula un nouveau regard en direction de Holly. La jeune femme levait la tête, fixant les chiffres lumineux qui indiquaient les étages. La courbe gracieuse de son cou attira irrésistiblement Connor. Quel homme ne rêverait pas de couvrir de baisers cette nuque fine et délicate ? De faire courir sa langue le long de ce cou de cygne, de plus en plus bas, jusqu'à pouvoir mordiller avec délicatesse la courbe de son épaule ?

Connor sentit une douce chaleur l'envahir. Son corps tout entier frémissait de vie, réagissant à la présence de la jeune femme. Allons ! s'intima-t-il en silence, il fallait qu'il arrête ça tout de suite. Hors de question de se servir de Holly pour tenter de rallumer la flamme que la trahison de son ex-femme avait étouffée. Holly n'était pas n'importe qui, elle méritait mieux que ça. Pourtant, il lui était impossible de détacher son regard de la jeune femme. Son imagination se remit à vagabonder, et ses fantasmes se firent si réalistes qu'il aurait pu jurer sentir la peau de la jeune femme sous ses lèvres.

Ils arrivèrent enfin à destination et les portes de l'ascenseur s'ouvrirent. Holly sortit la première, lui offrant la vision délicieuse d'un dos nu et lisse et d'une peau légèrement hâlée.

Un éclair de désir foudroya soudain Connor, d'une puissance à couper le souffle. A cette seconde précise, rien ne comptait plus au monde que de savoir si ce hâle recouvrait aussi les parties du corps de Holly qui lui étaient cachées.

3

— J'ai toujours trouvé ça bizarre d'être dans les bureaux lorsque tout le monde est déjà parti, remarqua Holly en extirpant sa housse à vêtement et son sac à main de l'armoire.

— Moi aussi, acquiesça Connor.

Holly se tourna vers lui, surprise par le ton de sa voix. Il se tenait adossé à un mur, les mains dans les poches. Quelque chose semblait le perturber. Ses yeux sombres étaient rivés sur elle et la transperçaient d'un regard ardent, et elle ne put s'empêcher de frissonner.

Elle détourna les yeux et tenta à grand-peine de se concentrer sur la seule chose qui aurait dû la troubler à cet instant, le fameux déjeuner de Noël auquel elle avait accepté d'assister.

— Pour demain, je me demandais si…

— Je passerai vous prendre en fin de matinée. Pouvez-vous me donner votre adresse ?

Il se redressa et fit quelques pas dans sa direction. Elle perçut alors la fraîche odeur citronnée de son eau de Cologne à laquelle se mêlait un parfum purement masculin. Elle se surprit à inhaler plus profondément, comme si son corps voulait mémoriser cette fragrance envoûtante, mais, très vite, elle s'efforça de contrôler sa respiration. Elle devait se reprendre : c'était une chose de se croire follement amoureuse de son patron, mais c'était bien différent d'imaginer que ce sentiment était réciproque. Connor avait dû percevoir instinctivement qu'elle était attirée par lui, et son corps d'homme réagissait à son insu. Il ne s'agissait que d'une réaction chimique, rien de plus, et elle devait mettre un terme à cette situation le plus vite possible avant que cela ne devienne embarrassant.

— Ecoutez, dit-elle à Connor, ce n'est pas la peine de vous déranger. Je passerai un coup de fil à votre père demain matin pour m'excuser. Noël est avant tout une fête de famille, je ne veux pas m'imposer.

— Hors de question ! Je veux que vous veniez, dit-il en desserrant sa cravate d'un geste nonchalant et en la jetant sur le canapé. Et à propos de fête, reprit-il, pourquoi ne m'avez-vous pas dit qu'aujourd'hui c'était votre anniversaire ?

Mon Dieu, songea-t-elle en se sentant rougir, il était au courant !

— Ça n'a vraiment aucune importance, répliqua-elle d'un ton raide.

— Bien sûr que si, voyons ! Les anniversaires sont toujours importants. Et puis, je vous ai acheté un petit quelque chose. C'est dans mon bureau, suivez-moi.

Il lui avait fait un cadeau ? Holly sentit son cœur se mettre à battre la chamade, prêt à exploser dans sa poitrine. Hésitante, elle finit par déposer ses affaires sur son bureau et suivre Connor. La porte se referma derrière elle avec un léger chuintement, et Connor se retourna, tenant un large paquet-cadeau dans ses bras.

— J'ai remarqué que vous aviez l'air d'adorer ce genre de choses, mais j'ai voulu être un peu plus original. Bon anniversaire, Holly.

Connor fit un pas en avant et déposa le paquet dans les mains de Holly. Elle le déballa et découvrit... un poinsettia blanc. L'espace d'un instant, elle ne sut pas si elle devait rire ou pleurer. Mais les émotions qu'elle avait contenues toute la soirée prirent bientôt le dessus, et elle sentit de grosses larmes menacer de jaillir de ses yeux. Elle cligna des paupières et garda la tête baissée, consciente qu'elle se trahirait si elle tentait de parler. Or il était hors de question qu'elle craque devant lui ! Absolument hors de question !

— Merci, monsieur Knight, parvint-elle à bredouiller.

— Je croyais qu'on s'était mis d'accord : vous devez m'appeler Connor, à présent !

D'un doigt, il lui releva le menton. Elle cligna des paupières une nouvelle fois, mais ne put empêcher les larmes de couler le long de ses joues.

— Mais Holly… vous pleurez ?

Elle sentit une nouvelle larme rouler jusqu'au coin de ses lèvres, et lut dans le regard de Connor toute la tendresse et toute la pitié qu'il ressentait pour elle. Elle détourna la tête, ne pouvant affronter un tel regard.

Toute sa vie, on avait eu pitié d'elle, mais voir Connor la regarder de cette façon était plus qu'elle ne pouvait en supporter. Elle s'était promis de rester forte devant lui ! La gorge serrée, elle alla chercher au plus profond d'elle la colère qu'elle avait emmagasinée toutes ces années. Elle seule pourrait lui permettre de se reprendre et de se contenir devant son patron.

— Ce n'est rien, j'ai juste une grosse migraine.

Ses mains tremblantes pouvaient à peine retenir la plante. Connor s'avança et la lui retira des mains.

— J'ai l'impression que c'est plus qu'un simple mal de tête, rétorqua-t-il.

Il déposa la plante sur le bureau, puis s'empara des mains de Holly et l'attira vers lui. Elle frissonna. Ils étaient si proches que sa poitrine frôlait la veste soyeuse du costume de Connor. Elle pouvait sentir ses seins frémir et se durcir sous sa robe, et la sensation en était presque douloureuse.

Connor ne la quittait pas des yeux, la transperçant de son regard enflammé, aussi noir que le jais.

L'espace d'une seconde, Holly s'autorisa à rêver : cet homme qui se tenait devant elle la désirait autant qu'elle le désirait. Il l'aimait autant qu'elle l'aimait. Mais la réalité reprit vite le dessus, et elle sentit la colère la submerger de nouveau. L'amour ? Foutaises ! Connor Knight n'était pas amoureux d'elle et ne le serait jamais. Il avait juste pitié d'elle. Voilà pourquoi elle était maintenant pressée contre son torse musclé, pourquoi elle pouvait sentir leurs respirations s'élever à l'unisson. A regret, elle s'écarta de la douce chaleur de son corps.

— Je dois partir. Merci encore pour la plante, dit-elle avec précipitation en s'emparant du poinsettia et en se dirigeant à grands pas vers la porte.

Dieu merci, elle allait passer les trois prochaines semaines loin du bureau, loin de Connor. C'était ce qui pouvait lui arriver de mieux en ce moment, elle avait besoin de mettre de la distance entre eux le plus vite possible. Pourtant, une petite voix s'insinua en elle.

« Menteuse. Tu as envie de lui, tu le sais bien. »

— Holly ? murmura Connor, en l'attrapant par le bras et la faisant pivoter vers lui.

Elle ne put affronter son regard interrogateur et garda les yeux obstinément fixés sur la fenêtre du bureau, de laquelle elle pouvait apercevoir une vue à couper le souffle. Il pouvait garder sa pitié pour lui, elle n'en avait aucune envie. Pas plus que de sa fichue plante d'ailleurs !

Mais Connor lui caressa la joue, recueillant une nouvelle larme, et le contact de sa peau sur la sienne raviva les braises d'un désir qu'elle cherchait à étouffer désespérément.

Alors, pour la première fois de sa vie, elle s'abandonna entièrement.

Elle allait probablement le regretter demain matin. Mais si la vie lui avait appris une chose, c'était que les regrets étaient une marque de faiblesse. Il fallait saisir une occasion quand elle se présentait et se battre pour ce qu'on voulait. Et, à cet instant précis, elle avait envie d'une chose plus que tout au monde : Connor Knight.

Le cœur battant la chamade, Holly glissa les mains derrière

la nuque de Connor et attira son visage vers elle. Elle s'enivra de son odeur avant de presser ses lèvres contre les siennes.

Connor sentit une onde de choc le traverser de part en part, causée par la surprise mais aussi par un désir brûlant, insatiable… Il n'avait pas ressenti cela depuis des années. Il s'était *interdit* de ressentir ça depuis des années. Mais ce soir Holly avait touché une partie de lui qu'il avait pris soin d'enfouir très profondément, depuis que son ex-femme avait détruit toutes ses illusions. Une partie de lui qui refaisait à présent surface grâce à un baiser comme il en avait rarement reçu.

Connor pencha la tête afin de pouvoir la savourer plus pleinement. Elle avait mené la danse jusque-là, mais il comptait bien reprendre les rênes. Il était habitué à avoir le contrôle, et son corps avait été au repos depuis bien trop longtemps pour rester passif. Sa langue caressait ses lèvres, goûtant, titillant et en voulant toujours davantage. Il glissa les mains autour de sa taille, l'attirant vers lui, et le contact du corps de la jeune femme contre le sien lui arracha un grognement rauque. La chaleur qu'elle dégageait attisait le feu qui ravageait son corps tout entier, et sa faim pour elle se fit intolérablement pressante.

Il fit glisser sa main le long de son dos, l'attirant encore plus près, jusqu'à sentir sa poitrine pressée contre lui. Mais il en voulait toujours plus, avait l'impression qu'il ne pourrait jamais avoir assez d'elle. Sa main remonta vers la nuque de Holly, où reposaient quelques mèches sombres qui s'étaient échappées de son chignon. Ces mèches soyeuses l'avaient torturé toute la soirée, lui semblant comme une brèche dans l'armure de la jeune femme, une touche de féminité incroyablement attirante. Ces mèches folles qui n'attendaient que sa main pour être caressées…

Il sentit la peau de Holly réagir sous ses doigts habiles, de la même manière que la sienne avait réagi lorsqu'elle l'avait touché alors qu'il revêtait le costume de Père Noël. Il avait l'impression que cette scène s'était déroulée il y a des années. Mais à cet instant précis, il était loin de se sentir comme un Père Noël. Il était plutôt comme un volcan, longtemps endormi mais à présent tout proche de l'éruption.

Il détacha ses lèvres de celles de Holly. Il fallait qu'il goûte sa peau, qu'il la caresse de sa langue avide. Holly laissa échapper un petit cri lorsqu'il l'embrassa sur la tempe, faisant glisser sa langue le long de la courbe de son visage, et il la sentit se coller un peu plus contre lui.

Pourtant, il en voulait plus. Beaucoup plus. Il voulait la goûter plus en profondeur. Il voulait toucher. Voir. Découvrir. Il la voulait tout entière…

— Ne bouge pas, lui ordonna-t-il d'une voix rauque de désir.

Connor se coula derrière elle et plaça les deux mains sous les fines bretelles de sa robe, les faisant glisser le long de ses épaules. Ses yeux étaient rivés sur les vitres dans lesquelles ils se reflétaient tous deux. Il y observa, fasciné, la robe dévoiler un peu plus les courbes délicieuses de la jeune femme. La lumière tamisée de son bureau jetait des reflets dorés sur sa peau bronzée.

— Lève les bras, lui demanda-t-il.

Il la vit s'exécuter, frémissante, et faire glisser la robe un peu plus bas.

Le tissu soyeux révéla une poitrine parfaite, ronde et pleine, aux pointes gonflées de désir, et Connor ne put retenir un râle d'approbation.

— Tu es si belle, murmura-t-il.

Holly sentit la panique l'envahir alors que le souffle chaud de Connor lui chatouillait irrésistiblement le cou. Elle observa leur reflet dans la fenêtre, observa les mains de Connor se refermer sur ses seins, les malaxant avec douceur. Quand il se mit à en caresser les pointes sensibles, la panique laissa la place à une tension intolérable. Une tension qui se propageait peu à peu, se concentrant entre ses jambes jusqu'à ce qu'elle sente une moiteur brûlante l'envahir.

Les jambes tremblantes, elle sentit Connor lui mordiller avec douceur le lobe de l'oreille. La sensation irrésistible de plaisir mêlé à la légère douleur du contact de ses dents sur sa chair lui était inédite, mais en même temps irrésistible.

Quand les mains de Connor quittèrent ses seins, elle laissa échapper un petit cri de déception. Elle était à l'agonie, le désirait avec un désespoir qu'elle n'avait jamais ressenti auparavant. Pas même lors de son enfance, lorsqu'elle souhaitait plus que tout au monde faire de nouveau partie d'une véritable famille. Avoir quelqu'un de spécial dans sa vie. Elle ne passerait sans doute pas le reste de sa vie avec Connor, elle le savait, mais pourquoi ne pourrait-elle pas le prétendre ce soir ? Prétendre qu'elle lui appartenait pendant quelques délicieux instants ?

Quand Connor glissa les mains dans son dos pour achever de lui ôter sa robe, elle ne put retenir un soupir, mélange d'excitation et de peur. Seulement vêtue de sa petite culotte en dentelle qui mettait en valeur ses longues jambes fuselées, elle était désormais à sa merci. Brûlante de désir. Offerte.

Holly releva les yeux vers le reflet de la fenêtre et savoura de nouveau le spectacle qui s'offrait à elle. Les longs doigts de Connor dessinaient des arabesques sur chacune de ses courbes, lui tirant de délicieux frissons. C'était incroyable, elle avait l'impression que la chaleur entre ses cuisses redoublait d'ardeur.

— Tu aimes ce que tu vois ? lui murmura-t-il à l'oreille d'une voix enivrante, tout en glissant les mains autour de sa taille.

L'une d'entre elles s'empara d'un de ses seins, le faisant rouler avec douceur dans sa paume. L'autre main se dirigea avec une lenteur étudiée vers sa petite culotte, dont il repoussa doucement la fine étoffe jusqu'à révéler la toison brune de son sexe brûlant.

— Oh, oui, murmura-t-elle alors que les doigts de Connor se frayaient avec douceur un chemin vers la source de son désir.

Son corps se cambra avec force contre celui de Connor et de puissantes vagues la frappèrent de plein fouet. Elle mourait d'envie de s'abandonner, de plus rien ressentir que le plaisir de son corps contre le sien, le désir de ne plus faire qu'un avec lui, mais une petite voix, au fond d'elle, lui criait qu'elle était en train de perdre tout contrôle de la situation. Si elle ne se ressaisissait pas, elle serait bientôt à sa merci, corps et âme. Mais était-elle vraiment prête à franchir le pas ?

— Moi aussi, ça me plaît, fit-il d'une voix rauque.

Ces quelques mots murmurés à son oreille la firent presque chavirer, mais elle tint bon, résistant encore, tentant avec désespoir de reprendre ses esprits. Mais lorsqu'il glissa un doigt en elle, entre les replis de sa chair brûlante, elle sut qu'elle était perdue.

En la sentant se raidir contre lui, Connor ne put retenir un petit cri rauque. Il arrivait à peine à faire le lien entre la vision qui s'offrait à lui dans le reflet de la vitre et les vagues de chaleur et de passion qui rayonnaient du corps frissonnant de Holly pressé contre le sien.

Voir leur reflet sur la vitre l'excitait au plus haut point. Ses yeux dévoraient la vision exquise du corps parfait qui s'abandonnait sous ses caresses, de la peau satinée sur laquelle tranchait le pourpre de la fine dentelle de sa culotte. Nue contre lui, contre le costume sombre dont il était toujours vêtu, Holly lui faisait un effet qui le dépassait complètement. Face à elle, au contact de sa peau à la fois douce et ardente, il se sentait envahi d'un désir féroce et incontrôlable, un désir comme il n'en avait plus ressenti depuis ses premiers émois sexuels.

Il fixa son attention sur le visage de Holly, et constata

avec un plaisir farouche que ses yeux brillaient, non plus de larmes mais des flammes incandescentes de l'excitation.

Alors, se laissant guider par les spasmes de plaisir qui secouaient le corps de Holly sous ses mains habiles, il accéléra ses caresses, s'insinuant encore plus loin en elle, et il sentit un long frisson le parcourir lorsque la respiration de la jeune femme se précipita. Elle était très proche de l'extase. Il accéléra encore un peu, et bientôt, elle s'abandonna avec un long gémissement de plaisir.

Il la soutint alors qu'elle s'affaissait contre lui, ignorant tant bien que mal la manifestation de son propre désir qui se faisait de plus en plus pressant, presque douloureux. Pour la première fois depuis des années, il se sentait tout-puissant. Il avait tout ce dont il pouvait rêver.

« Enfin, presque tout », songea-t-il avec un frisson d'excitation alors qu'il faisait glisser la culotte de la jeune femme, révélant les courbes voluptueuses de ses fesses. Fesses qui avaient bien failli le rendre fou à force de se frotter contre lui.

Fou de désir, Connor guida Holly jusqu'au bureau, où elle appuya les mains, lui offrant un spectacle incroyablement excitant. N'y tenant plus, il libéra son sexe bandé de son pantalon, et se pressa contre elle. La sensation était divine. Son sexe chaud et humide, offert, semblait palpiter de désir et l'appeler de tous ses sens.

C'était comme si, peau contre peau, sexe contre sexe, Connor pouvait ressentir le moindre frémissement qui la traversait, comme s'ils vibraient tous deux de la même impatience. Mais il ne voulait pas encore entrer en elle, pas tout de suite. Il voulait faire durer le plaisir de cette délicieuse et infernale torture, tant qu'il le pourrait.

Même s'il savait qu'il ne le pourrait pas longtemps. Quand elle se frotta contre lui en gémissant, il ne put résister. Pressant un peu plus son sexe contre celui de Holly, il la pénétra enfin.

Le cri qui jaillit de sa gorge alors qu'il entrait en elle lui était aussi étrange que l'idée de faire l'amour à sa secrétaire sur son propre bureau. Pourtant, à ce moment précis, rien ne lui semblait plus normal. Les sensations qui le submergèrent étaient si intenses qu'il en resta le souffle coupé. Elle l'enveloppait tel un fourreau brûlant, le rendant fou d'un tel désir que ses instincts les plus primaires se réveillèrent.

Pourtant, alors qu'il s'enfonçait encore plus loin en elle, il la sentit se raidir et ralentit aussitôt le rythme. C'était comme si quelque chose empêchait Holly de s'abandonner entièrement à leur étreinte, même si elle se pressait contre lui, l'enjoignant à continuer, l'encourageant avec de petits gémissements. D'une main, il lui caressa doucement le visage et déposa de légers baisers contre sa nuque. Il fit ensuite glisser ses lèvres le long de son cou, jusqu'à pouvoir s'emparer du lobe de son oreille, qu'il mordilla langoureusement. La réserve de Holly semblait s'être envolée : elle répondit avec enthousiasme en ondulant contre lui, menaçant de lui faire perdre la raison.

Ses gémissements l'encouragèrent à aller plus loin, plus vite, et il se perdit dans les méandres du désir pur, le monde se résumant à l'union parfaite de leurs deux corps. Lorsqu'elle atteignit l'extase une nouvelle fois, il se sentit partir, perdre pied dans un tourbillon de plaisir d'une puissance telle qu'il n'en avait jamais ressenti auparavant.

Connor s'écroula sur Holly, épuisé physiquement aussi bien que mentalement. Il respirait à grands coups, n'arrivant pas à retrouver son souffle. Puis peu à peu, il revint à la réalité. Il était toujours couché sur elle, leurs deux corps pressés intimement, ses mains emprisonnant les poings de Holly contre la surface polie de son bureau.

Dieu du ciel, il venait de lui faire l'amour *sur son propre bureau* !

A cet instant, le carillon de l'ascenseur lui fit reprendre ses esprits. Quelqu'un venait d'arriver à leur étage.

Il se sépara de Holly à contrecœur et remit rapidement de l'ordre à ses vêtements. Il se pencha ensuite vers elle afin de l'aider avec la longue robe soyeuse qui gisait en boule sur le sol. Alors qu'elle remettait sa petite culotte, Connor aperçut une trace inattendue à l'intérieur de sa cuisse. Du sang ?

Il resta un instant sans pouvoir parler, comme incapable de tirer la conclusion qui s'imposait à son esprit.

— Holly…

Comme si elle ne l'avait pas entendu, elle continua de se rhabiller, lui dissimulant la vision de son superbe corps sous le tissu chatoyant. Mais il vit bien que ses mains tremblaient.

— Holly, qu'est-ce que…

Il ne put finir sa phrase.

Elle était vierge ?

La vérité lui sauta au visage. Elle était vierge, et il lui avait fait l'amour sans ménagement, sur son bureau, comme dans une sordide histoire de sexe entre un patron et sa secrétaire. Holly fit quelques pas afin de s'éloigner de lui, mais il lui attrapa le bras et la retint.

— Holly, tu ne peux pas partir comme ça. Il faut qu'on parle.

— Je pense que nous nous sommes dit tout ce qu'il y avait à dire, répliqua-t-elle.

A cet instant, quelqu'un frappa à la porte du bureau, et Holly releva le menton, lui tenant tête avec tout le sang-froid dont elle était capable.

— Je te souhaite un joyeux Noël, Connor.

Elle était consciente que c'était une bien piètre façon de clore leur conversation, mais elle était si bouleversée qu'elle arrivait à peine à former une pensée cohérente. Elle se dégagea de son étreinte, se dirigea vers la porte du bureau et l'ouvrit.

— Qu'y a-t-il, Janet ? demanda Holly en puisant dans ses dernières réserves afin de conserver son calme.

— Je… je suis remontée à l'étage pour prendre mes affaires, et j'ai cru entendre quelque chose dans le bureau de M. Knight. Je ne savais pas que vous étiez toujours là.

Janet rougit légèrement, ce qui ne fit qu'accentuer son trouble apparent, et Holly pria le ciel que sa propre gêne ne soit pas aussi visible.

Pendant que Janet balbutiait ses explications, Connor s'était glissé dans son dos et semblait à présent comme une sentinelle postée derrière elle. Holly pouvait percevoir les vagues de chaleur et toute la force qui se dégageaient de lui. Un léger frisson de plaisir la fit se raidir : elle pouvait encore sentir ce corps puissant pressé contre elle, en elle, qui l'avait attirée vers des territoires inexplorés, bien au-delà des limites de la convenance.

Elle n'avait qu'une envie : se frotter à lui et lui refaire l'amour, mais elle devait résister à ses instincts.

— C'est tout, Janet ? demanda Connor.

— Oui, monsieur.

— Parfait. Je pense qu'il est temps que vous rentriez chez vous. Joyeux Noël, Janet.

— Joyeux Noël à vous aussi, monsieur. Et à vous aussi, Holly.

— Merci, Janet. Passez de bonnes vacances.

Holly ravala un rire nerveux. Comment avaient-ils réussi à garder leur sang-froid et à s'acquitter d'une conversation aussi banale, après ce qui venait de se passer ? Son cœur battait toujours à un rythme effréné, alors qu'à l'extérieur elle se sentait de glace. Janet leur fit un petit sourire et partit, et Holly s'autorisa un soupir de soulagement.

De courte durée. Voilà qu'elle se retrouvait de nouveau seule en compagnie de Connor.

Elle resta immobile un long moment, incapable du moindre mouvement, jusqu'à ce que sa raison reprenne le dessus. Il fallait qu'elle parte. Si elle ne le faisait pas, elle risquait de retomber dans ses bras. Enfin, elle trouva le courage d'ouvrir la porte.

— Ne pars pas, fit-il en la retenant par le bras et en la

forçant à se tourner vers lui. Nous avons encore des choses à nous dire, Holly.

— Non, nous en avons fini. C'est la seule chose à faire.

Elle se dégagea de son étreinte, s'empara prestement de ses affaires et se dirigea à grands pas vers l'ascenseur, le tout sans même reprendre sa respiration. A chaque pas, elle s'attendait à entendre Connor derrière elle. Pourtant, lorsqu'elle entra dans la cabine de l'ascenseur et se retourna afin de presser le bouton du rez-de-chaussée, elle l'aperçut à la porte de son bureau, immobile et impassible.

Derrière lui, elle pouvait entrevoir son bureau, où rien ne semblait avoir changé. L'horloge murale indiquait qu'une demi-heure s'était déroulée depuis qu'ils avaient quitté la soirée. Une demi-heure seulement ? Il lui semblait qu'elle avait passé une vie entière dans ce bureau. Elle savait que jamais plus, après cela, elle ne serait la même. Et qu'importe ce qui se passerait après ce soir, elle garderait toujours ce précieux souvenir dans un coin de sa mémoire et le chérirait jusqu'à la fin de sa vie.

Les portes de l'ascenseur commencèrent à se fermer avec une lenteur exaspérante, et Holly soupira. Elle allait bientôt être libérée de cette présence si tentatrice. Mais, soudain, un bras s'introduisit entre les deux portes, et Connor força les portes à se rouvrir.

— Mais tu es fou ? cria-t-elle d'une voix aiguë, qu'elle avait peine à reconnaître. Qu'est-ce que tu fais ?

— Ça t'a peut-être échappé, mais nous n'avons pas utilisé de protection. Il faut qu'on en parle. En plus de ça, c'était ta première fois, Holly. Pour une raison qui m'échappe, tu m'as choisi pour être ton premier amant. Et le moins que je puisse faire est de rendre cette soirée mémorable. Je refuse de me contenter de cette expérience dégradante.

Elle sentit un frisson glacé la parcourir. Dégradante ? Il trouvait que cela avait été dégradant ?

— Ce n'est vraiment pas la peine de…

Connor coupa court à ses protestations d'un geste de la main.

— C'est là où tu te trompes, Holly. Il faut que je fasse quelque chose. Et je compte bien le faire.

4

Holly se tenait dans un coin de l'ascenseur qui montait au dernier étage de la tour Knight Entreprises, vers l'appartement privé de Connor. Il l'avait aménagé quelques années plus tôt, pour les nuits où le travail le retenait trop tard pour rentrer chez lui, mais Holly n'y avait encore jamais mis les pieds. Jusqu'à ce soir, où Connor avait suggéré qu'ils s'y rendent pour y finir la nuit…

Holly sentit un frisson lui glacer le dos malgré la température confortable de la cabine. Qu'avait-elle donc fait ! Cette maudite nuit de Noël avait toujours été son point faible depuis le jour où elle avait été assez grande pour comprendre que sa mère l'avait abandonnée et ne reviendrait jamais la chercher. Cette année, Noël avait été particulièrement éprouvant et pour la première fois de sa vie, elle avait révélé ses failles. Quelle ironie ! Perdre sa virginité un soir de Noël, qui plus est avec son patron…

Et la nuit ne faisait que commencer, songea-t-elle avec un frisson lorsqu'elle se remémora les paroles de Connor. Il avait semblé si sûr de lui, de ce qu'il voulait d'elle, et elle ne lui avait opposé aucune résistance. Etait-elle donc si désespérée qu'elle était prête à se contenter des quelques miettes d'attention qu'il lui portait ce soir ? La réponse était évidente…

Soudain, une phrase de Connor lui revint à la mémoire. *Ils n'avaient pas utilisé de protection.* Elle avait agi par pur instinct, perdue dans l'instant de leur étreinte sans même songer aux conséquences. Quelle idiote elle avait été ! Si quelqu'un devait bien se méfier d'une grossesse involontaire, c'était bien elle. Il était hors de question qu'elle ait un bébé, hors de question !

Un rapide calcul la rassura : la probabilité qu'elle tombe enceinte était minime. Et pour plus de sûreté, elle prendrait la pilule du lendemain. Elle aurait sans doute du mal à trouver une pharmacie ouverte le soir de Noël, mais elle se débrouillerait. Elle refusait de courir le moindre risque.

Holly coula un regard en direction de Connor, qui se tenait devant la porte, lui tournant le dos. Des questions virevoltaient dans sa tête, la tourmentant sans relâche. Pendant trois ans, elle avait été invisible à ses yeux, et voilà que ce soir, il voulait passer la nuit — toute la nuit — avec elle ?

Elle avait du mal à s'expliquer ce retournement de situation. A moins que… Mais bien sûr, Carla ! Leur dispute l'avait rendu fou de rage, et Holly était bien placée pour savoir que ce sentiment pouvait conduire quelqu'un à faire des choses insensées. Combien de fois avait-elle succombé à la colère lors de son adolescence, combien de fois avait-elle laissé ses émotions prendre le dessus, décourageant toutes les assistantes sociales les unes après les autres ? Connor s'était tout simplement servi d'elle comme exutoire à sa colère…

Cette pensée lui fit l'effet d'une douche froide. Holly serra les dents, refusant de laisser la douleur l'envahir. Au moins, elle n'était pas dupe : Connor voulait se servir d'elle pour se sentir mieux. Et elle, elle n'avait pas la force de lui résister. Elle prendrait ce qu'il lui donnerait, pour le temps que ça durerait. Même si elle savait que Connor s'en lasserait un jour ou l'autre, c'était inévitable…

Elle, en revanche, se sentait encore plus attirée par lui depuis qu'ils avaient couché ensemble, aussi bien physiquement qu'émotionnellement.

En un mot, elle était encore plus amoureuse.

Holly poussa un soupir de découragement. Leur relation n'avait aucune chance de fonctionner. Ils étaient aussi différents que le feu et la glace : lui, le riche héritier et elle, l'orpheline sans le sou ; lui qui voulait des enfants plus que tout et elle qui n'en voulait à aucun prix…

Elle fut tirée de ses pensées lorsque les portes de l'ascenseur s'ouvrirent sur le luxueux appartement privé de Connor. Ce dernier l'entraîna aussitôt à l'intérieur, lui prenant ses sacs des mains et les jetant sur le canapé en cuir qui trônait dans le salon. Sans dire un mot, il se dirigea vers le bar et leur versa deux verres de vin. Il lui en tendit un, et Holly se sentit prise au piège de son regard intense et ardent. Qu'attendait-il d'elle ?

Connor observa Holly porter le vin à ses lèvres et en avaler une petite gorgée, fasciné par les légers mouvements de sa gorge. Il pouvait encore sentir le goût de sa peau sur ses lèvres. Son désir pour elle était toujours si aigu que ses mains tremblèrent lorsqu'il leva son verre à sa santé. Mais sa raison reprit vite le dessus, et il décida d'aborder la question qui le tourmentait depuis ce qui s'était passé dans son bureau.

— Y a-t-il une chance pour que tu tombes enceinte ?

Holly sursauta légèrement, apparemment surprise par la brutalité de sa question, mais reprit vite son sang-froid et répondit sèchement :

— Absolument aucune.

— Et si jamais tu te trompais ? Je suppose que tu ne prends pas la pilule, n'est-ce pas ?

— Non, c'est vrai, mais s'il y a une chose dont je suis sûre, c'est que je ne veux pas avoir d'enfant, affirma-t-elle en le regardant droit dans les yeux. Jamais.

Ces quelques mots lui firent l'effet d'un coup de poing en plein ventre. Comment pouvait-elle être si catégorique alors qu'elle était encore si jeune ? Ces mots lui remirent à la mémoire ce qu'il avait traversé avec son ex-femme : Carla aussi avait eu les idées bien arrêtées sur la question…

— Tu veux dire que tu serais prête à avorter si tu tombais enceinte ? lui demanda-t-il d'une voix qu'il avait du mal à contenir tant la colère menaçait de le submerger.

— Ne me fais pas dire ce que je n'ai pas dit.

— Alors que veux-tu dire ? Que ferais-tu si jamais tu étais déjà enceinte ? persista-t-il.

— Si jamais le pire arrivait, je saurais me débrouiller, répondit-elle d'un ton égal.

— Ah oui ? railla-t-il.

— Je te répète qu'il n'y a aucun risque que je sois enceinte, arrête de t'inquiéter, répliqua-t-elle avec agacement.

Connor ne la quittait pas des yeux. Malgré leur discussion tendue, il ne pouvait s'empêcher d'admirer sa fougue, sa détermination. Des traits de caractère qui feraient merveilles dans un lit…

Il fut soudain envahi par des images de leur étreinte, des images incroyablement sexy. Elle avait répondu à ses avances avec un feu et une passion qui l'étonnaient encore.

Mais son attirance pour elle, bien qu'incroyablement puissante, ne parvint pas à chasser les sombres pensées qui le harcelaient. Encore et toujours, il en revenait au même point : et si elle tombait enceinte ? Jamais il ne la laisserait « se débrouiller ». Il refusait de laisser quoi que ce soit arriver à un autre de ses enfants. Plus jamais.

Une vague de tristesse l'inonda de nouveau, mais il s'obligea à la contenir. Il prendrait le temps de pleurer son enfant disparu, mais pas ce soir. Ce soir, il voulait tout oublier, il voulait atténuer sa peine en se perdant dans un univers de sensations pures. Ce soir, il voulait se concentrer sur l'incroyable jeune femme qui se tenait devant lui…

Il fit un pas en direction de Holly, s'empara de son verre, le déposa sur une table basse, puis lui prit la main.

— Je prendrai bien soin de vous, lui promit-il. Vous ne manqueriez de rien avec moi.

— Je n'ai besoin de personne pour s'occuper de moi, lui répondit-elle avec une lueur de défi dans les yeux, mais d'une voix qui tremblait légèrement.

Cette vulnérabilité inattendue toucha Connor en plein cœur, et la réalité de leur situation lui revint à l'esprit. Avait-il perdu l'esprit ? Il était son patron, nom d'un chien !

Il s'efforça d'examiner les raisons qui l'avaient poussé dans les bras de Holly, et sentit la honte l'envahir. Avait-il été si bouleversé par la découverte de l'avortement de son ex-femme qu'il s'était inconsciemment servi de Holly pour étouffer sa peine ? Cette pensée lui faisait horreur, mais, s'il voulait être honnête avec lui-même, ce n'était pas impossible. Il se pouvait que son cœur brisé l'ait poussé à manipuler la situation, à *la* manipuler, pour des raisons purement égoïstes.

— Holly, je…, commença-t-il avant de s'interrompre.

Non, il ne pourrait jamais s'excuser de lui avoir fait l'amour ! Surtout pas lorsqu'il n'avait qu'une envie : recommencer.

Holly plaça un doigt sur ses lèvres et lui murmura :

— Chut, ne dis rien. Ne t'excuse pas, je t'en supplie.

Connor en resta muet de surprise. Elle avait deviné ce qu'il voulait dire ? Elle le connaissait donc si bien ?

— Nous sommes tous les deux des adultes, reprit-clle d'une voix d'abord hésitante, puis de plus en plus assurée. Nous savons tous les deux ce que nous voulons. Je ne te demande pas de passer le reste de ta vie avec moi, Connor. Je ne te demande qu'une nuit. Juste une nuit.

Ses longs doigts graciles se posèrent sur ses lèvres et il sentit son corps réagir aussitôt à ce contact sensuel. La façon dont elle avait prononcé son prénom résonnait encore à ses oreilles telle une douce musique, et ses doutes s'envolèrent. Il observa son visage, ses yeux, dans les moindres détails, vérifiant si elle était absolument sûre d'elle. Elle l'était.

— Juste ce soir, parvint-il à dire d'une voix cassée par l'émotion.

Ces quelques mots ne firent qu'attiser les flammes de désir qui torturaient Holly. Son corps était tendu à craquer, chaque muscle, chaque nerf ne voulant, n'attendant qu'une chose : Connor.

— Tu es prête ? lui murmura-t-il en lui prenant la main et en y déposant un léger baiser.

— Oui, dit-elle dans un souffle, la voix rauque de désir.

C'était ce qu'elle voulait, elle en était sûre.

— Allons-y, alors, dit-il en déposant un nouveau baiser sur sa main.

Elle laissa échapper un petit soupir de plaisir, et se laissa entraîner vers la chambre à coucher. Il lui lâcha la main à l'entrée, et Holly resta un instant sur le palier, parcourant des yeux la pièce meublée avec goût. Connor pressa un bouton qui fit automatiquement descendre les rideaux des fenêtres, jusqu'à plonger la pièce dans une semi-obscurité.

— Approche-toi, lui demanda-t-il, se tenant au pied d'un lit incroyablement large.

Holly obtempéra, le cœur battant à tout rompre.

— Déshabille-moi, dit-il lorsqu'elle arriva devant lui.

Elle resta immobile pendant quelques secondes, ne sachant par où commencer. Puis, ses mains, comme de leur propre volonté, s'emparèrent de la veste de smoking de Connor et la firent glisser de ses larges épaules, jusqu'à ce qu'elle atterrisse sur le sol.

Holly se concentra ensuite sur la chemise, dont elle défit chaque bouton avec une lenteur étudiée, avant d'en écarter les pans, effleurant son torse puissant au passage. Elle retint son souffle. Il était magnifique. Ces larges épaules, ce torse musclé, ce ventre plat… Ce corps splendide qu'elle avait caressé quelques heures plus tôt, et dont le contact lui avait comme brûlé les doigts…

Doucement, elle y posa les mains, savourant la chaleur

de sa peau sous ses paumes, puis, avec plus d'assurance qu'elle ne l'avait fait un peu plus tôt, elle se mit à promener ses mains sur lui, l'effleurant, le caressant, et elle se laissa envahir par une vague de désir lorsqu'elle le sentit frissonner sous ses doigts. Alors, s'enhardissant, elle fit glisser sa main vers le pantalon de Connor et commença à jouer avec la boucle de sa ceinture de cuir, mais elle l'entendit pousser une exclamation étouffée.

— Attends, l'arrêta-t-il d'une voix rauque.

Holly s'immobilisa aussitôt, même si elle brûlait de finir ce qu'elle avait commencé. Avait-il changé d'idée ? Elle avait si peu d'expérience en la matière qu'elle craignait d'avoir fait quelque chose de mal.

— Caresse-moi encore, murmura-t-il alors.

— Comme ça ? demanda-t-elle timidement en dessinant de légères arabesques sur sa peau.

Elle avait imaginé ce moment des milliers de fois dans sa tête, mais la réalité dépassait tous ses fantasmes. Elle sentit Connor se raidir sous ses doigts alors qu'elle continuait à explorer son torse, et elle entendit sa respiration s'accélérer. Se pouvait-il qu'il ait envie d'elle autant qu'elle avait envie de lui ? Elle n'osait pas le croire.

Il lui attrapa soudain les mains alors qu'elles s'approchaient de nouveau de sa ceinture.

— A ton tour, murmura-t-il.

— Mais…

— Chut… Défais ton chignon, demanda-t-il doucement.

Les mains tremblantes, Holly retira une à une les épingles qui retenaient ses cheveux, et leur masse soyeuse se répandit sur ses épaules.

Connor y fit glisser ses mains, jouant avec les mèches souples, les tirant légèrement afin qu'elle penche un peu la tête en arrière. Il captura alors ses lèvres dans un baiser profond et langoureux, et elle ne put que céder à ses assauts.

D'abord passive, Holly s'enhardit vite et répondit à son

baiser avec un enthousiasme et une audace qui la surprenaient elle-même. Ses jambes la soutenaient à peine, et elle avait l'impression qu'un feu incandescent coulait dans ses veines.

Elle pouvait sentir à quel point Connor était excité par leur baiser, et elle se laissa aller entre ses bras, oubliant tous ses doutes. Oh, il ne l'aimait pas, non, elle le savait, il la désirait, c'était tout, mais à cet instant, elle était prête à se contenter de ce qu'il pouvait lui donner. Même pour une seule nuit…

Son corps entier était en feu, brûlant d'être caressé par ces larges mains masculines, brûlant d'être embrassé par ces lèvres qui la faisaient vibrer de tout son être.

D'un seul geste, Connor fit tomber sa robe à ses pieds, et Holly ne put s'empêcher de se sentir une nouvelle fois gênée par son manque d'expérience : alors qu'elle peinait à le déshabiller, il ne lui avait pas fallu une seconde pour la débarrasser de ses vêtements. Mais elle oublia bien vite ses doutes lorsque la bouche de Connor se posa sur un de ses seins et en titilla doucement la pointe. Elle laissa échapper un petit cri de plaisir, l'encourageant à continuer, tandis qu'elle sentait une intense chaleur l'envahir, cette même chaleur qui la gagnait dès qu'il la touchait, comme s'il avait le pouvoir de l'embraser.

Libérant ses lèvres comme à regret, Connor la prit dans ses bras et la porta jusqu'au lit. Elle pouvait sentir sa peau brûlante pressée contre la sienne, contrastant avec la fraîcheur des draps immaculés sur lesquels il la déposa. Des draps plus doux qu'elle n'en avait jamais vus, jamais sentis contre sa peau nue. Tout, dans cette chambre, respirait le luxe, la volupté, et malgré son esprit embrumé de désir, elle se força à graver le moindre détail dans sa mémoire. Elle voulait pouvoir se souvenir de chaque instant de cette nuit. Car plus tard, lorsque tout serait fini, il ne lui resterait que cela…

Mais, pour le moment, seul l'instant présent comptait. Lorsque Connor se glissa à côté d'elle, entièrement nu, elle frémit de plaisir en sentant son sexe dur contre sa peau, comme une promesse des délices à venir.

— Je ne te ferai pas mal, cette fois, Holly, lui murmura-t-il d'une voix chargée d'émotion.

— Mais, tu ne m'as pas…, protesta-t-elle avant d'être interrompue par un léger baiser.

— Laisse-moi te montrer à quel point ça peut être bon, lui murmura-t-il avec un petit sourire.

Elle s'enfonça avec délectation dans la pile de coussins, tandis que Connor la couvrait de baisers, descendant de plus en plus bas vers son ventre plat. La vision de cette tête brune et de ces lèvres sensuelles sur sa peau était incroyablement érotique, et pendant un bref instant, elle eut l'impression d'être détachée de son corps, d'observer la scène d'un point de vue extérieur. Mais elle redescendit sur terre lorsque Connor promena sa langue le long de sa petite culotte, qu'il fit ensuite glisser lentement le long de ses jambes. Elle tomba sur le sol, aussitôt oubliée tandis que Connor pressait ses lèvres sur son sexe brûlant. Les vestiges de sa raison s'envolèrent, et elle s'abandonna avec volupté. Des vagues de plaisir l'assaillirent sans relâche, de plus en plus puissantes. Des gémissements s'échappèrent bientôt de ses lèvres, et chaque seconde qui passait l'entraînait un peu plus près de l'extase. Jamais elle n'aurait cru que cela puisse être aussi bon, aussi fort.

Mais, alors qu'elle était à deux doigts de succomber, Connor s'interrompit et se glissa à son côté, la laissant transie de désir. Elle le vit ouvrir le tiroir de la table de nuit et en extirper un préservatif. Quelques secondes plus tard, elle sentit son sexe dur se presser contre elle, palpitant de désir.

Elle ne pouvait attendre une seconde de plus : elle le voulait en elle, maintenant. Tout son corps le réclamait, ne vibrait que pour l'instant magique où il la pénétrerait enfin. D'un mouvement de hanche, elle l'encouragea à continuer, et il se glissa enfin en elle. Pour la première fois de sa vie,

Holly se sentit en paix avec elle-même. Leur union était si absolue que tous ses tourments, tous ses soucis, ne comptaient plus. Connor la complétait parfaitement, leurs deux corps semblaient avoir été conçus l'un pour l'autre.

Leur étreinte était bien différente de ce qui s'était passé dans le bureau de Connor. Leur première fois avait été instinctive, rapide et presque animale. A présent, il s'agissait bien plus que d'une simple rencontre entre deux corps. Il ne s'agissait pas que de sexe : ils *faisaient l'amour.* Elle pouvait sentir chacun de ses battements de cœur, chacune de ses respirations, résonner en elle.

Connor accéléra le rythme et Holly se sentit perdre pied. Elle suivit sa cadence et leur étreinte se fit de plus en plus frénétique. Plus rien n'existait que ce corps parfait qui bougeait au-dessus d'elle, en elle. Ils étaient comme coupés du monde réel, flottant dans une bulle de désir et de plaisir, protégés de tout, une bulle qui les menait vers la volupté, irrésistiblement. C'était comme s'ils ne formaient plus qu'un, et, ensemble, à l'unisson, ils atteignirent l'orgasme, et Connor s'écroula sur elle, haletant.

Holly était comblée, plus comblée qu'elle n'aurait jamais pu l'imaginer dans ses rêves les plus fous. Connor roula sur le côté en l'attirant avec lui, et elle se pelotonna avec délice contre son torse. Pourtant, avant que l'épuisement ne la fasse succomber au sommeil, elle ne put s'empêcher de penser au lendemain, et une tristesse infinie l'envahit. Demain, tout serait si différent…

Connor étouffa un juron alors que la sonnerie ininterrompue du téléphone le tirait de son sommeil. Qui pouvait donc bien l'appeler à cette heure si matinale ? Il tenta de rouler sur le côté, mais fut stoppé dans son élan par un corps de femme, doux et tiède, lové intimement contre lui. Il sourit en voyant Holly, enchevêtrée dans les draps. Elle s'agita un peu lorsqu'il se dégagea de son étreinte mais ne se réveilla pas malgré le téléphone qui n'arrêtait pas de sonner.

Il quitta le lit, se mettant à la recherche de son portable, qu'il trouva enfin au pied du lit. Il s'en empara, et en profita pour ouvrir les rideaux de la chambre, qui laissèrent passer une pâle lumière grise.

Parfait, maugréa-t-il en silence, encore un Noël gris et maussade. Alors qu'il attrapait son téléphone, qui n'avait pas arrêté de sonner, il se rendit soudain compte de la situation. *C'était le matin de Noël!* La voix de son père qui s'éleva avec force du téléphone ne fit que lui confirmer ce qu'il savait déjà : ils étaient attendus au déjeuner familial…

— Connor ! Tu es en route pour la maison ? cria son père dans le combiné lorsqu'il décrocha.

— Joyeux Noël à toi aussi, papa, répondit Connor, pince-sans-rire.

— Tu viens toujours avec ta petite secrétaire ?

— Elle s'appelle Holly, soupira Connor. Et oui, elle m'accompagne. A tout à l'heure, papa. *Ciao.*

Il raccrocha et jeta un coup d'œil en direction du lit. Holly dormait toujours, son corps nu à peine couvert par les draps. Quel dommage qu'il n'ait pas le temps de la réveiller comme il en aurait eu envie… Mais plutôt que de céder à ce que son corps réclamait, il s'assit près d'elle et lui caressa doucement l'épaule. Holly ouvrit un œil, encore à moitié endormie, et il sentit un étrange sentiment l'envahir. Dieu qu'elle était adorable. Encore plus que d'habitude…

— Mon père nous attend, et il faut encore qu'on passe à ton appartement pour que tu puisses te changer, lui murmura-t-il, ne pouvant cacher un sourire lorsqu'elle remonta timidement le drap sur sa poitrine.

— Donne-moi juste deux minutes pour récupérer mes affaires, répondit-elle d'une voix brouillée de sommeil qu'il trouva incroyablement sexy.

— Mal à l'aise ? demanda-t-il malicieusement en tirant sur le drap jusqu'à ce que sa poitrine soit de nouveau dévoilée.

Et il se retrouva pris à son propre piège. Il avait voulu la taquiner, et à présent, il ne pouvait s'empêcher de la regarder et de la toucher. Elle était comme une drogue, et il savait qu'une nuit ne suffirait pas à apaiser la faim qu'il avait pour elle.

Tant pis s'ils étaient en retard, décida-t-il en la repoussant sur le lit et en s'emparant de ses lèvres…

Il était déjà très tard lorsque Connor gara sa voiture devant l'appartement de Holly pour qu'elle puisse se changer. Il avait eu du mal à cacher sa surprise lorsqu'elle lui avait finalement révélé son adresse, après bien des hésitations. Elle vivait dans un des quartiers mal famés de la ville, une sordide succession de HLM à moitié en ruine.

— Gare-toi ici, dit-elle en indiquant une petite allée sombre et triste sur le côté de la rue.

Une allée qui conduisait à une petite maison morne, sombre et sans aucun charme. Pourquoi diable avait-elle choisi un endroit aussi sinistre ? Elle pouvait se payer bien mieux avec le salaire plus que confortable qu'il lui versait !

— Attends-moi dans la voiture, j'en ai pour une minute, dit-elle en ouvrant la portière.

— Je viens avec toi, répondit-il aussitôt.

— Ce n'est vraiment pas nécessaire.

— Pas la peine de protester, Holly, tu n'auras pas le dernier mot.

Malgré ses protestations, il la suivit à l'intérieur de la maison, qui n'était pas plus gaie que l'extérieur. Le soleil pénétrait à peine par les fenêtres microscopiques, et Holly dut allumer la lumière. Les ampoules dénudées jetèrent une lumière blafarde sur une cuisine au sol craquelé et aux meubles en Formica, qui avaient de toute évidence connu des jours plus heureux.

— Mets-toi à l'aise, je reviens dans une seconde, dit Holly en se dirigeant vers le couloir.

— Je ne te paye donc pas assez ? ne put-il s'empêcher de demander.

Holly s'arrêta net, se tournant pour lui faire face, le visage fermé. Il regretta aussitôt sa maladresse. Il n'aurait pas dû être aussi direct.

— Mon salaire est excellent, rétorqua-t-elle d'un ton froid, fuyant son regard.

Connor sentait qu'elle lui cachait quelque chose, comme si elle avait peur qu'il ne découvre un secret bien gardé. C'était une facette d'elle qu'il ne connaissait pas, et il n'était pas sûr de beaucoup l'apprécier.

— Alors que diable fais-tu de ton argent ? répliqua-t-il, refusant d'abandonner la question aussi facilement.

— La façon dont je fais mon travail ne te convient pas ? demanda-t-elle d'une voix tremblante de colère.

— Bien sûr que si, tu fais un travail formidable.

— Alors, la discussion est close. Ce que je fais de mon argent ne te regarde pas !

Avant que Connor ait pu répliquer, Holly tourna les talons et quitta la pièce. Connor soupira : elle pouvait être si têtue parfois ! Il devait pourtant reconnaître qu'elle avait raison. Même s'il n'approuvait pas son choix de logement, il n'avait pas à se mêler ainsi de sa vie. Mais il ne s'avouait pas vaincu. Il trouverait bien un moyen de comprendre pourquoi elle habitait dans un endroit aussi miteux. Il fourra les mains dans ses poches, impatient de quitter cette maison déprimante.

— Holly, cria-t-il, il faut y aller, maintenant !

Elle ouvrit la porte de la chambre, vêtue d'un chemisier à manches courtes rose pâle, d'un pantalon gris perle et d'une paire d'escarpins assortis. Connor apprécia le choix de sa tenue, en particulier le chemisier, dont la couleur mettait en valeur son teint délicat, et contribuait à atténuer les légers cernes qu'elle avait sous les yeux. Cernes dont il se savait responsable…

Connor l'entraîna hors de la maison, attendant avec impatience qu'elle ferme la porte d'entrée à double tour. C'était une vraie perte de temps, maugréa-t-il en silence, la porte étant composée de larges panneaux de verre qui pouvaient se briser d'un simple coup. Il la prit par le bras et l'entraîna vers sa BMW gris métallisé, tout en se demandant pour la énième fois pourquoi elle avait choisi d'habiter dans cette maison délabrée. Il se rendit alors compte qu'il connaissait bien peu de choses sur la vie de Holly. Mais il était déterminé à en percer les mystères.

Holly claqua la porte d'entrée derrière elle alors que le taxi qui l'avait ramenée chez elle s'éloignait rapidement de sa rue jonchée d'éclats de verre. Elle poussa un profond soupir. La journée avait été interminable. Elle revoyait encore les sourires contraints de la famille de Connor, la façon dont ils l'avaient observée comme une bête curieuse.

Ils avaient bien sûr été polis, en particulier les deux frères de Connor, mais elle s'était senti jugée tout au long du repas. Ils s'étaient sans doute attendus à ce que Connor amène une femme dans le genre de Carla, sûre d'elle et très sociale. Mais elle était différente, et elle sentait bien qu'elle n'avait pas sa place au milieu des Knight.

Elle se remémora la fin du déjeuner. Elle avait réussi à s'esquiver tout de suite après, expliquant à un des frères de Connor qu'elle souffrait d'une migraine et lui demandant de présenter ses excuses aux autres convives. Elle était partie sans se retourner, mais, dans un coin de son esprit, elle avait espéré que Connor viendrait lui courir après pour la retenir. Espoir sans fondement, car Connor avait été monopolisé par les invitées de son père pendant tout le déjeuner. Il ne l'avait pas remarquée lorsqu'elle s'était glissée hors de la somptueuse demeure de Tony Knight pour prendre un taxi qu'elle pouvait à peine se permettre.

Elle soupira. Il s'était sans doute enfin rendu compte de ce qu'elle savait déjà : ils n'appartenaient pas au même monde. A moins qu'il n'ait eu besoin d'elle que pour défier son père... Elle ne savait pas laquelle de ces explications la faisait le plus souffrir.

Le cœur gros, elle s'effondra sur son lit, un lit deux fois moins grand que celui où elle avait passé la nuit précédente. L'ironie de la situation lui arracha un rire amer. Allons, elle ne pouvait pas perdre son temps à repenser à la nuit dernière. Le mieux était de tirer un trait sur ce qui s'était passé, à effacer ces dernières vingt-quatre heures. Ce n'était pas si facile pourtant, lorsque son corps vibrait encore de sa nuit avec Connor... Elle avait cédé à la tentation, et elle devait se promettre de ne pas recommencer. Connor et elle, ça ne pourrait jamais marcher. Pourtant, si elle était honnête avec elle-même, une infime partie d'elle avait espéré un conte de fées. Elle aurait été Cendrillon, et Connor le Prince charmant sur son cheval blanc. Ils auraient été heureux et auraient eu beaucoup d'enfants...

Des enfants... Connor avait tellement envie d'être père, ça crevait les yeux. Et elle, elle ne pourrait jamais lui donner la famille donc il rêvait.

Holly se força à se relever du lit. Tourner en rond ne lui apporterait rien de plus. Elle devait faire ce qu'elle avait toujours fait en cas d'adversité : gérer la situation avec sang-froid et faire ce qu'il y avait à faire. La première priorité de la journée était de trouver une pharmacie ouverte un jour de Noël afin de se procurer une pilule du lendemain. Ensuite, elle devait appeler la clinique pour voir comment allait Andréa.

Bam, bam, bam. Holly sursauta lorsqu'elle entendit ces coups frappés à sa porte d'entrée. Elle avait appris à se méfier des visites impromptues, aussi se dirigea-t-elle avec précaution vers la porte. Elle aperçut alors à travers les vitres une silhouette qu'elle n'eut aucun mal à reconnaître…

— Holly, ouvre-moi, je sais que tu es là ! cria Connor.

Elle hésita un temps dans le couloir, puis se résigna à l'inévitable et déverrouilla la porte. La haute silhouette de Connor se détachait à contre-jour, vaguement menaçante.

— Tu es partie sans me dire au revoir, dit-il en entrant chez elle, la forçant à s'aplatir contre le mur du couloir pour le laisser passer.

Malgré elle, elle se mit à trembler. Elle était à bout de nerfs et revoir Connor aussitôt après la débâcle du déjeuner était plus qu'elle n'en pouvait supporter.

— Est-ce que tu vas bien ? lui demanda-t-il d'un ton inquiet, lui caressant doucement la joue de la paume de sa main.

Holly tressaillit à ce contact et éloigna son visage. Elle ne voulait à aucun prix qu'il la touche : elle avait bien trop peur de craquer et de retomber dans ses bras. Elle était forte, certes, mais elle avait aussi ses limites. Elle surprit un éclair de défi dans les yeux de Connor alors que son bras retombait à ses côtés.

— Je vais bien, parvint-elle à dire, le cœur battant la chamade. Je me suis dit que ça serait mieux pour tout le monde si je partais discrètement. Ecoute, ce qui s'est passé hier soir n'a vraiment aucun sens. Mon anniversaire me rend toujours un peu émotive, et toi… Je ne sais pas pourquoi tu as décidé de coucher avec moi, et je n'ai pas besoin de le savoir. Il vaut bien mieux en rester là, ce n'est pas la peine de nous compliquer la vie en se voilant la face.

— Que veux-tu dire par là ?

— On en avait besoin tous les deux, c'est tout. On avait envie de… s'essayer, d'une certaine manière.

— Envie de s'essayer ? répéta-t-il d'une voix posée.

Connor était calme, presque froid, et Holly en était d'autant plus intimidée. Pourquoi ne se mettait-il pas en colère, pourquoi ne la contredisait-il pas ? Elle aurait su gérer ce Connor-là.

— Et si j'ai envie de plus ? demanda-t-il alors.

— Plus ? Impossible, il ne peut rien avoir de plus. On travaille ensemble, je te le rappelle. Les gens risqueraient de parler… Et tu connais mieux que moi l'opinion de ton père sur les liaisons au bureau.

Holly avait conscience qu'elle bafouillait, mais ses émotions étaient si fortes qu'elle n'arrivait plus à formuler ses pensées. Elle passa en revue toutes les raisons qui empêchaient leur liaison, mais ne put empêcher son corps de réagir à l'idée de passer une nouvelle nuit avec Connor, et le feu lui monta aux joues.

— C'est tout ? Je n'ai pas mon mot à dire ? rétorqua-t-il d'une voix dure.

— Oui, c'est tout, parvint-elle à articuler. Nous sommes tous les deux des adultes, ça ne devrait pas être très dur de gérer cette histoire.

Il se tenait devant elle, aussi immobile qu'une statue de marbre, les yeux froids comme de la glace. Il ouvrit la bouche, comme s'il s'apprêtait à dire quelque chose, puis sembla se raviser, et Holly se sentit flancher. La tension entre eux, presque palpable, lui était insupportable. « S'il te plaît, va-t'en, va-t'en ! », supplia-t-elle en silence.

La sonnerie du téléphone résonna soudain de la salle à manger, et ils sursautèrent tous les deux. Holly réagit aussitôt : les seuls coups de téléphone qu'elle recevait provenaient de la clinique d'Andréa. Quelque chose avait dû lui arriver !

— Il faut que je réponde, dit-elle à Connor. Tu sais où est la sortie.

Elle avait déjà tourné les talons lorsque Connor lui saisit le bras et l'arrêta dans son élan. Il la fit pivoter, et elle se retrouva soudain pressée contre lui, contre ce corps si délicieusement musclé.

— Une dernière chose, murmura-t-il d'une voix rauque.

Il la poussa alors contre le mur, s'emparant de ses lèvres dans un baiser presque brutal, qui ne laissait aucun doute sur la colère qu'il ressentait. Holly appuya ses mains sur le mur dans un effort surhumain pour ne pas l'enlacer. Mais, malgré toutes ses bonnes intentions, elle ne put résister à ce baiser ravageur et y répondit bientôt avec fougue.

Mais, à l'instant même où elle se laissa enfin aller, Connor la repoussa et quitta sa maison à grands pas.

Son cœur se déchira de le voir partir ainsi, mais elle lui fut pourtant reconnaissante d'avoir coupé court à leurs élans. Une seconde de plus et elle se serait jetée sur lui, l'aurait supplié de rester avec elle.

Une seconde de plus, et elle aurait été bel et bien perdue.

5

Holly était assise au bord du lit de sa sœur adoptive et lui passait doucement une brosse dans les cheveux dans l'espoir de l'apaiser. Malgré la qualité des soins offerts par la clinique privée, une des meilleures — et des plus chères — de la ville, Andréa ne semblait être soulagée que par sa présence.

— Je suis désolée de vous avoir fait venir un jour de Noël, lui dit l'infirmière qui se tenait au pied du lit, mais Andréa allait si mal aujourd'hui…

— Vous avez bien fait de m'appeler, répondit Holly avec un faible sourire.

— J'espère que nous ne vous avons pas dérangée.

— Pas du tout, je ne faisais rien de spécial, lui assura-t-elle, tentant d'ignorer le trouble qui l'envahissait dès qu'elle repensait à ces dernières vingt-quatre heures.

Chassant à grand-peine l'image de Connor de son esprit, elle contempla avec désespoir le corps si frêle et si pathétique étendu sur le lit. Et dire qu'Andréa avait été une adolescente si pleine de vie, si gaie. Elle avait été la première à croire en Holly, à lui redonner confiance et espoir, et elles étaient très vite devenues inséparables. Mais ces instants heureux n'avaient pas duré. Un terrible coup du sort avait bouleversé la vie des deux jeunes filles : les médecins avaient découvert qu'Andréa souffrait de la maladie de Huntington, une maladie héréditaire, rare et incurable, qui la détruisait à petit feu, et, depuis, Holly payait pour toutes ses dépenses de santé, s'assurant qu'elle bénéficiait des meilleurs soins possibles pour alléger ses souffrances.

Voir Andréa réduite à un état de quasi-démence lui avait fait prendre conscience du fait qu'elle-même ignorait tout de son héritage génétique. Qui sait si elle non plus ne portait pas un gène mortel pour ses enfants ? Elle avait bien pensé à faire appel aux services d'un détective privé, qui auraient pu retrouver la trace de ses parents biologiques, mais les frais médicaux d'Andréa étaient si lourds qu'elle n'en avait pas les moyens.

Aussi avait-elle pris la décision de ne jamais avoir d'enfant. Jamais. Elle refusait de prendre le moindre risque tant qu'elle ne savait pas d'où elle venait. Et, pour l'instant, la santé d'Andréa comptait plus que tout. Plus que Connor…

Un mois plus tard, Holly s'engagea dans le hall d'entrée des bureaux de Knight Entreprises. Elle avait été très prise durant ses vacances, passant le plus de temps possible au chevet d'Andréa, dont l'état s'était gravement détérioré.

Elle était à bout de forces, émotionnellement épuisée par ces semaines passées à essayer de remonter le moral d'Andréa. Elle souffrait en prime d'un léger mal de ventre, qui la tourmentait depuis quelques jours, tant et si bien que le médecin d'Andréa lui avait interdit les visites jusqu'à ce qu'elle aille mieux. Mais elle n'avait toujours pas retrouvé l'appétit, et la moindre odeur de nourriture lui donnait des nausées. Elle avait d'abord été terrifiée par ces crampes d'estomac, pensant être enceinte. Mais l'arrivée de ses règles l'avait rassurée sur la question. Elle souffrait probablement d'une légère intoxication alimentaire, il n'y avait pas de quoi s'inquiéter.

Holly entra d'un pas lourd dans son bureau, et remarqua aussitôt que les poinsettias qu'elle avait reçus pour Noël étaient toujours là. Quelqu'un en avait apparemment pris soin pendant son absence : les plantes étaient toujours en bon état, même si leurs feuilles paraissaient plus ternes qu'avant. Un poinsettia manquait toutefois à l'appel. Elle parcourut de nouveau la pièce des yeux. Non, aucune trace du poinsettia blanc que Connor lui avait offert. Elle se rappelait vaguement l'avoir laissé dans son bureau. Mon Dieu, comme cette soirée lui semblait loin !

Elle n'avait eu aucune nouvelle de lui pendant ses vacances. Elle savait qu'il avait passé deux semaines dans la résidence secondaire de la famille Knight, sur la côte Ouest du pays, mais il ne s'était pas manifesté lorsqu'il était rentré à Auckland, pas plus qu'il n'avait fait de commentaires lorsqu'elle avait demandé des jours de congé.

Même s'il avait essayé de la joindre, elle n'avait que très peu été chez elle. Elle avait passé ses journées à la clinique, ne rentrant que tard le soir pour se coucher et se levant aux aurores pour attraper le bus qui la conduisait auprès de sa sœur. Mais elle ne se plaignait pas du silence de Connor. Au contraire, c'était exactement ce qu'elle voulait. Pas de crise, pas de complication. Pas de risque de mettre en péril son travail et de perdre un salaire dont elle avait tant besoin…

— Bonjour, Holly.

La voix de Connor qui s'éleva soudain derrière elle la fit sursauter. Elle fit volte-face et le vit, adossé nonchalamment à la porte de son bureau, et ce fut à cet instant seulement qu'elle comprit à quel point il lui avait manqué pendant ces longues semaines.

— Bonjour, monsieur Knight, répondit-elle en commençant à mettre de l'ordre sur son bureau pour se donner une contenance.

— Je croyais qu'on s'était mis d'accord : appelle-moi Connor, soupira-t-il.

— C'est vrai, mais c'était l'année dernière, répliqua-t-elle en continuant à farfouiller dans ses papiers.

— On doit faire comme s'il ne s'était rien passé, c'est ça ? demanda-t-il d'un ton dur.

— J'ai passé un très bon anniversaire, et je t'en remercie beaucoup, dit-elle doucement, ne pouvant toujours pas se résoudre à croiser son regard.

Elle avait peur qu'il ne découvre la vérité si elle le regardait dans les yeux. Qu'il comprenne à quel point elle était amoureuse de lui. Qu'il comprenne à quel point leur nuit d'amour avait compté pour elle. Jamais il ne devait savoir, elle se l'était promis.

Elle devait se concentrer sur la seule chose qui était vraiment importante : Andréa. Sa sœur adoptive avait plus que jamais besoin d'elle et c'était tout ce qui comptait. Connor n'avait pas de place dans sa vie pour le moment.

La sonnerie du téléphone la ramena sur terre, et elle se saisit du combiné.

— Bonjour, Holly, c'est Miriam Sanders à l'appareil.

Holly sentit son sang se glacer dans ses veines. Mme Sanders était la directrice de la clinique d'Andréa.

— Que se passe-t-il, madame Sanders ? demanda-t-elle d'une voix mal assurée, imaginant déjà le pire.

— Ecoutez, je ne sais pas trop comment vous annoncer ça, mais… en raison de l'aggravation de l'état de santé d'Andréa, nous avons été dans l'obligation de réévaluer le coût de ses soins.

— De combien ? demanda Holly, rassurée sur l'état d'Andréa.

Son soulagement fut de courte durée quand elle entendit la somme que lui annonçait Mme Sanders. Elle étouffa une exclamation : comment diable allait-elle payer ?

— Comprenez-moi, Holly, poursuivit la directrice, nous avons besoin de nous assurer que vous pouvez prendre en charge ces frais supplémentaires.

Holly fit un rapide calcul, les chiffres tourbillonnant dans son esprit de plus en plus vite. Ça ne serait pas facile, mais son budget lui permettait tout juste de faire face à cette nouvelle dépense.

— Je payerai, ne vous inquiétez pas, assura-t-elle à son interlocutrice. Je trouverai l'argent.

Elle raccrocha, les mains tremblantes.

— Il y a un problème ? demanda soudain Connor derrière elle.

Mon Dieu, elle avait oublié qu'il était encore là ! Avait-il tout entendu ? Elle ne voulait à aucun prix qu'il apprenne l'existence d'Andréa.

— Tout va bien, j'ai la situation en main, lui rétorqua-t-elle, priant pour qu'il s'en tienne là.

Holly s'attaqua une nouvelle fois à sa pile de courrier, ignorant résolument Connor et priant pour qu'il retourne dans son bureau. Pour qu'il la laisse enfin seule, malgré ce que lui soufflaient son cœur et son corps.

Elle entendit finalement Connor tourner les talons et s'enfermer dans son bureau, et elle sentit un léger pincement au cœur. Qu'avait-elle donc espéré ? Qu'il la prenne dans ses bras et qu'il lui promette de régler tous ses problèmes ? Qu'il lui déclare son amour éternel ? Pas la peine de rêver !

Holly n'arrivait pas à se concentrer sur les lettres qu'elle ouvrait les unes après les autres d'une main tremblante. Elle se sentait au bord des larmes, mais elle parvint à faire un effort surhumain pour se contenir. C'était affreux, songea-t-elle avec un soupir, depuis que l'état d'Andréa s'était détérioré, elle avait les émotions à fleur de peau en permanence.

Elle passa la journée comme dans un brouillard, s'efforçant de se concentrer sur un contrat particulièrement important, penchée sans relâche sur son ordinateur. Sa nuque l'élançait, et elle n'avait rien avalé depuis le matin. Janet lui avait apporté plusieurs tasses de thé pendant la journée, mais elle y avait à peine touché.

— Tenez, Holly, lui dit Janet en posant sur son bureau une salade de crevettes. Vous n'avez rien mangé de la journée !

Les remerciements que Holly s'apprêtait à lancer à la jeune femme se coincèrent dans sa gorge. Aussi appétissante que soit la salade, l'odeur des crevettes lui tira un haut-le-cœur.

— Merci, Janet, c'est très gentil à vous, parvint-elle à dire entre deux vagues de nausée. Excusez-moi, mais je dois aller me rafraîchir un peu.

— Vous allez bien ? demanda Janet avec inquiétude. Vous êtes toute pâle.

— Oui, oui, tout va bien. J'en ai juste pour une minute.

Holly se leva de sa chaise en chancelant, la tête comme prise dans un étau et le corps recouvert d'un voile glacial. Elle avait le cœur au bord des lèvres, et se sentait prête à s'écrouler d'une seconde à l'autre. Elle se dirigea le plus vite possible vers les toilettes, priant pour y arriver à temps.

La crise passée, elle se releva avec difficulté et se passa un peu d'eau fraîche sur le visage. Elle s'observa dans la glace au-dessus du lavabo : elle avait une mine épouvantable. Ce mal de ventre n'en finirait donc jamais ? Elle savait que si ça continuait, elle allait devoir consulter un médecin. La clinique d'Andréa avait été très claire : elle ne pourrait pas rendre visite à sa sœur tant qu'elle ne se sentirait pas mieux. Elle ne pouvait pas risquer de la contaminer.

Et, même si ça lui déchirait le cœur, elle savait au fond d'elle-même qu'Andréa n'en avait plus pour très longtemps...

Elle refoula cette pensée macabre aussi loin que possible. Si elle continuait à y penser, elle risquait de craquer et de ne pas s'en relever. Elle agrippa le lavabo des mains, serrant les dents jusqu'à ce qu'elle se sente assez bien pour retourner à son bureau.

Elle venait juste de se rasseoir derrière son bureau pour se remettre au travail lorsqu'elle vit Connor sortir de son propre bureau et se diriger vers elle.

— Comment vas-tu ? lui demanda-t-il en s'appuyant contre la table. Janet m'a dit que tu ne te sentais pas très bien.

— Non, ce n'était vraiment rien. Je vais bien, je t'assure.

— De toute façon, il est grand temps que tu rentres chez toi. Tu as vraiment l'air épuisée.

— J'ai presque fini le contrat, tu es sûr que tu n'as plus besoin de moi ?

— Besoin de toi ? reprit Connor en lui jetant un regard brûlant, si différent de la froideur dont il avait fait preuve toute la journée.

Terriblement troublée par le désir qui émanait de Connor, Holly commença à rassembler ses affaires.

— Eh bien… je vais rentrer chez moi alors, bredouilla-t-elle, refusant de le regarder dans les yeux.

— Avant de partir, passe me voir dans mon bureau, déclara-t-il en tournant les talons, sans même attendre sa réponse.

Holly serra les dents, rassemblant le peu de forces qui lui restaient encore. Elle en aurait besoin si elle voulait pouvoir affronter Connor face à face, et seul à seul. Attrapant son sac, elle s'avança vers le bureau de Connor, avant de s'arrêter sur le seuil, hésitante.

— Entre, et ferme la porte derrière toi, lui ordonna-t-il.

Le cœur battant la chamade, elle lui obéit, gardant les yeux soigneusement baissés, refusant de revoir ce bureau sur lequel ils avaient fait l'amour il y a quelques semaines à peine, ces vitres qui avaient reflété leur étreinte…

— Assieds-toi, dit-il d'un ton ferme.

— Je préférerais rester debout. Ça ne prendra qu'une minute, de toute façon.

— Ça dépend, répliqua-t-il.

— Ça dépend de quoi ? réagit-elle aussitôt, se demandant avec appréhension ce qu'il avait derrière la tête.

Connor se rapprocha d'elle et lui saisit le bras, l'entraînant, doucement mais fermement, vers le canapé qui se tenait dans un coin de la pièce.

— Assieds-toi, répéta-t-il.

Elle obéit avec hésitation, s'asseyant sur un bord du canapé, les jambes croisées, mal à l'aise alors que Connor se tenait devant elle, la dominant de toute sa hauteur.

Connor baissa les yeux vers Holly, qui se tenait recroquevillée sur son canapé. Elle avait vraiment l'air terrorisée. Que diable lui cachait-elle ? Il avait essayé de la contacter à plusieurs reprises le mois dernier, mais elle n'avait jamais répondu au téléphone. Un jour, il était même allé jusqu'à passer chez elle, mais avait trouvé porte close.

Aujourd'hui qu'il l'avait enfin devant les yeux, il sentit sa patience s'évanouir et lui posa la question qui lui brûlait les lèvres.

— Pourquoi es-tu malade ? Tu es enceinte ?

— Quoi ? Bien sûr que non, voyons ! répliqua-t-elle en se levant brusquement, blanche comme un linge.

Connor le repoussa doucement vers le canapé, et s'assit à côté d'elle, étudiant son visage avec attention. Lui mentait-elle ? Lorsqu'il avait vu Holly pour la première fois ce matin, il avait été alarmé par sa mauvaise mine. Elle avait le teint cireux et de larges cernes assombrissaient ses yeux. Pour quelqu'un qui revenait de vacances, elle n'avait vraiment pas l'air reposée !

— Tu en es vraiment sûre ? Tu as vu un médecin ?

— Evidemment que je suis sûre ! Comment veux-tu que je fasse une erreur sur une question aussi importante ? lança-t-elle d'un ton qui ne laissait pas de place à la discussion.

Surpris par sa véhémence, il se releva et s'approcha d'une petite table basse où trônait une carafe en cristal remplie d'eau minérale. Il en versa un verre, qu'il tendit ensuite à Holly. Leurs doigts se frôlèrent, et il ressentit aussitôt une décharge de désir le foudroyer. Les quelques semaines passées loin de Holly n'avaient en rien atténué son attirance pour elle : au contraire, c'était comme s'il avait encore plus envie d'elle, envie de la toucher, de l'embrasser.

— Qu'est-ce qui ne va pas, alors ? insista-t-il. Depuis que tu travailles pour moi, tu n'as jamais été malade.

— J'ai juste mangé quelque chose qui n'est pas bien passé, c'est tout.

— Alors tu devrais rester chez toi demain.

— Non, ce n'est vraiment pas nécessaire, répliqua-t-elle. J'ai juste un petit mal de ventre. Bon, si c'est tout ce que tu avais à me dire…

Holly se dirigea à pas lourds vers la sortie.

— Dînons ensemble ce soir.

Ces mots étaient sortis de la bouche de Connor sans même qu'il en soit conscient. Mais après réflexion, songea-t-il, c'était une très bonne idée. Holly se retourna, apparemment stupéfaite.

— Viens dîner avec moi, reprit-il en se rapprochant d'elle. Je sais que tu n'as rien avalé de toute la journée, tu dois être morte de faim. Juste un petit dîner, c'est tout.

Pour toute réponse, il entendit l'estomac de Holly gargouiller. Gênée, la jeune femme plaça une main sur son ventre, puis la retira aussitôt, craignant sans doute de ramener le sujet de la discussion sur sa possible grossesse.

— Il faut vraiment que j'y aille. Je vais rater mon bus.

— Ne sois pas ridicule, voyons, je te ramènerai en voiture. Pour qui me prends-tu ? Je ne te propose pas de passer la nuit avec moi, je veux juste un dîner.

A ces mots, il ne put s'empêcher de se revoir, avec elle, nu, pressé contre son corps, l'enlaçant… L'image était si claire qu'il pouvait presque la sentir contre sa peau. Mais repenser à ces quelques heures, qui le hantaient sans relâche depuis des semaines, ne servait à rien. Holly lui avait fait clairement comprendre qu'elle n'était pas disponible. Pourtant, il continuait de la désirer, et refusait de se contenter d'une seule nuit. Il ne voulait pas se contenter de travailler avec elle. Il la voulait avec lui, près de lui. Dans son lit.

— D'accord, finit-elle par répondre.

Il n'y avait presque pas de circulation, et ils arrivèrent en quelques minutes au bord de la mer.

— Que dis-tu d'une petite promenade sur la plage avant d'aller manger ? proposa-t-il à Holly en lui prenant le bras.

D'abord réticente, elle se laissa entraîner sur l'agréable remblai qui longeait le bord de mer, et elle se détendit peu à peu, gagnée par l'atmosphère romantique de cette douce soirée d'été. Elle admira la mer, traversée des éclats pourpres des derniers rayons du soleil, et petit à petit, elle se laissa envelopper par une sensation de bien-être.

L'air frais et la marche lui avaient fait du bien, et elle se rendit compte qu'elle avait même retrouvé l'appétit. Aussi fut-elle ravie lorsque Connor se dirigea vers un des nombreux restaurants animés qui faisaient face à la mer.

— Que penses-tu d'un italien ? On pourrait prendre une table en terrasse, proposa-t-il.

— Très bonne idée, approuva-t-elle, soulagée, préférant de beaucoup rester dehors.

Son estomac n'était pas encore assez solide pour affronter les odeurs qui flottaient dans une salle de restaurant.

Connor échangea quelques mots avec le maître d'hôtel et quelques secondes plus tard, une table pour deux se matérialisa devant eux comme par enchantement.

— Rouge ou blanc ? demanda Connor en étudiant la carte des vins.

— Je… je crois que je vais en rester à l'eau, ce soir, dit Holly, nauséeuse à la simple idée de boire de l'alcool.

— Bonne idée. Nous prendrons deux eaux minérales, s'il vous plaît, indiqua Connor au serveur.

Un silence s'installa. Légèrement mal à l'aise, Holly s'efforça de trouver un sujet de conversation.

— Alors…, finit-elle par dire, tu viens souvent ici ?

— Ce n'est pas l'homme qui est censé dire ça dans ce genre de situation ? dit Connor en éclatant de rire.

Holly sourit faiblement. La vérité était qu'elle n'avait

aucune idée de la façon dont elle devait se comporter avec lui. Voilà qu'elle se retrouvait, dans cet endroit si romantique, à dîner avec son patron. Patron dont un simple regard était capable de lui faire perdre tous ses moyens. Et toutes ses inhibitions…

— Ça fait un bout de temps que je n'ai pas dîné ici, mais la nourriture est toujours délicieuse, reprit Connor. Qu'est-ce qui te ferait envie ?

Toi. Holly écarquilla les yeux. Pourvu qu'elle n'ait pas dit ça tout haut !

— Le poisson est bon, poursuivit Connor, tu ne risques pas d'avoir mal au ventre avec ça.

— C'est vrai. Je vais prendre la truite pochée avec une salade.

Le serveur revint prendre leur commande, qui arriva rapidement, et ils commencèrent à manger en silence.

— Quand tu es rentrée chez nous, lança soudain Connor, tu as commencé dans l'équipe des dactylos, c'est bien ça ?

— Oui, répondit-elle, surprise par cette question.

— Tu étais si jeune, si… sérieuse.

Holly hocha la tête, estomaquée. Il l'avait déjà remarquée à ce moment-là ? Elle aurait juré qu'il n'avait jamais fait attention à elle avant qu'elle n'entre à son service. Etait-il possible qu'il soit vraiment… intéressé ?

— Qu'est-ce qui t'a poussée à devenir secrétaire ? Avec tes capacités, tu aurais pu entrer à l'université, faire ton droit.

Cette simple question ramena Holly sur terre en un instant. Ses vieux instincts reprirent le dessus : ne pas parler de sa vie privée, cacher ses faiblesses, et surtout, surtout, refuser toute pitié. Même si elle aurait adoré confier à Connor les difficultés qu'elle avait affrontées dans la vie, elle avait appris depuis bien longtemps où était sa place.

— J'y ai pensé, admit-elle, mais j'ai préféré travailler pour commencer à gagner ma vie le plus vite possible.

En réalité, elle aurait tout donné pour avoir la chance

d'étudier à l'université, mais elle n'avait personne pour l'aider à payer les frais d'inscription exorbitants. Elle ne pouvait compter que sur elle-même, et si elle voulait réussir dans la vie, elle n'avait d'autre solution que de retrousser ses manches et se mettre au travail.

— L'argent est-il si important pour toi que tu sois prête à sacrifier tes rêves ?

Holly sentit sa gorge se nouer : sans le savoir, Connor avait mis le doigt sur le cœur du problème. Son rêve, c'était de gagner assez d'argent pour engager un détective privé et se mettre à la recherche de ses parents. Mais ses projets avaient été anéantis lorsque l'état d'Andréa s'était aggravé. Et il était hors de question qu'elle abandonne sa sœur adoptive à son sort. Elle lui devait tellement. Sans elle, qui sait comment aurait fini l'adolescente en crise qu'elle avait été, la jeune fille aux tendances autodestructrices ?

— Tu ne peux pas nier que l'argent est important, répliqua-t-elle d'un ton sec. Regarde ta famille. J'ai entendu dire que ton père travaillait comme un forcené quand tu étais petit. Il n'aurait jamais bâti un tel empire, sinon. Et pourtant, il n'avait aucun diplôme.

— C'est vrai, concéda Connor. Mais il en a payé le prix fort, et je ne parle pas d'argent. Mes frères et moi, on a passé une enfance sans père. On ne le voyait jamais. Quand ma mère est morte, c'était presque comme si on était devenus orphelins. Crois-moi, l'argent n'est pas le plus important.

— C'est toi qui le dis, toi qui es millionnaire, toi qui as tout, lâcha-t-elle avec amertume.

Elle regretta aussitôt ses paroles. Le visage fermé, Connor la dévisageait d'un regard intense.

— Je n'ai pas tout, Holly. Il y a certaines choses qui ne s'achètent pas.

— Je suis vraiment désolée, je n'aurais jamais dû dire ça.

— Ne t'en fais pas. On devrait y aller, il se fait tard et tu as l'air éreintée. Je te ramène chez toi.

6

Connor était perdu dans ses pensées, debout devant la fenêtre de son appartement. Et ses pensées étaient dominées par une seule personne : Holly. Quoi qu'il fasse, il n'arrivait pas à se la sortir de la tête, il n'arrivait pas à la comprendre. L'argent était important pour elle, et pourtant elle vivait dans des conditions misérables. Et pourquoi n'arrivait-il pas à oublier la nuit qu'ils avaient passée ensemble, alors qu'elle l'avait de toute évidence mise derrière elle ? Le mystère qui entourait la jeune femme le fascinait, et il était bien déterminé à le percer.

Il se détourna de la fenêtre et saisit son téléphone portable. Un simple petit appel pourrait peut-être lui apporter un début de réponse…

Réponse qui lui arriva le lendemain matin sous la forme d'un rapport faxé par son détective privé. Mais ce qu'il y lut ne fit rien pour apaiser ses craintes. Apparemment, Holly avait de gros problèmes financiers. Elle versait régulièrement des sommes folles à un mystérieux bénéficiaire. Pas étonnant qu'elle habite dans un quartier aussi sordide, elle n'avait presque plus rien sur son compte courant ! Et son compte épargne avait été vidé il y a quelques mois. Mais ces informations, aussi intéressantes soient-elles, ne lui disaient toujours pas qui elle était vraiment.

La conversation qu'il avait surprise hier entre Holly et une certaine Mme Sanders lui revint à la mémoire. Elle lui réclamait de l'argent, c'était évident. Mais pourquoi ? Des dettes de jeu ? Pire ?

Il rappela son détective, décidé à en savoir plus.

— Continuez à creuser. Trouvez qui elle est, d'où elle vient. Je veux tout savoir sur elle, peu importe le temps que ça prendra.

Holly referma la porte de sa maison derrière elle et la verrouilla à double tour. Elle poussa un profond soupir : la semaine avait été difficile. Elle n'avait pas réussi à se débarrasser de son mal de ventre, ce qui l'empêchait de rendre visite à Andréa. Elle se sentait coupable de ne pas pouvoir être avec elle, de ne pas pouvoir la soulager.

Mais ce n'était pas tout. Ce matin, Janet l'avait surprise dans les toilettes à un moment où elle se sentait particulièrement mal, et elle en avait fait toute une histoire, insistant pour qu'elle appelle un médecin. Pour finir, Holly avait accepté de rentrer chez elle pour la journée. Dieu merci, Connor était en réunion, et elle avait pu s'éclipser sans qu'il s'en aperçoive. Il s'inquiétait bien trop pour elle ces derniers temps.

Sur le chemin du retour, elle avait eu le temps de faire le point sur la situation. Elle avait été si sûre d'elle au début, mais maintenant, elle était rongée par le doute. Et si Connor avait raison ? Et si elle était bien enceinte ? Que deviendrait-elle ?

Tremblante, elle entra dans sa petite salle de bains sombre et sortit de son sac le petit paquet qu'elle avait acheté à la pharmacie près du bureau. Dans quelques minutes, elle serait enfin fixée… Elle suivit les instructions à la lettre, puis posa le test sur le rebord du lavabo et commença à attendre. Elle se mit à faire les cent pas, incapable de rester immobile alors que devant elle se jouait son avenir.

Elle essaya de se calmer, de contrôler sa respiration affolée, mais rien n'y fit. Ses pensées revenaient encore et toujours au même point : elle ne *pouvait pas* être enceinte.

C'était impossible. Pas maintenant, alors qu'elle ne savait toujours pas d'où elle venait, alors qu'elle n'avait plus un sou devant elle. Alors qu'elle était seule. Elle refusait l'idée d'avoir un bébé dans ces conditions. Elle aurait voulu pouvoir apporter à son enfant tout ce dont elle avait manqué pendant son enfance, la stabilité et la sécurité que seule une famille unie pouvait procurer.

Ses réflexions furent interrompues par le bruit d'une voiture se garant devant chez elle, puis elle entendit des pas se diriger résolument vers sa maison et quelqu'un frappa à grands coups à sa porte. Son cœur se mit à battre. Une seule personne était capable d'arriver chez elle sans prévenir.

— Holly, cria Connor, ouvre-moi, je sais que tu es là !

Elle s'approcha de la porte et l'entrouvrit sans défaire la chaîne de sécurité attachée, et elle se retrouva nez à nez avec un Connor apparemment furieux si elle en croyait la lueur qui brillait dans ses yeux sombres.

— Laisse-moi entrer, ordonna-t-il d'un ton qui ne laissait pas de place à la discussion.

— Non, répliqua-t-elle en faisant un pas en arrière.

— Ouvre la porte !

— Tu n'as pas besoin d'entrer chez moi. Dis-moi ce que tu as à me dire à travers la porte.

— Janet m'a dit que tu étais malade, ce matin. Tu me prends pour un imbécile ? Je suis sûr que tu me caches la vérité ! s'écria-t-il.

La réponse que Holly s'apprêtait à lui lancer fut interrompue par l'arrivée d'un jeune adolescent sur un skateboard. Il s'arrêta à quelques pas de Connor et le toisa d'un regard effronté. Holly le connaissait vaguement : il habitait avec sa famille à quelques maisons de chez elle et traînait souvent dans le quartier.

— Hé, mademoiselle, lui cria-t-il. Il vous ennuie ce gars-là ? J'peux aller chercher mon frangin si vous voulez, il vous en débarrassera en deux secondes.

— Qu'en dis-tu Holly, railla Connor, tu veux qu'il aille chercher son « frangin » ? Ça pourrait être amusant…

Holly savait que si Connor restait à la porte, les choses risquaient de mal tourner. Elle leva une main tremblante vers la chaîne de sécurité, et ouvrit la porte en grand.

— Tout va bien, je le connais, lança-t-elle au jeune garçon qui s'éloigna sur son skateboard. Tu ferais mieux d'entrer, dit-elle à Connor.

Le merci qu'il lui lâcha était si plein de rage qu'elle regretta presque de l'avoir laisser rentrer. Peut-être aurait-elle dû accepter la proposition de son voisin, après tout ? Mais elle avait l'habitude de régler ses problèmes elle-même, et ce n'était pas aujourd'hui que ça allait changer. Elle le suivit dans la cuisine, et lui fit face.

— Tu veux boire quelque chose ? Thé, café ? proposa-t-elle, réprimant sa nervosité du mieux possible.

— La seule chose que je veux, c'est que tu répondes honnêtement à mes questions !

— J'ai toujours été honnête avec toi, rétorqua-t-elle, irritée par ce qu'il sous-entendait.

— Dans ce cas, il n'y a pas de raison que tu me mentes aujourd'hui, alors, n'est-ce pas ?

Interloquée, Holly le fixa en silence. Où voulait-il en venir ? De quoi parlait-il ? A moins que… non, c'était impossible qu'il soit au courant pour le test de grossesse !

— Quand Janet m'a dit que tu ne te sentais pas bien, reprit-il, je me suis dit que tu préférerais rentrer chez toi en voiture. Je lui ai demandé de te rattraper pour te le proposer et elle t'a vue entrer dans une pharmacie… Holly, est-ce que tu as fait le test de grossesse ? Quel est le résultat ?

Il la regardait avec une intensité qu'elle avait du mal à supporter, et, quand elle voulut se détourner, il lui saisit le bras. La sensation de ses doigts sur sa peau nue provoqua en elle une vague de désir, aussi surprenante qu'impérieuse.

Avait-elle perdu l'esprit ? Comment pouvait-elle le désirer autant dans cette situation ?

— Je n'arrive pas à croire que tu aies envoyé Janet m'espionner, répliqua-t-elle, détournant les yeux pour cacher la flamme de désir qui s'y reflétait. Lâche-moi.

— Réponds à ma question.

— Je ne sais pas, avoua-t-elle d'une petite voix.

— Tu ne sais pas quoi ? Si tu veux me répondre : où est le résultat du test ?

— Je… je ne sais pas, bredouilla-t-elle. Je… j'étais en train de le faire quand tu es arrivé.

— Où est-il ? demanda-t-il aussitôt, les yeux brillants.

— Dans… dans la salle de bains, sur le lavabo, murmura-t-elle, résignée à l'inévitable.

Il lui lâcha le bras et se dirigea à grands pas vers la salle de bains. Elle resta plantée dans la cuisine, incapable du moindre mouvement. Elle entendit une exclamation étouffée, puis plus rien. Après quelques interminables minutes de silence, elle l'entendit enfin revenir vers la cuisine.

Elle sut au premier regard. Il avait les yeux rouges, brillant d'une lueur qu'elle n'avait encore jamais vue. Elle sentit la pièce tourner autour d'elle, et s'effondra sur la chaise la plus proche. Elle avait l'impression d'avoir reçu un coup de poing en plein ventre.

— Non, laissa-t-elle échapper. Non ! Dis-moi que ce n'est pas vrai !

— Oh si, c'est vrai, répondit-il d'une voix aussi tranchante que l'acier. Tu portes mon enfant !

Une nouvelle vague de nausée la submergea, et elle se précipita vers la salle de bains. La crise passée, elle resta prostrée sur le carrelage froid, n'arrivant pas à croire ce qui lui arrivait. C'était un vrai cauchemar ! Connor était accroupi derrière elle et lui passait doucement la main dans le dos.

— Ça va mieux ? demanda-t-il d'une voix distante, neutre.

— Oui, je crois que c'est passé.

— Alors lève-toi et suis-moi.

— Quoi ? dit-elle, déconcertée. Te suivre où ? Au travail ?

Connor lui saisit la main et l'aida à se relever. Il se saisit ensuite d'une serviette qu'il passa sous le robinet et lui tendit. Elle se tamponna le visage avec gratitude, sentant son esprit s'éclaircir un peu. Connor l'observait, immobile, indéchiffrable.

— Non, reprit-il. Je t'emmène chez le médecin.

7

Connor faisait les cent pas dans la salle d'attente de son médecin personnel, Carmen, qui était aussi une de ses plus proches cousines. Lorsque la porte de la salle de consultation s'ouvrit enfin, il s'arrêta net et fixa Carmen, en attente de son diagnostic.

— Elle est bien enceinte, aucun doute à avoir. De quelques semaines tout au plus, affirma-t-elle.

— Bon Dieu, fit-il en s'effondrant sur la chaise la plus proche.

— C'est la fille que tu as amenée au déjeuner de Noël, c'est bien ça ?

Connor acquiesça en silence. Il était sous le choc, n'arrivant pas à croire ce qui lui arrivait. Il allait être père !

— Je croyais que tonton Tony n'appréciait pas trop les histoires de bureau…, reprit Carmen.

— Je… C'était un moment d'égarement.

— Oui, effectivement. Faire l'amour sans utiliser de protection, c'est ce que j'appelle « un moment d'égarement », dit-elle d'un ton réprobateur.

— Je sais, je sais… Mais elle m'avait assuré qu'elle ne pourrait pas tomber enceinte.

— Apparemment elle s'est trompée !

— Oui, admit-il en jetant un coup d'œil vers la porte close de la salle de consultation. Comment va-t-elle ?

— Il faut qu'elle fasse plus attention à son alimentation,

et qu'elle se repose. Je lui ai prescrit des vitamines pour l'aider à se remettre sur pied, mais il faut qu'elle y mette du sien. Si vous voulez avoir un bébé en bonne santé, elle doit commencer par prendre soin d'elle.

Un bébé en bonne santé. Connor n'en croyait pas ses oreilles. Un bébé, il allait avoir un bébé. Il sentit les larmes lui monter aux yeux alors que ses émotions menaçaient de prendre le dessus. Il se ressaisit aussitôt : il devait garder la tête claire et se concentrer sur ce qui comptait le plus maintenant.

— Ne t'inquiète pas. Je vais m'assurer que rien n'arrive au bébé.

Holly était toujours assise sur la table d'examen, bouleversée par ce qu'elle venait d'apprendre. Elle plaça une main sur son ventre plat, encore incapable de saisir la réalité de la situation. *Enceinte.* Elle était enceinte. Un de ses pires cauchemars était devenu réalité.

Comment avait-elle pu être aussi stupide ? Jamais cela n'aurait dû lui arriver, elle qui était toujours si prudente. Elle avait baissé la garde pour une nuit, et maintenant elle devait en payer le prix fort ! Elle croisa les bras sur sa poitrine, frissonnante. Elle ne *pouvait* pas avoir de bébé. Elle n'en avait pas les moyens, pas alors qu'elle pouvait à peine payer les soins d'Andréa ! Qu'allait-elle donc devenir ? Et comment allait réagir Connor ?

L'ironie de la situation lui brisait le cœur. Si les circonstances avaient été différentes, ce ne serait pas des larmes de désespoir qu'elle verserait à présent, mais des larmes de joie. Porter l'enfant de Connor aurait dû être l'aboutissement d'un de ses plus beaux rêves. Mais l'idée d'un enfant qui grandissait en elle la torturait. Et si elle aussi était porteuse d'un gène tueur ? Et si elle transmettait quelque chose de grave au bébé ? L'idée de voir de nouveau une personne qu'elle aimait agoniser devant elle lui était insupportable.

Aimer ? Non, c'était impossible, elle ne pouvait pas déjà aimer son bébé, c'était bien trop tôt. Holly chassa cette idée de son esprit, dressant les barrières qu'elle s'était bâties il y avait bien longtemps pour contenir ses émotions. Elle ne pouvait pas se permettre de ressentir quoi que ce soit pour la vie qui se formait en elle. Elle devait garder les idées claires si elle voulait s'en sortir.

Elle se leva de la table d'examen avec lenteur, et remit de l'ordre à ses vêtements. Elle pouvait entendre le médecin et Connor discuter dans l'autre pièce. Connor devait sûrement vouloir tous les détails sur sa grossesse, toutes les procédures à suivre. Tout ce qu'*elle* aurait dû brûler de savoir, mais ne pouvait se résoudre à demander.

La porte s'ouvrit soudain et Connor pénétra dans la pièce, le visage fermé.

— Comment te sens-tu ? lui demanda-t-il en la fixant avec intensité.

— Comment je me sens ? railla-t-elle, trop épuisée pour garder son sang-froid. Je ne me suis jamais sentie aussi mal de ma vie, voilà comment je me sens !

Le visage de Connor se crispa, mais elle ne regrettait pas ses paroles. Elle avait envie de s'enfuir de cette pièce, de mettre autant de distance que possible entre elle et Connor. Entre elle et le bébé…

— Calme-toi un peu, ordonna Connor d'une voix dure. Il faut qu'on discute du suivi de la grossesse.

— Comment ça ? Qu'est-ce que tu as à voir là-dedans ?

— Tout, riposta-t-il avec une lueur de défi dans le regard.

Il ouvrit la porte et lui fit signe de passer. Tremblante de colère, elle le suivit jusqu'au bureau où se tenait le médecin, occupé à remplir des ordonnances. Il n'espérait tout de même pas qu'elle allait discuter de la situation en face d'une complète inconnue ?

D'un geste, le docteur l'invita à s'asseoir sur une des chaises qui faisaient face à son bureau, et Connor prit place à côté d'elle, lui frôlant légèrement la jambe au passage. Ce simple contact lui était difficilement supportable, et elle croisa les jambes pour ne pas avoir à le toucher.

— Carmen pense que tu as besoin de prendre des vitamines afin de reprendre des forces. Il faut aussi que tu prennes du repos. Ton état général n'est vraiment pas bon, Holly.

— Quoi ? De quel droit me donnes-tu des ordres ? C'est ma vie ! fit Holly, outrée devant ce ton impérieux.

— Je te rappelle que tu portes mon enfant.

— Tu n'as aucun droit sur moi, aucun ! C'est mon corps, mon choix ! Et, de toute façon, je ne veux pas mettre au monde un enfant qui n'est pas désiré. C'est au-dessus de mes forces, poursuivit-elle d'une voix tremblante, de rage ou de désespoir, elle ne savait plus très bien.

A peine ces mots étaient-ils sortis de sa bouche qu'elle vit Connor se figer. Carmen aussi avait l'air surprise par ce qu'elle venait d'entendre, mais elle ne fit aucun commentaire.

— Si tu crois que je ne veux pas de ce bébé, tu te trompes lourdement, railla Connor en la transperçant du regard. Carmen, reprit-il en se levant, j'ai besoin d'avoir une petite discussion avec Holly. En tête à tête.

— Bien sûr, je comprends, répondit-elle avec un petit sourire tendu. Mais, si vous me permettez un conseil, accordez-vous un peu de temps pour réfléchir. De toute évidence, cette nouvelle vous a tous les deux bouleversés. Connor, je pense que nous en avons fini pour aujourd'hui. Si vous suivez mes conseils, tout devrait très bien se passer. N'oublie pas de prendre les ordonnances avant de partir.

— Merci, Carmen, dit Connor en s'emparant des papiers que Carmen avait préparés. Je vais contacter ce fameux obstétricien dont tu m'as parlé.

— Un obstétricien ? interrompit Holly, excédée par ce qu'elle venait d'entendre. Mais, je n'ai pas les moyens de m'offrir les services d'un obstétricien ! Mon assurance ne couvrira jamais ça.

Elle ne supportait plus la façon dont Connor et Carmen parlaient d'elle comme si elle n'était pas là, comme si son avis n'avait aucun intérêt. Toute son enfance, elle avait été confrontée à ce genre de comportement. Mais elle s'était battue, et elle avait réussi à reprendre le contrôle de sa vie. Et elle n'était pas prête à abandonner cette liberté, cette indépendance qu'elle avait si durement gagnées.

Sans dire un mot, Connor lui prit le bras et l'entraîna vers la sortie, où était garée sa voiture. Elle s'y installa en silence, lui tournant ostensiblement le dos. Connor s'assit au volant mais ne démarra pas tout de suite. Au bout de quelques secondes, Holly se retourna vers lui, mais la remarque acerbe qu'elle s'apprêtait à lui lancer mourut sur ses lèvres. Connor était parfaitement immobile, le visage de pierre et les mains agrippant le volant avec force. Elle le connaissait assez bien pour savoir qu'il était furieux. Complètement furieux.

— Je veux mettre les choses au clair, dit-il d'une voix acérée. Tu n'es pas seule dans cette histoire. Je ne te laisserai pas tomber. Tu comprends ?

Il lui faisait face, les yeux brûlant d'un feu qu'elle avait du mal à identifier. Holly sentit sa colère fondre pour laisser place à une profonde lassitude. C'était une bataille qu'elle ne gagnerait pas, en tout cas pas aujourd'hui. Elle n'avait plus la force de lui résister, elle n'avait plus la force de rien.

— D'accord, soupira-t-elle.

— Bien, fit-il simplement en faisant démarrer la BMW.

Perdue dans ses pensées, Holly gardait les yeux fixés sur la vitre, ne prêtant aucune attention à la route qu'empruntait Connor, jusqu'à ce qu'elle remarque un panneau qui lui mit la puce à l'oreille.

— Ce n'est pas la route pour aller chez moi ! Où va-t-on ? demanda-t-elle.

— Chez moi.

— A ton appartement ?

— Non, sur l'île.

— Pardon ? fit-elle, stupéfaite.

Elle savait que la résidence principale de Connor était sur une petite île à quelques kilomètres au large du centre-ville, mais elle n'y avait encore jamais mis les pieds.

— Tu sais ce que je veux dire, dit-il alors qu'ils s'approchaient des bureaux de Knight Entreprises.

— Mais pourquoi ?

— Holly, sois raisonnable, soupira-t-il en s'engouffrant dans le parking souterrain. Tu n'as quasiment rien à manger chez toi, en tout cas pas de quoi te préparer un repas convenable, et tu n'as certainement pas assez d'argent sur ton compte pour t'en payer un.

— Mais… qu'est-ce que tu en sais ? cria-t-elle, horrifiée par ce qu'il venait de dire.

Il se gara sur son emplacement réservé et se tourna vers elle, la regardant droit dans les yeux. Il n'avait pas besoin de parler : elle savait que, d'une manière ou d'une autre, il était au courant de sa situation financière. Et qui sait ce qu'il savait d'autre sur elle ?

— Et il faut qu'on discute sérieusement du bébé et de ton état de santé, reprit-il finalement. Je me demande combien de temps tu vas pouvoir continuer à travailler. Il faudrait peut-être que tu t'arrêtes dès maintenant…

Holly sentit un frisson la glacer : il voulait qu'elle arrête de travailler ? Elle n'en avait pas les moyens ! Elle avait l'impression de vivre un cauchemar, comme si elle n'avait aucune emprise sur la réalité, comme si le sort s'acharnait contre elle. Elle était à bout de forces, et elle ploya les épaules, comme sous le poids de l'accablement.

A cet instant, Connor sut qu'il avait gagné : il pouvait

lire en elle comme dans un livre. Elle était prostrée sur son siège, les épaules tombantes, muette. Elle avait vraiment l'air épuisée, et il ne put s'empêcher de ressentir un éclair de compassion.

Mais il se força aussitôt à l'étouffer. Il ne pouvait pas laisser ses sentiments prendre le dessus, surtout pas en ce moment. Elle ne lui aurait probablement jamais dit qu'elle était enceinte s'il ne lui avait pas forcé la main. Et qui sait ce qu'elle aurait fait s'il n'était pas arrivé au bon moment ? Qui sait quelle décision stupide elle aurait pu prendre ? Cette idée lui était insupportable : lui vivant, il ne laisserait jamais rien arriver à son enfant. Jamais plus. Il se l'était juré.

Il sortit de la voiture, se contrôlant juste assez pour ne pas claquer violemment sa portière, et fit le tour du véhicule pour l'aider à sortir. Elle se laissa faire sans rien dire, le visage éteint. Mais où donc était passée la jeune femme qui l'avait affronté quelques instants plus tôt dans le cabinet du médecin ? La jeune femme brûlant de passion, qui hantait chacune de ses nuits depuis qu'il l'avait tenue dans ses bras ?

Tandis qu'ils se dirigeaient vers l'ascenseur, Connor téléphona à son majordome.

— Thompson, pouvez-vous arranger un dîner pour deux ce soir ? Sur la terrasse… Non, pas la peine de préparer la chambre d'amis. Nous serons là dans une demi-heure, précisa-t-il avant de raccrocher.

Holly leva la tête vers lui, ses beaux yeux bleus brillant d'une faible lueur d'espoir.

— Tu me ramènes chez moi ce soir ? demanda-t-elle d'une petite voix.

— Qu'est-ce qui te fait croire ça ?

— Tu… tu as dit que tu n'avais pas besoin de la chambre d'amis…

— Parce que tu vas dormir avec moi. Je veux pouvoir te garder à l'œil en permanence, dit-il en la défiant du regard.

Il refusait de prendre le moindre risque. Son bébé était

bien trop précieux. Mais une petite voix lui murmura que ce n'était pas la seule raison pour qu'il veuille Holly dans son lit… Il ne pouvait nier le désir qui l'envahissait dès qu'il pensait à elle, dès qu'il la voyait, dès qu'il la frôlait.

— Je ne me souviens pas avoir accepté de venir chez toi, répliqua Holly, retrouvant un peu de sa fougue habituelle. Je croyais que tu voulais parler. Juste parler, insista-t-elle.

— Ne t'inquiète pas pour rien. Comme je te l'ai dit, je veux juste qu'on parle.

Holly hésita quelques secondes, se mordillant les lèvres et semblant peser le pour et le contre.

— Une seule nuit, finit-elle par dire. Je reste chez toi ce soir pour qu'on puisse discuter de cette grossesse, et c'est tout.

Connor laissa échapper un petit soupir. Il ne savait pas ce qu'il aurait fait si elle avait dit non, et il n'était pas sûr d'avoir envie de le savoir. D'autant qu'il n'avait pas été complètement honnête avec elle : jamais il ne se contenterait que d'une nuit. Il voulait être à proximité de son enfant en permanence, il voulait pouvoir s'assurer de sa sécurité et de son bien-être nuit et jour. Que ça plaise à Holly ou non.

L'ascenseur les conduisit directement jusqu'au toit de la tour, où se trouvait l'aire d'atterrissage de l'hélicoptère de Knigth Entreprises. Holly était perdue dans ses pensées, ressassant sans relâche les événements de la journée. Elle n'arrivait toujours pas à croire ce qui lui arrivait, et l'attitude de Connor ne faisait rien pour atténuer l'angoisse qui la rongeait.

« Mais pourquoi donc ne me laisse-t-il pas en paix ? » Cette question lui brûlait les lèvres, mais elle ne pouvait se résoudre à la formuler tout haut. Elle savait bien pourquoi Connor l'entourait d'autant d'attentions. Instinctivement, sa main se posa sur son ventre, dans un geste qu'elle se refusait encore à qualifier de maternel. Oh oui, elle savait très bien ce qui motivait Connor. Le bébé.

Son bébé.

Holly sentit la panique la gagner une nouvelle fois. Qu'allait-elle faire de ce petit être qui grandissait en elle ? Elle fut brutalement ramenée à la réalité lorsque les portes de l'ascenseur s'ouvrirent sur le vacarme de l'hélicoptère aux pales vrombissantes. Connor lui prit le bras et se rapprocha d'elle afin de la protéger des violentes rafales de vent, et il la guida à l'intérieur de l'appareil. L'estomac noué, Holly tenta en vain de calmer l'appréhension qui l'étouffait. Elle avait déjà pris l'hélicoptère à plusieurs reprises, mais jamais pour aller sur l'île privée de Connor.

Et, à sa connaissance, Connor n'y invitait que les membres de sa famille. Il avait acheté l'île après son divorce, y avait fait bâtir une maison. Située à quelques minutes de vol du quartier des affaires, l'île était devenue son refuge et il s'y retirait dès que le travail lui en laissait l'occasion.

— A la maison, monsieur ? demanda le pilote.

— Oui, merci Dave, cria Connor pour se faire entendre au-dessus du vacarme.

L'appareil décolla et se mit à voler au-dessus des gratte-ciel. Dans la cabine sombre, Holly pouvait sentir les yeux de Connor fixés sur elle, et elle ne put retenir un frisson de désir. Elle n'arrivait pas à croire que même dans cette situation, son corps réagissait avec autant d'intensité à la présence de Connor…

Holly ne parvint pas à se détendre de tout le vol, et lorsqu'ils atterrirent sur l'île, elle était prête à craquer. Un rien aurait suffi à lui faire perdre son calme — un mot, un geste de lui. Connor lui tendit la main pour l'aider à descendre de l'appareil, mais elle préféra l'ignorer et se leva seule, les jambes tremblantes. Prenant soin d'éviter les pales de l'hélicoptère, elle se dirigea le plus vite possible vers la grande maison en pierre de taille qui se dressait au milieu de l'île. Plus elle s'approchait, plus elle était impressionnée par la majesté de la demeure.

— C'est ta maison ? demanda-t-elle à Connor sans pouvoir dissimuler son admiration.

— Oui. Et j'espère un jour en faire mon foyer, lorsque j'aurai une famille, répondit-il avec sérieux.

Cette remarque rappela à Holly toute l'absurdité de leur situation. Fonder une famille était la seule chose qui manquait à Connor, et son souhait le plus cher. Alors qu'avoir un bébé signifiait pour elle qu'elle devait abandonner ses rêves, abandonner l'espoir de savoir d'où elle venait…

Holly se sentit aspirée dans une spirale de désespoir, et fit un effort surhumain pour reprendre le contrôle. Elle ne pouvait pas baisser les bras maintenant, pas lorsqu'elle avait encore tellement de questions sans réponse. Elle devait garder le contrôle sur sa vie, sur son destin.

Et peu importe ce que le sort lui réservait, elle resterait forte.

8

Holly aperçut un homme aux cheveux poivre et sel posté dans le grand patio de la maison. De toute évidence, il les attendait, car Connor se dirigea vers lui d'un pas résolu.

— Thompson, lui dit-il, je vous présente Mlle Christmas. Elle restera avec nous ce soir.

— Très bien, monsieur. Des rafraîchissements vous attendent dans le patio, et le dîner sera servi dans 15 minutes. Cela vous convient-il, monsieur ?

— C'est parfait. Merci, Thompson.

Une fois le majordome parti, Connor avança une chaise agrémentée de confortables coussins, et lui fit signe de s'asseoir. Elle s'apprêtait à protester, mais l'air qu'elle surprit sur son visage lui fit comprendre qu'elle ferait mieux de ne pas discuter. Elle s'assit avec réticence, et, alors que Connor était occupé à leur verser à boire, elle en profita pour jeter un coup d'œil autour d'elle. Elle devait bien admettre que cet endroit était magnifique. Le patio était agrémenté de palmiers et de fougères tropicales, le tout relevé par les touches écarlates de massifs de bégonias éparpillés ça et là. Sur sa droite s'étendait une piscine immense aux reflets scintillants. L'obscurité grandissante était percée par plusieurs luminaires qui diffusaient une douce lumière sur les vieilles pierres de la maison, conférant aux lieux une atmosphère paisible et confortable.

— Ce jardin est magnifique, laissa-t-elle échapper, ne pouvant contenir son admiration.

Elle accepta la coupe que Connor lui tendit, mais hésita à la porter à ses lèvres. Pouvait-elle boire de l'alcool dans son état ? Elle aurait tout donné pour ne pas être enceinte, et pourtant un instinct sorti du plus profond d'elle-même la poussait à reposer son verre.

— Ne t'inquiète pas, ce n'est que du cidre sans alcool, lui dit Connor en prenant une gorgée de son propre verre. Tu aimes le jardinage ? continua-t-il en s'asseyant à son tour, une expression indéchiffrable sur le visage.

— Disons que si j'avais le temps, je pense que ça me plairait, répondit-elle d'une voix pleine d'amertume.

Surpris, Connor retint la réplique qu'il s'apprêtait à lui lancer, ne voulant pas l'irriter davantage. Elle voulait du temps libre ? Elle n'en manquerait certainement pas dans les mois à venir… Elle pourrait passer ses journées à faire du jardinage si bon lui semblait !

Il se rendit soudain compte qu'il ne connaissait presque rien de la vie de Holly. Cela faisait plus de trois ans qu'elle travaillait pour lui, qu'elle gérait ses journées à la seconde près, mais lui ne savait rien de sa vie, de ce qu'elle aimait, de ses loisirs. Enfin, presque rien… Il savait que ses yeux pouvaient s'embraser de passion en un instant, il connaissait la douceur satinée de sa peau, la façon dont elle s'abandonnait dans le feu d'une étreinte… Il sentit son corps réagir à ces pensées, et se maudit intérieurement de sa faiblesse. N'avait-il donc aucune décence ? Il s'obligea à chasser les images qui l'obsédaient.

Ses réflexions furent interrompues par l'arrivée de Thompson, qui poussait un chariot chargé de plats à l'odeur appétissante.

— J'espère que tu es prête à passer à table, fit Connor en se levant.

— Non, merci, dit Holly en croisant les bras. Je n'ai pas faim.

— Il faut bien que tu manges quelque chose, tu ne peux quand même pas aller te coucher le ventre vide, insista-t-il.

— Je suis assez grande pour savoir ce qu'il me faut, répliqua-t-elle sèchement.

Connor sentit l'irritation le gagner ; il savait que Holly était épuisée après cette longue journée, mais le médecin avait insisté pour qu'elle se nourrisse régulièrement. C'était important pour le bébé.

— Ecoute, soit raisonnable, fit-il d'une voix tendue. Pense un peu au bébé !

— C'est mon problème, il me semble, lui lança-t-elle en le fusillant du regard.

Connor étouffa la remarque acerbe qui lui brûlait la langue, et se rassit en s'efforçant de retrouver son calme. Ce qui n'était pas une mince affaire lorsque la seule chose qu'il voulait était la ligoter à sa chaise et la forcer à prendre un vrai repas… Il préférait mourir que de la laisser mettre en péril la santé de leur bébé.

Mais se mettre en colère ne servirait à rien avec elle, il devait faire preuve d'un peu plus de subtilité. Il s'empara d'un plat de riz, et en plaça quelques cuillérées dans une assiette. Il y rajouta un peu de poulet à la sauce thaïlandaise que Thompson avait apporté, et déposa le tout devant Holly.

— Quand est-ce que tu as fait un repas convenable pour la dernière fois ? demanda-t-il d'une voix plus douce. Allez, goûte, c'est succulent.

Il pouvait voir que Holly n'était pas insensible au délicieux fumet qui s'échappait de son assiette. Elle se mordit légèrement les lèvres, et Connor observa avec fascination ce mouvement inconscient et si sexy. Aussitôt, une onde de chaleur le traversa de part en part, incontrôlable. Il pouvait sentir ces lèvres pleines et douces sur sa peau, sur sa bouche…

Une nouvelle fois, il étouffa avec rage les pensées qui

menaçaient de lui faire perdre la raison. Il devait être plus fort, penser à son bébé avant toute chose. Mais, alors qu'il se préparait déjà à éclater, un miracle se produisit. Holly attrapa un petit morceau de poulet avec sa fourchette et l'avala.

— Je suis désolée, tu as raison. C'est vraiment très bon, merci, dit-elle d'une petite voix, fuyant son regard.

Ils dînèrent en silence, se laissant bercer par le bruit des vagues qui venaient mourir sur la plage de sable fin, située à quelques mètres seulement de la maison. La nuit était tombée à présent, et Holly respirait à pleins poumons l'air pur et doux, relevé d'effluves subtils de fleurs. L'atmosphère était on ne peut plus romantique, une ironie qui ne lui échappait pas. Cet endroit avait tout d'un paradis, sauf que les circonstances qui l'avaient amenée ici relevaient plutôt du cauchemar…

Soudain très lasse, elle étouffa un bâillement. Elle commençait à se sentir très fatiguée : la journée avait été longue.

— Tu es fatiguée, remarqua Connor. Suis-moi, je vais te montrer ta chambre.

— Nous n'avons même pas encore parlé du… de la situation, hésita Holly, ne pouvant même pas se résoudre à prononcer le mot *bébé*.

— De la *situation* ? répéta Connor.

— Et si quelque chose arrivait au bébé ? demanda-t-elle avec urgence.

— Je t'assure que je ferai tout ce qui est en mon pouvoir pour que la grossesse se passe bien, affirma Connor en se levant de sa chaise et en s'approchant d'elle. Et j'espère bien que tu en feras autant.

— Mais, une fois le bébé né ? Que se passera-t-il s'il n'est pas normal, s'il est malade ? Est-ce que tu voudras toujours t'en occuper ? pressa Holly, incapable de contrôler la panique qui la dévorait.

— La famille compte plus que tout pour moi. Un parent se doit d'aimer chacun de ses enfants, qu'ils soient « parfaits » ou non, répondit Connor avec un mépris qui lui donna honte.

— Pourtant, il y a des parents qui rejettent leurs enfants, murmura-t-elle d'une voix brisée, pensant à sa propre mère qui l'avait abandonnée sans aucune raison.

— Si tu essayes de me dire que tu ne veux pas t'occuper de cet enfant, ne t'inquiète donc pas ! répliqua-t-il le visage fermé et le regard dur comme de la pierre. Je suis prêt à l'élever tout seul. Dieu sait si j'ai assez d'amour à lui donner pour nous deux ! Et une fois que le bébé sera né, plus rien ne t'empêchera de partir. Car c'est bien ça que tu veux, non ?

Les mots de Connor lui transpercèrent le cœur. Depuis qu'elle avait appris sa grossesse, elle n'avait pas eu une minute à elle pour réfléchir à ce qui se passerait une fois la naissance de l'enfant. Etait-elle réellement prête à être mère ?

La maternité n'évoquait pour elle que l'abandon, le désespoir, la succession de familles d'accueil… Pourtant, lorsqu'elle fouillait les recoins de sa mémoire, elle percevait quelques fragments de souvenirs heureux, une berceuse fredonnée dont elle parvenait encore à se rappeler quelques notes… Mais ces souvenirs étaient si rares, si fugaces… Qui sait si elle ne les avait pas tout simplement créés de toutes pièces ?

La vérité était qu'elle était terrifiée à l'idée d'élever un enfant seule. Elle avait Andréa bien sûr, mais qui sait pour combien de temps encore ? La pensée de sa sœur adoptive lui remit à la mémoire sa situation financière catastrophique, et elle se recroquevilla encore un peu plus sur sa chaise, accablée : elle n'avait pas les moyens d'élever un enfant, c'était aussi simple que ça.

Mais, soudain, le voile qu'elle avait devant les yeux depuis sa visite chez le médecin se leva, tandis qu'elle prenait conscience d'une vérité essentielle. Connor, lui, pouvait donner au bébé tout ce dont il avait besoin, et plus encore.

Connor pourrait offrir au bébé tout ce dont elle avait été privée pendant son enfance…

Relevant la tête, elle sut soudain exactement ce qu'elle avait à faire.

— Si j'ai bien compris, je suis toujours ton employée ? demanda-t-elle à Connor d'une voix qui avait retrouvé son assurance.

— Je n'ai pas encore pris de décision à ce sujet. Reprends d'abord des forces, et ensuite nous pourrons en discuter.

— Vraiment ? Et dis-moi, comment suis-je censée subvenir à mes besoins pendant ce temps ? Je te rappelle que je n'ai plus de vacances et que j'ai utilisé tous mes jours de congé.

— Ne t'inquiète pas pour ça, je vais m'assurer que tu reçoives toujours ton salaire. Tu ne manqueras de rien pendant la grossesse, je te le promets. En retour, j'aimerais que tu habites ici, avec moi, et pas dans cette ruine que tu appelles maison. Il y a tout ce dont tu as besoin ici.

Elle laissa échapper un petit rire sarcastique. Tout ce dont elle avait *besoin* ? Mais que savait-il de ses besoins ? Il n'avait aucune idée de la vie qu'elle menait, lui qui avait un travail, une famille et bientôt un enfant pour compléter son existence de rêve… Tout ce qu'elle avait, elle, c'était un beau tas de factures, et une volonté farouche de conserver le peu de dignité qui lui restait. Sauf qu'elle était maintenant décidée à sacrifier sa dignité : elle allait tout expliquer à Connor, la maladie d'Andréa, les dettes qui s'accumulaient… Tant pis si elle ne supportait pas sa pitié, Andréa était plus importante que tout le reste. Pourvu qu'il comprenne à quel point elle avait besoin d'argent ! C'était son dernier espoir…

— La situation est plus compliquée que tu ne le crois, commença-t-elle, cherchant ses mots. Il ne s'agit pas que de moi… As-tu déjà entendu parler de la maladie de Huntington ?

— Un peu, oui…, dit-il avec hésitation, tandis que son visage blanchissait, comme si une idée horrible venait de lui traverser l'esprit. Tu n'es pas en train de me dire que tu es porteuse de cette maladie, n'est-ce pas ?

— Non, pas que je sache, mais à vrai dire, dit-elle en baissant les yeux, je ne sais pas grand-chose de ma situation médicale. Ma sœur, en revanche, enfin, je veux dire, ma sœur adoptive, en est atteinte.

Elle prit une profonde inspiration et se lança. Même si cet aveu lui coûtait, c'était son dernier espoir.

— Andréa en est au dernier stade de la maladie, reprit-elle d'une voix où perçait sa détresse, et elle a besoin d'une assistance médicale constante. Constante et très coûteuse… C'est là où part tout mon argent : je lui paye des soins dans la meilleure clinique de la ville. Il y a des années, lorsque Andréa était encore suffisamment consciente pour comprendre ce qui se passait, je lui ai juré que je ne la laisserais pas finir ses jours dans un quelconque hôpital public. Et je compte bien tenir ma promesse.

Elle s'interrompit un instant puis osa enfin lever les yeux vers lui.

— Tu comprends maintenant pourquoi je ne peux pas me permettre de perdre mon travail ?

— Pourquoi diable ne m'en as-tu jamais parlé avant ?

— C'est mon problème. Et j'ai l'habitude de régler mes problèmes sans l'aide de personne.

— Alors pourquoi m'en parles-tu aujourd'hui ? Qu'est-ce que tu attends de moi ?

Holly hésita un instant, cherchant en elle le courage nécessaire pour continuer. Elle savait que les quelques mots qu'elle s'apprêtait à prononcer allaient tout changer. Jamais Connor ne la regarderait de la même façon après ça.

— Rien ne peut plus sauver Andréa, mais il y a certains traitements qui peuvent l'aider à moins souffrir. Des traitements que je ne peux pas me permettre… J'ai vraiment besoin d'argent, et toi, tu veux un bébé. Alors voilà ce que je te propose : j'accepte de porter ton enfant, à la condition que tu m'aides à faire face à mes difficultés financières.

Ses mots résonnèrent dans la nuit, et Connor tressaillit comme s'ils l'avaient frappé en plein visage. Il l'observa en silence pendant quelques secondes, la regardant comme si elle avait perdu la raison.

— Dis-moi que c'est une blague, lâcha-t-il finalement d'un ton incrédule. Tu veux que je te paie pour avoir mon enfant ? Comme une vulgaire mère porteuse ?

— Tu as très bien compris ce que je veux, rétorqua Holly, déterminée à ne pas reculer.

Connor se figea, la foudroyant du regard. Elle pouvait voir un muscle jouer sur sa joue : il était absolument furieux, et elle sut qu'elle venait de perdre le peu de respect qu'il avait encore pour elle. Jamais elle ne pourrait réparer les dégâts qu'elle venait d'infliger à leur relation.

— Je comprends très bien pourquoi tu as envie de t'occuper d'Andréa, déclara-t-il, mais pourquoi n'en as-tu jamais parlé auparavant ? Je t'aurais aidée ! Je ne suis pas un monstre, tu sais !

Holly serra les poings et tenta d'endiguer le flot d'émotions qui menaçait de la submerger. Elle savait très bien qu'il n'était pas un monstre, et c'était bien là le problème. Le monstre, c'était elle ! Elle et son passé tumultueux et mystérieux. Elle qui était incapable de se réjouir à la perspective de devenir mère…

— Comme je te l'ai déjà dit, dit-elle en faisant un effort surhumain pour prendre un ton posé, j'ai l'habitude de régler mes problèmes moi-même. De plus, je préfère te prévenir que, si jamais j'accepte de m'installer chez toi, je veux pouvoir rendre visite à Andréa régulièrement.

Connor la contemplait d'un regard froid sans dire un mot, le visage impénétrable. Chaque seconde qui passait lui semblait aussi longue qu'une heure. Pourquoi diable ne disait-il donc rien ! Elle venait de jouer sa dernière carte, et maintenant elle attendait, complètement impuissante, qu'il prenne une décision.

— D'accord, dit-il enfin d'un ton glacial. Je vais prendre mes dispositions pour que tu puisses aller en ville tous les jours. Je continuerai à te verser ton salaire durant toute la durée de ton séjour ici, et je m'engage à te verser une somme conséquente à la naissance du bébé. Donne-moi aussi les coordonnées de la clinique d'Andréa afin que je puisse prendre en charge ses soins médicaux.

Holly crut qu'elle allait se mettre à pleurer de soulagement. Il acceptait ses conditions ! Elle allait enfin pouvoir engager un détective pour l'aider à remonter la piste de sa mère. Elle n'aurait plus besoin de s'user les yeux sur de vieux registres de naissances et de coupures de presse jaunies.

— Tu es satisfaite à présent ? Tu acceptes de venir t'installer ici ? demanda Connor, coupant court à ses réflexions.

Avant de répondre à sa question, Holly prit son temps pour plier avec soin sa serviette et la reposer délicatement sur la table. Elle se félicita de voir que ses mains ne tremblaient pas : elle ne voulait pas qu'il sache à quel point elle était bouleversée.

— J'ai encore une chose à te demander, dit-elle.

— Vraiment ? fit-il, sarcastique.

— Je veux un contrat.

— Quoi ? cria-t-il, abasourdi. Tu veux un contrat pour avoir mon enfant ? De quoi as-tu peur, que je renonce à lui en cours de route ?

— Exactement !

Holly voulait être absolument sûre que son bébé aurait au moins un parent pour s'occuper de lui. Elle ne voulait pas qu'il connaisse le même sort qu'elle. Connor poussa un profond soupir et ferma les yeux pendant un court instant, avant de la transpercer de nouveau de son regard ardent.

— En résumé, tu portes mon enfant à terme, et ensuite tu disparais de ma vie. C'est ça que tu veux ?

La question de Connor la prit au dépourvu. Elle n'avait pas encore réfléchi à ce qu'elle voulait faire après la naissance du bébé, mais si c'était la solution pour qu'il accepte ses conditions, elle était prête à tout.

— C'est ça, chuchota-t-elle d'une voix tremblante.

Son cœur se serra lorsqu'elle vit le mépris se répandre sur le visage de Connor, et elle se demanda si elle n'était pas allée trop loin. Etait-elle aussi insensible que sa mère, pour abandonner ainsi son enfant contre de l'argent ? Mais elle n'abandonnait pas son enfant comme on abandonne un fardeau encombrant. Connor et sa famille en prendraient bien soin, lui apporteraient tout l'amour dont il aurait besoin, tout ce qu'elle n'aurait jamais pu lui donner.

— Si c'est ça que tu veux, dit Connor de la voix fatiguée d'un homme qui ne voulait plus résister. Je vais faire rédiger les papiers dès ce soir.

— J'aimerais aller me coucher à présent, dit-elle à Connor avec tout le sang-froid dont elle se sentait capable.

— Suis-moi, répondit-il en se levant brusquement.

Sans dire un mot de plus, il se dirigea vers les portes-fenêtres qui ouvraient sur une large pièce contenant plusieurs bibliothèques remplies de livres et au milieu de laquelle trônait un immense bureau de bois ancien, poli par le temps. Tout ici respirait le luxe et l'élégance, du somptueux tapis persan aux teintes pourpres à l'ordinateur dernier cri posé sur un coin du bureau.

Elle sut alors qu'elle avait fait le bon choix : jamais son bébé ne manquerait de quoi que ce soit. Elle, en revanche, n'avait pas sa place ici. Elle ne faisait que passer dans ce monde de confort et de raffinement qui était la vie de Connor. Elle était consciente qu'une fois l'enfant né, elle ne reverrait jamais plus Connor. Elle n'était pas assez naïve pour croire qu'elle pourrait continuer à travailler pour lui. Il faudrait qu'elle l'oublie, qu'elle se reconstruise une nouvelle vie loin de lui, qu'elle retrouve sa dignité et son amour-propre.

Perdue dans ses pensées, elle remarqua à peine le reste de la maison alors que Connor la guidait de pièce en pièce jusqu'à l'escalier qui menait au deuxième étage. Elle monta péniblement les marches, s'agrippant à la rampe comme s'il s'agissait d'une bouée de sauvetage. Elle sentait dans chacun de ses mouvements toute la fatigue qu'elle avait accumulée ces dernières semaines.

Ils parvinrent enfin à la chambre à coucher de Connor, qui était en réalité plus proche d'un appartement que d'une simple pièce. La chambre, meublée avec goût, était ouverte sur le patio grâce à une série de portes-fenêtres qui laissaient entrevoir un magnifique ciel d'été constellé d'étoiles.

— La salle de bains est à gauche, indiqua Connor, on pourra aller chercher tes affaires demain. Je demanderai à Thompson de te faire de la place dans mes placards pour que tu puisses ranger tes vêtements. Mais pour le moment, tu ferais mieux d'aller te coucher. Tu as l'air exténuée.

Il se rapprocha d'elle et lui caressa doucement la joue. Il n'était plus l'homme furieux qui l'avait regardée avec mépris quelques instants plus tôt, mais Holly ne parvenait pas à déchiffrer son expression. A quoi pensait-il ? Elle sentit sa respiration s'accélérer devant cette démonstration de tendresse, et se permit d'imaginer pendant une seconde que Connor avait de réels sentiments pour elle. Mais sa main quitta sa joue aussi vite qu'elle était arrivée, et Holly dut affronter la réalité. Jamais ils ne retrouveraient l'intimité qu'ils avaient partagée : elle avait définitivement brisé quelque chose entre eux.

— Nous discuterons des détails demain matin, dit-il avant de se détourner et de se diriger vers la porte.

— Tu… tu ne viens pas te coucher maintenant ? laissa-t-elle échapper.

— Non, j'ai encore du travail.

Holly garda les yeux fixés sur la porte bien longtemps après que Connor l'eut refermée derrière lui. La chambre, qui lui avait paru si accueillante lorsque Connor était encore là, lui semblait à présent froide et inhospitalière. Elle se dirigea vers les fenêtres et contempla la vue qui s'offrait à elle. Au loin, elle pouvait apercevoir les lumières d'Auckland. Comme elle se sentait loin de chez elle, perdue ! Elle était percluse de fatigue, et pourtant elle ne pouvait se résoudre à se mettre au lit. Comment sa vie avait-elle pu basculer à ce point en seulement une journée ? Elle était si différente de la Holly qui s'était réveillée ce matin… Elle ferma les yeux et appuya le front contre la vitre dans l'espoir d'oublier ses pensées noires.

Elle finit par se diriger vers la salle de bainss attenante à la chambre, où quelqu'un avait pris soin de placer une robe de chambre duveteuse et de quoi faire sa toilette. Elle fit tomber ses vêtements sur le sol carrelé et se glissa sous le jet de la douche sans attendre qu'il ne chauffe. Et là, pour la première fois de la journée, elle s'autorisa à craquer et ses larmes se mêlèrent à l'eau de la douche.

Un léger bruit la tira de son sommeil et elle entrouvrit un œil.

Connor.

Il était revenu. Elle n'avait pas fermé les rideaux avant de se glisser dans le lit, et elle pouvait voir sa silhouette se détacher près de la fenêtre. Il était nu. Le souffle coupé, elle laissa ses yeux parcourir son torse musclé, la courbe de ses hanches. Sous la clarté de la lune, il lui apparaissait comme une vision venue d'un autre âge, une divinité antique aux muscles parfaitement dessinés.

Holly referma les yeux : le contempler ainsi lui était insupportable. Comment résister à l'envie de faire glisser ses doigts, ses lèvres, sur ce corps parfait ? Mais céder à son désir ne lui apporterait que déception et douleur, car elle le savait bien, Connor ne répondrait pas à ses avances.

Elle l'entendit approcher du lit et se glisser entre les draps, bien plus près d'elle que nécessaire. Elle faillit pousser un petit cri lorsqu'elle sentit son bras puissant autour de sa taille, l'attirant encore plus près de lui.

Quand il insinua la main sous le fin tissu de sa chemise de nuit, effleurant sa peau, elle frissonna. Elle était maintenant complètement réveillée et ressentait le moindre mouvement, la moindre respiration de Connor. Il la caressait tendrement, faisant glisser sa main sur son ventre encore plat, comme s'il voulait sentir la vie qui grandissait en elle. La pointe de ses seins se durcit sous cette caresse sensuelle. Des flèches de désir la traversaient de part en part, et elle pouvait sentir que lui aussi était excité. Pouvait-il sentir combien son simple contact la rendait folle de désir ?

Holly ne savait plus quoi penser, plus quoi ressentir. Elle était si proche de lui, un simple petit mouvement de hanche suffirait à lui faire comprendre qu'elle brûlait de l'accueillir en elle.

Mais, avant qu'elle ait eu le temps de faire quoi que ce soit, elle sentit Connor se figer. Sa main reposait toujours sur son ventre, mais elle ne bougeait plus. Holly pouvait entendre sa respiration, profonde et régulière, à quelques centimètres seulement de son oreille. *Il s'était endormi* ?

Elle n'arrivait pas à le croire. Elle était allongée à côté de lui, tous ses sens en alerte, et voilà qu'il dormait. Elle avait été si naïve ! Si elle voulait une dernière preuve de l'absence d'intérêt de Connor pour elle, s'était bien celle-là. L'enfant qu'elle portait était tout ce qui comptait aux yeux de l'homme allongé près d'elle.

Holly essaya de se dégager doucement de son étreinte, mais Connor résista et elle sentit son bras musclé l'encercler encore plus. Elle insista, mais Connor refusait de lâcher prise. Elle était prisonnière de ses bras puissants.

Et elle sentit soudain un terrible accablement s'abattre

sur elle. Elle était allongée près du seul homme qu'elle avait jamais aimé, dans une chambre digne des plus grands hôtels de luxe, et pourtant elle avait le cœur en lambeaux.

Il ne voulait pas d'elle.

9

Connor vérifia une dernière fois son nœud de cravate, puis enfila sa veste de costume. Il jeta un coup d'œil en direction du lit, mais Holly dormait toujours, emmêlée dans les draps.

Il avait du mal à croire que cela faisait déjà une semaine qu'elle habitait chez lui. Une semaine qu'il avait appris qu'il allait être père… Il n'arrivait toujours pas à comprendre le comportement de Holly. Quel genre de femme acceptait d'abandonner son enfant contre de l'argent ? Il avait été sidéré lorsqu'elle lui avait exposé ses conditions pour la première fois, et il avait insisté à plusieurs reprises pour qu'elle reconsidère ses projets. Mais non, elle avait tenu bon : elle ne voulait rien avoir affaire avec leur enfant après sa naissance. Elle voulait son argent, mais rien de plus.

Au moins connaissait-il à présent la raison des difficultés financières de Holly. Après avoir appris l'existence d'Andréa, il avait cessé de harceler son détective privé. Mais la vie de Holly restait toujours mystérieuse : le détective n'avait trouvé que peu d'informations concluantes, et rien qui remonte à l'enfance de Holly. C'était comme si elle était née à 15 ans, l'âge où elle avait rencontré Andréa dans une famille d'accueil.

Connor jeta un coup d'œil dans le miroir pour vérifier sa tenue, puis s'approcha du lit. Il posa délicatement sa main sur l'épaule de Holly, et lui murmura :

— Réveille-toi, il est bientôt l'heure de notre rendez-vous chez l'obstétricien. Il faut que tu commences à te préparer.

Holly ouvrit un œil et se redressa lentement en se frottant les yeux. Connor retint un sourire : elle était si attendrissante au réveil, si innocente. Elle n'avait pas cet air distant qu'elle affichait en permanence ces jours-ci. Holly mit soudain sa main devant la bouche et devint pâle comme un linge. Elle poussa un petit gémissement et se précipita vers la salle de bains. Connor la suivit des yeux avec inquiétude : elle avait de plus en plus souvent ce genre de nausées, et pas seulement le matin. Il craignait que cela puisse mettre en danger la santé du bébé, mais il ne savait pas quoi faire pour l'aider.

Il serra les dents : il n'aimait pas se sentir impuissant. Il s'approcha de la salle de bains, et vit Holly en train de se passer de l'eau sur le visage. Elle avait bien meilleure mine.

— Il faut que nous partions dans quarante-cinq minutes à peu près. Est-ce que ça ira ?

— Ça va, dit-elle d'un ton ferme. Donne-moi quelques minutes pour m'habiller et je te rejoins en bas pour le petit déjeuner.

Elle releva les yeux, et leurs regards se croisèrent dans le miroir. Une lueur de détermination brillait dans ses beaux yeux bleus, le défiant de faire un commentaire sur son état. Il détourna le regard, et eut alors une vision qui allait le hanter toute la journée : la robe de chambre de Holly s'était entrouverte, et il pouvait apercevoir un sein nu, surmonté de son petit bouton rose.

Son désir pour elle, qu'il avait soigneusement muselé ces derniers jours, se réveilla aussitôt devant cette délicieuse vision. Incapable de faire un geste ou de la quitter des yeux, il resta planté là, bouche bée. C'était comme s'il pouvait sentir ce sein sous ses lèvres, comme s'ils étaient revenus deux mois en arrière, lors de leur seule et unique nuit d'amour. Rien n'y faisait : il n'arrivait pas à oublier la douceur de sa peau, la sensation de leurs deux corps unis.

— Tu t'es bien rincé l'œil, c'est bon ? lui lança-t-elle d'un ton acerbe.

Connor redescendit immédiatement sur terre.

— Dépêche-toi de te préparer, je ne veux pas être en retard, lança-t-il sèchement avant de s'éloigner à grands pas.

Il descendit l'escalier quatre à quatre, furieux par ce qui venait de se passer. L'attirance physique qu'il éprouvait pour cette femme était si forte qu'il avait parfois l'impression de ne plus contrôler son corps lorsqu'il était avec elle. Chaque nuit dans cette chambre était une véritable torture : être si proche d'elle, mais ne pas pouvoir l'embrasser, ne pas pouvoir la caresser comme il l'aurait voulu. Connor serra les poings : il devait se ressaisir, bon sang !

Il était presque arrivé dans la pièce où était servi le petit déjeuner lorsque son téléphone portable se mit à sonner. Il regarda l'écran : c'était son détective privé. Que diable voulait-il à une heure aussi matinale ?

— Qu'est-ce qui se passe ?

— Je me suis dit que vous aimeriez savoir qu'une Mlle Christmas nous a contactés pour une enquête, répondit son détective.

— Une enquête ? Qu'est-ce que c'est que cette histoire ? Quel genre d'enquête ?

— C'est ça qui est curieux : elle veut la même chose que vous. Mais puisque nous enquêtons déjà pour vous, j'ai préféré vous contacter d'abord avant d'accepter. Qu'est-ce que vous en dites ?

Connor resta silencieux, abasourdi par la nouvelle. Pourquoi Holly voulait-elle faire faire une enquête sur elle-même ?

— O.K., merci pour le renseignement, finit-il par dire. Poursuivez votre enquête, et tenez-moi au courant des résultats.

— Et pour Mlle Christmas ?

Connor savait que l'agence refuserait de la prendre comme cliente s'il le leur demandait, mais il avait envie de savoir ce qu'elle avait derrière la tête.

— Accédez à sa demande, mais je veux être mis au courant avant elle de tout ce que vous trouverez, c'est bien compris ?

— Compris.

Connor referma son téléphone d'un claquement sec, déconcerté par la conversation, et s'assit machinalement à la table du petit déjeuner.

— Un café, monsieur ?

— Merci, Thompson. Mlle Christmas nous rejoindra dans quelques minutes. Elle ne se sentait pas très bien en se levant.

— Je vois. Oh ! Bonjour mademoiselle, dit Thompson en regardant derrière Connor. Comme d'habitude, un thé et deux toasts nature ?

Connor se retourna et vit Holly qui entrait dans la pièce. Elle était vêtue d'un chemisier de soie crème et d'un tailleur bleu nuit, qui accentuait la pâleur de son teint. Elle avait meilleure mine, mais paraissait toujours fatiguée.

— Merci, Thompson, répondit Holly en contournant la table du petit déjeuner et en s'asseyant le plus loin possible de Connor.

De toute évidence, elle ne lui avait toujours pas pardonné l'épisode de ce matin.

— Puis-je vous suggérer une biscotte, mademoiselle ?

— Je vous demande pardon, Thompson ? s'étonna Holly.

— J'ai lu quelques livres sur le sujet, et il semblerait que manger des biscottes au réveil aide à soulager les nausées du matin. Si vous voulez, je pourrais en faire monter un paquet dans votre chambre.

— Merci, répondit Holly en rougissant légèrement.

— Ne vous inquiétez pas, mademoiselle, nous allons bien nous occuper de vous, dit Thompson en jetant un coup d'œil éloquent à Connor.

Connor ouvrit rageusement son journal du matin. Si elle voulait faire ami-ami avec son majordome, ça la regardait, après tout. La seule chose qu'il voulait, c'était un beau bébé en bonne santé. Et cette fois, il ferait tout pour que rien ne se mette en travers de sa route.

Alors que la nuit commençait à tomber, Holly s'engouffra dans la voiture qui devait les ramener, Connor et elle, aux bureaux de Knight Entreprises. Connor avait du travail à finir, aussi rentrerait-elle seule sur l'île. Elle poussa un petit soupir : la visite chez l'obstétricien avait été éprouvante. C'était à peine si elle avait écouté ses explications et ses conseils. Elle essayait de se détacher le plus possible de cette grossesse, ne voulant pas prendre le risque de s'attacher au petit être qui grandissait en elle.

La voiture s'arrêta devant les bureaux et elle se dirigea vers l'ascenseur qui menait à l'héliport, Connor sur les talons. Il semblait surveiller le moindre de ses gestes, et elle se sentait presque comme une prisonnière. C'était absolument ridicule, elle n'allait pas essayer de s'enfuir !

Elle ne lui accorda même pas un regard lorsqu'il l'aida à monter dans l'hélicoptère. Sans dire un mot, il lui fit un petit signe de la tête et repartit en direction de l'ascenseur. Sa haute silhouette se détacha quelques secondes dans la cabine, puis les portes de l'ascenseur se refermèrent et il disparut de sa vue. Elle en ressentit un étrange sentiment d'abandon. Elle avait elle-même insisté pour qu'il la laisse un peu seule, et voilà qu'elle avait les larmes aux yeux en le voyant partir ? C'était complètement ridicule…

Le rotor de l'hélicoptère tournait de plus en plus vite, faisant vibrer l'appareil avec brutalité. Elle serra son sac à main sur ses genoux, et elle sentit soudain un autre type de vibrations : quelqu'un était en train de la biper sur son *pager*. Le cœur serré, elle fouilla dans son sac d'une main tremblante : il n'y avait qu'une personne susceptible de la contacter de cette manière. Elle reconnut aussitôt le numéro qui s'affichait à l'écran. *Le médecin d'Andréa.*

L'hélicoptère était prêt à s'envoler : elle devait agir vite.

— Dave, hurla-t-elle pour se faire entendre par-dessus le vacarme. Arrêtez l'appareil !

— Tout va bien, Mlle Christmas ? demanda le pilote en coupant les moteurs.

— Non, il faut que je passe un coup de téléphone de toute urgence. Pouvez-vous m'attendre, je n'en ai que pour quelques minutes ?

— Je vais appeler M. Knight pour qu'il revienne, si vous voulez.

— Non, pas la peine de l'inquiéter. Je n'en ai pas pour longtemps.

— Pas de problème.

Dès que le pilote lui ouvrit la porte, Holly bondit hors de l'appareil et se mit à courir vers l'ascenseur.

— Vous êtes sûre que vous ne voulez pas que j'appelle M. Knight ? lui cria Dave une nouvelle fois.

Holly lui fit un signe de main négatif et pressa fiévreusement le bouton d'appel de l'ascenseur. Après quelques secondes interminables, les portes s'ouvrirent enfin et elle s'engouffra dans la cabine.

Moins d'une minute plus tard, elle déboula dans le hall d'entrée de l'immeuble, le cœur battant la chamade.

— Mlle Christmas ? Que se passe-t-il ? demanda Stan, un des gardes de sécurité posté à l'entrée.

— Stan, j'ai un coup de fil urgent à passer. Est-ce que je peux utiliser votre téléphone ?

— Bien sûr. Tenez, le voilà.

— Merci, Stan, dit-elle en se saisissant du combiné et en composant la série de chiffres qu'elle connaissait par cœur.

La conversation ne dura que quelques minutes et Holly reposa le combiné d'une main tremblante. Ce qu'elle craignait le plus était finalement arrivé. Le médecin lui avait appris que l'état d'Andréa s'était gravement détérioré la nuit dernière. Elle n'en avait plus pour très longtemps.

— Quelque chose ne va pas, mademoiselle ?

La voix pleine de compassion de Stan la tira de la stupeur

dans laquelle la nouvelle l'avait plongée. Elle devait agir vite, chaque minute comptait !

— Il me faut un taxi, dit-elle d'une voix brisée de chagrin.

— Suivez-moi, mademoiselle, je vais vous en trouver un tout de suite.

Stan se dirigea rapidement vers la sortie, et Holly lui emboîta le pas. L'air à l'extérieur de l'immeuble était d'une moiteur presque tropicale, et elle chancela un peu devant cet assaut brûlant. Stan lui ouvrait déjà la portière d'un taxi, et Holly s'y glissa avec un sourire de reconnaissance. Le taxi démarra aussitôt, et, alors que le gratte-ciel de Knight Entreprises disparaissait derrière elle, Holly murmura au chauffeur l'adresse de la clinique.

Puis elle ferma les yeux et s'affaissa sur la banquette arrière, laissant les larmes rouler sur ses joues.

« Pourvu que je n'arrive pas trop tard… »

— Comment ça, elle n'est pas arrivée ? hurla Connor dans son téléphone.

Il n'arrivait pas à comprendre comment Thompson pouvait garder son calme dans cette situation : Holly n'était pas encore arrivée sur l'île.

— Ils ne sont pas encore là, monsieur, répéta Thompson d'une voix égale.

— Mais l'hélicoptère aurait déjà dû arriver depuis longtemps enfin ! Rappelez-moi si vous avez du nouveau.

Connor raccrocha et composa aussitôt le numéro de la sécurité. Il voulait comprendre ce qui se passait.

— Avez-vous vu Mlle Christmas quitter l'immeuble ? Oui ? Elle a pris un taxi ! Appelez la compagnie de taxi et trouvez-moi l'adresse où elle s'est rendue, c'est urgent !

Qu'est-ce qu'elle était en train de fabriquer, bon sang ? Pourquoi ne l'avait-elle pas appelé ? Connor bouillait de rage : elle n'avait pas le droit de disparaître ainsi ! Leur arrangement était très clair sur ce point. Il n'aurait jamais dû lui faire confiance. Il ne la quitterait jamais plus des yeux.

A condition qu'il la retrouve…

Connor s'affaissa sur sa chaise. Et si quelque chose lui était arrivé, à elle et au bébé ? Non, il devait garder la tête froide. Elle ne pouvait pas s'être volatilisée sans laisser de trace. Il allait la retrouver. Il allait retrouver son bébé.

A cet instant, Janet passa la tête dans l'entrebâillement de la porte de son bureau.

— Qu'est-ce que vous voulez ? aboya-t-il.

Il regretta son ton agressif lorsqu'il vit l'air déconfit de la jeune femme. Ce n'était pas juste de faire passer sa colère sur elle, elle n'avait rien à voir dans ce qui se passait.

— Que se passe-t-il ? reprit-il d'un ton plus posé.

— La sécurité n'a pas réussi à trouver le nom de la compagnie de taxi qu'elle a utilisé, mais Stan a dit qu'elle s'était servie de son téléphone avant de partir. Personne ne l'a utilisé depuis, donc on devrait pouvoir savoir qui elle a appelé en utilisant la touche de rappel.

— Je veux le faire personnellement. Assurez-vous que personne ne touche ce téléphone avant moi.

Qui diable avait-elle pu appeler ? Les possibilités se bousculaient dans la tête de Connor alors qu'il sortait de l'ascenseur et se dirigeait à grand pas vers le bureau du garde de sécurité.

— Je suis vraiment désolé, monsieur. Je ne savais pas qu'elle…, commença Stan avec embarras.

— Ne vous inquiétez pas, répondit Connor, ce n'est pas de votre faute. C'est le téléphone qu'elle a utilisé ? demanda-t-il en s'emparant de l'appareil posé sur le bureau.

— Oui, monsieur. Personne d'autre ne l'a touché depuis.

Sans attendre, Connor pressa la touche de rappel.

— Haven View Hospital, bonjour.

Connor reconnut immédiatement ce nom. Elle était allée voir sa sœur adoptive ?

— Allô ! reprit la voix à l'autre bout du fil.

— Bonjour, répondit Connor en reprenant ses esprits. Est-ce que Holly Christmas est déjà arrivée ?

— Oui, elle est là. Voulez-vous que j'aille la chercher ?

— Non, ce n'est pas nécessaire. Je vais la rejoindre le plus vite possible.

Il raccrocha et se mit à courir vers l'escalier d'urgence qui menait au garage. Il s'engouffra dans sa BMW et démarra sur les chapeaux de roues.

Connor connaissait bien Haven View : c'était la clinique privée la plus cotée d'Auckland. La dernière fois qu'il y avait mis les pieds, il n'était qu'un petit garçon de 8 ans. Un petit garçon venu faire ses adieux à sa mère agonisante… La clinique était certes très bien placée et avait été aménagée avec goût, mais ça restait un endroit où les gens venaient pour mourir. Le souvenir de cette terrible journée, qu'il avait enfoui depuis si longtemps au plus profond de lui, lui revint soudain à la mémoire avec une clarté effrayante. Il pouvait se rappeler le moindre détail, les odeurs, les bruits. Mais surtout, il se souvenait du sentiment de peur qui l'avait envahi.

Malgré lui, le petit garçon de 8 ans terrorisé s'imposa à son esprit. Il avait supplié son père de le laisser sortir jouer un peu dans le jardin. Il détestait être enfermé dans cette chambre d'hôpital sombre, alors que le soleil brillait par les fenêtres. Il n'avait jamais connu sa mère en bonne santé : pour lui, elle avait toujours été ce petit bout de femme allongée dans un lit d'hôpital, pâle et fatiguée. Il était trop jeune pour comprendre que sa mère était rongée par un cancer incurable. Le doux sourire qu'elle lui avait fait avant qu'il ne s'échappe de la chambre était gravé dans sa mémoire, un sourire plein de compassion et de tristesse.

C'était son grand frère Declan qui était venu le chercher dans le jardin, une vingtaine de minutes plus tard. Connor avait vu son regard, et avait tout de suite compris qu'il était trop tard pour faire ses adieux. Il avait laissé passer sa dernière chance. Sa mère les avait quittés pour toujours.

Une voiture klaxonna soudain bruyamment, le ramenant à la réalité : il avait été si perdu dans ses souvenirs qu'il s'était un peu déporté sur la droite. Il redressa aussitôt sa voiture en se maudissant tout haut. Il devait se reprendre ! Il n'était plus un gamin de 8 ans terrifié par la mort, mais un homme de 31 ans. Il devait rester concentré sur la situation présente. Il devait retrouver Holly.

Arrivé à la clinique, il se gara sur la première place libre et il se précipita vers l'entrée.

— Je cherche Holly Christmas, dit-il précipitamment aux deux femmes qui discutaient derrière la réception. Savez-vous où elle se trouve ?

— Prenez ce couloir, c'est la deuxième porte à droite. Etes-vous un membre de la famille ?

Connor s'apprêtait à répondre lorsqu'un long cri retentit dans le couloir, si désespéré que Connor en eut la chair de poule. Il reconnut immédiatement la voix : Holly !

Il courut vers la chambre, ouvrit la porte à toute volée et s'arrêta net devant le spectacle pathétique qui s'offrait à lui. Holly pleurait à chaudes larmes, tenant dans ses bras le corps inerte d'une jeune femme, frêle et ravagée par la maladie. Le visage de cette dernière affichait une sérénité qui ne voulait dire qu'une chose : le combat qu'elle avait si longtemps mené contre la maladie était enfin fini.

Les nombreuses photos encadrées disséminées dans la chambre lui confirmèrent ce qu'il savait déjà : c'était Andréa qu'il avait devant lui. Holly pleurait à chaudes larmes, le corps secoué par les sanglots, et Connor se sentit plus impuissant que jamais.

Un médecin et une infirmière arrivèrent dans la chambre, ne lui jetant qu'un rapide regard avant de se diriger vers Holly et le corps sans vie qu'elle serrait contre elle.

— Je suis vraiment désolé, Holly, dit le médecin avec tristesse. Elle est en paix à présent.

— Elle était tout ce que j'avais. *Tout* ! hurla Holly, les yeux noyés de larmes.

Elle tourna la tête et pour la première fois remarqua la présence de Connor.

— *Toi !* Qu'est-ce que tu fais là ? lui cria-t-elle d'une voix où se mêlaient la douleur et la colère. Tu ne peux pas me laisser tranquille ? Tu n'as rien à faire ici. Va-t'en ! *Va-t'en !*

— Monsieur, si vous pouviez laisser Holly seule pour qu'elle puisse faire ses adieux à sa sœur ? murmura le docteur avec sympathie en le guidant vers la porte et en le faisant sortir de la chambre.

Connor garda les yeux fixés sur la porte qu'on venait de refermer devant lui. Son instinct lui criait de se précipiter à l'intérieur et de prendre Holly dans ses bras, de la réconforter. D'être là pour l'aider à surmonter cette terrible épreuve. Mais elle lui avait bien fait comprendre qu'il était la dernière personne qu'elle voulait voir dans cette chambre.

Et cette pensée lui faisait plus de mal qu'il ne voudrait jamais se l'avouer.

10

Holly avait le sentiment de vivre dans un brouillard permanent, comme si elle avait été anesthésiée par la douleur. Son chagrin ne connaissait pas de répit : elle pensait à Andréa en permanence, jour et nuit. Comment sa sœur avait-elle pu l'abandonner, elle aussi ?

Jamais elle ne s'était sentie aussi seule au monde.

Ou presque. Où qu'elle aille, Connor était là, lui offrant sa sympathie et son aide. Il la soutenait, la protégeait, la consolait. Il la prenait dans ses bras la nuit, lorsqu'elle n'arrivait plus à contenir ses larmes. Il lui procurait tout ce dont elle pouvait avoir besoin, mais il ne pouvait pas lui rendre la seule chose qui comptait vraiment : Andréa.

C'était lui qui avait pris en charge les préparatifs de l'enterrement, sentant qu'elle n'en aurait pas la force. La cérémonie, brève mais poignante, n'avait rassemblé qu'une poignée de personnes : en plus de Connor et elle, quelques médecins et infirmières de l'hôpital avaient pu faire le déplacement. Thompson avait également insisté pour être présent.

Mais malgré leurs efforts, Holly avait senti son cœur se briser : Andréa, cette jeune femme si pleine de vie et de gaieté avant sa maladie, se retrouvait presque seule dans la mort. Tout cela était si injuste !

Au prix d'un effort surhumain, elle avait fini par réussir à exiler sa peine dans un des recoins de son âme. Elle avait compris la leçon : aimer faisait trop de mal. Elle devait apprendre à ne pas s'attacher, à n'avoir besoin de personne. A ne désirer personne…

Elle songea brièvement à l'enfant qu'elle portait en elle, mais chassa vite cette idée de son esprit. Ce n'était pas son bébé : c'était celui de Connor. Maintenant plus que jamais, elle savait qu'elle ne devait pas s'attacher à cet enfant. Elle ne voulait plus jamais ressentir la douleur de perdre un être cher. Depuis la mort d'Andréa, elle n'avait presque pas quitté l'île. Elle passait des journées entières assise dans le petit salon adjacent à sa chambre, contemplant l'océan par la grande baie vitrée pendant des heures.

C'est là que Connor la trouva une fin d'après-midi. Elle fut surprise de le voir arriver vers elle d'un pas hésitant, un carton dans les bras.

— Je… j'ai pensé que tu aimerais les récupérer, dit Connor en lui tendant le carton. Tu peux les mettre dans la maison, si tu veux.

Intriguée, Holly ouvrit la boîte et découvrit les nombreuses photos encadrées qui avaient décoré la chambre d'Andréa. Ces photos étaient tout ce qui restait de leur longue amitié. Les larmes aux yeux, elle les sortit les unes après les autres et les déposa avec soin sur la table basse qui se trouvait près d'elle.

— Merci, murmura-t-elle d'une voix brisée par l'émotion.

— Est-ce que tu veux… en parler ? demanda Connor d'un ton hésitant.

— Il n'y a rien à dire. Elle est partie, c'est tout.

Connor s'accroupit près d'elle, et lui prit les mains avec délicatesse. La chaleur de sa peau pressée contre la sienne lui fit du bien : pour la première fois depuis des jours, quelque chose avait réussi à percer le mur de chagrin qui s'était dressé autour d'elle. Mais Holly se reprit vite : elle connaissait trop bien le danger de se laisser aller. Elle tenta de retirer ses mains, mais Connor tint bon.

— Raconte-moi, insista-t-il avec douceur.

Il ne supportait pas de la voir dans cet état : elle semblait avoir renoncé à tout. Tirant un mouchoir de sa poche, il sécha délicatement les larmes qui avaient commencé à rouler sur le visage de Holly sans même qu'elle s'en aperçoive.

— J'ai vérifié ton dossier au bureau, et tu n'as jamais mentionné Andréa, pas même comme personne à contacter en cas d'urgence. Pourquoi as-tu caché son existence pendant si longtemps ?

Holly ferma les yeux et se passa la main sur le visage dans l'espoir de s'éclaircir un peu les idées. Elle se souvint de la première fois qu'elle avait rencontré Andréa, et son cœur se serra lorsqu'elle se rendit compte qu'elle était probablement la seule personne encore en vie à pouvoir se souvenir d'elle quand elle était jeune et en bonne santé. Connor avait peut-être raison de la pousser à parler. Si elle partageait ses souvenirs plutôt que de les garder précieusement enfermés dans un coin de son esprit, peut-être pourrait-elle perpétuer la mémoire d'Andréa.

— J'avais 15 ans lorsque j'ai été placée chez les Haweras, commença-t-elle d'une petite voix. Pour moi, ils étaient comme les autres : de braves gens, mais incapables de supporter une adolescente comme moi. Comme les autres, ils n'hésiteraient pas à me renvoyer à l'assistance publique au bout de quelques mois. Mais je me trompais : malgré tous les problèmes dans lesquels je me fourrais, les Haweras étaient toujours là pour moi. Ils refusaient de me laisser tomber, et ça me rendait folle de rage. Mais un soir, Andréa, qui habitait chez eux depuis plus d'un an déjà, me prit à part et m'expliqua combien mon comportement lui faisait de la peine, faisait de la peine à toute la famille. J'essayais de détruire ma vie devant leurs yeux, alors qu'ils faisaient tout ce qu'ils pouvaient pour m'aider.

Ce soir-là, Andréa m'a convaincue que les Haweras croyaient en moi, qu'ils voulaient se battre pour moi. Qu'ils voulaient me garder avec eux. Ils ne m'ont jamais laissé tomber malgré tout ce que je leur ai fait subir, et, petit à petit, je me suis calmée. J'ai commencé à vouloir les rendre fiers de moi.

— Quand est-elle tombée malade ? demanda Connor.

— Elle avait 16 ans quand les premiers symptômes de la maladie sont apparus, répondit-elle. Elle a commencé par souffrir de sautes d'humeur récurrentes, elle qui était une adolescente si gaie. Elle ne semblait plus prêter attention à ses cours, et ses résultats au lycée se sont effondrés. Au début, j'ai cru que c'était de ma faute, que j'avais une mauvaise influence sur elle. Mais on a vite compris que c'était plus grave que ça. Les Haweras ont fait tout ce qu'ils ont pu pour l'aider, mais son état s'est peu à peu détérioré. Les frais médicaux nécessaires pour la soulager ont vite atteint des sommets, et les Haweras gagnaient à peine de quoi les couvrir. Et puis, l'année où j'ai commencé à travailler pour Knight Entreprises, ils ont eu un accident de voiture. Ils sont morts tous les deux, me laissant seule avec Andréa. J'ai fait tout ce que j'ai pu pour l'aider, mais j'ai échoué.

Holly se releva de sa chaise et s'approcha de la baie vitrée, contemplant sans le voir le paysage idyllique qui s'offrait à elle.

— Tu savais qu'une personne portant le gène de la maladie d'Huntington avait cinquante pour cent de chance de le transmettre à son enfant ?

— Non, je ne savais pas. C'est ça qui te fait peur ? Tu as peur de transmettre la maladie au bébé ? Tu portes le gène ?

— Je n'en ai aucune idée.

— Andréa était ta sœur adoptive, vous n'aviez aucun lien de sang, Holly.

— C'est bien là le problème ! répliqua-t-elle en se retournant vers lui, les larmes aux yeux. Je ne sais *rien* sur ma véritable famille. Il y a des centaines de maladies génétiques que je pourrais transmettre à mon bébé sans le savoir ! Je ne sais rien de mon passé, de mes antécédents médicaux. Je ne connais même pas mon véritable nom ! Je suis terrifiée à l'idée d'avoir un bébé ! Terrifiée qu'il souffre autant qu'Andréa a souffert, par ma faute.

C'était donc pour ça qu'elle avait engagé un détective privé pour enquêter sur ses propres origines ? Connor comprenait tout à présent. La peur qu'il voyait se refléter dans ses beaux yeux lui transperçait le cœur et s'insinuait dans chaque cellule de son être. Holly avait vu sa sœur adoptive agoniser sous ses propres yeux sans qu'elle puisse rien faire pour la sauver, et elle était terrifiée à l'idée de s'attacher à quelqu'un d'autre.

— Tout se passera bien : le bébé ne risque rien, lui assura-t-il d'une voix légèrement tremblante.

Tout se passera bien. Il devait rester fort, ne pas laisser la peur l'envahir. Le sort ne lui enlèverait pas un autre enfant, il se l'était juré. Il allait faire tous les tests médicaux possibles et imaginables pour s'assurer que son bébé allait bien, et ensuite il serait rassuré.

Et il devait aussi rassurer Holly : elle avait besoin de lui pour surmonter sa peur. Il s'approcha d'elle et lui prit avec douceur le visage entre les mains. Les larmes ruisselaient toujours sur ses joues, et il déposa délicatement un baiser sur son front.

— Ne t'inquiète pas, murmura-t-il. Je ne laisserai rien de mal arriver à toi ou au bébé. Aie confiance en moi.

— Comment peux-tu en être certain ? demanda-t-elle d'une voix tremblante.

— Je protège toujours ce qui est à moi, assura-t-il en pressant son front contre le sien.

— Mais tu ne comprends pas ! Andréa était tout ce que j'avais dans la vie. Je ne sais pas quoi faire sans elle. Je n'y arrive pas ! cria-t-elle avec un désespoir qui lui déchira le cœur.

— Tu dois te montrer forte, Holly. Je sais que c'est dur à entendre, mais la vie continue. *Tu* es vivante. Et tu as un petit être qui est en train de grandir en toi, ne l'oublie pas, ajouta-t-il en glissant une main sur son ventre d'un geste possessif.

— J'ai l'impression de vivre dans un cauchemar, fit-elle

en un soupir, que rien n'est vraiment réel. Je ne veux pas croire que c'est vraiment ce qui m'arrive.

— Il le faut pourtant, Holly ! Crois en moi. Crois en notre enfant.

Connor sentit la frustration le gagner : il n'arrivait pas à trouver les mots. Il voulait qu'elle comprenne que le bébé qu'elle portait était bien réel, et qu'elle ne pouvait pas continuer à l'ignorer. Il voulait qu'elle fasse tomber le mur de pierres qu'elle avait dressé autour de son cœur.

Sans réfléchir, oubliant soudain toutes ses résolutions, il baissa la tête et s'empara de ses lèvres en un baiser impérieux, exigeant. Il fit glisser ses bras autour de sa taille fine, l'enserrant à mesure que son désir se faisait de plus en plus aigu. Elle fut bientôt pressée contre lui, et la sensation de ses seins contre sa poitrine le rendit fou de désir. Il n'aurait pas dû faire cela, il le savait, et pourtant, il avait à cet instant le sentiment que rien ne pouvait plus l'arrêter…

Alors que leur baiser devenait de plus en plus profond, il la sentit frissonner contre lui, et s'abandonner à leur étreinte. Lorsqu'elle fit glisser ses bras autour de sa taille, puis le long de son dos, il comprit que cette nuit ne faisait que commencer.

Très vite, l'embrasser ne lui suffit plus. Connor voulait sentir la douceur de sa peau contre la sienne. La saveur de son corps contre sa langue. D'une main maladroite, il batailla avec les boutons du chemisier de soie que portait Holly. Enfin, il put en écarter les pans, et se mit à promener ses mains sur la délicate dentelle de son soutien-gorge. Il en fit doucement glisser les bretelles, repoussa le fragile tissu et s'empara de ses seins, le tout sans jamais cesser de l'embrasser.

Il avait l'impression d'être au paradis. Ses mains jouaient avec les petites pointes dressées qu'il faisait doucement rouler entre ses doigts. Elle tremblait contre lui.

— Arrête, gémit-elle, c'est trop… Je ne peux pas…

Connor coupa court à ses faibles protestations en la soulevant dans ses bras et en la portant à grands pas vers le lit. Il la déposa avec délicatesse sur le matelas moelleux, puis il s'allongea lentement sur elle avant de faire glisser sa langue sur un de ses seins et de refermer ses lèvres sur le mamelon.

Il joua avec pendant quelques secondes avant de souffler doucement dessus, et entendit avec satisfaction Holly gémir de plaisir. Il répéta son geste avec un sourire malicieux, puis tourna son attention vers l'autre sein. Holly commença à onduler contre lui, se pressant contre son corps, enfonçant ses ongles dans ses épaules. Quand, haletante, elle pressa son corps contre son sexe en érection, il fut parcouru par une décharge de plaisir si puissante qu'il dut faire un effort surhumain pour ne pas lui arracher ses vêtements et la prendre sans plus attendre. Elle le rendait fou…

Il releva la tête de sa poitrine et se força à retrouver son calme. Il voulait faire durer cet instant magique et prolonger leur plaisir aussi longtemps que possible. Mais Holly semblait avoir une autre idée en tête : elle lui glissa une main autour du cou et l'attira de nouveau contre elle, tout en ondulant des hanches, comme pour le provoquer. Essayait-elle de le rendre fou de désir ? Lui aussi pouvait jouer à ce petit jeu ! Il se remit à titiller ses mamelons, l'un après l'autre, avec une lenteur étudiée. D'une main, il fit glisser sa jupe vers le haut, jusqu'à pouvoir sentir sa petite culotte en dentelle. Holly frémit lorsqu'il fit glisser un doigt le long de sa cuisse, et se plaqua contre lui, la tête renversée en arrière, offerte.

Il promena ses doigts le long de la petite culotte, savourant la sensation du doux tissu contre sa peau enfiévrée de désir. Un doigt s'insinua sous la dentelle et commença à explorer les plis de sa chair brûlante, à la caresser, la titiller pour lui faire perdre pied. Il continuait à embrasser avec avidité ses seins, ne lui laissant pas une seconde de répit. Il la sentit bientôt frémir du plus profond d'elle, et elle poussa un gémissement sourd alors qu'une vague de plaisir la frappait de plein fouet. Elle finit par s'effondrer sur le matelas, les yeux clos, la respiration courte. Connor ne pouvait détacher son regard de ce beau visage, de l'expression de pur plaisir qui y était peinte. Il allait lui montrer combien elle était vivante. Combien la vie valait la peine d'être vécue.

Il l'embrassa avec tendresse sur la bouche, puis fit glisser ses lèvres le long de son cou, entre ses seins, pour finalement couvrir son ventre de petits baisers. D'une main tremblante, il défit la fermeture Eclair de la jupe relevée autour de sa taille fine, et la fit tomber à terre. Il s'attaqua ensuite à la petite culotte de dentelle noire, qui rejoignit rapidement la jupe au sol.

Alors il se figea, le souffle coupé : la vision de ce corps parfait, offert, était plus qu'il ne pouvait en supporter.

Il se redressa et commença à déboutonner fiévreusement sa chemise. Ses habits rejoignirent très vite ceux de Holly au pied du lit. Elle le contemplait, les yeux brillant de passion, un petit sourire flottant sur les lèvres, et il eut à cet instant une certitude, qu'il pouvait lire dans son regard : elle le désirait autant qu'il la désirait.

Le cœur battant la chamade, Holly dévorait des yeux le corps nu et musclé de Connor, à genoux près d'elle. Elle sentait encore les ondes brûlantes du plaisir la traverser : Connor avait réussi à lui rendre l'énergie de vivre, et tout son corps vibrait de désir. Elle le voulait sur elle, en elle ; elle voulait le posséder et elle voulait être possédée par lui. Elle voulait tout oublier dans ses bras, et renaître.

Elle se redressa et se débarrassa rapidement de son chemisier et de son soutien-gorge. Elle avança ensuite une main hésitante vers le torse de Connor, et promena doucement ses doigts sur sa peau bronzée. Il poussa un petit grognement, et elle sentit ses muscles se contracter sous ses caresses.

Enhardie, elle approcha ses lèvres de son torse, et y déposa un léger baiser. Puis un deuxième. Elle se perdit bientôt dans l'exploration de son torse, prenant son temps pour savourer chaque millimètre de peau. Connor restait immobile, mais elle sentait la tension qui le parcourait, et savait qu'il devait se contrôler pour ne pas réagir à ses baisers.

Il lui laissait le champ libre pour mener la danse.

Elle fit glisser ses mains entre les siennes, et parsema son corps d'une nouvelle pluie de baisers, descendant jusqu'à son ventre musclé. Elle sentit un nouvel éclair de désir transpercer le corps de Connor, et se redressa.

— Allonge-toi, ordonna-t-elle d'une voix qu'elle ne reconnut pas.

Etait-ce bien elle sur ce lit ? Elle se sentait sensuelle, sexy et sûre d'elle, la tête remplie de pensées scandaleusement érotiques.

Connor obéit sans protester, et elle se plaça au-dessus de lui, un genou de chaque côté de ses cuisses. Elle le contemplait de toute sa hauteur, et un petit frisson la parcourut. Elle brûlait d'envie de s'abandonner à son désir et à ses instincts, mais un reste de pudeur la retenait.

Incertaine, elle jeta un coup d'œil vers le visage de Connor. Il la regardait, les yeux mi-clos, immobile ; la lueur de défi qui brillait dans ses yeux sombres était sans équivoque. Il l'invitait à continuer, à laisser libre cours à sa sensualité. Il lui abandonnait tout contrôle sur lui.

Ses dernières hésitations s'envolèrent sous les assauts de ce regard brûlant. D'un geste gracieux, elle leva un bras et fit tomber les dernières épingles qui retenaient son chignon. La masse soyeuse de sa chevelure se déroula sur ses épaules, et elle se pencha en avant afin que les mèches souples viennent effleurer le haut des cuisses de Connor.

Connor ne la quittait pas du regard, suivant chacun de ses gestes avec des yeux avides. Une idée lui traversa soudain l'esprit. Oserait-elle… ?

Elle se saisit d'une de ses mèches de cheveux et l'enroula

avec délicatesse autour du sexe bandé de Connor. Elle fit glisser les cheveux le long de son érection, avec une lenteur taquine, et quand Connor poussa une exclamation étouffée, elle répéta son geste, encore plus lentement. Jamais elle ne s'était sentie aussi excitée, ni aussi audacieuse.

Alors, avec douceur, elle effleura des lèvres le sexe tendu de Connor en une caresse sensuelle. Connor se raidit, mais il ne fit pas un geste malgré les tressaillements d'excitation qui parcouraient son corps. Il la laissait toujours maîtresse de la situation, et elle commençait à apprécier le pouvoir qu'elle avait sur lui. Elle se baissa de nouveau et prit l'extrémité de son sexe entre ses lèvres, et le cri rauque qui s'échappa de la bouche de Connor sonna comme une musique à ses oreilles. Elle apprenait à apprivoiser le corps de Connor, elle découvrait des sensations dont elle n'avait jamais soupçonné l'existence auparavant.

— Arrête, ordonna soudain Connor en l'écartant légèrement.

— Ça ne va pas ? demanda-t-elle, inquiète que son manque d'expérience en la matière ne l'ait conduite à faire quelque chose de mal.

— Non, murmura-t-il d'une voix brûlante. Je n'en peux plus d'attendre : je te veux, tout de suite.

Il l'enveloppa dans ses bras puissants et la fit rouler sous lui. Ses yeux de jais brillaient d'un éclat passionné et lui murmuraient les mille plaisirs à venir. Frémissante, Holly écarta les jambes, et sentit Connor presser son érection brûlante contre son sexe moite de désir. Le peu de contrôle qui lui restait encore s'évapora devant cette divine caresse : tout son être le réclamait.

Lorsqu'il la pénétra enfin, elle ferma les yeux, savourant au maximum les sensations exquises qui se diffusaient dans tout son être. Leurs deux corps entamèrent une danse sensuelle, au rythme aussi vieux que le temps. Rien n'existait plus pour elle que cet instant où Connor la complétait à la perfection.

Il baissa la tête et l'embrassa avec fougue alors que le désir montait en elle, inexorable, impérieux.

Elle n'essayait plus de retenir les gémissements qui s'échappaient de ses lèvres alors que Connor accélérait ses mouvements de va-et-vient.

Sa jouissance explosa soudain, comme un feu d'artifice qui aurait embrasé chacun de ses sens, et lui arracha un long cri de plaisir qui semblait ne jamais vouloir s'épuiser. Quand, enfin, elle retomba sur l'oreiller, comblée, le corps encore agité par les derniers soubresauts de la volupté, Connor atteignit à son tour l'orgasme, laissant échapper un long râle qui sonna comme une merveilleuse musique à son oreille, puis il vint nicher sa tête au creux de son cou, le corps tremblant de plaisir.

Tendrement, Holly lui passa la main dans les cheveux, admirant les reflets mordorés que la lumière du soleil couchant y jetait. Enfin, elle se sentait en paix avec elle-même. Ses sentiments lui apparaissaient aussi clairs que du cristal : elle aimait cet homme. Quoi qu'il dise, quoi qu'il fasse, elle savait qu'elle l'aimerait toujours.

Et elle portait son enfant…

Pour la première fois depuis l'annonce de sa grossesse, la pensée de son bébé ne lui inspira pas un sentiment de désespoir. Elle s'autorisa même à rêver, à imaginer à quoi pourrait ressembler leur enfant. Aurait-il les yeux sombres de Connor ? Ou aurait-il un teint clair, comme elle ?

Connor roula sur le côté et l'entraîna avec lui. Elle se pelotonna contre son torse : lorsqu'elle était dans ses bras, rien de mal ne pouvait lui arriver.

Au fond d'elle-même, une petite voix essayait de se faire entendre, une petite voix qui lui rappelait que ce qui venait de se passer entre eux ne changeait rien à leur situation. Mais, alors que ses yeux lourds de sommeil se fermaient, elle ignora sa raison et s'abandonna à ses rêves.

Au rêve que demain matin tout irait bien. Que demain

Connor serait encore à ses côtés, et le serait chaque matin après celui-là.

Connor ouvrit lentement les yeux sur la chambre désormais plongée dans la pénombre. Il tourna la tête, et fut assailli par le parfum de Holly qui dormait serrée contre lui.

Ils avaient fait l'amour il y avait quelques heures à peine, et pourtant la simple odeur de ses cheveux, de sa peau, suffisait à ranimer son désir pour elle. Son corps en réclamait encore plus, malgré tous ses efforts pour contrôler ses pulsions.

Il observa le visage endormi, son expression sereine, une expression qu'il n'avait vue que très rarement sur Holly. Il s'obligea à s'arracher à l'attraction irrésistible qu'elle exerçait sur lui, et se glissa hors du lit. Il se dirigea à pas de loup vers la salle de bains : il avait besoin d'une bonne douche, froide de préférence.

L'eau glacée l'aida à remettre de l'ordre dans son esprit. Ces derniers jours avaient été rudes, pour elle comme pour lui. La mort d'Andréa l'avait affecté bien plus qu'il ne voulait se l'avouer. Voir Holly sombrer dans le chagrin lui avait rappelé ce qu'il avait traversé à la mort de sa mère, un sentiment qu'il n'avait pas du tout envie de voir resurgir. Il s'était juré d'aider Holly du mieux possible, mais jamais il n'aurait imaginé que cela les mènerait dans un lit. Lorsque Holly s'était finalement confiée à lui hier soir, elle avait enfin accepté la mort d'Andréa. Elle s'était libérée. Et lui, avait une nouvelle fois succombé à l'attirance impérieuse qu'il éprouvait pour elle…

Il tourna le robinet d'un coup sec, laissant les dernières gouttes froides s'écraser sur son visage. Il ne pouvait se risquer à penser à la nuit dernière, à la passion avec laquelle ils s'étaient unis. Il avait laissé libre cours à ses instincts charnels, mais sa raison devait reprendre le dessus. Il se força à se concentrer sur les dossiers en cours, repoussant

Holly dans un coin de son esprit. Il sortit de la douche et commença à se sécher vigoureusement. Il devait partir au bureau, il avait une rude journée de travail devant lui.

Mais, malgré tous ses efforts, ses pensées revenaient encore et toujours à Holly.

11

Holly leva les yeux du livre qu'elle lisait en entendant l'hélicoptère s'approcher de la maison : Connor était enfin de retour. Elle n'avait pas eu l'occasion de lui parler ce matin ; lorsqu'elle s'était réveillée, il était déjà parti au bureau. Mais elle lui en était reconnaissante : elle avait vraiment besoin de se reposer, et cette bonne nuit de sommeil l'avait remise sur pied. Elle avait même réussi à échapper aux nausées du matin, sans doute grâce au thé et aux biscottes que lui avait préparés Thompson.

Elle avait commencé la journée en triant les photos que lui avait apportées Connor. Chacune d'elles lui rappelait les bons moments qu'elle avait passés avec Andréa, leurs aventures, leurs fous rires. Elle n'en avait gardé qu'une, enfermant le reste dans une boîte en attendant de pouvoir rentrer chez elle. La photo, qu'elle avait placée sur sa table de nuit, avait été prise à la plage, souvenir d'une journée ensoleillée où Andréa et elle s'étaient beaucoup amusées.

Holly avait passé le reste de l'après-midi à se promener dans les jardins et à nager dans la piscine. L'exercice lui avait fait du bien, et elle s'était assoupie sur un transat après une série de longueurs. Pour la première fois de sa vie, elle pouvait se laisser aller à une complète oisiveté : elle n'avait rien à faire de ses journées sinon profiter des charmes de cette vie de luxe que lui offrait Connor.

Mais elle s'était vite rendu compte que cette vie n'était

pas pour elle. Elle se donnait deux jours avant de mourir d'ennui… Elle avait essayé d'en parler à Thompson, mais il ne lui laissait pas lever le petit doigt dans la maison. Il s'occupait même de sa lessive ! Il fallait qu'elle en discute au plus vite avec Connor. Elle voulait avoir quelque chose à faire, n'importe quoi pour l'empêcher de tourner en rond dans cette grande maison.

Holly sortit dans le patio et observa Connor alors qu'il sautait de l'hélicoptère et se dirigeait à grands pas vers la maison, son attaché-case à la main. Il avait l'air épuisé… A mesure qu'il s'approchait, elle sentait son cœur s'emballer. Ils avaient fait l'amour la nuit dernière, et pourtant elle réagissait toujours à sa présence comme une écolière amoureuse. Elle n'avait qu'une envie : se pelotonner contre sa poitrine et faire tomber son masque d'avocat redoutable pour retrouver l'amant qui savait si bien la faire vibrer de tous ses sens. Mais ce n'était ni le lieu ni le moment pour laisser libre cours à ses pulsions…

— Rude journée ? demanda-t-elle avec un sourire en lui tendant un verre d'eau gazeuse accompagné d'une rondelle de citron.

Il lui prit le verre des mains et but l'eau d'un trait avec avidité. Holly ne le quittait pas des yeux, comme ensorcelée. Lorsqu'il éloigna le verre de sa bouche, elle contempla ses lèvres humides, se demandant le goût qu'elles auraient si elle les embrassait ici, maintenant. Elle baissa les yeux, essayant désespérément d'ignorer les sensations qui tourbillonnaient en elle.

— Merci, fit-il en lui rendant le verre vide. Oui, j'ai eu une rude journée, et j'ai encore beaucoup de travail à finir pour demain. Peux-tu demander à Thompson de m'apporter mon dîner dans mon bureau, ce soir ?

Holly se figea alors que Connor traversait déjà le patio sans l'attendre. Il venait de lui faire clairement comprendre qu'il ne souhaitait pas la voir ce soir. La nuit dernière ne voulait-elle rien dire pour lui ? Elle lui emboîta le pas, décidée à ne pas le laisser s'en tirer comme ça. Elle avait des choses à lui demander, et elle ne voulait pas attendre.

— Tu peux bien faire une petite pause pour dîner, non ?

— Je n'ai vraiment pas de temps à perdre, répliqua-t-il en ouvrant la porte de la maison.

— Attends ! cria-t-elle alors qu'il s'apprêtait à disparaître.

Il se retourna, la main sur la poignée et une expression mécontente peinte sur le visage.

— Qu'est-ce qu'il y a ? Je t'ai dit que j'avais une tonne de travail, ça ne peut pas attendre ?

Elle hésita quelques secondes, intimidée par son regard impatient. Après tout, Connor était l'un des meilleurs avocats du pays, et il était très dur de lui tenir tête. Mais Holly prit son courage à deux mains : c'était ça ou risquer de continuer à tourner en rond dans la maison pendant les huit prochains mois.

— Je pourrais peut-être t'aider ? proposa-t-elle.

Il joua avec la poignée de son attaché-case pendant quelques secondes, un signe qu'elle connaissait bien : il commençait à s'énerver.

— Non, tu dois encore te reposer. Tu es toute pâle.

— Me reposer ? rétorqua-t-elle, sentant la moutarde lui monter au nez. Je n'ai fait que ça de la journée, *me reposer*. Je veux faire quelque chose ! J'ai *besoin* de faire quelque chose ou je risque de devenir folle.

— Alors lis un livre, regarde un film.

— Je veux t'aider, insista-t-elle avec force.

Il ne comprenait donc rien ? C'était tellement frustrant ! Elle l'avait attendu toute la journée, et maintenant qu'il était rentré, elle voulait passer un peu de temps avec lui. Discuter de ce qui c'était passé hier soir… Elle n'avait vraiment pas envie de passer le reste de la soirée seule, à s'ennuyer.

— Non, ce n'est pas possible. Ecoute, si tu ne sais pas quoi faire de tes journées, tu n'as qu'à choisir une chambre à l'étage et l'aménager en nursery. J'avais pensé à la chambre près de la mienne, ça serait le plus pratique. Et la nourrice pourrait s'installer de l'autre côté du couloir.

— La nourrice ? répéta-t-elle d'une voix étranglée.

Son estomac s'était noué en entendant le mot *nursery*, mais la mention d'une nourrice provoqua en elle un sentiment sourd qu'elle préférait ne pas identifier.

— Oui, une nourrice. Il faudra bien quelqu'un pour s'occuper du bébé une fois que tu seras partie, Holly, expliqua-t-il lentement, comme s'il s'adressait à une enfant.

Puis, sans attendre sa réponse, il tourna les talons et entra dans la maison, la laissant clouée sur place. Les derniers mots de Connor résonnaient à ses oreilles, encore et encore. L'entendre parler d'engager une nourrice comme si c'était la chose la plus naturelle au monde lui avait fait l'effet d'une douche froide. Il n'aurait pas pu être plus clair : il ne s'attendait pas à ce qu'elle s'attarde chez lui une fois le bébé né. Et elle ne pouvait pas l'en blâmer. Après tout, elle n'avait aucune idée de la façon d'élever un enfant.

Finalement, tenta-t-elle de se convaincre en luttant contre le sentiment de désespoir qui l'envahissait, Connor venait de lui rendre service. Il lui avait rappelé que s'attacher au bébé ne pouvait mener qu'à un désastre. L'amour, ce n'était pas fait pour elle. Elle était tombée amoureuse de Connor, et voilà dans quelle situation elle se trouvait à présent ! Un cœur brisé et un enfant qu'elle ne pouvait pas se permettre d'aimer…

Une petite voix s'insinua dans ses pensées. « Tu ne vaux pas mieux que ta mère. » Elle repoussa aussitôt cette idée : la situation était complètement différente ! Elle n'abandonnait pas son enfant à l'inconnu, mais au contraire lui donnait un foyer où il serait aimé, où il ne manquerait jamais de rien.

De rien, sauf de l'amour d'une mère…

Elle pénétra à son tour dans la maison, et se força à se concentrer sur le moment présent. Connor voulait une nursery ? Très bien, elle allait lui aménager la plus belle de tout le pays ! Elle allait lui montrer que tout ça n'avait aucune importance pour elle, qu'elle restait la professionnelle efficace qu'il connaissait. Ensuite, le jour venu, elle quitterait cette maison sans regret. Quoi qu'il arrive.

Assis devant son bureau, Connor jeta un œil vers la fenêtre qui donnait sur le patio. Holly avait disparu : elle était probablement rentrée dans la maison. Il poussa un profond soupir et appuya sa tête contre le dossier de son confortable fauteuil en cuir.

Pourquoi diable avait-il défié Holly de la sorte ? Il savait bien pourtant qu'elle n'allait pas le supplier de s'occuper de leur bébé, que son instinct maternel ne s'était pas développé en une nuit. Pourtant, il avait attendu avec impatience de pouvoir rentrer chez lui, de revoir Holly. Ce matin, alors qu'il la contemplait, endormie dans son lit, il s'était laissé aller à imaginer qu'ils avaient un avenir tous les deux. Qu'ils pourraient former une vraie famille.

Mais, lorsqu'il avait revu son beau visage quelques minutes plus tôt, il n'avait pu penser qu'à une seule chose : elle ne voulait pas du petit être qui grandissait en elle. L'expression d'horreur qui s'était peinte sur son visage lorsqu'il avait parlé de la nursery le lui avait cruellement rappelé.

Il se redressa et ouvrit son attaché-case d'un claquement sec. Il avait déjà trop souffert pour continuer à se torturer de la sorte. Il avait aimé sa mère, et elle était morte. Il avait aimé sa femme, et elle lui avait enfoncé un poignard dans le cœur. Il n'était pas stupide au point de se risquer à avoir des sentiments pour Holly.

Le proverbe disait qu'on n'était pas maître de son cœur… Eh bien, lui était bien décidé à garder le contrôle sur ses sentiments. Hors de question de laisser son cœur dicter sa loi. Il n'avait vraiment pas besoin de ce genre de complications : en ce moment, seul son futur enfant comptait pour lui.

Le lendemain soir, Connor trouva une maison vide en rentrant chez lui. Cette fois, pas de Holly qui l'attendait sur le pas de la porte avec une boisson fraîche à la main. Et Thompson, qui d'ordinaire s'affairait en cuisine à cette heure tardive, était introuvable. Connor entra dans son bureau, fit tomber son attaché-case sur le sol et s'effondra dans son fauteuil. La journée avait été longue. Un bruit provenant de l'étage lui fit soudain lever la tête : on aurait dit que quelqu'un venait de tomber.

L'estomac noué, il se précipita vers l'escalier, qu'il gravit quatre à quatre.

— Holly ! appela-t-il alors qu'il arrivait à l'étage, le cœur battant.

Une voix féminine lui parvint soudain, assourdie par l'épaisseur des murs. Il soupira de soulagement : elle allait bien.

La voix semblait provenir de la chambre qu'il avait pensé aménager pour son bébé. La porte était fermée, mais, alors qu'il s'en approchait, il put entendre une conversation animée, suivie d'un nouveau choc sourd. Il s'apprêtait à tourner la poignée de la porte lorsqu'un nouveau son le cloua sur place. Il devait rêver, ça ne pouvait pas être… Thompson en train de rire ?

Il ouvrit la porte en grand et contempla, interdit, la scène qui s'offrait à ses yeux. Le tapis qui recouvrait d'ordinaire le plancher avait été roulé dans un coin et les meubles de bois massif étaient rassemblés au centre de la pièce. Thompson, vêtu d'une vieille salopette en jean, ponçait la plinthe qui courait le long du mur.

Mais ce qui lui fit écarquiller les yeux d'horreur fut de trouver Holly perchée sur un escabeau à l'apparence instable, un grattoir à la main. Elle était en train de décoller une bande de papier peint qui pendait du mur. Elle se retourna vers lui lorsqu'il ouvrit la porte, et ce mouvement lui fit perdre l'équilibre. Elle vacilla sur l'escabeau, et Connor se précipita pour la rattraper avant qu'elle ne tombe.

Le cœur battant à cent à l'heure, il la prit dans ses bras et la déposa par terre.

— Bon sang, qu'est-ce qui se passe ici ? demanda-t-il, furieux par ce qui venait de se passer.

Holly s'extirpa de son étreinte et épousseta ses vêtements, les yeux brillants et les joues rosies par l'effort, et malgré sa colère, Connor ne put retenir un petit sourire en remarquant son apparence. Elle avait relevé ses cheveux en queue-de-cheval, mais plusieurs mèches s'en étaient échappées et encadraient son visage, et elle avait une trace de plâtre sur la joue. Il leva machinalement la main pour l'effacer, mais Holly recula d'un pas, un éclair de colère dans les yeux.

— Comment ça, qu'est-ce qui se passe ? Ça me semble assez clair, non ? Nous sommes en train d'aménager une nursery.

Elle ramassa l'escabeau tombé à terre et y grimpa de nouveau.

— Sûrement pas, répliqua-t-il en la prenant dans ses bras pour la faire descendre de son perchoir. Dans ton état, c'est bien trop dangereux.

— Ne sois pas ridicule, voyons ! Je n'aurais jamais perdu l'équilibre si tu n'avais pas déboulé dans la chambre sans prévenir. Et puis, je ne suis pas seule : Edgar est là pour m'aider.

— Edgar ?

Il fallut quelques secondes pour que Connor comprenne qu'elle parlait de Thompson. Elle l'appelait par son prénom maintenant ?

— Oui, monsieur, dit ce dernier en se relevant. J'ai proposé à Mlle Christmas de m'occuper du papier peint, mais elle a insisté pour le faire elle-même, à cause de mon arthrite.

Jamais Connor n'avait entendu Thompson se plaindre de souffrir d'arthrite. Il eut soudain l'impression d'être un étranger dans sa propre maison, et ça ne lui plaisait pas du tout.

— Ce n'était peut-être pas une si bonne idée de te demander de t'occuper de la nursery… J'appellerai un architecte dès demain pour qu'il s'occupe de tout. Et Holly, je ne veux pas que tu fasses quelque chose de plus dangereux que de choisir la couleur du nouveau papier peint, tu m'as compris ?

— Pardonnez-moi, mais je crois qu'il est temps que j'aille m'occuper du dîner, dit Thompson avant de se couler hors de la pièce et de disparaître dans le couloir.

Connor remarqua à peine son départ ; il sentait la colère bouillir en lui, et il avait peur d'exploser à tout moment. Comment avait-elle pu mettre ainsi en danger la santé de leur bébé ! Si elle était tombée, qui sait ce qui aurait pu arriver ! Elle se tenait en face de lui, le foudroyant du regard. Elle ouvrit la bouche pour dire quelque chose, mais il l'interrompit :

— La discussion est close, Holly, ordonna-t-il avant de tourner les talons et de se diriger vers la sortie.

Il venait à peine de passer la porte lorsqu'il s'arrêta net : le grattoir venait de s'écraser dans son dos avec un bruit sourd.

— De quel droit oses-tu me dire ce que je dois faire, cria Holly.

Il se retourna vers elle avec lenteur, les poings serrés. Jamais il ne l'avait vue aussi furieuse. Si elle voulait la guerre, elle l'aurait !

— Je te rappelle que tu portes mon bébé ! Tu te rappelles, non ? Le bébé pour lequel j'ai payé ! Il me semble que ça me donne quelques droits sur toi !

— Mais tu ne peux pas me demander de vivre dans une bulle pendant neuf mois ! Il faut que je fasse quelque chose, sinon je vais perdre la tête ! Tu m'as demandé d'aménager cette chambre, et il est hors de question que j'y renonce. Je n'ai plus de travail, plus de maison ! Tu ne me retireras pas ça non plus !

Connor fit un pas vers elle, incapable de détacher son regard de ses yeux bleus aussi brillants que des saphirs. Leur proximité le troublait plus qu'il ne voulait, mais il chassa ces pensées de son esprit. Cette discussion était bien trop importante pour laisser sa libido prendre le dessus.

— Je n'essaye pas de te dire comment mener ta vie ! Je veux juste m'assurer que mon bébé ne risque rien.

— C'est tout ce que je suis pour toi, c'est ça ? Une sorte de couveuse pour ton satané bébé ! Et moi dans tout ça ? Est-ce que tu as déjà pensé à ce que je pouvais ressentir ?

Elle lui martelait la poitrine de ses poings à chaque mot, et il recula d'un pas sous ses assauts.

— Arrête, Holly ! Calme-toi ! cria-t-il en lui saisissant les poignets.

— Non ! Je ne peux plus vivre comme ça ! Je ne veux plus que tu surveilles mes moindres faits et gestes ! Je n'ai qu'une hâte : quitter cette maudite maison et ne plus jamais poser les yeux sur toi !

La gorge de Connor se noua lorsqu'il se rendit compte que des larmes brillaient dans les yeux de Holly : tout ça était entièrement de sa faute. Il n'aurait pas dû être aussi dur avec elle, mais aussi, elle ne comprenait pas combien cet enfant était important pour lui…

Un voile se leva soudain dans son esprit, et il s'immobilisa, sous le choc. Il s'était menti à lui même. L'enfant n'était pas le seul à avoir une place dans son cœur, et Holly s'était lourdement trompée : il ne la considérait pas comme une simple mère porteuse. Elle était devenue bien plus que ça.

Elle avait réussi à trouver une brèche dans la muraille qu'il avait élevée autour de son cœur…

Il tenait toujours les mains de Holly serrées dans les siennes. Les larmes coulaient maintenant librement sur son beau visage, et il lutta de toutes ses forces contre l'envie de la prendre dans ses bras, de la consoler.

Il se refusait à admettre qu'il tenait à elle. Les sentiments compliquaient tout. Tomber amoureux de Holly n'était tout simplement pas une option. Il fallait qu'il repousse son attirance pour elle, qu'il se concentre sur son bébé, et rien d'autre.

— C'est vrai, tu as raison, soupira-t-il, lâchant la main de Holly et en faisant un pas en arrière. J'en ai trop fait. Mais je continue à penser qu'il serait plus sage de faire appel à des ouvriers, au moins pour les travaux de base. Tu t'occuperas du reste, ajouta-t-il avec empressement en la voyant se raidir.

— Et « le reste », c'est quoi exactement ?

— Tout ce qui ne nécessite pas l'usage d'une échelle ou de ce maudit escabeau. On est d'accord ?

— D'accord, finit-elle par concéder après l'avoir défié un long instant du regard.

Connor se baissa et ramassa le grattoir que Holly lui avait lancé, puis il le lui tendit avec un petit sourire ironique.

— C'est à toi, je crois ?

Il vit le rouge lui monter aux joues, et elle baissa les yeux.

— Je suis désolée, dit-elle d'une petite voix en s'emparant de l'outil. Je me suis laissé emportée moi aussi.

— On fait la paix ?

— Oui, répondit-elle, refusant toujours de croiser son regard comme si elle avait honte d'elle.

Elle se mordit légèrement la lèvre, et Connor ne quitta pas sa bouche des yeux, fasciné par ce mouvement inconscient, par ces lèvres pleines et sensuelles. Oubliant la raison, oubliant les obstacles, il attira Holly contre lui et l'embrassa. Il se noya dans les saveurs de miel et de vanille qui lui étaient désormais familières. Des saveurs dont il avait peur de ne plus pouvoir se passer…

Il interrompit leur baiser, à contrecœur. Encore une fois, son corps l'avait trahi et il avait cédé à ses instincts. Il savait pourtant qu'elle n'avait accepté de s'installer chez lui que parce qu'elle avait besoin d'argent. Il savait que, dans quelques mois, elle disparaîtrait de sa vie, abandonnant son enfant derrière elle sans le moindre remords. Comment pouvait-il aimer une femme qui se comportait de la sorte ?

Aimer ?

Non, bien sûr qu'il n'était pas amoureux de Holly. C'était impensable. Inconcevable. Absolument impossible. Elle comptait pour lui, certes, mais il n'était pas assez stupide pour tomber amoureux.

Il se détourna brusquement et quitta la pièce à grands pas. Il se dirigea vers sa chambre, faisant tomber sa veste sur son lit et desserrant son nœud de cravate. Il avait eu une dure journée au bureau : Janet était certes très compétente, mais elle ne pouvait pas remplacer Holly, et il avait dû affronter plusieurs situations chaotiques.

Ce dont il avait besoin maintenant, c'était d'un verre et d'un bon dîner. Ensuite, il se replongerait dans son travail en espérant que cela suffise à le faire tomber de fatigue et l'aider à résister à la tentation qui dormait près de lui chaque soir.

Sa longue carrière d'avocat lui avait appris à identifier les faiblesses de ses adversaires, le talon d'Achille qui lui permettrait de remporter la victoire.

Mais ce soir c'était en lui qu'il avait trouvé une faiblesse. Et il ne comprenait pas comment il pouvait perdre la tête pour la seule femme qu'il n'aurait jamais.

12

Holly réajusta une dernière fois le rideau qu'elle venait de poser, et fit un pas en arrière pour admirer son travail. Qui aurait pu croire qu'en l'espace de sept mois elle se transformerait en véritable fée du logis ? Elle avait eu bien du mal à apprendre à coudre, mais aujourd'hui elle était très fière du résultat. Les rideaux complétaient à merveille la décoration de la nursery.

Connor avait tenu parole : il avait engagé quelqu'un pour repeindre les murs et poser un nouveau papier peint, mais il lui avait donné carte blanche pour la décoration. Et elle s'en était donné à cœur joie, refusant l'aide d'un décorateur professionnel. Pour une raison qu'elle ne comprenait pas vraiment, elle voulait s'occuper seule de la chambre du bébé et y laisser sa touche personnelle. Elle y avait mis tout son amour, tout l'amour qu'elle ne pourrait pas donner au bébé.

Son regard se posa sur la commode de bois clair, sur laquelle trônait sa première échographie. Elle pouvait encore voir le sourire qui avait illuminé le visage de Connor lorsqu'il avait vu son futur enfant pour la première fois. En arrivant chez l'obstétricien, elle s'était juré de ne pas regarder l'écran de l'échographie. Mais l'amour et la joie qu'elle avait vus se refléter dans les yeux sombres de Connor lui avait cruellement rappelé que jamais il ne la regarderait de cette façon, que jamais il ne l'aimerait d'un amour aussi profond. Finalement, elle aussi avait posé les yeux sur le petit être qui grandissait en elle et qui avait pris une si grande place dans le cœur de Connor.

Holly se força à repousser ces sombres pensées : rien ne servait de revenir là-dessus. Elle jeta un regard critique autour de la pièce qu'elle avait passé tant de mois à décorer. Elle voulait que tout soit absolument parfait pour l'arrivée du bébé, et elle avait passé les dernières semaines à régler les derniers détails. Une petite partie d'elle n'avait pas vraiment envie de finir la chambre, et elle avait trouvé mille prétextes pour continuer à y travailler. Mais le départ précipité de Connor pour un voyage d'affaires aux Etats-Unis une semaine plus tôt l'avait convaincue qu'il était temps d'en finir avec la nursery.

Elle était certaine que Connor apprécierait les couleurs attrayantes qu'elle avait choisies, les jouets multicolores, le berceau finement ouvragé… Le bébé lui donna soudain un petit coup de pied, comme si lui aussi voulait la remercier de ses efforts.

Après un dernier coup d'œil, elle tourna les talons et referma la porte derrière elle. Elle poussa un profond soupir et sentit les larmes lui piquer les yeux. Lorsqu'elle avait commencé à travailler dans la nursery, elle s'était fait une promesse : une fois qu'elle aurait fini d'aménager la chambre du bébé, elle n'y remettrait plus jamais les pieds. Et ce jour était finalement arrivé…

Elle se dirigea vers sa chambre en se forçant à ravaler ses larmes. Elle savait bien pourtant qu'elle ne pouvait pas rester dans cette maison pour toujours. La naissance était prévue dans trois semaines, et ensuite elle devrait quitter cet endroit. Quitter Connor pour toujours…

Elle allait devoir réapprendre à vivre sans lui, et elle savait que ça ne serait pas facile. La simple idée que, demain, Connor ne pourrait pas venir avec elle à son rendez-vous hebdomadaire chez le médecin qui suivait sa grossesse lui nouait l'estomac. Elle s'était tant habituée à sa présence :

jamais il n'avait manqué une consultation. Le bébé comptait tant pour lui…

Elle laissa de nouveau échapper un long soupir mêlé de sanglots. Si seulement Connor arrêtait de la voir simplement comme la mère de son enfant, et la considérait de nouveau comme une femme normale, faite de désirs et de passion.

Il avait insisté pour qu'ils continuent à dormir dans le même lit, et chaque nuit passée à son côté avait été une véritable torture. Elle aurait tout donné pour qu'il fasse un geste dans sa direction, pour qu'il lui montre qu'il n'avait pas oublié les moments de passion qu'ils avaient partagés. Mais non, les seules fois où il la touchait, c'était pour caresser son ventre rebondi et sentir les mouvements du bébé…

Holly fut soudain tirée de ses sombres pensées par la sonnerie stridente du téléphone. Elle attendit que Thompson décroche, mais il était sûrement occupé ailleurs car le téléphone continua de sonner avec insistance. Peut-être était-ce Connor qui cherchait à la joindre ? Elle se saisit du combiné posé sur la table de nuit, mais, avant qu'elle n'ait eu le temps de dire quoi que ce soit, un Thompson très essoufflé décrocha à son tour sur l'autre poste. Elle s'apprêtait à raccrocher lorsqu'elle entendit la personne à l'autre bout du fil se présenter : c'était le détective privé qu'elle avait engagé.

Aussitôt, elle sentit l'espoir l'envahir : il avait enfin trouvé quelque chose d'intéressant sur son passé ! Cela faisait des mois qu'elle attendait de ses nouvelles, mais l'enquête n'avançait pas. Elle n'arrivait pas à comprendre comment une femme pouvait donner naissance à un enfant puis se volatiliser sans laisser de trace.

Quelques minutes plus tard, Holly raccrocha le combiné d'une main tremblante. Ce n'était pas elle que le détective avait voulu joindre : il avait voulu parler à *Connor* pour lui transmettre une bonne nouvelle. Il venait d'envoyer un coursier sur l'île afin de lui transmettre le rapport que Connor attendait depuis si longtemps. Un rapport concernant le passé d'une certaine Holly Christmas…

Holly commençait à paniquer, et se força à calmer sa respiration et à remettre de l'ordre dans ses idées. Les questions se bousculaient dans sa tête. Pourquoi Connor avait-il entamé une enquête sur elle ? Et depuis combien de temps jouait-il à ce petit jeu ?

Elle sentit la colère l'envahir telle une coulée de lave incontrôlable. Pour qui se prenait-il ? Elle pouvait comprendre qu'il veuille connaître les origines de la mère de son enfant, mais comment osait-il enquêter sur elle dans son dos ? Et dire que depuis tout ce temps, le détective qu'elle avait engagé travaillait en fait pour Connor ! Comment savoir s'il aurait partagé ses informations avec elle, ou s'il aurait tout gardé pour lui ? Jamais elle ne pourrait pardonner cette trahison à Connor !

Elle savait ce qui lui restait à faire : elle allait lire le rapport du détective avant Connor. Pour la première fois, elle se félicita qu'il ne soit pas là cette semaine : ça ne pouvait pas mieux tomber. Et tant pis s'il était furieux en apprenant qu'elle avait lu le rapport avant lui ! Un plan commença à se former dans son esprit…

Après le déjeuner, Holly s'installa dans le petit salon attenant à sa chambre et commença à attendre. Elle savait que le coursier devait passer en début d'après-midi, et elle ne voulait pas risquer de le rater. Elle guettait le moindre bruit, et sa patience fut bientôt récompensée lorsqu'elle entendit un bateau s'approcher de l'île.

Elle regarda par la fenêtre et vit Thompson se diriger vers l'embarcadère, puis revenir vers la maison quelques minutes plus tard avec une grande enveloppe blanche dans les mains. Un étrange sentiment l'envahit. Comment les réponses aux questions qui la hantaient depuis tant d'années pouvaient-elles tenir dans cette simple enveloppe ?

Bien décidée à voir ce que contenait ce rapport, Holly se faufila dans l'escalier de service qui menait directement à la bibliothèque attenante au bureau de Connor. Elle entrebâilla la porte et y glissa un œil. Elle vit Thompson entrer dans le bureau, et l'entendit ouvrir et refermer un tiroir. Il ressortit quelques instants plus tard, les mains vides, et se dirigea vers la porte de service.

Holly jeta un coup d'œil à sa montre et un frisson d'excitation la parcourut. C'était l'heure à laquelle Thompson sortait faire sa promenade quotidienne, ce qui allait lui laisser le champ libre pour une bonne demi-heure.

Le cœur battant la chamade, elle pénétra à pas de loup dans le bureau de Connor. Même si elle savait que la maison était vide, elle se sentait comme une voleuse prête à être prise en flagrant délit. Elle s'approcha du bureau en chêne et ouvrit le premier tiroir. Stupéfaite, elle découvrit non pas une, mais deux enveloppes identiques portant le nom de l'agence de détective. Avait-elle mal vu tout à l'heure ? Elle se repassa la scène dans la tête, mais elle était absolument sûre d'elle : Thompson n'avait reçu qu'une seule enveloppe. Cela ne pouvait signifier qu'une chose : Connor avait déjà reçu un premier rapport… Brûlante de curiosité, Holly s'empara des deux enveloppes, referma le tiroir et regagna le plus vite possible sa chambre.

Elle s'assit sur le lit, et décida de commencer par le rapport le plus ancien. Les mains tremblantes, elle ouvrit l'enveloppe déjà décachetée, et en sortit une dizaine de pages qu'elle étala sur le couvre-lit. Elle avait l'impression que son cœur allait exploser tant il battait fort, et elle commença à lire les feuillets.

Connor avait reçu ce rapport juste après Noël, et il concernait principalement sa situation financière. Ses comptes avaient été épluchés, et les sommes qu'elle avait transférées tous les mois à la clinique d'Andréa apparaissaient clairement. Elle sentit la colère l'envahir : il avait demandé ces informations avant qu'il ne sache qu'elle était enceinte ! De quel droit avait-il décidé de fourrer son nez dans ses affaires ? Il savait déjà qu'elle versait de fortes sommes à une clinique privée, et pourtant il avait fait l'innocent lorsqu'elle lui avait parlé d'Andréa. Mon Dieu, comme il s'était bien moqué d'elle !

Elle s'empara rageusement de la deuxième enveloppe et commença à lire les premières pages, qui ne lui apprirent rien de nouveau. Il y avait là quelques témoignages des assistantes sociales qui avaient géré son cas, une description des ennuis qu'elle avait eus pendant son adolescence. C'était tout ? Ce dossier ne lui apprendrait donc rien de nouveau ?

Holly tourna une page, et son cœur s'arrêta : elle avait devant les yeux la photocopie d'un rapport de police, daté d'il y a vingt-quatre ans. Le 27 décembre, trois jours seulement après que sa mère l'avait abandonnée.

La gorge nouée, elle parcourut rapidement la feuille : un inspecteur y décrivait froidement comment avait été découvert le corps sans vie d'une jeune fille, qui ne devait pas avoir plus de 18 ans. Elle avait été retrouvée sous un pont, victime d'une overdose. Le dossier contenait une photo de mauvaise qualité et Holly sentit son cœur se serrer en voyant ce pauvre corps frêle, recroquevillé sous une pile de vieux journaux.

La victime portait autour du coup un pendentif contenant une photo, ce qui avait permis à l'inspecteur d'identifier ses parents. Apparemment, elle s'était enfuie de chez elle trois ans et demi plus tôt, et ses parents n'avaient jamais eu de nouvelles depuis.

Holly avait du mal à croire ce qu'elle lisait et dut s'y reprendre à plusieurs fois avant que les mots ne pénètrent son esprit : cette jeune fille n'était autre que *sa propre mère*. Le détective en était arrivé à cette conclusion en recoupant les dates et en se basant sur les journaux dont la pauvre fille s'était entourée avant de mourir. Ils avaient tous en gros titres l'histoire d'une pauvre fillette abandonnée par sa mère le jour de Noël…

Holly sentit des larmes rouler sur ses joues tandis qu'un froid glacial l'envahissait. C'était fini, jamais elle ne pourrait revoir sa mère, entendre de nouveau le son de sa voix. Elle ne pourrait pas lui poser les milliers de questions qui la hantaient depuis son enfance.

Pourquoi ? Comment avait-elle pu abandonner sa petite fille à l'inconnu ?

Mais Holly n'arrivait plus à en vouloir à sa mère : sa colère s'était transformée en pitié pour cette pauvre fille, morte seule si jeune, sans personne pour l'aider. Pourquoi n'avait-elle pas appelé à l'aide lorsqu'elle s'était sentie sombrer ? Il y avait des associations qui auraient pu l'aider, des structures d'accueil où elle aurait pu se réfugier.

Holly prit une profonde inspiration, et essuya ses larmes. Elle avait déjà tant pleuré sur sa mère, et cela ne l'avait menée nulle part. Elle se força à mettre ses émotions sous contrôle, et poursuivit sa lecture.

La dernière page alluma en elle une petite lueur d'espoir. Le détective avait remonté la piste jusqu'à une femme nommée Queenie Fleming, qui habitait au nord d'Auckland, sur la côte. S'il avait vu juste, Queenie était sa grand-mère maternelle.

Elle avait une grand-mère.

C'était trop beau pour être vrai ! Elle *devait* la rencontrer le plus vite possible. Queenie était sa dernière chance de connaître enfin ses origines. Elle avait tellement de questions à lui poser, elle ne voulait plus attendre une minute de plus.

Mais il y avait un problème : Connor ne la laisserait jamais voyager, pas alors que la naissance était prévue dans quelques semaines. Une pensée lui traversa soudain l'esprit et elle sentit la colère monter en elle. Si Connor avait eu cette information avant elle, aurait-il attendu la naissance du bébé pour la lui transmettre ? Ou pire, aurait-il gardé l'information pour lui ?

En un éclair, sa décision fut prise. Au diable les conséquences, elle allait rencontrer cette Queenie Fleming dès que possible ! Et, pour une fois, la chance était de son côté. Connor absent, rien de plus facile pour elle que de s'esquiver demain, après la visite chez l'obstétricien. Elle pourrait retirer de l'argent de son compte en banque désormais bien garni, et s'en servir pour louer une voiture. Connor aurait du mal à la retrouver si elle payait en liquide.

Holly sentit un frisson d'excitation la traverser : demain, elle avait rendez-vous avec son passé.

— Bonjour, mademoiselle. Vous avez bien dormi ? Vous avez l'air un peu fatiguée…

— C'est vrai, je n'ai pas très bien dormi, répondit Holly en acceptant la tasse de thé que lui tendait Thompson.

A la vérité, elle était restée allongée pendant de longues heures sans pouvoir trouver le sommeil, dressant l'oreille au moindre craquement, terrifiée à l'idée que Connor n'ait soudain décidé de rentrer plus tôt que prévu. A 6 heures du matin, elle était déjà lavée et habillée, et avait fourré quelques vêtements et affaires de toilette dans un sac.

Elle ne pouvait s'empêcher de penser à la réaction de Connor lorsqu'il apprendrait qu'elle s'était enfuie. Il en serait livide de rage. Après tout, selon les termes du contrat qu'elle avait signé, elle s'apprêtait à enlever son bébé ! Il finirait par la retrouver, elle en était certaine, mais elle avait couvert ses arrières. Le rapport du détective était soigneusement rangé dans son sac : ça le ralentirait un peu, et surtout elle pourrait s'en servir contre lui lorsqu'il la retrouverait. Il ne pourrait pas nier qu'il avait abusé de sa confiance.

Holly reposa sa tasse de thé et s'étira : son dos l'élançait douloureusement depuis quelques jours.

— L'hélicoptère passera vous prendre à 9 heures pour votre rendez-vous chez le médecin, dit Thompson en déposant ses toasts grillés devant elle. Je suis sûr que M. Knight est très déçu de ne pas pouvoir vous accompagner cette fois. Ce bébé compte tant pour lui.

— Je sais, Thompson, mais c'est un homme très occupé. Je saurai me débrouiller, ne vous inquiétez pas.

Holly se rendit soudain compte de la gravité de ce qu'elle s'apprêtait à faire. Thompson venait de lui rappeler à quel point Connor était attaché au bébé. Il ne lui pardonnerait jamais sa fuite, mais elle ne pouvait pas attendre que le bébé soit né. Elle avait déjà attendu si longtemps…

Il ne lui ferait plus jamais confiance, mais c'était un prix qu'elle était prête à payer.

13

Holly s'engagea dans un nouveau virage, les yeux fixés sur la route et les mains crispées sur le volant. Elle n'avait pas l'habitude de conduire, surtout pas sur ce genre de petites routes sinueuses, et elle poussa un soupir de soulagement en arrivant enfin sur un terrain plus plat. Elle aperçut une petite station-service sur sa droite, et, quelques mètres plus loin, une intersection. Elle prit à droite, et essaya de se relaxer un peu en admirant le paysage paisible qui l'entourait, les pâturages où paissaient d'innombrables moutons.

Après quelques minutes, elle aperçut les premières maisons qui marquaient l'entrée du village. Le village de sa grand-mère… Elle avait du mal à croire qu'elle était enfin arrivée à destination.

Une douleur intense lui vrilla soudain le dos, et elle serra les dents. Elle roulait depuis plus de trois heures maintenant, et son dos la faisait de plus en plus souffrir. Mais elle n'avait pas voulu s'arrêter en chemin, préférant arriver le plus vite possible.

L'estomac noué, elle s'engagea dans la rue principale et suivit la direction de la plage. Elle aperçut bientôt l'océan et parvint à se garer, puis elle sortit de la voiture. Aussitôt, elle étira son dos avec bonheur et massa ses mollets engourdis. Ce geste lui rappela comment Connor avait pris l'habitude de lui masser les mollets chaque soir afin de calmer les crampes. Même si leur relation était toujours tendue, il prenait quand même le temps de s'occuper d'elle et de tout faire pour qu'elle soit à l'aise.

« Il me manque… »

Holly étouffa aussitôt la petite voix qui venait de lui souffler cet aveu. Elle devait garder les idées claires et ne pas se laisser aller à fantasmer sur une vie qu'elle ne pourrait jamais avoir. Une fois le bébé né, Connor perdrait tout intérêt pour elle et elle quitterait sa vie pour toujours. C'était aussi simple que cela.

Holly jeta un regard autour d'elle, frissonnant légèrement sous la brise froide chargée d'air marin. Elle s'était garée près de l'entrée d'une réserve naturelle qui bordait une longue plage de sable fin. L'océan était agité, et les rouleaux faisaient la joie d'une dizaine de surfeurs. Même en plein hiver, cet endroit était paradisiaque. Qu'est-ce qui avait pu pousser sa mère à quitter un village aussi agréable ? Elle ne pouvait s'empêcher de l'imaginer se baignant dans l'océan ou arpentant cette rue avec ses amis. Et de s'imaginer, elle, grandissant dans cet endroit, entourée de sa famille, de ses amis…

Et dire qu'elle aurait pu grandir là, avoir une vie normale… Elle avait beau essayer de repousser ces pensées stériles, elles revenaient en permanence la tourmenter. Tout ça lui semblait tellement irréel… Elle s'apprêtait à rencontrer sa grand-mère, bon sang ! Et si sa grand-mère ne voulait pas d'elle, qu'elle la rejetait ? Et si sa mère avait eu de bonnes raisons de quitter ses parents ?

Et si, une nouvelle fois, elle voyait ses espoirs s'évanouir en fumée ?

Une petite voix lui criait de remonter dans sa voiture et de retourner à Auckland le plus vite possible. Mais elle ne pouvait pas abandonner si près du but. Elle devait *savoir*, une bonne fois pour toutes.

S'emparant de son sac posé sur la banquette arrière, elle se dirigea vers la plage, puis elle retira ses chaussures et enfonça avec bonheur ses pieds nus dans le sable. Elle marcha jusqu'au bord de l'eau, et commença à longer l'océan, observant avec attention chaque maison qu'elle voyait, cherchant celle qui correspondait à la photographie incluse dans le rapport du détective.

Le cœur battant à tout rompre, elle reconnut soudain la maison de sa grand-mère, un petit cottage bien entretenu. Frissonnante, elle se dirigea vers la maison qui renfermait peut-être les réponses qu'elle cherchait depuis si longtemps.

D'une main tremblante, elle ouvrit le petit portail blanc qui délimitait un joli jardin fleuri. Elle fit quelques pas hésitants vers les grandes portes-fenêtres ouvertes qui faisaient face à la plage. Enfin, prenant son courage à deux mains, elle frappa un petit coup sur une des vitres. La respiration courte, elle attendit, mais personne n'apparut à la porte. Elle frappa de nouveau, un peu plus fort.

— Excusez-moi ?

Holly fit volte-face, et aperçut un homme âgé qui se tenait de l'autre côté de la clôture.

— Si vous cherchez Queenie, elle est encore à la plage. Mais elle ne devrait plus tarder à rentrer vu l'heure qu'il est, indiqua le vieil homme.

— Merci, répondit Holly.

— Dites, j'ai l'impression de vous connaître. Vous êtes déjà venue ici ?

— Non, c'est la première fois que je mets les pieds dans cette ville, dit-elle d'une voix mal assurée avant de s'éloigner d'un pas rapide vers la plage.

Là, elle se mit à scruter l'horizon à la recherche d'une silhouette, la silhouette de la femme qui était sûrement la seule famille qui lui restait. Elle fouillait des yeux la plage, quand, soudain, elle eut l'impression que la terre s'était arrêtée de tourner. Même si la photo qu'elle avait dans son sac datait d'il y a fort longtemps, il n'y avait pas d'erreur possible : la femme qui marchait vers elle était Queenie Fleming.

Sa grand-mère.

Les chaussures que Holly tenait toujours dans sa main tombèrent sur le sable alors qu'elle se figeait, incapable de détacher ses yeux de la femme qui n'était plus qu'à quelques mètres d'elle.

— Bonjour ! Vous me cherchiez ? lui cria Queenie lorsqu'elle se trouva suffisamment près pour se faire entendre.

« Si seulement tu savais : je t'ai cherchée toute ma vie. »

— Oui, parvint à articuler Holly, oui, je vous cherchais.

Le choc de se retrouver enfin devant Queenie empêcha Holly d'en dire d'avantage. Elle ne pouvait que la regarder s'approcher, un grand sourire aux lèvres. Mais, alors que la vieille femme arrivait à sa hauteur, Holly vit son sourire se figer, et son visage, tanné par le soleil, blanchit comme si elle avait vu un fantôme.

— Giselle ? fit-elle d'une voix tremblante. C'est impossible, ça ne peut pas être toi…

Holly sentit son sang se glacer dans ses veines : Giselle. Le nom de sa mère… Elle n'avait qu'une envie : se jeter dans les bras de la femme qui se tenait devant elle, et tout lui raconter. Pourtant, une partie d'elle-même lui ordonna de rester sur ses gardes et de se méfier. Rien ne lui disait que Queenie ne la renverrait pas chez elle dès qu'elle apprendrait qui elle était, qui était sa mère.

— Je suis désolée, tu m'as fait peur, dit Queenie en retrouvant le sourire. Tu ressembles comme deux gouttes d'eau à ma fille qui nous a quittés il y a bien longtemps. Mais ne fais pas attention à une vieille folle comme moi ! Tu as l'air épuisée, ma pauvre. Suis-moi donc, je vais te faire une bonne tasse de thé bien chaude. Je m'appelle Queenie Fleming, mais ici tout le monde m'appelle Nana.

— Attendez, s'il vous plaît, demanda Holly d'une petite voix.

Elle posa brièvement la main sur le bras de Nana, et la retira aussitôt. Elle venait de toucher *sa grand-mère*. Elle avait l'impression de rêver, et avait peur de se réveiller soudain dans son lit pour découvrir que tout cela n'était qu'une illusion.

— Est-ce que je vais trop vite pour toi, mon chou ? Oh regarde, tu as oublié tes chaussures. Il faut les ramasser, sinon la marée va les faire disparaître, dit-elle en revenant sur ses pas et en ramassant les chaussures. Allez, suis-moi à l'intérieur, il commence à faire froid ici.

Sans l'ombre d'une hésitation, Nana coula son bras autour de la taille de Holly et la guida vers la maison.

— C'est si beau et si paisible ici, admira Holly en suivant Nana dans la maison.

— Oui, c'est vrai. J'habite ici depuis plus de soixante ans, je suis née et j'ai passé toute ma vie dans cette ville, et pourtant je ne m'en lasse pas. Tiens, assieds-toi sur cette chaise, c'est la plus confortable dans ton état.

— Merci, dit Holly avec reconnaissance en s'effondrant sur la large chaise en osier. Vous habitez toute seule, ici ?

— Eh oui, il n'y a que moi, expliqua Nana avec un petit sourire triste. Mon mari, Ted, est décédé il y a cinq ans, et depuis, j'avoue que je me sens un peu seule ici. Mais, poursuivit-elle avec un petit clin d'œil, je vois que toi, tu n'es pas venue seule. La naissance est prévue pour quand ?

Holly se força à lui rendre son sourire, essayant de ne pas s'attarder sur la mort de son grand-père. Lui non plus, elle ne pourrait jamais le rencontrer.

— J'en ai encore pour trois semaines.

— Je m'y connais bien en bébés, et quelque chose me dit que tu n'auras pas à attendre aussi longtemps, fit Nana avec un clin d'œil. Tu as déjà choisi le prénom ?

— Non, pas encore.

Holly avait tout fait pour éviter de penser au prénom du bébé. C'était à Connor de s'en charger, pas à elle.

— Ne t'inquiète pas, tu trouveras le prénom parfait lorsque le moment sera venu. Ma Giselle, elle, disait toujours que si jamais elle avait une fille, elle l'appellerait Holly. Elle savait toujours ce qu'elle voulait, même lorsqu'elle n'était qu'une petite fille, dit Queenie avec tristesse. Au prochain Noël, cela fera exactement vingt-quatre ans qu'elle est morte. Et je ne sais toujours pas ce que j'ai fait de mal…

— Qu'est-ce que vous voulez dire ? demanda Holly avec appréhension.

— Mon mari et moi étions déjà assez âgés lorsque nous avons eu Giselle, expliqua Queenie, les yeux perdus dans le vague. Elle est arrivée comme un don du ciel, et je crois que je l'ai trop gâtée. En tout cas, c'est ce que me reprochait Ted. Les problèmes ont commencé quand elle s'est mise à fréquenter un petit voyou qui habitait la ville d'à côté. Un soir, Ted et Giselle ont eu une dispute terrible à ce sujet, et il lui a interdit de le revoir. Quelques jours après, elle s'est enfuie de la maison. Elle venait tout juste d'avoir quinze ans. On a tout essayé pour la retrouver, tout, en vain. La police nous a dit que certaines personnes n'avaient tout simplement pas envie d'être retrouvées… On n'a jamais vraiment compris ce qui l'avait poussée à s'enfuir. Mon pauvre Ted en a eu le cœur brisé, il n'a plus jamais été le même après ça.

Holly avait la tête qui tournait, et se força à prendre une grande inspiration dans l'espoir de retrouver un semblant de calme. C'était à son tour de parler, c'était le moment qu'elle attendait depuis si longtemps…

— Je crois que je sais ce qui s'est passé, dit-elle d'une voix brisée par l'émotion.

— Mais, comment pourrais-tu savoir ça ? demanda Nana avec étonnement en leur versant deux tasses de thé.

— Je crois que je sais pourquoi elle s'est enfuie, poursuivit Holly en rassemblant toute son énergie pour la confession qu'elle s'apprêtait à faire. Je m'appelle Holly…

Le visage de Queenie pâlit et ses yeux bleu pâle s'arrondirent de surprise. Comme au ralenti, elle s'assit dans le fauteuil qui se trouvait en face de Holly, et ouvrit la bouche pour dire quelque chose, mais dut s'y reprendre à plusieurs fois avant d'arriver à parler.

— Ho… Holly ? répéta-t-elle finalement d'une voix tremblante.

— Oui, répondit Holly en sentant les larmes couler sur ses joues. Je crois… je crois que Giselle était ma mère.

Nana porta la main à sa bouche pour étouffer un cri de surprise.

— Un bébé ? Elle était enceinte ? C'est pour ça qu'elle s'est enfuie ? s'écria-t-elle, les larmes aux yeux. Mais, comment a-t-elle fait pour t'élever toute seule ? Dieu du ciel, pourquoi ne nous a-t-elle rien dit ?

— Je ne sais pas, je sais juste qu'elle a réussi à s'occuper de moi toute seule pendant un temps. Et puis, le soir de Noël, l'année de mes trois ans, elle m'a abandonnée dans un centre commercial. Je ne me souviens pas d'elle, même pas de son visage. La seule chose qui me reste d'elle, c'est une berceuse qu'elle me chantait pour m'endormir.

Holly commença à fredonner l'air qu'elle n'aurait jamais pu oublier même si elle l'avait voulu. Nana se leva soudain de sa chaise et se précipita hors de la pièce, pour revenir quelques secondes plus tard avec une vieille boîte à musique entre les mains.

— Ça appartenait à ma mère. Giselle adorait cet air.

Nana ouvrit doucement la boîte et la musique envahit la pièce. Un frisson traversa Holly de part en part. C'était *son* air qui s'échappait de cette vieille boîte. C'était son passé.

Le silence remplaça bientôt la berceuse, et Holly se leva lentement de sa chaise et tomba à genoux devant sa grand-mère, posant sa tête sur ses genoux et glissant ses bras autour d'elle.

— Je pensais que je ne te trouverais jamais, murmura-t-elle d'une voix émue.

Le visage enfoui dans le doux coton de la robe de sa grand-mère, Holly laissa les larmes couler, des larmes pour les années de solitude et de chagrin, et des larmes pour l'espoir que, jamais plus, elle ne serait seule.

Sa grand-mère lui passa la main dans les cheveux avec douceur, caressant les longues mèches soyeuses.

— Je suis si contente que tu m'aies trouvée, ma chérie. Si contente, chuchota-t-elle avec tendresse.

Holly se réveilla le lendemain matin au son des vagues qui s'écrasaient sur la plage et aux cris des goélands. Elle avait dormi profondément, mais elle se sentait encore épuisée. Nana et elle avaient discuté jusqu'au petit matin, parlant de tout et de rien, se racontant leur vie en détail dans l'espoir de combler toutes ces années de séparation.

Sa grand-mère l'avait accueillie à bras ouverts, et semblait sincèrement ravie de la connaître. Elle était si gentille, si douce. Holly n'arrivait pas à comprendre pourquoi Giselle n'avait jamais dit à sa mère qu'elle était enceinte. Mais elle n'avait été qu'une adolescente terrorisée par la réaction de ses parents… Holly connaissait bien la solitude qu'on pouvait ressentir lorsqu'on se croyait seule au monde, mais depuis hier soir, elle n'était plus seule. A présent, elle avait une famille, une famille qui l'aimait.

Et une famille qui allait s'agrandir dans quelques semaines… Nana avait été si excitée à l'idée de devenir arrière-grand-mère que Holly n'avait pas eu le courage de lui avouer qu'elle ne pourrait probablement jamais voir son arrière-petit-enfant. Mais elle ne pouvait pas laisser Nana se faire de faux espoirs, et, après le déjeuner, elle prit son courage à deux mains. Elle lui raconta toute l'histoire, tout ce qui s'était passé entre Connor et elle.

— Mais… tu es amoureuse de ce Connor Knight, n'est-ce pas ? demanda finalement Nana, les yeux remplis de compassion.

— Oui, répondit-elle simplement.

Holly n'avait encore jamais reconnu ses sentiments pour Connor tout haut, mais elle ne pouvait pas mentir à Nana. Elle méritait de savoir toute la vérité.

— Est-ce qu'il sait que tu l'aimes ?

— Non, je ne le lui ai jamais dit, admit-elle.

— Eh bien, il serait peut-être temps d'y songer.

— Non, je ne peux pas. Si je lui dis que je l'aime, il va croire que ce n'est qu'une excuse pour rester avec le bébé, avoua Holly en baissant les yeux. Je ne voulais pas de cet enfant. Pas au début. J'avais tellement peur… Je ne savais rien de ma famille, et avec ce qui était arrivé à Andréa… J'étais terrifiée à l'idée de transmettre quelque chose à mon bébé.

— Il n'y a aucune raison d'avoir peur, ma chérie. Il n'y a jamais eu de maladies héréditaires dans la famille, et il n'y a aucune raison que ça commence avec toi ! Tout va bien se passer, tu verras.

— Peut-être, mais c'est trop tard, dit Holly d'une voix éteinte.

— Comment ça, trop tard ? Il n'est jamais trop tard, enfin ! Hier, je ne savais même pas que tu existais, et pourtant je t'aime déjà comme si je te connaissais depuis ta naissance ! soutint Nana avec passion.

— Je… j'ai signé un contrat qui me retire tous droits parentaux envers cet enfant. Légalement, il appartient entièrement à Connor, murmura-t-elle d'une voix brisée.

Elle s'arrêta, incapable de continuer tant la réalité de la situation la faisait souffrir. Comment avait-elle pu renoncer ainsi à son enfant ? Elle ne pourrait jamais le voir grandir, elle ne pourrait pas l'accompagner lors de ses premiers pas, glisser sa première dent de lait sous son oreiller… Son cœur se brisa à l'idée de toute cette vie qu'elle allait manquer par sa propre faute. Pourquoi ? Pourquoi diable avait-elle fait ça ?

Holly sentit ses forces l'abandonner alors que la vérité lui apparaissait dans toute son ironie : aujourd'hui, elle désirait élever l'enfant qu'elle portait plus que tout au monde. Il n'avait suffi que d'un jour passé en compagnie de Nana pour lui faire comprendre qu'au plus profond d'elle-même, elle souhaitait fonder une famille.

— Holly, tu ne peux pas abandonner comme ça ! insista Queenie. Je ne te laisserai pas gâcher ta vie comme j'ai laissé ma fille gâcher la sienne ! Ensemble, nous trouverons une solution, ne t'en fais pas. En attendant, pourquoi n'irais-tu pas profiter de ce beau soleil en allant faire une promenade sur la plage ? J'ai quelques coups de fil à passer, je te rejoindrai après.

— Non, je peux attendre que tu aies fini, répliqua-t-elle aussitôt.

S'il y avait une chose qu'elle ne voulait pas en ce moment, c'était se retrouver seule avec ses pensées… Lorsqu'elle était avec Nana, tout lui semblait plus facile.

— Non, ma chérie, vas-y sans moi. Après mes coups de téléphone, j'aimerais fouiller un peu dans mes papiers pour retrouver de vieilles photos de Giselle lorsqu'elle était jeune. Je suis sûre que tu aimerais en avoir quelques-unes.

Holly s'apprêtait à insister encore une fois, mais elle surprit un éclair dans les yeux de Nana, et comprit qu'elle avait besoin de rester seule. Nana avait enfin appris pourquoi sa fille s'était enfuie après de longues années passées à se torturer l'esprit, et il était à présent temps pour elle de faire la paix avec Giselle. Et elle, se demanda-t-elle alors, n'était-il pas temps pour elle aussi d'accepter le choix qu'elle avait fait huit mois plus tôt, même si ça lui brisait le cœur ?

Holly respira le bon air marin à pleins poumons, admirant la plage, rendue immense par la marée basse. Elle marchait d'un bon pas, le sable crissant sous ses pieds, le vent faisant voleter ses cheveux lâchés. Son dos la faisait de nouveau souffrir, mais elle sourit en se rappelant comment Nana avait proposé de la masser dans l'espoir d'apaiser la douleur. C'était si bon d'avoir quelqu'un qui prenait soin de vous, qui tenait à vous.

Un groupe de mouettes s'envola soudain dans un immense vacarme, et Holly porta les yeux vers le ciel, un sourire aux lèvres. Ce fut alors qu'elle aperçut quelque chose qu'elle n'aurait jamais imaginé voir sur cette petite plage perdue : la silhouette sombre d'un hélicoptère qu'elle ne connaissait que trop bien.

Elle sentit la terreur glacer chaque parcelle de son être : dans la joie de retrouver sa grand-mère, elle avait presque oublié ce qu'elle avait fait à Connor ! Et voilà qu'il l'avait déjà retrouvée…

Elle commença à courir en direction de la maison de Nana, luttant contre le sable qui ralentissait ses efforts. Là-bas, elle serait en sécurité. Avec sa grand-mère à ses côtés, elle ne craignait rien ni personne. Sans interrompre sa course, elle jeta un coup d'œil derrière elle : l'hélicoptère s'était posé sur la plage. Une silhouette qu'elle reconnaîtrait entre mille en sauta et se mit à courir dans sa direction.

— Holly ! hurla Connor. Arrête-toi !

Elle continua de courir, mais elle sentait la présence de Connor derrière elle, et il la rattrapa en seulement quelques secondes.

— Non, cria-t-elle en essayant de le contourner. Va-t'en ! Je ne veux pas de toi ici !

— Tu peux me dire ce qui t'a pris ? répliqua-t-il avec fureur.

Holly osa enfin lever les yeux vers lui : il se tenait devant elle, le visage crispé de rage, la dominant de toute sa hauteur. Soudain, la façon dont elle avait découvert l'existence de sa grand-mère lui revint à l'esprit. Connor s'était bien moqué d'elle, et elle n'allait pas le laisser s'en sortir aussi facilement !

— Ne fais pas l'innocent, répliqua-t-elle, la colère remplaçant peu à peu la peur. Tu sais très bien pourquoi je suis là ! Et ne viens pas me dire que tu m'aurais conduite ici toi-même ! Comment as-tu pu me cacher quelque chose d'aussi important ? Comment as-tu pu me faire ça ? C'est mon droit le plus strict d'être là, et je ne te laisserai pas…

Holly interrompit soudain sa tirade avec un petit cri de surprise : elle venait de sentir un liquide lui couler le long des jambes. Non, c'était impossible, songea-t-elle avec désespoir, c'était bien trop tôt pour qu'elle perde les eaux !

Connor suivit son regard et pâlit.

— Tu viens de perdre les eaux ? Il faut qu'on aille à l'hôpital le plus vite possible ! dit-il en la prenant dans ses bras et en commençant à la porter vers l'hélicoptère.

— Non, cria-t-elle en se débattant. Laisse-moi ! Je veux rester ici.

Elle se dégagea de son étreinte, mais, à l'instant où ses pieds touchèrent le sol, une terrible douleur lui traversa le dos et se propagea dans son ventre. Elle poussa un cri, autant de douleur que de frustration : elle ne pouvait pas commencer les contractions maintenant, c'était bien trop tôt !

— Holly, ne sois pas ridicule, il faut que je te ramène à Auckland !

— J'ai attendu toute ma vie de venir dans cet endroit, s'entêta-t-elle, il est hors de question que je parte déjà !

— Monsieur Knight, vous pouvez m'aider à ramener ma petit-fille jusqu'à chez moi ?

La voix de Queenie les fit se retourner tous les deux : sa grand-mère se dirigeait vers eux d'un pas résolu, un air protecteur sur le visage.

— Nana ! J'ai perdu les eaux, mais c'est encore trop tôt pour accoucher ! Et s'il y avait un problème ? demanda Holly, sentant la peur la gagner.

— C'est bien pour ça que je veux te ramener à Auckland, l'interrompit Connor en la suppliant du regard. Je peux te conduire au meilleur hôpital du pays en moins de trente minutes !

— Ma chérie, tu n'as pas à t'inquiéter, reprit Nana en

ignorant ce que venait de dire Connor. Ce n'est pas le premier bébé qui naît dans cette ville, loin de là.

Nana se tourna vers Connor et lui jeta un regard perçant.

— Accompagnez-la chez moi, et ensuite rendez-vous un peu utile. Appelez mon médecin, il saura quoi faire.

Connor la dévisagea, incrédule. Cette femme — la grand-mère de Holly — voulait qu'elle accouche dans ce petit village isolé ? Elles avaient perdu l'esprit toutes les deux ! Mais Holly se crispa soudain de douleur et poussa un gémissement.

— Mon garçon, nous n'avons plus le temps de discuter, ordonna Queenie. Les contractions sont beaucoup trop rapprochées les unes des autres, et à moins que vous ne vouliez prendre le risque qu'elle n'accouche dans votre hélicoptère, il n'y a plus qu'une chose à faire.

A contrecœur, Connor reconnut que Queenie avait raison. Il n'avait plus le temps de la conduire à l'hôpital. Il prit Holly dans ses bras et se dirigea le plus vite possible vers la petite maison où la mère de son enfant allait devoir accoucher.

Une demi-heure plus tard, Connor faisait les cent pas avec impatience dans la chambre où Holly avait été installée.

— Où est donc ce satané docteur ? grommela-t-il. Ça fait des heures que je l'ai appelé !

— Tu exagères, ça ne fait pas si longtemps, rétorqua Holly. Elle était assise sur une chaise, le dos maintenu bien droit par le dossier de bois, les bras reposant faiblement sur les accoudoirs. Elle avait le front couvert de sueur, alors qu'une contraction après l'autre lui arrachaient des gémissements de douleur.

— Viens par ici, Connor, lui ordonna la grand-mère, qui insistait pour qu'il l'appelle Nana. Holly, redresse-toi un peu, veux-tu ?

Elle saisit la main de Connor, et la pressa fermement contre le dos de Holly.

— Masse-lui le dos très fermement. Non, pas comme ça, ça ne sert à rien. Il faut que tu appuies plus… Voilà, là c'est bien.

Connor concentra toute son attention sur Holly, lui massant le dos en de grands mouvements circulaires. Il la sentit soudain se raidir, puis se convulser violemment sous les assauts d'une nouvelle contraction. Et lui ne pouvait que rester planté là, à lui masser le dos… Jamais il ne s'était senti aussi impuissant, aussi inutile. Il aurait tout donné pour qu'elle arrête de souffrir, une souffrance dont il était lui-même responsable…

Et à la regarder ainsi, alors qu'elle affrontait vaillamment des contractions de plus en plus rapprochées, il comprit soudain qu'il s'était vraiment conduit comme un idiot.

Il aurait dû faire plus attention à elle. Il aurait dû essayer de comprendre ce qu'elle traversait, l'aider à découvrir d'où elle venait plutôt que d'enquêter dans son dos. Il aurait dû écouter cette petite voix qui le poussait à admettre que les sentiments qu'il éprouvait pour Holly allaient bien au-delà de ce qu'il voulait admettre…

Il pouvait encore ressentir la vague de terreur qui l'avait renversé lorsque Thompson lui avait appris que Holly s'était éclipsée. Il venait tout juste d'arriver à l'aéroport d'Auckland lorsque son téléphone avait sonné pour lui annoncer la nouvelle. Il ne s'était même pas mis en colère, tant il avait peur que quelque chose de terrible soit arrivé à Holly.

Le bruit d'une porte le ramena à la réalité : le médecin était enfin arrivé. Il s'écarta afin de le laisser examiner Holly.

— Où en sont les contractions ? demanda le docteur.

— Disons qu'elles n'y vont pas de main morte, répondit Holly avec un faible petit sourire, avant de se crisper de nouveau sous la douleur.

— D'accord, il faudrait que vous vous allongiez sur ce

lit pour que je puisse vous examiner, ordonna le médecin en ouvrant sa trousse.

— Docteur, haleta Holly, j'ai l'impression qu'il faut que je pousse.

— Surtout pas, retenez-vous aussi longtemps que vous le pourrez ! Il faut que je vous examine d'abord.

Connor aida Queenie à allonger Holly sur le lit pendant que le docteur se lavait les mains dans la salle de bains. Il enfila une paire de gants en plastique, et examina rapidement Holly avant de se redresser avec un sourire.

— Vous pouvez pousser, maintenant, tout va très bien.

— Connor ! cria Holly alors qu'une contraction plus violente que jamais la traversait de part en part.

Il se précipita aussitôt à son chevet et lui prit la main. Il lui murmurait des paroles d'encouragement alors que Holly gémissait sous la violence des contractions de plus en plus rapprochées. Tout son être était concentré vers la femme allongée près de lui, et il s'efforçait de la soutenir du mieux possible pendant cette épreuve.

Il n'aurait su dire si quelques minutes ou des heures entières s'étaient écoulées, mais, soudain, il assista à un événement qui resterait gravé dans sa mémoire sa vie entière.

Son enfant venait de naître.

Le médecin s'empara du nouveau-né vagissant, et l'enveloppa dans une couverture avant de le déposer sur le ventre de Holly. Connor n'arrivait pas à détacher son regard de ce petit être qui venait de bouleverser son existence. D'une main tremblante, il caressa doucement la douce tête de son enfant.

Un fils, il avait un fils !

Il s'arracha à la contemplation de ce petit miracle de la vie pour vérifier si Holly allait bien. Elle aussi contemplait l'enfant, les yeux remplis de larmes, mais elle n'essaya pas de le prendre dans ses bras. Au contraire, elle détourna son visage et ferma les yeux.

— Regarde-le, Holly. Il est parfait, absolument parfait. Holly, nous avons un fils, dit Connor, bouleversé par l'émotion.

— Non, répondit-elle d'une voix tremblante. Je ne veux pas le voir.

— Quoi ? lâcha-t-il avec stupéfaction.

— Emmène-le loin d'ici. C'est ton bébé, tu as eu ce que tu voulais. Maintenant, prends-le, et va-t'en d'ici, murmura-t-elle d'une voix à peine perceptible. Va-t'en avant que je ne puisse plus le laisser partir.

Ces quelques mots pénétrèrent tels des poignards dans le cœur de Connor. Comment pouvait-elle dire une chose pareille, comment pouvait-elle rejeter cet adorable bébé ? Il vit le médecin et Nana échanger un regard inquiet. Nana s'assit au chevet de Holly et lui passa doucement la main dans les cheveux.

— Allons, ma chérie, tu ne penses pas ce que tu dis. Ce petit bout de chou a besoin de sa maman.

— Je n'en veux pas, répliqua Holly en élevant la voix. S'il vous plaît, emmenez-le loin de moi !

Le médecin prit le bébé dans ses bras et jeta un regard perplexe à Connor.

— Faites ce qu'elle dit, ordonna Connor. Il faut que je parle avec Holly en tête à tête.

Le docteur acquiesça, et passa le bébé à Nana, qui le prit dans ses bras avec tendresse. Il s'assura que Holly n'ait besoin de rien, et la recouvrit d'une épaisse couverture.

— Il faut qu'elle reste bien au chaud, elle est en état de choc. Si vous avez besoin de nous, nous serons juste derrière la porte, indiqua le docteur avant de quitter la chambre avec Nana.

Connor s'assit doucement au côté de Holly, mais elle refusait toujours de lui faire face. Il sentit son cœur se briser : elle avait l'air si triste, si perdue. Il aurait voulu pouvoir la prendre dans ses bras, la réconforter, sécher les larmes qui coulaient sur ses joues.

— Qu'est-ce qui t'empêche de prendre ton fils et de quitter cet endroit ? demanda-t-elle d'une voix étouffée.

— Je ne peux pas partir. Pas sans toi, avoua-t-il en lui prenant la main.

— Tu n'as plus besoin de moi maintenant que tu as ton fils, lâcha-t-elle avec douleur. C'est bien ce que tu voulais, non ?

Alors, Connor sentit la colère monter en lui : après tout ce qui s'était passé entre eux, après l'expérience magique qu'ils venaient de vivre ensemble, elle pensait encore qu'il n'était qu'un monstre froid qui ne s'intéressait qu'à son bébé ?

— Tu croyais vraiment que j'allais te signer un chèque, prendre le bébé et m'en aller ? s'indigna-t-il. Je veux plus que le bébé, Holly. Je te veux, *toi*. Et il est hors de question que je quitte cette maison sans toi.

Elle se retourna vers lui et le transperça du regard.

— Comment oses-tu me demander une chose pareille ? cria-t-elle. J'ai fait tout ce que tu as exigé de moi, tout ! Maintenant, je veux que tu disparaisses de ma vie.

— Holly, tu ne peux pas abandonner ton enfant comme ça ! Tu veux vraiment suivre l'exemple de ta mère ? asséna-t-il en désespoir de cause. Le détective m'a faxé le rapport lorsque j'étais encore aux Etats-Unis, je connais toute l'histoire. Tu ne t'es jamais dit que ta mère s'était peut-être laissée mourir parce qu'elle ne pouvait pas supporter de t'avoir abandonnée ? Tu ne comprends donc pas que tu t'apprêtes à faire exactement la même erreur ? Tu n'es pas une jeune fille perdue et seule au monde. Je suis là pour t'aider, pour te soutenir. Laisse une chance à notre fils de connaître sa mère !

— Comment oses-tu ? murmura Holly en pâlissant. Comment oses-tu comparer cette situation avec ce que ma mère a fait ? Elle n'avait pas le choix, mais moi, j'ai pris ma décision en toute connaissance de cause. Je n'aurais jamais cru que tu pouvais tomber aussi bas, Connor. J'espère que la femme dont tu tomberas amoureux ne saura jamais à quel point tu peux être cruel !

Connor arrivait à peine à la comprendre tant elle était secouée par les sanglots. Il resta sans voix pendant quelques instants, bouleversé au plus profond de lui par la détresse de Holly. Il avait envie de crier, de hurler, n'importe quoi pour qu'elle accepte de rentrer à Auckland avec lui et le bébé. L'idée de ne plus jamais la revoir lui était absolument insupportable, et dans son cœur il en connaissait la raison. Son voyage aux Etats-Unis lui avait ouvert les yeux : pas un jour ne s'était passé sans qu'il ne pense à Holly, sans qu'il se demande ce qu'elle faisait, à quoi elle songeait. Peu à peu, il avait dû admettre qu'il ne pensait pas à Holly parce qu'elle portait son bébé, mais parce qu'il la voulait, elle. Parce qu'il l'aimait, plus qu'il n'avait jamais aimé personne.

Et s'il ne voulait pas la perdre aujourd'hui, il fallait qu'il affronte ses sentiments en face.

— Holly, dit-il doucement en lui prenant la main. La femme dont je suis tombé amoureux se trouve juste en face de moi, allongée sur ce lit.

— Tais-toi ! Ne me mens pas, je t'en supplie !

— Je n'ai jamais été aussi sincère, Holly, dit-il avec tendresse. Je t'aime. Je me suis conduit comme le dernier des idiots avec toi. Si je t'ai caché que je faisais une enquête sur toi, c'est parce que j'avais peur que tu me quittes une fois que tu aurais retrouvé ta famille. Je ne voulais rien de plus que te garder près de moi pour toujours, et pourtant je n'arrivais pas à l'admettre. Pendant des mois, je me suis menti à moi-même, essayant de résister à l'attirance que j'éprouvais pour toi. Mais la semaine dernière, alors que j'étais aux Etats-Unis, je me suis rendu compte à quel point tu comptais pour moi. J'aurais dû t'en parler avant la naissance du bébé, mais je ne voulais pas le faire par téléphone. Je… je suis tellement désolé, Holly, mais je t'en supplie, il faut que tu me croies. Je t'aime.

Connor s'interrompit, ne trouvant plus de mots. Il avait tellement de choses à lui avouer, tellement de choses qu'il voulait lui dire, mais il n'arrivait plus à prononcer le moindre son. Holly le regardait fixement, son visage ne trahissant pas la moindre émotion. Il devait lui faire entendre raison, la convaincre qu'il lui disait la vérité.

— Tu sais pourquoi je voulais tellement ce bébé, notre bébé ? reprit-il en lui prenant tendrement le visage entre les mains. A Noël dernier, j'ai appris que mon ex-femme s'était fait avorter au tout début de notre mariage, sans jamais me le dire. Je sais que ça n'excuse pas la façon dont je me suis comporté avec toi, mais, lorsque j'ai appris que tu étais enceinte, j'ai eu l'impression qu'on me donnait une deuxième chance d'être père. Je t'ai fait vivre un véritable enfer parce que je voulais remplacer le bébé que mon ex-femme m'avait refusé. Je ne pouvais pas perdre un autre enfant, c'était au-dessus de mes forces. Le jour où tu as appris que tu étais enceinte, j'ai bien cru que tu voulais avorter, et je me suis convaincu que tu ne valais pas mieux que Carla. Mais j'aurais dû écouter ce que mon cœur me criait. J'aurais dû savoir que tu n'avais rien à voir avec elle.

— Elle… elle a avorté sans te le dire ? murmura Holly avec stupéfaction.

— Oui, et ensuite elle s'est fait opérer pour ne plus jamais tomber enceinte.

Connor se redressa un peu, et plongea son regard droit dans le bleu profond des yeux de Holly, un sentiment d'espoir naissant en lui, encore balbutiant, mais bien présent. Il faillit crier de joie en voyant que les larmes avaient cessé de couler, et que le chagrin avait été remplacé par une émotion qu'il n'était pas certain d'identifier.

— Holly, reprit-il avec intensité, je suis désolé de m'être aussi mal comporté avec toi. C'était plus facile de te traiter comme une simple mère porteuse plutôt que de reconnaître mes sentiments. Oh, Holly, j'ai été tellement lâche. Pourras-tu jamais me pardonner ? Pourras-tu jamais m'aimer ?

— T'aimer ? répondit-elle, un sourire illuminant son doux

visage. Connor Knight, je suis amoureuse de toi depuis la première seconde où je t'ai vu. Ces derniers mois ont été une véritable torture : je croyais que tu ne voulais pas de moi, alors que tout ce que je voulais, c'était me jeter dans tes bras et te couvrir de baisers. Je pensais que jamais tu ne pourrais m'aimer, que nos relations n'iraient jamais au-delà du sexe. Et pourtant, chaque fois que nous faisions l'amour, je ne pouvais qu'espérer que tu m'aimais autant que je t'aimais…

— Mais c'était la vérité, ma chérie ! Je t'aimais déjà à ce moment-là, même si je refusais de l'admettre ! Notre première nuit ensemble était si parfaite. Tu étais si parfaite.

— Mais comment pourrais-tu aimer quelqu'un comme moi ? Nous n'avons rien en commun ! Lorsque je t'ai vu entouré de ta famille, j'ai compris qu'un abîme infranchissable nous séparait. Je pensais que je ne voudrais jamais d'enfants, et toi, tu avais l'air de tant les apprécier. Toi et moi, c'était impossible.

— Plus maintenant, mon amour. Maintenant, il n'y a plus rien d'impossible. Je t'aime tellement, tellement. Holly Christmas, veux-tu devenir ma femme ?

— Devenir ta femme ? répéta Holly, le cœur battant à tout rompre. Mais… que dira ton père ? Et tes frères ?

— Ils me diront à quel point j'ai été stupide de ne pas t'avoir épousée avant ! Alors ma chérie, qu'est-ce que tu en penses ?

— Rien ne me ferait plus plaisir, mon amour, répondit-elle en l'enlaçant tendrement, laissant le bonheur l'envahir et chasser les derniers vestiges de son chagrin.

— Je crois qu'il y a un petit bonhomme derrière cette porte qui aimerait bien te rencontrer, dit Connor avec un grand sourire. Ecoute-le, tu l'entends comme il pleure ? Je crois qu'il veut sa maman.

— Oh oui, amène-le-moi tout de suite ! acquiesça Holly les yeux brillant de joie.

Connor se releva et ouvrit la porte de la chambre, puis

reprit son petit garçon des bras de Queenie. Il revint vers Holly, et lui passa doucement l'enfant. Le cœur débordant d'émotion, il observa la femme qu'il aimait prendre son bébé dans ses bras, et écarter gentiment un coin de la couverture pour pouvoir caresser ses adorables petites mains. Avec une tendresse infinie, elle déposa un baiser sur son front.

— Il est parfait, absolument parfait, laissa-t-elle échapper d'une voix pleine d'admiration.

— Oui, il est parfait. Et toi aussi, tu es parfaite. Merci, Holly, merci de m'avoir offert ce merveilleux petit garçon, dit Connor en déposant à son tour un baiser sur la tête de son bébé.

— Ce petit garçon a besoin d'un prénom, dit-elle avec un petit sourire.

— J'avais pensé à André. En souvenir de sa tante, Andréa.

— André, répéta Holly en regardant le bébé. Oui, André lui va très bien. Merci, Connor, Andréa aurait adoré ça.

Épilogue

— Est-ce que je t'ai dit à quel point tu étais ravissante aujourd'hui, madame Knight ?

— Seulement une bonne centaine de fois, répondit Holly en riant.

Elle glissa les bras autour de son mari et se pressa contre lui, savourant la sensation de son corps puissant contre le sien.

Elle suivit des yeux le luxueux yacht de Tony Knight, qui disparaissait dans la claire nuit d'hiver, avec à son bord les derniers invités du mariage, et André. C'était la première fois qu'ils se séparaient d'André depuis sa naissance, mais le père de Connor avait tellement insisté pour s'occuper de lui qu'elle avait fini par céder. Et puis, il ne serait pas seul : Queenie allait passer la semaine avec lui pour l'aider à s'occuper du bébé.

Elle avait encore du mal à croire que ce petit garçon plein de vie et d'énergie était bien son fils. Et pourtant, il avait déjà neuf mois, et commencerait sans doute à marcher dans peu de temps.

Mais, ce soir, il n'y avait que Connor et elle. Et elle comptait bien en profiter.

Elle passa la main sur la joue de son mari, et l'attira vers elle. Inspirant profondément, elle respira son parfum subtil qu'elle aimait tant.

— Est-ce que je t'ai dit à quel point je t'aimais aujourd'hui, monsieur Knight ?

Connor lui lança un sourire éclatant, et lui prit le visage entre ses mains.

— Seulement une bonne centaine de fois, murmura-t-il avant de presser ses lèvres contre les siennes.

Holly se perdit dans ce baiser aussi impétueux qu'aux premiers jours, mais tellement tendre qu'elle se sentait fondre de plaisir.

Connor lui prit la main, et, ensemble, ils se dirigèrent lentement vers la maison. Holly sentit un sourire naître sur son visage tant la joie qui remplissait son cœur était intense.

Plus jamais elle ne serait seule.

Aujourd'hui, elle avait une merveilleuse famille.

CONNIE COX

Un si merveilleux cadeau

Traduction française de

ANNE-LAURE PRIEUR

HARLEQUIN

Titre original :
CHRISTMAS EVE DELIVERY

Ce roman a déjà été publié en 2019.

1

Désirée se gara entre un pick-up et un imposant van à chevaux dans un nuage de poussière rouge. La poussière du sol texan. Rien à voir avec les rues de La Nouvelle-Orléans… Mais nouvelle ville, nouvelle vie, n'est-ce pas ?

— A nous, James… A notre avenir, murmura-t-elle, une main sur son ventre.

Levant la briquette de lait achetée à la dernière station-service, elle porta un toast au bébé et la vida d'un trait. Puis, ragaillardie, elle saisit son sac à main et ouvrit la portière. L'air suffocant l'enveloppa aussitôt, chargé d'une odeur de crottin de cheval et de pin. Les grands arbres verts surplombaient la route de terre menant à l'arène de rodéo. Dans le crépuscule, ils lui avaient paru menaçants, sentinelles sombres lui rappelant que la grande ville était loin derrière, mais elle ne se laisserait pas intimider.

— Tout ira bien, se répéta-t-elle pour se donner du courage.

Un vieux cow-boy voûté, le visage à demi dissimulé par un chapeau de paille, s'arrêta à mi-chemin vers son pick-up. Car, bien sûr, il conduisait un pick-up. Quoi d'autre ? L'unique voiture de ville sur le parking était la sienne… Il porta deux doigts à son chapeau et la salua d'un signe de tête.

— Tout va bien, ma'am ?

— Oui, merci.

Il la considéra avec méfiance. Sans doute ne voyait-il qu'une étrangère à l'élégance tapageuse. Que penserait-il s'il savait qu'elle venait de faire huit heures de route avec tout ce qu'elle possédait au monde entassé dans sa petite voiture ? Elle lui adressa son sourire le plus éclatant.

— Tout va bien, je vous assure, ajouta-t-elle.

Le regard du cow-boy se posa sur son ventre, comme s'il savait… Impossible, se raisonna-t-elle. Elle n'était enceinte que de quatre mois et demi. Son ventre avait à peine commencé à s'arrondir. Non, le stress et le manque de sommeil la rendaient paranoïaque. Il n'avait aucun moyen de savoir, pas plus que l'homme pour lequel elle avait fait tout ce chemin. Car s'il devinait son secret…

Elle refusait d'envisager cette éventualité. Il *devait* l'engager ! Elle s'était même tournée vers un ex — un médecin avec qui cela n'avait pas marché — pour obtenir une bonne référence. Mais à quoi lui servirait un bout de papier si son futur employeur découvrait qu'elle était enceinte ?

D'un pas mal assuré, elle se dirigea vers l'entrée de l'arène. Le sol de boue séchée était irrégulier et creusé d'ornières. De quoi se tordre la cheville… Surtout en sandales à talons… Une haute palissade de bois cachait l'arène à sa vue. Seule la lumière des spots était visible, ainsi que la foule de cow-boys dans les gradins, tous identiques sous leurs Stetsons.

Comment diable allait-elle le trouver ?

Avec seulement dix-neuf dollars et vingt-neuf cents en poche, il le fallait ! Dormir dans sa voiture n'était pas un problème, mais, pour le bébé, elle avait besoin de manger correctement.

Ignorant les gargouillements de son estomac, elle longea l'arène en quête d'une porte vers ce monde de muscles et de domination. Plusieurs chevaux étaient attachés à des poteaux par de simples longes en cuir. Un coup de tête, et ces monstres n'auraient aucun mal à se libérer. Sans parler des risques de ruades… Une main sur son ventre, elle les contourna prudemment puis sortit son portefeuille. Pas le choix : elle devait payer l'entrée.

— Excusez-moi…

La jeune fille qu'elle arrêta portait un jean serré et des bottes de cow-boy et était impeccablement maquillée sous son Stetson blanc orné d'un ruban de strass.

— Oui, ma'am ?

— Pourriez-vous m'indiquer l'entrée et le prix du ticket ?

La jeune fille détailla avec pitié sa tenue — pantalon droit, chemisier de soie et sandales à lacets — avant de lui indiquer l'extrémité de la palissade.

— Le spectacle est gratuit. Vous n'avez qu'à entrer. Mais faites attention où vous mettez les pieds.

Désirée baissa les yeux. A quelques millimètres près, elle marchait dans un énorme crottin de cheval !

— Merci.

Pour atteindre les gradins, elle frôla le danger en passant près des chevaux. Décidément, personne ne semblait s'inquiéter de la proximité d'autant de sabots. Un vendredi soir ordinaire à Piney Woods, Texas…

— Rien à voir avec La Nouvelle-Orléans, chuchota-t-elle au bébé blotti au creux de son ventre.

Comme elle approchait des gradins, un cow-boy en bout de banc se leva. Admiration et curiosité se mêlaient dans son regard.

— Prenez mon siège, ma'am. Je peux rester debout.

— Merci.

Au lieu de s'asseoir, elle inspira profondément. Pas question de faire marche arrière.

— Savez-vous où je peux trouver le Dr Hart ? s'enquit-elle.

— Oh ! Jordan ne va pas tarder à entrer en piste !

Il fronça les sourcils.

— Ce n'est pas une urgence, au moins ? Vous avez besoin de lui ?

A vrai dire, elle priait pour que ce soit le Dr Hart qui ait besoin d'elle. Sans quoi… où irait-elle ? Sa main se porta instinctivement à son ventre. Au dernier moment, elle se reprit et agrippa la bandoulière de son sac.

— Non, aucune urgence.

— Après son passage, je lui dirai que vous êtes là, reprit le cow-boy. En attendant, asseyez-vous. Au fait, les gens m'appellent Rusty…

Il effleura son chapeau et attendit. Qu'elle se présente à son tour, sans doute. Et pourquoi pas ?

— Désirée, dit-elle.

— Enchanté, mademoiselle Désirée.

Mademoiselle… Rusty l'aurait appelée ainsi même si elle avait porté une alliance, par respect. Comme cela se faisait à La Nouvelle-Orléans. Cette coutume familière la rasséréna un peu. Au même instant, le haut-parleur crépita.

— Et maintenant, le leader du classement, Jordan Hart !

— En piste ! cria une voix sur sa droite.

A peine tournait-elle la tête dans cette direction qu'un veau fit irruption dans l'arène, suivi de près par un cavalier montant un imposant cheval brun-roux. D'un geste souple du poignet, le Dr Hart déploya son lasso. La boucle retomba autour du cou du veau, le freinant net dans sa course.

Rapide comme l'éclair, Jordan Hart glissa à bas de sa monture et s'avança vers l'animal piégé. Il avait eu le temps d'accrocher l'extrémité du lasso au pommeau de la selle, de sorte que son cheval, en reculant, le maintenait tendu. Attrapant fermement le veau, il le fit basculer sur le flanc et lia trois de ses pattes à l'aide des cordes qu'il tenait dans la bouche puis leva les bras.

— Terminé ! cria un homme à l'air officiel, un chronomètre à la main.

Il fit signe au présentateur dans sa cabine, située à côté d'un portail métallique complexe. Les spectateurs éclatèrent en applaudissements. Surtout les femmes. Toutes des copies conformes de la jeune fille qui l'avait renseignée, nota Désirée. Si c'était le genre qui plaisait au Dr Hart, elle en était loin… Mais elle n'était pas là pour lui plaire, seulement pour se faire engager.

Jordan desserrait la selle de sa jument lorsque son cousin Rusty le rejoignit.

— Belle capture…, lança-t-il en flattant l'animal.

— Merci, dit Jordan.

Rusty parut hésiter.

— Dis-moi… Tu as rendez-vous, ce soir ?

— Non, pourquoi ?

— Il y a une femme qui t'attend dans les gradins.

Jordan haussa un sourcil. Ce ne serait pas la première fan à essayer de l'approcher… Baissant son chapeau, il la détailla discrètement.

Avec ses habits de ville, elle n'avait rien d'une groupie de rodéo. Difficile de jauger sa taille, avachie comme elle l'était sur le banc. Un mètre soixante-dix, soixante-douze ? Assez grande pour qu'il l'embrasse sans se faire un torticolis…

D'où venait cette idée ? Et cette brusque chaleur dans ses veines ? Passé le choc initial, il s'en réjouit. Il y avait bien longtemps que personne n'avait plus suscité son intérêt. Soucieux de prolonger l'instant, il continua à observer la jeune femme.

La lumière des spots jetait des reflets chatoyants dans ses cheveux bruns, coupés aux épaules. La longueur idéale : il pourrait y plonger les doigts sans qu'ils le gênent pendant l'amour. L'image s'imposa dans son esprit, éveillant ses sens un à un. Depuis quand n'avait-il plus ressenti cela ?

Elle déplaça son sac à main. Sa poitrine était ferme et généreuse sous le chemisier. Une femme pulpeuse, loin de ces mannequins rachitiques qu'on voyait dans les magazines. Tout à fait son genre. Un désir brûlant s'insinua en lui, dissipant l'apathie dans laquelle il vivait depuis des mois, et avec lui, une envie plus profonde…

Non. Il n'avait besoin de personne.

— Elle cherche le Dr Hart, mais n'a pas semblé te reconnaître quand tu es apparu. Tu la connais ? insista Rusty.

— Non. Jamais vue.

— Sûr ?

Ignorant la question, Jordan lança un regard réprobateur au gilet de *bull riding* que Rusty portait.

— Tu es certain de vouloir faire ça ?

Lui-même appréciait l'épreuve consistant à monter un taureau sauvage pendant plus de huit secondes. Sa ceinture de champion était là pour le prouver. Mais après la chute spectaculaire de Rusty lors de sa précédente tentative, il se devait de le mettre en garde. Au moins pour la forme.

— Quand on se fait éjecter, on remonte tout de suite en selle, pas vrai ? répondit Rusty.

Il s'interrompit, une lueur de pitié dans les yeux.

— Enfin, j'imagine que tu as eu ton compte d'émotions fortes…

Jordan serra les dents, sans confirmer ni infirmer. Il était censé s'être assagi après trop d'années passées sur le fil du rasoir. Comment avouer que sa vie, privée d'adrénaline, n'avait plus aucun sens ?

Sa jument encensa de la tête, visiblement vexée de son manque d'attention. Elle, au moins, n'avait pas besoin de mots pour se faire comprendre.

— Pas de panique, Valkyrie. Tu seras toujours ma préférée, dit-il en la caressant derrière l'oreille.

Rusty lui donna un coup à l'épaule.

— Une femme sublime débarquée d'on ne sait où te réclame, et tu préfères rester avec ta jument ?

Il lui lança un regard sévère.

— Quand on se fait éjecter, on remonte en selle…

— Ou on décide qu'on n'a rien à prouver à personne, répliqua Jordan, conscient que ni lui ni Rusty ne parlaient plus de rodéo.

Son cousin ne s'avoua pas vaincu.

— Cette fille de la ville que tu as ramenée, une fois… Elle a vraiment essayé, tu sais. Pour quelle raison est-elle restée aussi longtemps, d'après toi ?

— Ma profession. Pour elle, sortir avec un médecin était gratifiant.

Devant l'air consterné de Rusty, il se força à sourire.

— Quand elle a découvert que le seul magasin à quatre-vingts kilomètres à la ronde était Monroe's et son rayon vestimentaire limité à la panoplie complète du parfait cow-boy, la campagne a perdu tout son charme à ses yeux, ajouta-t-il d'un ton faussement léger.

— Elle est partie pour une histoire de magasin ?

Rusty semblait sceptique. Il n'était pas le premier à chercher à lui tirer les vers du nez. Mais Jordan n'avait aucune intention de s'épancher sur sa vie privée.

— Pour elle, le shopping passait avant moi. J'ai appris à l'accepter, conclut-il avec un haussement d'épaules.

— Et tes nombreuses fans n'ont pas manqué de te consoler, ajouta Rusty.

En effet, plusieurs d'entre elles étaient devenues ses maîtresses. Mais ce genre de réconfort était de courte durée.

Il jeta un regard furtif à la femme assise dans les gradins. Etait-il censé la connaître ?

— C'est de l'histoire ancienne. J'ai mûri depuis, dit-il en s'appuyant contre Valkyrie.

Son épaule l'élançait encore là où Rusty l'avait frappé et il se sentait vieux, tout à coup. Entre l'exercice physique qu'il s'imposait et ses nuits blanches passées à se retourner dans son lit, il avait le corps tout endolori. Ajoutées à cela ses soixante heures de travail hebdomadaires au cabinet… Il avait l'impression de s'enfoncer dans un tunnel obscur sans aucune lumière au bout.

Quelle chance avait-il de dénicher une infirmière praticienne capable de le seconder efficacement ?

Dans le haut-parleur, le présentateur appela Rusty au portail. Jordan redressa les épaules.

— Bonne chance…

— Pas besoin de chance quand on a du talent, répliqua son cousin, sûr de lui.

Jordan le regarda s'éloigner avec envie. Quel effet cela ferait-il d'être de nouveau vivant ? De sentir son pouls s'accélérer et ses pensées fuser dans sa tête ? De sentir une connexion avec un autre être humain ?

Ses yeux cherchèrent malgré lui l'inconnue assise dans les gradins. Elle le fixait intensément, comme si elle cherchait à sonder son âme. Il avait la désagréable sensation d'être jaugé…

Baissant son chapeau, il détourna la tête, bien décidé à l'ignorer.

2

Désirée étudiait attentivement le Dr Jordan Hart. Aucune chance qu'il la remarque parmi la foule. Cette impression tenace qu'il regardait dans sa direction n'était que son imagination.

Il mesurait dans les un mètre quatre-vingt-dix, quoique le chapeau le fît paraître plus grand encore. Difficile de distinguer ses yeux ou ses cheveux sous le Stetson. Bruns, certainement. Ses hautes jambières mettaient en valeur sa silhouette athlétique, et en particulier ses fesses parfaites. Désirée, par pudeur, voulut détourner les yeux, mais c'était sans compter avec ses hormones en ébullition.

Depuis qu'elle était enceinte, sa libido était montée en flèche. Peut-être parce qu'elle n'avait plus à s'inquiéter d'une grossesse accidentelle… Quelle qu'en fût la raison, elle était encore plus sensible à la gent masculine qu'elle ne l'avait été dans ses folles années de puberté !

Mais ce n'était pas qu'une histoire de sexe. Elle avait envie d'être choyée et protégée. Combien de fois, récemment, s'était-elle glissée au lit en s'imaginant dans les bras de son amant, ses mains posées sur son ventre renflé ? Qu'elle garde le bébé de sa sœur n'était pas prévu. Pas plus que le brusque décès de cette dernière…

Redressant les épaules, Désirée musela son chagrin. Elle était une battante. Elle l'avait toujours été et ce n'était pas près de changer. Surtout maintenant qu'elle devait s'occuper de son fils.

Son fils…

« Sois forte, Désirée. Tous les moyens sont bons pour survivre. » C'est ce que lui aurait dit Céleste, si elle avait été là. Et ce qu'elle lui avait dit dix ans plus tôt, quelques minutes avant de rejoindre devant l'autel le riche et puissant neurochirurgien qui subviendrait à leurs besoins. Devenir mère porteuse pour sa sœur avait été une manière de la dédommager de ses nombreux sacrifices. Céleste lui en avait été immensément reconnaissante. Jusqu'au jour où, son portable vissé à l'oreille, elle avait grillé un feu rouge et percuté un camion de plein fouet…

Dans son ventre, Désirée crut sentir James remuer. C'était trop tôt, bien sûr, mais… n'était-ce pas un signe ? Elle se battrait pour lui. Pour offrir à son fils une vie heureuse. Elle s'en faisait le serment.

La première étoile s'alluma dans le ciel indigo. Spontanément, elle fit un vœu. Elle ne demandait pas grand-chose, juste un miracle. Un tout petit miracle. L'opportunité de prouver ce qu'elle valait.

« Ridicule », se tança-t-elle aussitôt. Ce genre de fantaisie n'avait pas sa place dans son monde pragmatique. Un monde où l'on affirmait qu'être enceinte n'empêchait pas de trouver du travail. En réalité, qui engagerait une femme sur le point de partir en congé maternité ? Sans parler de ses nausées matinales qui l'obligeraient à prendre des pauses chaque jour à 10 heures précises.

Dans un mois, sa grossesse serait visible. Mais dans un mois, elle aurait appris à se rendre indispensable. Il le fallait.

Au prix d'un immense effort, elle détourna les yeux de l'homme qui détenait sans le savoir son futur entre les mains. L'influence de son beau-frère, le célèbre Dr Santone, ne s'étendait tout de même pas jusqu'à ce trou perdu du Texas ? D'ailleurs, quelle raison avait un petit médecin de campagne de se soucier qu'un membre du conseil d'administration du plus grand hôpital de Louisiane voie d'un mauvais œil le fait qu'elle retrouve du travail ?

Attrapant son sac à main, elle se leva et se dirigea vers l'arène, consciente que Jordan Hart la suivait des yeux. Ses lèvres sensuelles s'étaient pincées en une ligne sévère.

Elle leva le menton avec défi.

— Docteur Hart ?

— Jordan, ma'am.

Par réflexe, Jordan porta deux doigts à son chapeau, tandis que la jeune femme lui tendait la main.

— Désirée Novak. Votre nouvelle infirmière praticienne.

« Tiens, tiens… Pas une groupie de rodéo, donc. » Elle ne manquait cependant pas d'audace.

La recommandation du Dr Wong en disait plus entre les lignes que dans le texte. Non, Désirée Novak n'avait pas *vraiment* travaillé pour lui, mais elle méritait une chance. Et Jordan était tout disposé à la lui donner… lors d'un entretien. Si elle croyait se faire engager sur une simple recommandation, elle se trompait lourdement. Il n'était pas homme à se laisser influencer par l'opinion des autres.

— Vous êtes en avance. Je ne vous attendais pas avant lundi.

Elle lui adressa un large sourire.

— Je voulais prendre le temps de visiter l'endroit.

— Bien vu, commenta-t-il. Et merci d'avoir fait le chemin. La Nouvelle-Orléans n'est pas la porte à côté.

Il serra la main qu'elle lui tendait. Sa poigne était ferme, pleine d'assurance, à la fois énergique et empreinte d'une douceur sous-jacente.

— Je me suis renseignée sur votre cabinet. Il me convient parfaitement, poursuivit-elle. Engagez-moi et vous ne le regretterez pas.

Sans le léger tremblement dans sa voix, il aurait pu croire qu'elle considérait le poste acquis. Non qu'il y eût foule de candidats… Quel infirmier praticien qualifié choisirait de s'enterrer, au milieu de nulle part, pour un salaire incluant le gîte et le couvert, au lieu de faire carrière en ville ?

— Nous en reparlerons lundi. Ce soir, je suis occupé, dit-il en désignant l'arène du menton.

Elle ne bougea pas. Qu'attendait-elle, au juste ? Pour la première fois, il remarqua les cernes sombres sous ses yeux.

— L'hôtel le plus proche est à deux heures d'ici. Vous devriez vous mettre en route avant qu'il fasse nuit…

— J'ai cru comprendre que l'hébergement faisait partie du contrat, insista-t-elle. Pourriez-vous m'indiquer où se trouve la maison d'hôtes en question ?

— Une maison d'hôtes ?

Il eut un sourire crispé avant d'ajouter :

— Oui, on peut le voir comme ça.

Nancy, son assistante administrative, s'était chargée de rédiger l'annonce. C'était bien son genre d'omettre certains détails pour parvenir à ses fins. Il allait clarifier la situation quand une voix résonna dans les haut-parleurs, couvrant la sienne. Comme tout le monde, il tourna son attention vers le portail. Derrière, trépignait un taureau en furie que son cousin s'apprêtait à enfourcher.

Jordan serra les dents. Rusty se faisait trop vieux pour cette discipline. Mais têtu comme il était, il ne le comprendrait qu'au réveil, trop courbaturé pour sortir du lit… La jeune femme à son côté grimaça en le voyant prendre place sur le dos de l'animal. Sitôt le portail ouvert, le taureau déboula dans l'arène. Jordan commença à compter.

Une… Deux… Trois…

Une violente ruade, et son cousin se retrouva à terre. Aussitôt, les clowns de rodéo intervinrent pour distraire l'animal pendant que Rusty roulait à l'abri de ses sabots. Jordan plissa les yeux, à l'affût d'un signe, d'un geste, quelque chose.

— Allez, Rusty, debout, murmura-t-il, comme si ses encouragements avaient le pouvoir de le remettre sur pied.

Le temps semblait s'être suspendu. Rusty ne se relevait toujours pas.

Soudain, Désirée Novak s'élança vers l'arène, avec l'intention manifeste de sauter par-dessus la barrière. Sans réfléchir, il la plaqua contre lui.

— Non !

Son ton était autoritaire. Un peu trop, peut-être. Il avait été formé à donner des ordres et être obéi sans discuter, une vieille habitude dont il devait apprendre à se défaire. Ce n'était d'ailleurs pas la seule…

Se réveiller toutes les nuits en sueur après le même cauchemar.

Sursauter chaque fois que la porte claquait dans un bruit de coup de feu.

Etreindre une femme sous prétexte de la protéger d'un danger inexistant…

Bien sûr qu'elle n'allait pas forcer la barrière ! Quelle personne saine d'esprit se jetterait sous les sabots d'un taureau fou furieux ? Se pouvait-il qu'il ait mal jugé la situation ? Son intuition, habituellement infaillible, semblait étrangement faussée.

On se demandait bien pourquoi…

Il tenait toujours Désirée pressée contre lui. En d'autres circonstances, il aurait désamorcé la tension par une plaisanterie avant de présenter ses excuses. Mais la vue de son cousin face contre terre lui ôtait toute envie de rire, et quelque chose le poussait à s'accrocher à cette femme, quelque chose enfoui au plus profond de lui.

— Lâchez-moi…, protesta-t-elle en se débattant. Vous ne voyez pas qu'il a besoin d'aide ?

Son instinct ne l'avait peut-être pas trompé, tout compte fait…

Du coin de l'œil, il vit les clowns entraîner le taureau de

l'autre côté du portail. Encore une seconde, le temps qu'ils abaissent le loquet… Alors il libéra la jeune femme et se propulsa par-dessus la barrière. Une foule de diagnostics se bousculaient dans sa tête, tous plus sombres les uns que les autres.

Désirée s'agenouilla près de Rusty en même temps que lui. Avait-elle sauté, elle aussi ? Ou s'était-elle glissée entre les barreaux ? Peu importait. Rusty était sa priorité. Pourtant, il était comme paralysé, incapable de la moindre pensée cohérente devant son cousin immobile. Se pouvait-il qu'il soit…

— Inconscient, annonça Désirée.

Sa main sur le dos de Rusty se souleva et s'abaissa lentement.

— Il respire.

Jordan hocha distraitement la tête, les yeux fixés sur son cousin. Quand deux bottes poussiéreuses stoppèrent à sa hauteur, il les ignora. Il se fichait bien de savoir à qui elles appartenaient.

Avec effort, l'homme s'accroupit près de lui.

— Les urgences nous informent que toutes leurs ambulances sont monopolisées par un accident sur la voie ferrée. Dois-je faire venir un hélicoptère ?

Une voix posée. Des yeux chassieux. Un visage familier, strié de rides. *Platon*. Jordan tenta de se concentrer sur les informations reçues. Mais tout ce qu'il voyait, c'est que Rusty ne bougeait pas.

— Docteur Hart ? intervint Désirée. Autorisez-vous le transport par les airs ?

Elle lui adressa un discret signe de tête affirmatif.

— Oui, dit-il péniblement.

Combien de temps s'était écoulé depuis le moment où Rusty avait heurté le sol ? Des heures, des années, lui semblait-il. En réalité, sans doute pas plus de quelques minutes. Les urgences, par définition, étaient appelées sans délai. Enfin, le brouillard qui paralysait son cerveau semblait se dissiper ! Il était grand temps qu'il s'occupe de Rust… Son *patient*.

Oui, traiter son cousin comme un simple patient l'aiderait à reléguer sa panique en arrière-plan.

Désirée ne l'avait pas attendu pour s'allonger sur le ventre, le visage collé à celui de Rusty. Chose qu'il aurait dû faire depuis longtemps…

— Vérifiez l'état de sa colonne vertébrale. Je m'occupe de stabiliser sa tête, dit-elle.

Pouces sur les clavicules, doigts sous les épaules, elle fit un étau de ses bras autour de la tête de Rusty, de manière à la maintenir fermement. Cette femme savait ce qu'elle faisait, nota Jordan, admirant sa technique. A présent, elle était bloquée dans cette position jusqu'à l'arrivée des secours avec la civière de relevage et le collier cervical. Puis Rusty serait transporté au centre de traumatologie le plus proche, à Longview, à vingt-cinq minutes en hélicoptère.

Allongée les bras tendus, respirant malgré elle la poussière de l'arène, Désirée devait souffrir le martyr…

Avec précaution, il palpa la nuque et le dos de son cousin. Aucun angle inquiétant. Mais après les contorsions qu'avait subies son corps dans les airs, cela ne voulait rien dire. Lorsqu'il arriva à mi-dos, Rusty remua.

— Ça chatouille, se plaignit-il en essayant de lever la tête.

Jordan plaqua une main sur sa hanche, l'autre entre ses omoplates, pour l'immobiliser.

— Ne bouge pas, marmonna-t-il.

— Mais j'ai une crampe dans le dos…

— Peu importe. Reste immobile, le temps que je vérifie qu'il n'y a aucune fracture.

Rusty obéit.

Jordan voyait ses mains accomplir les gestes familiers, mais avec détachement, comme s'il flottait au-dessus de la scène, son cœur et son âme séparés de son corps. Comme si ce n'était pas son unique cousin qui gisait là. Celui avec qui il avait grandi, fait les quatre cents coups, dragué les filles au lycée, avant de l'abandonner pour s'engager dans l'armée et ainsi financer ses études.

— Tu sens ma main sur la tienne ? demanda-t-il, redoutant la réponse.

Non. Il devait agir rationnellement. Ne pas laisser la peur l'envahir.

— Oui, je la sens.

Réprimant son soulagement, il palpa l'autre main puis les deux mollets au-dessus de la botte. A chaque nouvelle réponse affirmative, il sentait ses émotions se détacher un peu plus de lui. Stoïcisme et survie mentale allaient de pair. L'armée, sinon ses études de médecine, s'était chargée de le lui apprendre. Rien de tel qu'une situation de combat pour retenir la leçon.

— Jordan… il y a un problème ? demanda son cousin d'une voix inquiète.

— Oui. Tu me voles la vedette, plaisanta-t-il.

En attendant l'arrivée de l'hélicoptère, apaiser le patient était tout ce qu'il pouvait faire.

Le patient. Oui, Rusty était un patient comme les autres. Il devait garder ses distances, ne pas céder à ses sentiments personnels. Pas maintenant. Un médecin se devait d'être efficace, c'était une nécessité absolue. Plus tard, peut-être, il s'autoriserait à libérer ses émotions. S'il en était encore capable…

Il avait perdu toute notion du temps quand l'hélicoptère se posa enfin dans l'arène. Les secours prirent le relais avec un professionnalisme exemplaire. Jordan leur fit un rapport succinct de l'accident, évoquant la perte de conscience de Rusty, ainsi qu'une possible fracture du bras.

Alors sa carapace se fissura, et la souffrance de son cousin lui vrilla le cœur.

Toujours à genoux, il s'écarta afin de laisser les urgentistes faire leur travail. C'était tout ce qu'il pouvait faire, attendre, en combattant les larmes qui lui brouillaient la vue.

Combien de fois s'était-il agenouillé auprès de jeunes hommes et femmes, là-bas, en Afghanistan ? Des gens en attente d'être évacués vers un endroit sûr. Comme si cela existait dans un pays en guerre… Mais il ne voulait pas y penser. Ni maintenant ni jamais. Dans quelques secondes, il trouverait la force de se relever. Il lui suffisait d'endiguer ce flot d'émotions indésirables. Juste quelques secondes.

Désirée s'était approchée de lui. Quand avait-elle cédé sa place à l'urgentiste ? Sans doute lorsqu'il avait mis le collier cervical en place, bien sûr, puis déplacé Rusty sur la civière. Elle posa une main sur son épaule, et ce simple geste le réconforta.

— Nous nous chargeons de prévenir la famille, l'entendit-il déclarer.

Sa voix brisa le mur invisible qui l'entourait. Alors seulement, il comprit que les secours s'adressaient à lui, lui indiquant l'hôpital où était conduit Rusty et comment le contacter.

Lui-même avait souvent donné aux familles ces mêmes informations. A la différence qu'il expliquait par téléphone, à des personnes vivant à l'autre bout du monde, que leur proche avait perdu un œil ou une jambe. Toutes sortes de réactions accueillaient ses paroles. Silence, lamentations, pleurs… Toutes continuaient à le hanter aujourd'hui.

Un urgentiste s'accroupit à côté de lui.

— Le patient est prêt à être évacué, docteur Hart.

Depuis combien de temps était-il agenouillé ainsi, immobile ? Quelques secondes, tout au plus. Mais quelques secondes de trop.

— Je vous suis en pick-up, dit-il en se relevant.

L'un des clowns de rodéo s'approcha de lui. Avec son maquillage criard et son pantalon à bretelles, il semblait incongru, étranger à la scène.

— Tu es en service, Jordan. Sans médecin, le rodéo sera interrompu. Je comprends ton inquiétude pour Rusty, mais…

Jordan se tourna vers Désirée. Ses élégantes sandales

étaient maculées de terre, sa tenue irrécupérable. Un peu de poussière lui restait au coin des lèvres. Sans réfléchir, il leva la main et l'essuya du pouce. Les yeux de la jeune femme s'assombrirent sous l'effet de la surprise. Elle ne bougea pas, ne cilla pas, se contentant de le fixer, telle une biche prise dans les phares d'une voiture.

Un soudain embarras le saisit. Serrant les poings, il se mit à réfléchir à toute vitesse. Il n'y avait qu'une solution.

— Ma nouvelle infirmière praticienne me remplacera, déclara-t-il.

Apercevant Platon et Sissy, il leur fit signe d'approcher.

— Mlle Novak assurera mes fonctions en mon absence. Désirée, je vous présente Platon, mon aide de ranch, et Sissy, ma sœur, notre vétérinaire résidente. Platon va vous montrer où se trouve le matériel médical et Sissy vous conduira à votre logement plus tard. Des questions ?

Il les regarda les uns après les autres.

— Même hors de l'armée, un officier reste un officier, commenta Platon.

Le regard noir de Jordan le réduisit au silence. A côté de lui, Désirée, imperturbable, hochait la tête en signe d'assentiment. Sissy fronça les sourcils.

— Et où suis-je censée…

— Appelle Nancy. Elle t'expliquera, l'interrompit Jordan, un œil sur l'hélicoptère.

Déjà, les pales de l'appareil tournoyaient bruyamment dans l'air. Désirée dut percevoir son impatience car elle s'avança d'un pas.

— Nous nous occupons de tout, docteur. Faites ce que vous avez à faire.

Jordan sentit un poids se soulever de ses épaules. Ces quelques mots avaient suffi à lui insuffler l'énergie dont il avait si désespérément besoin.

— Merci, répondit-il, d'un ton un peu trop bourru.

Désirée ne sembla pas s'en offusquer.

— De rien. Allez-y, maintenant.

Ignorant les expressions médusées de Sissy et Platon, il quitta l'arène à grands pas et regagna son pick-up. Sans doute aurait-il dû se sentir coupable d'abandonner ainsi son poste. Au lieu de quoi, il n'éprouvait qu'un profond soulagement.

Il n'était plus seul.

Pour la première fois, l'étau qui lui étreignait la poitrine se desserra, et il put respirer plus librement. Un répit bienvenu… mais temporaire. Baisser sa garde ne lui apporterait que déception et souffrance.

Il ne devait jamais l'oublier.

3

Le Dr Hart s'éloigna, laissant Désirée seule et perdue. N'en allait-il pas toujours ainsi, pour elle, avec les hommes ? Bien sûr, sa relation avec le séduisant Jordan Hart était différente, purement professionnelle. Le bon sens l'exigeait. Même si le sien semblait s'être momentanément égaré…

« Ma nouvelle infirmière praticienne. » Cela signifiait bien qu'elle était engagée, non ? Jusque-là, elle avait muselé son inquiétude, mais elle pouvait bien l'admettre, à présent : ce travail était sa bouée de secours. Faire demi-tour n'avait jamais été une option. Oh ! les hommes ne l'effrayaient pas ! Elle était prudente, oui. Méfiante, même. Mais pas peureuse. Jamais elle n'avait eu peur… sauf de Santone.

A l'enterrement de Céleste, il lui avait glissé à l'oreille qu'un avortement clandestin avait été arrangé et qu'elle n'aurait qu'à prétexter une fausse couche due au chagrin. Devant le refus catégorique qu'elle lui avait opposé, son regard s'était durci. Puis, les semaines passant, il avait changé d'avis, décidant qu'elle remplacerait Céleste auprès de leur enfant… et dans son lit. Quelle magnanimité… Il avait tout prévu, jusqu'à l'admiration de ses amis face à son offre de prendre en charge la sœur de sa « chère » épouse décédée.

Un frisson glacé la parcourut. Après cet épisode, les menaces s'étaient multipliées. Il lui avait vite fait comprendre qu'elle ne retrouverait jamais de travail à La Nouvelle-Orléans. Ruinée, elle serait bien contrainte de se plier à sa volonté…

De fait, tous ses entretiens dans les principaux hôpitaux de Louisiane, du Mississippi et du Texas s'étaient soldés par des échecs, soulignant l'étendue du pouvoir de son beau-frère. Par chance, il avait omis ce minuscule point sur la carte qui, espérait-elle, continuerait à échapper à sa vigilance.

— Ma'am ? Je suis Platon.

Le vieux cow-boy croisé plus tôt sur le parking l'avait rejointe. Tout en se présentant, il inclina le bord de son chapeau. Un signe d'acceptation dans ce monde de bottes et d'éperons, sans doute…

— Désirée Novak, dit-elle en tendant une main tachée de terre.

S'en apercevant, elle tenta de la retirer. Mais le cow-boy l'avait saisie sans la moindre hésitation, lui appliquant une pression ferme et légère malgré ses articulations noueuses.

— Ma'am, ce que vous avez fait pour Rusty…

Il se frotta les yeux, visiblement ému, puis s'éclaircit la gorge.

— Vous aimeriez sans doute vous changer. Une des filles va vous trouver quelque chose.

Désirée baissa les yeux sur son chemisier de soie maculé de poussière rouge.

— Une chance que je ne sois pas une inconditionnelle du nettoyage à sec…

Elle frotta une main sur son pantalon qui se retrouva aussitôt couverte de terre. Ses bras n'étaient guère plus propres. Après être restée allongée sur le sol pour stabiliser la tête de Rusty, elle devait avoir de la poussière jusqu'au front !

— Le sol est riche en minerai de fer, par ici. Ça ne partira pas, dit Platon d'un ton d'excuse.

Désirée passa mentalement en revue sa garde-robe limitée : trois pantalons, deux chemisiers, une blouse de travail délavée et mille fois recousue, une petite robe noire héritée de sa sœur, un jean trop serré à la taille, un jogging et trois T-shirts amples faisant office de pyjamas…

— Ce n'est pas grave, répliqua-t-elle, avant de se tourner vers la sortie.

A peine avait-elle fait un pas que le public explosa en applaudissements. Etait-ce pour elle ? Elle n'avait fait que son travail… Une énergie nouvelle afflua dans ses veines. Il y avait si longtemps que personne n'avait été de son côté. Et voilà qu'une foule d'inconnus l'acclamait chaleureusement ! La sensation était grisante.

— Par ici, ma'am, dit Platon en l'escortant vers la barrière.

Comme si elle était une princesse de rodéo… Un de ses plus vieux rêves. Hélas, son prince avait déjà quitté l'arène.

Son prince ? Bon sang, que lui arrivait-il ? C'était l'adrénaline qui parlait, sans doute. Ou son estomac vide. Elle ne croyait pas aux princes charmants volant au secours des demoiselles en détresse. Ni aux demoiselles en détresse, d'ailleurs. Non. Elle ne croyait qu'en elle-même, et c'était déjà assez difficile comme cela sans s'encombrer de rêves de conte de fées.

Platon ouvrit un portail qui grinça sur ses gonds, signe que peu de gens l'utilisaient. Une femme d'une quarantaine d'années les attendait à la sortie — ou la cinquantaine bien préservée. Avec sa volumineuse chevelure blonde et sa parure de diamants tape-à-l'œil, elle pouvait être la mère de n'importe quelle cow-girl de l'assistance.

— Je m'appelle Gayle-Anne, dit-elle en la gratifiant d'un sourire digne d'une publicité pour dentifrice. Tu peux utiliser mon camping-car, si tu veux. Ce n'est pas très grand, mais suffisamment intime.

Certainement plus que les toilettes du dernier magasin où elle s'était changée, songea Désirée.

— Merci. Je vais chercher des vêtements propres dans ma voiture.

Gayle-Anne ne manifesta aucune surprise, comme si disposer d'une tenue de rechange était parfaitement normal.

Combien de temps durait un rodéo ? Plusieurs heures ?

La perspective de les passer comprimée dans un jean serré ne l'enthousiasmait guère. Trop fatiguée pour réfléchir, elle prit les premiers vêtements qui lui tombaient sous la main. Jogging et T-shirt… Au moins, elle serait à l'aise. Fouillant dans son sac, elle en extirpa une paire de chaussures confortables, bien qu'usées. Ses vieilles tennis avaient connu des jours meilleurs, tout comme elle.

Ou Jordan Hart.

Le pauvre vivait un enfer. Elle l'avait lu dans ses yeux hagards fixés sur Rusty. Son cousin, avait-elle appris. Tout professionnel médical se devait de rester stoïque. Jusqu'au jour où le patient était un proche. Elle-même s'était sentie si impuissante quand Céleste avait été amenée à l'hôpital… Elle n'avait pu que lui promettre de prendre soin du bébé. Une promesse faite sans réserve, qu'elle tiendrait coûte que coûte. Perdre sa maison et sa carrière n'était rien à côté de la perte d'une sœur.

Dans son ventre, James se manifesta. Il était trop minuscule pour qu'elle le sente bouger, mais elle percevait son âme en elle. Une vague d'amour la submergea.

Elle tiendrait parole, elle se le jurait. C'était tout ce qui lui restait au monde.

Jordan arpentait le couloir en attendant les résultats du scanner.

Rusty…

Et Désirée Novak. Que lui avait-il pris de l'engager sur un coup de tête ? Ce n'était pas son genre. Certes, il n'était plus vraiment lui-même depuis quelque temps. De là à avoir totalement perdu ses esprits…

Quoique.

Il s'immobilisa. Aussitôt, une peur glacée l'envahit, lui nouant les entrailles. *Non.* Ce n'était pas le moment de faire une attaque de panique. Pas maintenant. Rassemblant toute sa volonté, il s'obligea à marcher de nouveau. Respirer calmement. Ne plus penser.

Surtout pas à la jeune femme qui l'attendait chez lui, perdue, désemparée, cherchant désespérément un travail. Il l'avait vu dans ses yeux.

Et elle ? Qu'avait-elle vu dans les siens ?

Désirée réprima une grimace de douleur. Après une heure passée sur ce fichu banc de bois, son dos la faisait atrocement souffrir. Sans parler de l'indigestion qui lui tordait l'estomac… Platon lui avait apporté un hot dog très épicé, accompagné de beignets aux piments, les seuls aliments vendus au stand de nourriture de l'arène.

Elle les avait acceptés, bien sûr. Elle avait besoin de leurs substances nutritives, aussi rares fussent-elles. Dans sa situation, refuser un repas gratuit eût été stupide. Et puis, ses brûlures d'estomac ne tarderaient pas à s'estomper. Si elle avait pu remonter le temps, elle aurait fait le même choix.

Si elle avait pu remonter le temps… A vrai dire, elle serait allée beaucoup plus loin. Mais quand ? Avant la mort de son père dans l'inondation causée par l'ouragan Katrina ? Avant la décision de Céleste d'élever seule sa petite sœur ? Quel moment de sa vie ferait un bon point de départ ?

Maintenant, songea-t-elle. Le présent était tout ce qu'elle avait, depuis toujours.

Mais le Dr Hart venait de lui donner un futur. « Ma nouvelle infirmière praticienne »… Par cette simple déclaration, il lui avait offert son approbation et sa protection. Dans une petite communauté comme celle-ci, tout ce qu'il disait et faisait était d'importance. Nul doute que les gens continuaient à disséquer chaque détail de la scène.

Elle écrasa un moustique dans son cou, un parmi la nuée prête à sucer le moindre millimètre carré de peau exposée. Sa fatigue était telle qu'il lui semblait dormir les yeux ouverts. La nuit tombée, l'air s'était rafraîchi et elle frissonnait dans son T-shirt mouillé de sueur. Croisant les bras pour se réchauffer, elle fut surprise de sentir une veste en jean sur ses épaules.

Voilà qui confirmait ses soupçons. Elle s'était bel et bien endormie. La voix de Platon la fit sursauter.

— Ma'am ?

A son intonation, affable mais insistante, elle devina que ce n'était pas sa première tentative pour la réveiller. Elle lui adressa un pâle sourire.

— Oui ?

Une lueur de soulagement s'alluma dans les yeux chassieux du vieil homme. Cataracte ? Glaucome ? L'infirmière praticienne en elle cherchait déjà un diagnostic. Mais la fatigue prit le dessus, et elle se contenta d'en apprécier l'expression bienveillante.

— Prête à rentrer chez vous ? demanda-t-il, la rudesse de sa voix atténuée par la douceur de ses paroles.

Chez elle… Y était-elle enfin arrivée ?

— Oui.

Attrapant son sac, elle se leva tant bien que mal, tout en tâchant de maintenir la veste sur ses épaules. En femme indépendante, elle refusait habituellement qu'on l'aide, même par galanterie. Mais ce soir, la main de Platon sur son coude, la guidant gentiment, lui était d'un précieux réconfort. Plus qu'elle ne s'y était attendue.

Reconnaissante, elle accepta l'autre main qu'il lui tendait pour descendre les gradins.

— Vous pouvez suivre Sissy. A moins que vous ne préfériez que je conduise votre voiture à votre place ? Je reviendrai en stop chercher mon pick-up.

Sa voiture. Tout ce qu'elle possédait au monde se trouvait dans cette voiture… La dure réalité acheva de la réveiller. Son cerveau se remit en branle, et elle se rappela qui était Sissy. La sœur de Jordan.

Elle tressaillit.

Depuis quand le Dr Hart était-il devenu Jordan dans sa tête ?

— Je vais suivre Sissy, dit-elle.

Peut-être aurait-elle dû laisser le vieil homme conduire, après tout.

Elle écrasa la pédale de frein juste à temps pour ne pas emboutir le pare-chocs arrière du pick-up de Sissy, quand celle-ci s'engagea brusquement dans une rue. Le macadam de chaque côté de la chaussée s'était érodé, en réduisant dangereusement la largeur. Par prudence, Désirée augmenta la distance entre sa voiture et le pick-up. Une mesure justifiée... Quelques minutes plus tard, Sissy ralentissait subitement avant de tourner dans une allée de graviers sans prendre la peine de mettre son clignotant.

L'allée en question n'en avait d'ailleurs que le nom. Les graviers avaient cédé la place à un chemin de terre sur lequel empiétaient de grands pins. Etait-ce encore loin ? Soudain, au détour d'un virage, elle lui apparut : une ferme de bois peinte en blanc, haute d'un étage, son toit de bardeaux luisant au clair de lune. Une véranda en faisait le tour, invitant à la détente lors des chaudes journées d'été.

C'était la maison de ses rêves... ce qui la mit aussitôt sur ses gardes. Rien n'était jamais aussi beau, aussi parfait. Où était le piège ?

Devant elle, Sissy avait baissé sa vitre et lui indiquait par de grands gestes un auvent au bord de l'allée. Désirée supposa qu'elle devait s'y garer. Elle pourrait toujours déplacer sa voiture plus tard si elle s'était trompée. En attendant, elle ne fit aucun effort pour stationner droit, prenant à elle seule la place de deux véhicules. Sa tête était lourde, lourde... Elle se sentait littéralement à bout de forces.

Sissy inspecta son stationnement et fronça les sourcils d'un air réprobateur.

— Bon, Jordan se débrouillera, dit-elle avec un haussement d'épaules.

Jordan ? Désirée renonça à demander des explications. Elle n'en avait pas l'énergie, ni n'était pressée de comprendre. Récupérant son sac à main, elle se prépara mentalement à la lutte acharnée qui l'attendait pour dégager sa valise du siège arrière.

— Jordan vous ayant engagée sans entretien, Nancy m'a demandé de vous conduire directement ici, dit Sissy. Voici donc votre nouvelle maison.

Elle désigna la ferme d'un geste théâtral, dans l'attente évidente d'un commentaire.

— C'est immense, répondit Désirée.

Elle réservait son jugement pour plus tard, lorsqu'elle aurait visité l'intérieur. Sissy la poussa de côté et sortit sa valise pour elle comme si elle ne pesait rien.

— Laissez-moi porter ça, dit-elle avec autorité.

— Merci.

En temps normal, Désirée aurait protesté. Mais ce soir, elle n'en avait plus la force. Ayant récupéré son *duffle bag* sur le siège avant, elle emboîta le pas à sa guide. Une courte volée de marches. Une large porte d'entrée de bois et verre gravé. Un vestibule s'ouvrait face à un escalier et à gauche sur une aile du rez-de-chaussée.

Sissy eut une moue indécise.

— Je ne sais pas vraiment où vous installer…

— N'importe où fera l'affaire, dit poliment Désirée.

Y avait-il donc tant de pensionnaires dans cette maison d'hôtes ?

— Bien. Dans ce cas, venez, ordonna Sissy.

Sans attendre de réponse, elle s'engagea dans l'escalier, traînant toujours la valise. Le lourd bagage rebondissait sur les marches en chêne, couvertes d'un tapis à motifs floraux sur lequel quelques appliques murales projetaient plus d'ombres que de lumière.

Désirée suivait docilement. A l'étage, elles prirent le couloir de gauche jusqu'à la porte du fond. Quand Sissy l'ouvrit, la jeune femme resta bouche bée.

La pièce était plus vaste que le salon-salle à manger de son ancien appartement ! Mais c'est surtout le lit qui capta son attention, si imposant qu'il éclipsait le reste de la chambre. Une demi-douzaine d'oreillers étaient disposés contre la tête, promesse d'un doux sommeil. Les tons lavande associés aux nombreux trophées sur les étagères créaient une atmosphère résolument estudiantine.

— C'était ma chambre avant que je déménage, annonça Sissy. Je n'ai encore rien rangé, mais le placard est vide. N'hésitez pas à l'investir.

Elle laissa la valise à côté des portes à persiennes dudit placard, puis déplaça quelques trophées sur une commode afin d'y poser le *duffle bag.*

— La salle de bains est là-bas, ajouta-t-elle en désignant une porte fermée à côté d'un bureau.

Une lueur d'hésitation passa dans ses yeux.

— J'espère que la chambre vous convient…

— Bien sûr, répondit Désirée, sincère. Elle me plaît beaucoup.

— Tant mieux. Dans ce cas…

Elle se dirigea vers la porte, son devoir clairement accompli.

— Jordan répondra à toutes vos questions demain matin, conclut-elle. Bonne nuit.

— Bonne nuit, dit Désirée, pressée de se retrouver seule.

Elle n'avait qu'une envie, s'effondrer sur le lit et dormir pendant une semaine. Lorsque les pas de Sissy furent suffisamment éloignés, elle referma la porte. Alors se posa un cruel dilemme : se glisser entre les draps ou prendre une bonne douche chaude ? Difficile d'ignorer la couche de poussière qui semblait obstruer chaque pore de sa peau. Se sentir de nouveau propre et fraîche valait bien un petit effort supplémentaire.

D'un geste décidé, elle ouvrit la porte à côté du bureau… et crut être arrivée au paradis.

La salle de bains modernisée avait la taille d'une chambre standard, avec deux lavabos plus larges que tous ceux où elle s'était clandestinement lavée. Au-dessus de la coiffeuse, un miroir reflétait la lumière diffusée par des appliques en nickel pour un éclairage à la fois puissant et fidèle à l'atmosphère de la ferme. Une alcôve séparait les toilettes d'une porte de verre dépoli, sans doute celle de la douche.

Ses pensées s'envolèrent malgré elle vers Jordan. Où se doucherait-il ce soir ? Avait-il quelqu'un pour lui frotter le dos ? Un délicieux frisson la parcourut. Pour quelqu'un d'épuisé, elle avait une libido diablement éveillée…

Par curiosité, elle poussa la porte de la douche.

Seigneur… Avait-elle pénétré dans un autre monde sans s'en apercevoir ? La cabine hexagonale, avec trois pommeaux encastrés dans chaque paroi et un large banc invitant à s'y allonger, donnait une toute nouvelle dimension au mot « hédonisme ».

Sans plus hésiter, elle retira ses vêtements sales, extirpa une serviette et un gant de toilette d'un placard et entra dans la douche, ajustant la température et la trajectoire de l'eau. Quelques secondes plus tard, elle soupirait d'aise sous les multiples jets. Chacun lui faisait l'effet de doigts experts massant ses muscles endoloris. *Encore mieux que dormir ou faire l'amour*, songea-t-elle en se frottant vigoureusement le corps avant de se rincer puis se savonner de nouveau. Peu à peu, elle oubliait les toilettes de chat déprimantes dans les W.C. des magasins, les blocs de savon rose antibactérien, les serviettes en papier rugueuses…

Ce savon-ci sentait le cèdre et la sauge. Quant au shampoing, il offrait une note musquée, subtilement masculine, qui caressait ses sens aussi voluptueusement que l'eau caressait sa peau… Faire l'amour dans cette douche devait être une expérience unique.

Et ce genre de pensée n'avait pas sa place dans la tête d'une future mère !

Chassant ses fantasmes, elle versa une dose généreuse de shampoing sur sa tête et entreprit de se masser le cuir chevelu. Mon Dieu… Le paradis. Dans cet océan de bien-être, il lui sembla entendre la porte de la salle de bains s'ouvrir.

Non. Pas question de laisser la paranoïa lui gâcher ce moment. Levant les bras très haut vers le plafond, elle s'étira sous les jets d'eau brûlante. La sensation était si agréable qu'un gémissement de plaisir lui échappa. Elle s'apprêtait à se rincer les cheveux quand une voix résonna dans la pièce.

— Bon sang ! Mais qu'est-ce que…

Malgré la mousse qui lui emplissait les oreilles, il n'y avait pas d'erreur possible.

C'était la voix de Jordan Hart.

4

Jordan poussa la porte de la salle de bains, son inquiétude au sujet de Rusty balayée par la réalité.

L'eau de la douche coulait.

Cette constatation lui arracha une exclamation surprise.

— Euh… Il y a quelqu'un ?

Désirée Novak. Sa voix était voilée, comme après l'amour. Le genre de voix qu'il avait presque oubliée…

— Je… Hum…

Bon sang, le moment était mal choisi pour perdre ses moyens ! Pour la première fois depuis une éternité, il se sentait comme un adolescent surpris dans la voiture de sa petite amie : assommé, coupable… et légèrement excité.

Elle lui tourna le dos, offrant une vision embuée de ses fesses.

D'accord. *Extrêmement* excité serait plus juste… Il serra les poings pour mieux se maîtriser.

— Pourriez-vous sortir, s'il vous plaît ?

Cette fois, la frayeur dans la voix de la jeune femme dissipa sa confusion. Il se sentait gêné, tout à coup. Stupide. Lourdaud. Jamais il n'aurait cru, un jour, ressentir cela de nouveau.

— Désolé, marmonna-t-il avant de battre en retraite dans sa chambre connectée à la salle de bains par une porte qu'il referma à clé derrière lui.

Trouver le sommeil était chaque soir une bataille ardue

avec chaque fibre de son corps en fusion… Troquant son jean et ses bottes contre un short et une paire de baskets, il quitta la maison.

Alors qu'il croyait être devenu insensible à tout, voilà que le désir, le soulagement, la pression… menaçaient de balayer ses défenses.

Désir pour cette femme qui était désormais son employée et, par conséquent, hors d'atteinte.

Soulagement de savoir Rusty hors de danger.

Pression liée à ses responsabilités de médecin en charge d'innombrables patients alors qu'il était incapable de se guérir lui-même.

Mais c'est la peur qui dominait. Peur que toutes ces émotions qu'il réprimait sévèrement — colère, angoisse, culpabilité — n'explosent au grand jour, consumant quiconque l'approchait.

Si seulement il pouvait courir plus vite. Plus loin.

Là où rien ne l'atteindrait plus.

Rien de tel qu'être surprise sous la douche par son nouveau patron pour se réveiller.

En moins de trois secondes, Désirée s'enroula dans une serviette et verrouilla les deux portes, celle de sa chambre et l'autre qu'elle n'avait pas remarquée avant. Puis elle entreprit de se sécher les cheveux, le cerveau de nouveau pleinement opérationnel.

Une seconde porte signifiait une seconde chambre.

Savon, shampoing musqué… Prise de soupçon, elle ouvrit le tiroir sous les lavabos. Une brosse à dents. Un tube de dentifrice entamé. Du déodorant. Un rasoir électrique. Un flacon d'eau de Cologne poussiéreux.

Et une boîte de préservatifs entamée.

Elle se retint de vérifier combien il en restait. Quelles chances un homme comme lui, avec sa démarche féline, sa voix rauque et sexy, un homme qui incarnait la quintessence de la virilité, avait-il d'être célibataire ? Non que l'information l'intéressât. Ce n'était pas ses affaires.

Donc ils partageaient la même salle de bains…

Elle contempla la luxueuse cabine de douche.

Eh bien, elle s'y ferait. Ce ne serait pas la première fois qu'un homme partagerait sa salle de bains. Elle avait habité avec sa sœur et son petit ami, qui n'avait jamais, *jamais*, lorgné de son côté. Il était bien trop amoureux de Céleste. Si seulement celle-ci ne l'avait pas quitté pour l'argent…

Mais qui aurait pu prévoir ce qui allait se passer ?

Une fois de plus, elle réprima sa tristesse. Pleurer ne servait à rien. Elle avait pleuré toutes les larmes de son corps en apprenant l'accident, à s'en rendre malade.

Non… Réfléchir. Planifier. Agir. Voilà ce qu'elle devait faire.

Aller de l'avant.

Ne pas s'enliser.

Céleste trouvait une certaine sécurité dans l'action, l'entraînant sans cesse d'un endroit à l'autre. Un foyer de sans-abri. Une chambre de baby-sitter au-dessus d'un garage. L'appartement de son petit ami. Mais pour son fils, Désirée voulait davantage.

Elle voulait un avenir.

Et, comme Céleste, elle ne perdrait pas espoir.

Le ronronnement de l'air conditionné la fit sursauter et un frisson parcourut sa peau humide. La perspective de remettre ses vêtements maculés ne l'enchantait guère. Ce qui ne lui laissait qu'un seul autre choix : sa blouse de travail.

Demain, elle demanderait à utiliser la machine à laver de l'établissement. Le week-end lui laisserait le temps de repasser sa blouse avant de la remettre lundi au travail. Elle en profiterait également pour visiter la ville et le cabinet afin de mieux s'intégrer à la communauté.

Mais, surtout, elle oublierait cette rencontre embarrassante avec son patron, et le plus tôt serait le mieux. Quitter Piney Woods n'était pas dans ses intentions.

Après avoir enfilé sa blouse et déverrouillé les portes, elle se décida à se coucher. Quitte à ressasser pendant des heures les événements de la journée, autant le faire confortablement installée. Mais à peine s'était-elle glissée sous la couette que la fatigue l'emporta.

Au moment de sombrer dans le sommeil, elle tendit la main vers un oreiller, regrettant de ne pas rencontrer le corps d'un homme à la place.

Celui de Jordan Hart, par exemple.

Jordan augmenta le volume et la musique explosa dans ses écouteurs. Un bon vieux rock des années soixante-dix. Rien de tel pour se vider la tête… Sauf ce soir. L'image du corps nu de Désirée flottait dans son esprit, et rien ne semblait pouvoir l'en déloger.

Son imagination brûlait de l'emmener là où le souvenir s'arrêtait. Si elle le touchait… que sentirait-il ?

Un courant électrique ?

Rien du tout ?

Rien. Le mot se répercuta dans sa tête, mantra obsédant se superposant à la musique.

Rien. Rien. Rien.

Comme il faisait demi-tour, il glissa dans un état second. Sa foulée se fondit dans sa respiration pour devenir tout son univers. Un univers qui ne dépassait pas le pas suivant.

Sans qu'il s'en aperçoive, la course d'endurance s'était muée en sprint, et il mit un certain temps à reprendre son souffle. Son cœur cognait violemment dans sa poitrine. Une forte douleur l'étreignait, une douleur physique qui le ramena aussitôt au présent. Il aurait beau courir tout son soûl, jamais il ne distancerait la réalité…

Gravissant le perron, il ouvrit silencieusement la porte

d'entrée, monta à l'étage en ayant soin d'éviter la cinquième marche — celle qui grinçait depuis toujours — et s'enferma dans la salle de bains. Une douche froide l'aiderait à combattre ses souvenirs, combattre les fantômes d'autres vies possibles, combattre son inclination à courir, encore et toujours, en une éternelle fuite en avant…

Et se rappeler pourquoi il était là. Pourquoi le cabinet était si important. Pourquoi il ne pouvait pas simplement disparaître, aussi grande fût la tentation.

Face à toutes ces questions sans réponses, il leva les yeux vers le jet d'eau comme il aurait levé les yeux au ciel.

Pourquoi ?

Désirée se réveillait lentement, les derniers vestiges de sommeil cédant la place à une confusion croissante. Puis elle se souvint.

Le rodéo.

L'accident de *bull-riding.*

La maison.

Et Jordan.

Jordan qui l'avait surprise sous la douche et vue nue, avant de quitter précipitamment la pièce. Encore heureux ! Rester eût été pervers de sa part. Inquiétant, même. Et dangereux. Des attributs à mille lieues de Jordan Hart. Sauf peut-être…

Oui, il émanait de lui une aura de danger. Mais jamais il ne lui ferait du mal. C'était un inconnu, rencontré brièvement dans des circonstances éprouvantes. Elle ne savait rien de lui. Pourtant, elle en était persuadée. Elle le sentait au plus profond de son être. Reconnaître les hommes dangereux était un don chez elle, aiguisé par des années d'expérience.

Jordan… Un frisson parcourut sa colonne vertébrale.

Non, il ne lui ferait aucun mal. Pas physiquement. Emotionnellement, c'était une autre histoire…

Elle chassa résolument cette pensée. Aucun homme ne

s'insinuait dans son cœur contre sa volonté, et il y avait longtemps qu'elle n'avait plus été d'humeur permissive.

L'envie pressante qui l'avait réveillée se rappela brusquement à elle. Direction la salle de bains. Quel luxe d'en avoir une attenante à sa chambre ! Se repérant à la clarté de la lune, elle se dirigea vers la porte pour la trouver fermée à clé. Le bruit de l'eau coulant à pleine pression la troubla. Jordan était en train de prendre sa douche…

« Ça suffit ! », se tança-t-elle. Il n'était rien pour elle. Seulement un étranger.

Mais un étranger dont elle avait aperçu le vrai visage derrière le masque social. Lorsqu'il s'était penché sur son cousin, puis quand il l'avait surprise sous la douche, elle avait vu l'émotion dans ses yeux. Et les yeux n'étaient-ils pas le reflet de l'âme ?

Une fois de plus, elle balaya ces idées fantaisistes. Depuis quand s'extasiait-elle ainsi sur les yeux d'un homme ? Elle n'avait jamais été une de ces midinettes qui se mettaient à croire au coup de foudre le premier Apollon croisé. Encore un effet des hormones… Elle, Désirée, était une battante. Pragmatique. Réaliste.

Dans la salle de bains, le jet d'eau s'arrêta. Elle entendit la porte à l'intérieur s'ouvrir puis se refermer. La voie était libre. Mais dans sa main, la poignée continuait à résister.

Zut ! Avait-il oublié de déverrouiller de son côté ?

Cela ne lui laissait que deux options : tambouriner à sa porte, ou partir en quête d'une autre salle de bains dans cette vaste maison inconnue. Après leur dernière rencontre, elle choisit la seconde.

Dans le couloir, l'obscurité était totale. Ni fenêtre ni clair de lune. Peut-être aurait-elle dû choisir la première option, après tout… Arrivée à l'escalier, elle tâtonna frénétiquement le long du mur. Bon sang, où était ce fichu interrupteur ? Renonçant à le trouver, elle se cramponna à la rampe et commença sa descente, lentement, une marche après l'autre.

Trop lentement. Elle aurait vraiment dû frapper à la porte de Jordan…

Trop tard. Il ne lui restait plus que deux marches.

« Maman t'aime, James, mais tu as le don de la rendre complètement folle. »

Maman. C'était la première fois qu'elle s'appelait ainsi. Malgré son envie pressante, elle fit une pause.

— Maman…, répéta-t-elle.

Prononcé à voix haute, le mot gagnait en réalité. C'est vrai, elle allait être mère, responsable de ce petit être jusqu'à son entrée dans l'âge adulte — et même au-delà. Une vague d'émotion la submergea, la détournant provisoirement de sa mission.

Un courant d'air sur ses chevilles se chargea de la lui rappeler. La nécessité de trouver une salle de bains devenait chaque seconde plus impérieuse.

La porte sous l'escalier ne révéla qu'une penderie remplie de manteaux. Il y régnait une odeur de renfermé et une autre, presque imperceptible. Celle de Jordan.

Jordan, qu'elle s'efforçait d'éviter alors qu'elle le verrait le lendemain. Quelle mouche l'avait piquée de se lancer dans ces pérégrinations ridicules ? Le fait d'avoir rêvé de lui ? Un rêve particulièrement érotique, il est vrai, qui l'avait rendue vulnérable… Se retrouver ensuite face à lui dans sa chambre eût été dangereux.

Non, elle avait pris la bonne décision.

Sa vessie la tirailla. Seigneur…

Une autre porte l'amena dans une chambre en travaux. Les meubles avaient l'air de fantômes sous leurs draps, rendus plus sinistres encore par les ombres mouvantes provenant de la fenêtre. Mais un carrelage blanc était visible dans la pièce attenante.

Victoire !

Elle se fraya un passage entre les pinceaux et les rouleaux de papier peint et découvrit une cuvette couchée sur le côté, en attente d'être installée. Cela tournait à la farce ! Comme elle faisait demi-tour, elle buta contre un rouleau, se raccrochant juste à temps à une coiffeuse.

Assez !

Ce n'était pas la fin du monde de frapper à la porte de Jordan Hart. Même si cela signifiait le tirer du lit en pleine nuit. Ses cheveux seraient-ils ébouriffés, comme par les doigts d'une amante ? Sa bouche détendue par le repos ? Et ses yeux, ses magnifiques yeux, seraient-ils légèrement hagards, encore embrumés de sommeil ?

C'était la seule option qui lui restait.

Sans plus hésiter, elle se précipita à l'étage et s'arrêta devant sa porte.

Après une profonde inspiration, elle frappa.

5

Plantée devant la porte, Désirée se sentait comme ces héroïnes de film d'horreur descendant seules à la cave, trop stupides pour avoir peur.

Devait-elle avoir peur de Jordan Hart ?

Son instinct lui soufflait que non, et il ne l'avait jamais trompée. Mais ces hormones déréglées avaient tendance à brouiller les pistes.

Ne se trouvait-elle pas seule dans une ferme isolée avec un parfait inconnu ? Sa quête désespérée d'une seconde salle de bains avait confirmé ses soupçons : il n'y avait pas d'autres pensionnaires. Ceci n'était pas une maison d'hôtes, mais une habitation privée.

Et qui était au courant de sa présence ici ?

La sœur de Jordan. Un vieux cow-boy. Et une femme prénommée Nancy qu'elle n'avait jamais vue.

Elle frappa de nouveau, pressée que Jordan lui ouvre. Le plus tôt serait le mieux. Seigneur, c'était bien le moment de paniquer ! Une image flotta devant ses yeux, Platon appuyé sur une pelle avec, à ses pieds, un trou fraîchement creusé…

La porte s'ouvrit brusquement et Jordan apparut, le regard absent.

— Vous avez besoin de quelque chose ?

Désirée s'était attendue à le trouver énervé et son impassibilité la déstabilisa. Mais pas autant que les cuisses musclées que dévoilait le caleçon, ou les larges épaules sous le T-shirt délavé. Ses cheveux en bataille lui tombaient sur le front, lui conférant un air étrangement vulnérable.

Elle déglutit. Ses yeux étaient comme happés par les siens, par ces pupilles sombres cerclées de brun, vides de toute émotion.

— Eh bien ?

Sa voix était dure, impatiente. La vulnérabilité qu'elle avait cru déceler était définitivement une illusion… Il cilla imperceptiblement.

— La salle de bains, balbutia-t-elle, incapable de prononcer un mot supplémentaire.

Il la fixa avec méfiance, puis s'écarta pour la laisser entrer.

Elle ne se fit pas prier. Sa vessie menaçait d'exploser. Pourtant, lorsqu'elle le frôla, la chaleur de son bras contre le sien oblitéra tout le reste.

Enfermée dans la salle de bains, elle examina sa situation.

Comment avait-elle pu laisser les choses prendre de telles proportions ? Tout cela pour une salle de bains ! Mais c'était plus fort qu'elle. Jordan Hart était si spécial… En ce qu'il tenait sa vie entre ses mains, bien sûr. Rien d'autre. Lui seul pouvait lui donner du travail et ainsi assurer sa subsistance. En soi, il n'avait rien de particulier, ni d'effrayant. Pourtant…

Elle avait peur de lui. Pas parce qu'elle craignait qu'il soit un meurtrier ou quoi que ce soit de ce genre, non. Simplement, il lui semblait qu'il s'apprêtait à bouleverser irrémédiablement sa vie.

Ridicule…

Jordan n'était pas son premier colocataire, se rappela-t-elle. Mais le premier à lui faire autant d'effet, elle devait l'admettre.

Après s'être lavé les mains, elle déverrouilla la porte et l'entrouvrit de quelques centimètres.

— J'ai terminé. Désolée pour le dérangement, lança-t-elle par l'entrebâillement avant de regagner précipitamment sa chambre.

Enfin en sécurité… Alors qu'elle aurait dû passer des

heures à fixer le plafond, la fatigue eut raison d'elle. Elle rêva de Jordan, de sa peau contre la sienne et de ses baisers sulfureux, de ses yeux sombres perçant son âme.

Les hormones, se persuada-t-elle lorsqu'elle se réveilla le lendemain, parfaitement reposée. C'était comme si elle venait de rattraper quatre mois de sommeil en une seule nuit. Quant à ce sentiment diffus de solitude, il devait être lié à sa grossesse, lui aussi. Tous les livres qu'elle avait lus sur le sujet évoquaient fatigue, sautes d'humeurs et rêves étranges.

Un coup timide frappé à la porte la fit tressaillir.

— Mlle Novak ? Tout va bien ? s'enquit une voix juvénile.

— Oui, merci.

Sa propre voix était caverneuse, rauque sommeil. Elle s'éclaircit la gorge.

— Tout va très bien, vraiment.

— Oh… D'accord.

Son interlocutrice ne semblait guère convaincue.

— Voulez-vous que je vous dépose au travail ? reprit-elle.

Au travail ?

Désirée bondit du lit et entrebâilla la porte, juste assez pour voir la personne à qui elle s'adressait.

— On est bien samedi ?

Le regard de la jeune fille s'attarda sur ses cheveux emmêlés et sa blouse froissée.

— Oui, ma'am, répondit-elle poliment.

Désirée nageait en pleine confusion. Puis, lentement, la lumière se fit dans son esprit.

— Et dans ce cabinet, on travaille le samedi, n'est-ce pas ?

— Oui, ma'am.

Elle crut déceler une pointe de compassion dans l'intonation de la jeune fille.

— Donnez-moi trois minutes.

En un temps record, elle se brossa les dents et donna un semblant de discipline à sa chevelure digne de la fiancée de Frankenstein. La tenue, maintenant. Pas le temps de tergiverser... Elle enfila en hâte un pantalon chiffonné et un chemisier qu'elle laissa retomber sur la ceinture pour couvrir le bouton resté ouvert. L'ensemble faisait un peu négligé, mais tant pis. Au moins, ses vieilles tennis, qu'elle gardait délacées pour soulager ses pieds gonflés, ne dépareraient pas. Une touche de fond de teint, un peu de rouge à lèvres...

— Prête ! s'exclama-t-elle en ouvrant la porte, contenant au mieux sa panique grandissante.

La jeune fille l'inspecta de la tête aux pieds.

— Il y a des blouses à la clinique, si vous voulez...

— Merci.

Désirée renonça à discuter pendant le trajet, peu encline à crier par-dessus la musique country poussée à un volume assourdissant. Par chance, le cabinet, un bâtiment cubique de style années soixante, en briques roses agrémentées de volets blancs, n'était qu'à quelques minutes de la maison. Les parterres le long de la façade, avec leurs chrysanthèmes fanés, semblaient à l'abandon. Sur la porte de verre apparaissaient les horaires d'ouverture.

Samedi : 8 heures — 12 heures.

Elle soupira. Il était 9 h 15. Plus que quarante-cinq minutes avant le début de ses nausées matinales...

Jordan se força à sourire en écoutant Mme Mabel lui narrer son accident de cuisine. Ce n'était qu'une coupure superficielle, et un pansement papillon ferait l'affaire.

Il ouvrit distraitement un tiroir, puis un autre, l'esprit ailleurs. Lui, autrefois si organisé, peinait à rester concentré, même pour remettre de l'ordre dans ses idées. Le psychologue de l'armée l'avait prévenu : se réhabituer à la vie civile après dix-huit mois passés sur les lignes de front demanderait du temps. En attendant, ses patients souffraient de sa faiblesse !

Où diable était passée cette infirmière qu'il avait engagée la veille ?

Il soupira. Evidemment, personne ne l'avait avertie qu'ils travaillaient le samedi matin… Et pour cause : c'était à lui de le faire. Il était responsable du cabinet, et donc de son personnel.

La salle d'examen lui parut étrangement silencieuse, tout à coup. Mme Mabel s'était tue et le regardait, dans l'expectative.

— Le résultat en valait la peine. Rien ne remplace une tarte faite maison, dit-il machinalement.

Ses paroles semblèrent réjouir la vieille dame.

— C'est ce que mon mari disait toujours, répliqua-t-elle.

En effet. Au dernier moment, il s'était rappelé avoir entendu Mme Mabel lui rapporter ces propos de son défunt époux. Il n'avait eu qu'à répéter mot pour mot.

Un coup sec frappé à la porte le tira de ses pensées. Il alla ouvrir et se retrouva nez à nez avec sa nouvelle employée.

Aussitôt, un torrent d'images déferla dans son esprit. Désirée pressée contre lui au bord de l'arène. Désirée stabilisant la tête de Rusty. Désirée nue sous la douche. Les émotions associées à ces souvenirs le laissèrent muet, incapable de prononcer le moindre mot. Il avait toujours su dissimuler ses sentiments, déjà avant l'Afghanistan. En fait, avant même d'être devenu adulte. Toutes ces années, jamais ils n'avaient échappé à son contrôle. Alors pourquoi maintenant ? Pourquoi, tout à coup, prenaient-ils le pas sur sa raison ?

Il détourna les yeux, un peu trop conscient du décolleté de la jeune femme. Les mêmes blouses, sur ses autres employées, ne lui faisaient curieusement ni chaud ni froid…

— Alors comme ça, vous êtes la nouvelle ? Celle du rodéo ?

La voix de Mme Mabel le ramena à la réalité.

— Oui. Voici Désirée Novak, ma nouvelle infirmière praticienne. Désirée, prenez la suite, dit-il avec autorité, sans croiser son regard.

Jamais l'uniforme hospitalier ne lui avait paru aussi sexy. Et ce n'était rien à côté de ce qu'il dissimulait…

— Simple coupure. Vous trouverez les pansements papillons dans le tiroir du haut, ajouta-t-il pour se donner contenance.

Il quitta la pièce en ayant soin de ne pas frôler la jeune femme. Malgré cette précaution, la chaleur de son corps s'attacha à lui et ne le quitta plus, même après qu'il se fut réfugié dans son bureau.

Désirée… Jamais femme n'avait aussi bien porté son nom. Il s'était bien gardé, la veille, d'endosser la responsabilité de l'incident. Puis il s'était senti coupable, à la fois de sa conduite et du soulagement qu'il en avait retiré. A croire que rien ne tournait plus rond, chez lui.

Peut-être avait-il simplement trop de soucis en tête ? Rusty. L'argent. Les rumeurs que ne manquerait pas de soulever sa cohabitation avec Désirée. Lui avait l'habitude, mais la jeune femme ne méritait pas de devenir l'objet des ragots de la ville. Toutes ces pensées accaparaient son esprit sans qu'il parvienne à les ignorer. Autant essayer de faire fi d'un troupeau de buffles fonçant droit sur lui…

Un terrible mal de crâne lui vrillait les tempes. Bien. La douleur l'aiderait à éclipser tout ce qui avait trait à Désirée Novak. Sauf peut-être le fait qu'elle travaillait pour lui. Et dormait dans la chambre à côté de la sienne…

D'accord. Rien ne pouvait lui faire oublier Désirée. Ni les coups légers, mais insistants frappés à sa porte.

— Docteur Hart ?

Ce n'était pas la voix de Désirée, mais celle, timide, de Katey. Avec un soupir de soulagement, il ouvrit la porte.

— Vous avez besoin de quelque chose, Katey ?

La jeune fille s'empourpra, comme chaque fois qu'il s'adressait à elle. Nerveuse, hyperémotive, Katey n'était pas la réceptionniste idéale. Mais elle faisait de son mieux et avait accepté ce travail pour un salaire ridiculement bas allié à une prise en charge partielle de ses frais de scolarité, ce qui était tout ce qu'il pouvait offrir.

Elle baissa les yeux sur le carré de papier rose dans ses mains.

— Rusty a appelé de l'hôpital. Son bras a été plâtré ce matin. Il demande si Platon peut venir le chercher en fin d'après-midi.

— C'est une bonne nouvelle, répondit Jordan.

Excellente, même. Non seulement Rusty allait bien, mais il lui offrait l'excuse parfaite pour rentrer tard. A son retour, Désirée serait déjà passée à la salle de bains, peut-être même déjà au lit. Ou dans *son* lit ? Il chassa cette idée d'un battement de cil.

— Merci, Katey. Dites-lui que je viendrai aussi.

Il allait refermer la porte quand Katey avança d'un pas. Un exploit de sa part. Peut-être Sissy avait-elle vu juste en affirmant que cet emploi lui donnerait l'occasion de s'affirmer.

Sissy avait un don pour aider les gens à trouver leur place. Parfois au prix d'un solide coup de pied aux fesses, il en savait quelque chose. Elle était si entêtée… C'était elle qui l'avait persuadé d'engager de l'aide au lieu de réduire les heures d'ouverture du cabinet, allant jusqu'à sélectionner elle-même les candidats. Mais Désirée était une erreur. Aucun doute à ce propos. La jeune femme n'avait pas à supporter le poids de ses propres errements.

Sa mine avait dû s'assombrir car Katey semblait plus nerveuse que jamais.

— Oui ? Autre chose ? s'enquit-il d'un ton amène.

— Vous avez dit que nous pouvions commander des pizzas le samedi, si nous prenions la formule deux pour le prix d'une…

— En effet.

— Pepperoni pour moi et Mme Harper, saucisse et oignon pour vous, n'est-ce pas ?

— Oui. Merci.

Il eut une hésitation.

— Attendez… Demandez plutôt à Mlle Novak ce qu'elle souhaite. Nous partagerons.

Tant qu'elle ne commandait pas celle aux champignons… Quoique cela mettrait un terme définitif à ses fantasmes. Comment être attiré par une femme qui aimait les champignons ?

Désirée savourait sa part encore toute chaude. Qui aurait cru qu'une si petite ville proposait les meilleures pizzas du monde ? La saucisse était faite maison, avait précisé Katey, et les champignons sautés au préalable pour faire ressortir leur saveur.

Tout simplement divin. Surtout après son dîner ultra épicé de la veille, ou le petit pain exagérément sucré que lui avait offert Katey en guise de petit déjeuner. Vu l'intensité de sa dernière nausée, ses nouveaux choix alimentaires ne plaisaient guère à James. Si on pouvait parler de choix… « Ça va changer, promis », lui chuchota-t-elle en pensée, avec une conviction délibérée. Qui sait ce que les bébés percevaient ?

Ou le ténébreux médecin qui mangeait en silence en face d'elle… Elle se hâta de reprendre une expression parfaitement neutre. Comme le Dr Hart dont le visage était un masque d'impassibilité. Seul transparaissait son dégoût évident des champignons qu'il retirait un par un à l'aide de sa fourchette en évitant de les toucher.

Toute la matinée, il l'avait laissée livrée à elle-même, fidèle au cliché du médecin froid et arrogant, le *Dr Hart* n'ayant ainsi aucun mal à chasser le *Jordan* de ses rêves sulfureux. Jusqu'à ce midi… Soudain, avec sa pizza et ses cheveux dans les yeux, il était Jordan de nouveau.

— Nancy et Katey auraient accepté de partager leur pizza avec vous si vous le leur aviez demandé.

Il haussa les épaules sans répondre, manifestement décidé

à l'ignorer. Son mutisme la mettait mal à l'aise, mais la stimulait aussi, comme un défi à briser ce mur de silence.

— Je parie que vous vous réservez pour la tarte de Mme Mabel…

Une conversation futile valait mieux que pas de conversation du tout… Il lui lança un regard glacial, comme si elle l'avait interrompu en pleine opération à cœur ouvert.

— Nancy a été formidable, insista-t-elle. Elle m'a expliqué le fonctionnement général du cabinet, et je me suis débrouillée pour le reste.

Elle le vit déglutir, comme s'il avait avalé par mégarde un de ces odieux champignons.

— Vous avez été très bien, répondit-il. Grâce à vous, nous avons terminé à l'heure. Habituellement, j'en ai jusqu'à la fin de l'après-midi.

Le compliment sonnait forcé, comme si chaque syllabe lui coûtait un effort surhumain. Il se leva abruptement.

— Vous pouvez partir dès que vous avez terminé. Je fermerai.

— Attendez…

— Ah, c'est vrai, vous êtes venue avec Katey… Voulez-vous que je vous ramène ?

— Inutile. Je rentrerai à pied.

— Ce n'est pas prudent. Je préfère vous ramener.

Ses paroles, comme son intonation, étaient étonnamment protectrices. Son regard, aussi… Une douce chaleur s'insinua en elle, agréable et rassurante. N'aurait-elle pas dû se sentir infantilisée ? Etouffée, même ? Après tout, elle était parfaitement capable de se débrouiller seule. Au lieu de quoi, elle se surprenait à apprécier l'attention.

— Merci, murmura-t-elle.

Il fronça les sourcils, et sa reconnaissance s'évanouit comme elle était venue.

— A propos d'hier soir…

Son regard s'égara dans la pièce tandis qu'il cherchait ses

mots avant de plonger dans le sien. Troublée, elle fixa son attention sur sa bouche, si subtilement expressive…

— Oui ?

— Je suis désolé de vous avoir surprise. Et d'avoir oublié de déverrouiller la porte, balbutia-t-il sans la quitter des yeux. Depuis que ma sœur est partie, je n'ai plus l'habitude…

Chaque mot semblait littéralement lui arracher la gorge. Elle décida d'abréger ses souffrances.

— Pas de problème. C'est un simple oubli. J'ai bien oublié de me lever ce matin, dit-elle d'un ton léger.

Osait-elle une touche d'humour ?

— Nous sommes bien fermés le dimanche, n'est-ce pas ?

Un très léger sourire s'esquissa sur les lèvres du Dr Hart, suffisant pour le rajeunir de dix ans et détendre perceptiblement l'atmosphère.

— Oui. Là encore, mon oubli.

Nouvelle ébauche de sourire, plus ironique qu'amusé, mais c'était mieux que rien.

— Vous êtes pardonné, dit-elle.

Des mots qu'elle avait toujours rêvé d'entendre sans pouvoir les prononcer elle-même. Mais avec cet homme, cet étranger taciturne qui ne trahissait aucune émotion, sinon dans son imagination, cela lui était étrangement naturel.

— Tout pardonné, répéta-t-elle, plus pour elle-même, savourant la musique du mot.

Etait-ce une illusion d'optique ou les traits de Jordan s'étaient-ils légèrement adoucis ?

A cet instant, James remua, lui rappelant ses priorités. Que lui importait ce que Jordan pensait d'elle ? C'était l'estime du Dr Hart qu'elle devait gagner, et ainsi l'inciter à la garder malgré sa grossesse.

— Je vais vous aider à fermer. Il faut bien que j'apprenne, n'est-ce pas ?

Après une hésitation, il acquiesça.

— Commençons par vérifier que toutes les armoires à médicaments sont bien verrouillées.

Cela terminé, ils firent le tour du bâtiment et fermèrent toutes les portes à double tour. Puis ils enclenchèrent le répondeur, et il lui montra comment rediriger les appels d'urgence vers la caserne de pompiers, les petites communautés rurales ne disposant pas de centres médicaux d'urgence. Enfin, ils éteignirent le thermostat avant de quitter le cabinet.

Son pick-up se trouvait à l'autre bout du parking. En parfait gentleman, il lui ouvrit la portière et l'aida à monter. Un geste banal… Mais après la nuit précédente, le contact de sa main sur la sienne lui fit l'effet d'une brûlure au fer rouge.

— Merci, dit-elle, priant pour qu'il attribue sa respiration saccadée à sa bataille avec la ceinture de sécurité.

Malgré elle, elle songea à la douche de la veille. Celle qu'ils auraient pu prendre ensemble… Bon sang, que lui arrivait-il ? Ses pensées devenaient de plus en plus incontrôlables !

— Désirée…

Et pourquoi son nom prenait-il une consonance aussi sexy dans sa bouche ? Il l'avait prononcé à voix basse, comme par crainte de la surprendre. Elle l'imaginait presque le lui murmurant à l'oreille…

Sauf qu'elle était enceinte. Autrement dit, pas de sexe pour elle. Elle ferait bien de ne pas l'oublier.

Incapable de croiser son regard, elle se tourna vers la vitre, seulement pour se heurter à son reflet.

— Oui ?

Jordan ne répondit pas. Il la fixait, immobile, sauf pour le nerf tressaillant sur sa joue. La tension dans l'air était palpable. Désirée aurait rompu elle-même le silence si elle avait été capable d'émettre un son.

Après ce qui lui parut une éternité, il poussa un soupir résigné.

— Il faut qu'on parle.

6

« Il faut qu'on parle. »

Désirée se raidit, toute idée de sexe envolée. Il n'allait tout de même pas la renvoyer ? Pas après le premier jour ? Elle avait travaillé si dur ! Dans des conditions moins qu'idéales, elle avait su garder son calme et largement prouvé ses compétences. A moins qu'il s'agisse d'autre chose ? Mille scénarios défilèrent dans sa tête, tous alarmants.

Elle se tourna vers lui, affectant la nonchalance.

— D'habitude, c'est plutôt ma réplique…

Pas l'ombre d'un sourire sur ses lèvres. Pas un mouvement. On aurait dit une statue, impression renforcée par la tension visible de ses épaules et son regard perdu dans le vague.

— Vous avez une drôle de façon de parler, ajouta-t-elle avec un petit rire forcé.

Toujours aucune réaction. A part, peut-être, une légère crispation de la mâchoire… Oh ! mais elle ne se laisserait pas renvoyer sans se défendre !

— Je suis sincèrement désolée pour mon retard de ce matin, commença-t-elle. Ça ne se reproduira pas. Par ailleurs, je pense avoir bien saisi le fonctionnement du cabinet. J'aime son ambiance décontractée et ses procédures simples mais rigoureuses. Nancy, Katey et moi formons une excellente équipe…

— Vous avez fait du bon travail.

La voix de Jordan la surprit. Un immense soulagement

l'envahit, tempéré par la vue de ses doigts sur le volant, si crispés que les jointures avaient blanchi.

— Tant mieux. Contente de vous avoir donné satisfaction.

Seigneur, que de politesses ! Elle se sentait si guindée, si… perplexe. Il avait bien dû remarquer sa confusion, pourtant. A quel jeu jouait-il ? Jamais elle ne l'aurait cru homme à s'amuser aux dépens des autres. Preuve qu'elle le cernait mal… Dire qu'elle partageait une salle de bains avec lui !

Le pick-up lui parut terriblement étroit, tout à coup. D'instinct, elle porta la main à la poignée — une manière de se rassurer.

— Les gens vont jaser, annonça Jordan.

Il se laissa aller contre son siège sans paraître relaxé pour autant. On eût plutôt dit qu'il cherchait à prendre ses distances. Lorsqu'il se tourna vers elle, son regard intense la paralysa.

Etait-ce un bras de fer ? Ne pouvait-il s'exprimer avec des mots, comme tout le monde ? Non, bien sûr. Monsieur était du genre stoïque. Eh bien, il allait trouver en elle une adversaire coriace. C'était une question de fierté.

— Et pour quelle raison jaseraient-ils ?

— Notre… colocation. C'est une petite ville, ici. Les mentalités évoluent lentement, et je ne suis pas vraiment le fils prodigue.

Il passa une main sur son front, rompant le contact visuel.

— Je comptais vous en parler lors de l'entretien et vous laisser une chance de refuser. Naturellement, Sissy n'a pas non plus cru bon de vous prévenir que vous vivriez chez moi sans chaperon.

— Pardon ?

Désirée le fixa, incrédule. Il n'était pas sérieusement en train de lui dire qu'il la renvoyait par peur des commérages ?

— Nous sommes deux adultes responsables, continua-t-elle. Vivant au XXIe siècle, qui plus est.

Il détourna les yeux.

— Je n'ai pas les moyens de vous payer davantage. Et si un appartement se libère en ville, il sera trop cher pour vous.

— Je comprends, murmura-t-elle. Nancy m'a dit que vous n'étiez revenu d'Afghanistan que depuis cinq semaines…

— Huit.

Un muscle tressaillit sur sa mâchoire.

— J'ai rouvert le cabinet il y a peu de temps. Il n'a jamais été très prospère, mais…

— Mais… ?

Jordan serra les dents. Mais il avait contracté un prêt important pour le relancer, avec sa maison et son ranch en garantie. Le banquier, un ami de son père, lui avait avancé bien plus d'argent que n'en valaient les deux propriétés réunies.

— Vous avez fait du bon travail, répéta-t-il. Et je regrette sincèrement de ne pouvoir vous garder.

Désirée crispa les poings, si forts qu'une douleur sourde lui irradia les doigts. La panique commençait à la gagner.

— Il y a sûrement une solution.

Elle le vit secouer la tête.

— Je vous l'ai dit. Je ne peux pas…

— J'ai besoin de ce travail, l'interrompit-elle d'une voix sèche.

Cette fois, quelque chose passa dans les yeux de Jordan. Une lueur d'humanité. Lui accordait-il une chance ?

Elle leva le menton en un geste de défi.

— Je suis une dure à cuire. Je me fiche éperdument de ce que les gens pensent.

Jordan considéra avec attention la jeune femme assise aussi loin de lui que le lui permettait l'étroite cabine. Dans son regard se lisaient détermination, bravade. Rage du désespoir.

— Moi aussi, répondit-il.

Au diable les rumeurs, et tant pis s'il perdait quelques clients. « Jordan Hart fait encore des siennes », chuchoterait-on dans son dos. Eh bien, qu'on chuchote ! Qu'on le juge ! Il n'était jamais aussi vivant que lorsqu'il affrontait les critiques.

C'était ce qui lui avait permis de survivre adolescent, et il continuerait à le faire aujourd'hui.

Pour la seconde fois en deux jours, cette femme avait ranimé son âme qu'il avait cru éteinte à jamais.

Ensuite, Jordan resta silencieux. Mais son silence, loin d'être gênant, avait quelque chose de réconfortant, égayé par le murmure de la radio.

Désirée relâcha la tension dans ses épaules. Elle avait mal partout à force d'être sur la défensive. Pourtant, pour la première fois depuis qu'elle avait pris ses cliques et ses claques, elle se sentait en sécurité. Santone pouvait bien la traquer — comme il avait menacé de le faire —, l'homme à son côté ne le laisserait pas lui faire du mal. Elle en était convaincue.

La voix de Jordan la tira de ses réflexions.

— Je dois passer chercher le courrier au bureau de poste.

— D'accord.

L'absence de boîte aux lettres privée diminuait d'autant le risque que son beau-frère la retrouve. Cette pensée la rassura.

Un bref arrêt, le temps pour Jordan de récupérer quelques enveloppes et jeter les publicités à la poubelle, et ils reprenaient la route. Cette fois, Désirée prêta plus d'attention aux bâtiments et aux noms des rues. A en juger par l'architecture, la ville semblait avoir connu deux grandes phases de croissance successives.

— Cette ville a une longue histoire, on dirait.

— Mmm…

— Nancy m'a dit que vos parents vivaient à Dallas ?

— Mmm…

Ce que Nancy avait omis de lui dire, c'était pourquoi ils avaient quitté Piney Woods. Mais le laconisme de Jordan n'encourageait guère les questions intimes.

D'après Nancy, il n'avait jamais été du genre bavard. Puis

une tragédie survenue dans son adolescence l'avait isolé, à moins que les habitants de la ville lui eussent tourné le dos… Leurs griefs étaient infondés, Désirée n'en doutait pas une minute. Son instinct lui soufflait que Jordan était quelqu'un de bien. Du reste, elle préférait apprendre le fin mot de l'histoire de sa bouche plutôt que se fier aux rumeurs. Si elle l'apprenait un jour…

— Vous avez toujours vécu ici ? demanda-t-elle.

Il poussa un long soupir. L'espace d'un instant, elle crut qu'il refuserait de répondre.

— Jusqu'à la fin du lycée, dit-il enfin. Ensuite, j'ai rejoint l'armée en tant que réserviste et commencé des études de médecine.

Le pick-up tourna dans la même rue empruntée par Sissy la veille, avec ses cours proprettes aux pelouses bien entretenues, plantées de chênes et de pacaniers.

— Nancy m'a dit que vous étiez en Afghanistan. Combien de temps y êtes-vous resté ?

— Dix-huit mois.

— Ça a dû être très dur…

Sa mâchoire se crispa malgré un haussement d'épaules désinvolte.

— Je ne faisais que mon travail.

A l'évidence, le sujet était tabou. Non qu'elle reprochât à Jordan sa réserve. Elle aussi répugnait à dévoiler sa vie privée. A trop parler de soi, on devenait vulnérable, et on finissait toujours par en souffrir.

Elle s'efforça de revenir à un sujet plus léger.

— Vous devez être content d'être rentré…

— Je devrais, oui, dit-il en s'engageant dans l'allée.

Pour autant qu'elle ait pu en juger, la maison du Dr Hart était l'une des plus grandes de la ville, mais pas la mieux entretenue. La véranda avait besoin d'un bon coup de balai, histoire de la débarrasser de ses toiles d'araignées. Un ou deux rocking-chairs lui donneraient un air plus accueillant.

Quelques pots de fleurs, aussi. Mais bon, ce n'était pas vraiment chez elle. Juste un endroit où rester le temps de...

De quoi au juste ?

Elle n'eut pas le temps de s'appesantir sur la question. Déjà, Jordan avait coupé le moteur et faisait le tour du pick-up pour lui ouvrir la portière. Quand leurs paumes se touchèrent, un courant électrique la traversa. Son cœur se mit à battre la chamade.

Fichues hormones ! pesta-t-elle intérieurement. Elle n'avait qu'une envie : faire la sieste. Mais comment dormir sous le même toit que cet homme qui la troublait tant ? Aller au lit n'était pas le problème. C'était d'y aller seule... Quelle idiote ! N'importe quelle femme sensée aurait peur à sa place. Où diable était passé son bon sens ?

Trop tard, elle s'aperçut qu'elle tenait toujours la main de Jordan.

— Quelque chose ne va pas ? demanda-t-il d'une voix rauque.

Et irrésistiblement sexy... Elle se dégagea en hâte.

— Ce n'est rien. Juste un peu de fatigue.

Elle n'avait pas eu l'intention d'avouer sa faiblesse. Ni de s'accrocher à lui, d'ailleurs. Mais elle était trop épuisée pour inventer un mensonge.

Jordan parut se satisfaire de son explication.

— Je dors au ranch cette nuit. Juste le temps de prendre quelques affaires, et la maison est à vous. N'hésitez pas à vous servir dans le réfrigérateur et le cellier.

Elle acquiesça d'un hochement de tête. Nancy lui avait parlé du ranch familial que Jordan avait refusé de reprendre après son père. Il tournait toujours grâce à l'élevage de quelques chevaux de rodéo au lieu des centaines de têtes de bétail d'autrefois. L'activité rapportait tout juste de quoi payer Rusty, son contremaître, et Platon, le vieux cow-boy qui le secondait.

Comment pouvait-il lui confier sa maison sans vraiment la

connaître ? Elle-même était incapable d'une telle confiance. A moins que…

— Je croyais que nous nous fichions des commérages ? dit-elle. Inutile d'être si noble.

— Il ne s'agit pas de noblesse.

« Alors de quoi s'agit-il ? », faillit-elle rétorquer. Ou peut-être devrait-elle lui demander ce qu'elle était censée faire en cas d'intrusion nocturne ? Non qu'elle eût besoin d'un homme pour se défendre. En fait, c'était justement d'eux qu'elle devait se défendre le plus souvent. Mais avec Jordan, elle se sentait… respectée ? Protégée ?

Impossible. Elle le connaissait depuis la veille ! Mais l'explication des hormones commençait à sonner singulièrement creux…

— Je ne veux pas vous chasser de chez vous, insista-t-elle.

— Vous ne me chassez pas.

Puis il pinça les lèvres, comme pour s'empêcher d'en dire trop.

— Rusty hospitalisé, ses tâches me reviennent, expliqua-t-il. Quitte à faire le trajet jusqu'au ranch, autant y passer la nuit et en profiter pour abattre du travail.

Un raisonnement imparable, elle devait le reconnaître. Même si, inexplicablement, elle mourait d'envie qu'il reste.

— D'accord, dit-elle.

Il la regarda, l'air d'attendre quelque chose, puis tourna les talons comme elle gardait le silence.

Cinq minutes plus tard, enfermée dans sa chambre, elle entendit le pick-up s'éloigner. Submergée par la fatigue, elle s'écroula sur son lit et dormit plusieurs heures d'affilée.

Jordan résista à la tentation de regarder dans son rétroviseur. Ne jamais regarder en arrière, telle était la ligne de conduite qu'il s'imposait. Sans grand succès…

Non, Désirée ne le suivait pas des yeux, debout sous la

véranda. Il en éprouva une étrange déception. Pourquoi se sentait-il si seul, tout à coup, alors qu'il était indifférent à tout depuis des semaines ? Et pourquoi attribuer ce changement à Désirée Novak ? Mais, surtout, qu'allait-il faire à partir de maintenant ?

Rien. Absolument rien.

Tout l'après-midi, il le passa à réparer des barrières et s'occuper du foin, s'abrutissant de travail pour s'empêcher de penser à quoi — ou qui — que ce soit. Si seulement il pouvait continuer ainsi toute la nuit…

Désirée se réveilla vers minuit et se prépara des œufs brouillés, puis retourna dormir jusqu'en milieu de matinée. Son dimanche se passa de la même façon. Déjeuner, sieste, lessive, et nouvelle sieste.

Le lundi matin la trouva agréablement reposée. Elle arriva même en avance au cabinet, prête à débuter sa nouvelle vie. Il y avait des années qu'elle ne s'était plus sentie aussi heureuse. Seule ombre au tableau : son avenir plus qu'incertain… Mais, pour l'instant, elle profitait du jour présent. Ce n'était déjà pas si mal.

7

Jordan avait mal partout.

Si dormir dans la sellerie l'avait amusé enfant, ce temps était définitivement révolu. L'inconfort du vieux lit de camp l'avait tenu éveillé la moitié de la nuit. L'autre moitié, il l'avait passée à rêver d'une certaine infirmière praticienne… Le bruit d'un véhicule approchant du ranch acheva de le réveiller.

Il se leva et étira ses membres endoloris. A peine avait-il enfilé ses bottes que la voix de Rusty résonna à l'extérieur.

— Hé, Jordan, c'est toi ?

— Oui, je suis là.

Son cousin apparut dans l'embrasure de la porte, son bras plâtré solidement maintenu contre son torse par une écharpe.

— Platon m'a dit que tu serais là, mais je ne m'attendais pas à ce que tu aies dormi sur place, dit-il, étonné.

— Je voulais commencer tôt. Désolé de ne pas être allé te chercher à l'hôpital…

— Pas de problème. Tu devrais plutôt t'inquiéter de la petite infirmière que tu as laissée chez toi.

— Infirmière praticienne, corrigea Jordan. Et elle est assez grande pour se débrouiller seule.

— Ce n'est pas ce que je voulais dire. Tu n'as pas peur qu'elle disparaisse dans la nature avec toutes tes affaires ?

— Ça me fera moins de choses à dépoussiérer.

Il aurait pu en rester là s'il n'avait éprouvé l'étrange besoin de la défendre.

— Désirée est quelqu'un d'honnête.

— Désirée… Un nom diablement sexy. Alors, raconte, comment est-elle ? demanda Rusty avec un sourire entendu.

Jordan le foudroya du regard.

— Assez compétente pour te porter secours quand tu gisais inconscient dans l'arène.

Le sourire de son cousin s'évanouit.

— O.K. Si tu lui fais confiance, alors moi aussi, dit-il d'un air penaud.

Confiance. Ce mot le mit mal à l'aise.

— Ce n'est pas une question de confiance. L'héberger est une nécessité.

— En parlant de nécessité, nous devrions préparer Madonna pour l'acheteur de cet après-midi.

Jordan opina. Vendre la jument lui fendait le cœur, mais elle ne portait toujours pas. Or, il ne pouvait se permettre de la nourrir tout l'hiver si elle ne produisait pas des poulains qu'il puisse vendre au printemps.

Perdu dans ses pensées, il entreprit de plier le lit de camp tandis que son cousin s'emparait d'une étrille. Rusty connaissait ses difficultés financières. Ils en avaient longuement discuté quand Jordan avait rouvert le cabinet. Lui et Platon avaient accepté de travailler pour lui à temps partiel, tout en proposant leurs services ailleurs. Pour compenser, Jordan passait déjà de nombreuses heures au ranch. Rusty blessé, ce nombre venait de doubler. Allait-il devoir dormir toutes les nuits dans la sellerie ?

Cette pensée le fit frissonner. Non. Hors de question. Le lit de camp était une torture, et une torture inutile. S'éloigner de Désirée ne l'avait pas empêché de rêver d'elle sitôt les yeux fermés.

Désirée. Un nom sexy, oui, que son corps tout en courbes ne démentait pas. Au moins, grâce à elle, il n'avait pas fait de cauchemars. Loin de là. Le seul inconvénient était de se réveiller seul…

— Eh ben, ça faisait un bail que je ne t'avais plus vu sourire ! s'exclama Rusty sur le seuil de la porte.

Jordan se reprit instantanément. C'était le souvenir de ses fantasmes nocturnes qui le faisaient sourire. Depuis quand ne s'était-il pas réveillé *réellement* heureux ? Avant qu'il ait pu inventer une explication, Rusty lui donna une bourrade.

— Si c'cst l'effet Désirée Novak, je crois que je suis amoureux…

Un éclair de jalousie traversa Jordan. Désirée était à lui et lui seul. Du moins, dans ses rêves…

C'était totalement irrationnel ! Il devait absolument se reprendre, et vite ! Par chance, Rusty ne remarqua pas son agitation. Comme il semblait se débrouiller, malgré son plâtre, Jordan sauta dans son pick-up pour rentrer chez lui. Il avait besoin de prendre une douche avant de rejoindre le cabinet. Et surtout, de remettre de l'ordre dans ses idées.

Comment une femme qu'il connaissait à peine pouvait-elle affecter à ce point son humeur ? Une employée, de surcroît, qui partageait ses responsabilités et sa charge de travail, prête à le suppléer en cas de faiblesse…

Il se gara dans l'allée avec un mal de tête lancinant. Une aspirine s'imposait. Heureusement, Désirée était déjà partie, ce qui lui laissait un moment de répit. Autant que le lui permettait son imagination surchauffée…

Et le parfum délicat de la jeune femme flottant dans la salle de bains.

Sous la douche, Jordan ouvrit le robinet d'eau froide et se concentra sur le ranch. Rusty blessé, c'était à lui de remplacer son cousin. Platon était trop âgé. Or, avec Désirée le secondant au cabinet, il en aurait justement la possibilité. Une aubaine… à un détail près.

Combien de temps encore parviendrait-il faire taire sa fascination pour celle qui partageait son toit ?

Désirée profitait de son avance pour étudier les dossiers médicaux de la journée. Elle aimait prendre le temps de connaître ses patients, et un petit cabinet de campagne lui en donnerait l'occasion, contrairement à la clinique sans rendez-vous de La Nouvelle-Orléans où elle travaillait avant.

Mais sa présence matinale avait une autre raison. Même absent, Jordan imprégnait la maison. Il était partout. Dans les jeans et chemises suspendus dans la buanderie. Dans l'odeur du produit de vaisselle qu'il utilisait. Dans les chansons diffusées à la radio, réglée sur la même station que celle de son pick-up.

Dans ses rêves, aussi. Il lui semblait presque sentir son corps contre le sien, ses doigts courant sur sa peau, son souffle chaud dans sa nuque tandis qu'il lui murmurait des mots doux…

Si le coup de foudre était un mythe, l'alchimie sexuelle existait bel et bien. Mais Jordan était son employeur. Lui avouer son attirance pouvait lui coûter son travail. Oserait-elle prendre le risque ? L'autre option consistait à museler ce qu'elle éprouvait pour lui. D'ailleurs, rien dans le comportement de Jordan n'indiquait que sa fascination était réciproque. Sans compter qu'un instant d'égarement mettrait en péril leur cohabitation platonique.

Elle se mordit la lèvre, indécise. Sa sœur aurait joué la carte de la prudence. Sauf qu'elle n'était pas Céleste. Et Jordan n'était pas Santone.

Dieu merci…

— Bonjour, docteur Hart !

Jordan avait à peine passé le seuil du cabinet que Désirée lui adressa un large sourire. Seigneur, elle était encore plus lumineuse que dans son souvenir…

— Bonjour, répondit-il, feignant la désinvolture. Beaucoup de patients aujourd'hui ?

— Oui. Plus aucun créneau de libre, mais nous devrions pouvoir souffler quelques minutes entre deux patients.

— N'y comptez pas trop. Beaucoup de gens viennent aussi sans rendez-vous.

Il aurait dû se réjouir de cet emploi du temps chargé, promesse d'une belle rentrée d'argent. Au lieu de quoi, l'effort de concentration qui l'attendait lui fit l'effet d'un poids écrasant. Mais il n'était plus seul à le porter… Grâce à Désirée.

Approchant du bureau, il jeta un coup d'œil par-dessus son épaule aux dossiers ouverts devant elle. Un prétexte pour l'effleurer subrepticement et respirer l'odeur de ses cheveux. Pour s'assurer que l'onde d'excitation qui le parcourait quand il la touchait était bien réelle.

Un coup frappé à la porte rompit le charme. Il recula, s'arrachant au magnétisme de cette femme si captivante. Elle irait loin, un jour, une fois affranchie des mystérieux démons qui la hantaient. Ce n'était pas l'intelligence qui lui manquait. Elle le lui avait déjà prouvé.

— Docteur Hart ? Vous êtes là ?

Mme Mabel se contorsionnait derrière la porte, le visage pressé contre le verre dépoli pour regarder ce qui se passait de l'autre côté. Jordan hésitait entre la maudire et la remercier d'interrompre son tête-à-tête. Quand il s'agissait de sa nouvelle employée, il n'était plus sûr de rien.

Dissimulant son trouble, il alla ouvrir.

— Toute chaude sortie du four ! s'exclama Mme Mabel, un Tupperware à la main.

Une odeur de pâte brûlée envahit la pièce lorsqu'elle souleva le couvercle.

— C'est si gentil à vous, dit Désirée en tendant la main vers la boîte.

Mais Mme Mabel ne lâcha pas prise. Un bref regard à Jordan, et elle fixa son attention sur la jeune femme.

— Alors, dites-moi, que pensez-vous de la maison du Dr Hart ? Une vraie maison de magazine, non ? Quel dommage que le docteur ait dû déménager, n'est-ce pas, docteur Hart ? Le vieux ranch de votre père est loin d'être aussi confortable, j'en suis sûre. Sans parler des trajets…

Elle poussa un soupir théâtral.

— Mais enfin, vous ne pouvez pas y habiter tous les deux, n'est-ce pas ? Cette pauvre Mme Hart en ferait une syncope. Alors quand une personne de l'association paroissiale… je ne dirai pas qui, ce ne serait pas chrétien… a insinué que vous y aviez passé la nuit de vendredi seuls tous les deux, je n'en ai pas cru un mot. Je lui ai rétorqué que ce n'était pas votre genre car vous aviez l'air d'une gentille fille. Pas vrai, ma chérie ?

Le sourire que lui adressa Désirée était plus glacial que la banquise arctique.

— Voulez-vous que je dépose votre tarte dans notre salle de repos ? demanda-t-elle avec une politesse exagérée.

Jordan admira sa retenue. Lui ne savait sur quel pied danser. Mme Mabel avait dépassé les bornes et il brûlait de le lui signifier. Mais cela reviendrait à confirmer les rumeurs, ce qui serait injuste envers Désirée. D'un autre côté, il ne pouvait laisser passer ce genre de remarques déplacées.

— Oui, faites donc, ma chérie, répondit Mme Mabel. Il y a un sujet délicat dont j'aimerais discuter avec le Dr Hart. En privé.

Jordan plissa les yeux, méfiant.

— Devons-nous aller en salle d'examen ? Dans ce cas, il va falloir patienter. Beaucoup de personnes ont rendez-vous.

Le visage de Mme Mabel, qui s'était éclairé à la mention d'un tête-à-tête, se rembrunit dès qu'il parla d'attendre son tour.

— Inutile. Je veux seulement savoir ce qu'est ceci, dit-elle en lui tendant un sac plastique.

A l'intérieur se trouvait un test de grossesse. Or, Mme Mabel avait largement passé l'âge d'avoir des enfants.

— Et pour quelle raison voulez-vous le savoir ? s'enquit Jordan calmement.

Trop calmement. N'importe qui le connaissant aurait eu la prudence de battre en retraite. Mais pas Mme Mabel.

— Ma nièce habite avec moi. Je l'ai trouvé dans la poubelle de sa salle de bains, expliqua-t-elle sans vergogne. Si vous saviez, docteur, comme elle me donne du souci !

Sa nièce était de retour à Piney Woods depuis que son coureur de mari l'avait quittée. Elle gardait des enfants le jour et travaillait comme serveuse le soir, une manière de regagner progressivement son indépendance. Il le savait car elle était venue au cabinet faire un test de dépistage, juste pour s'assurer que tout allait bien.

Le regard flamboyant de colère, il lui prit le sac plastique des mains et ouvrit grand la porte.

— Si j'étais vous, j'éviterais de fouiller dans les poubelles, madame Mabel. La prochaine fois, prenez rendez-vous.

Derrière lui, Désirée s'éclaircit la gorge.

— Et puis, sachez que Jordan et moi partageons non seulement un toit, mais aussi une salle de bains.

A peine la porte se refermait-elle sur une Mme Mabel médusée qu'elle porta la main à sa bouche.

— Je suis vraiment désolée, dit-elle entre ses doigts.

— Pas moi.

Et il éclata de rire, d'un rire franc, libérateur. Quand s'était-il senti aussi léger pour la dernière fois ? Avec ce rire, c'était toute une vie de stress qui semblait s'envoler.

Désirée se mordit la lèvre inférieure, clairement mortifiée.

— Vous n'avez pas à l'être, je vous assure.

Il brûlait de libérer cette lèvre d'un baiser. Une pulsion en total désaccord avec son tempérament habituel. Que lui arrivait-il ? Pourquoi cette femme le fascinait-elle à ce point ? Il y avait si longtemps qu'il n'avait plus rien ressenti de la sorte pour qui que ce soit… Mais Désirée n'était pas n'importe qui.

Mû par le besoin de la toucher, il écarta une mèche de cheveux de sa joue. Ses doigts frémissaient, avides d'un contact plus poussé. La jeune femme était troublée, elle aussi, il le devinait à son souffle inégal. Mais troublée-excitée ou troublée-atterrée ? Difficile de décrypter son regard baissé, ou la brusque tension dans ses épaules. Avait-elle *réellement* pressé la joue contre ses doigts ?

Bon sang, qu'avait-il fait ? Il changea de pied d'appui, prenant subtilement ses distances. Cette femme travaillait pour lui ! Vivait chez lui ! Et il l'avait vue nue sous la douche…

Il dut faire appel à tout son professionnalisme pour chasser cette image. Désirée était son employée. Mélanger sexe et travail était contre ses principes, se rappela-t-il. Surtout quand l'employée en question se trouvait aussi être sa colocataire. Il avait trop de respect pour elle pour en faire sa maîtresse. D'ailleurs, Désirée n'était pas le genre de femme à chercher les aventures d'un soir.

— Je suis désolé, dit-il, rompant le silence.

De nouveau, elle se mordit la lèvre inférieure. Mais cette fois, une étincelle brillait dans ses yeux.

— Pas moi.

Deux mots. Deux petits mots, et leur relation jusque-là purement professionnelle venait de s'ouvrir sur un monde de possibilités. Les joues de Désirée s'empourprèrent.

— Vous rougissez.

— C'est bien la première fois que…

— Ecoutez, nous sommes adultes, reprit-il, soucieux de dissiper la gêne qui s'était installée entre eux.

Elle l'arrêta d'un geste péremptoire de la main.

— Je tiens à clarifier une chose.

— Je vous écoute.

Il croisa les bras pour s'empêcher de la toucher de nouveau.

— Ce que… ce que je ressens, ce n'est pas vraiment…, commença Désirée, le regard implorant sa compréhension. Ce n'est pas *réel*…

— Pas réel ? Ça l'est pour moi.

Elle prit une profonde inspiration.

— Dans ce cas, dites-moi ce que *vous* ressentez.

Et elle serait fixée. Car il ne pouvait éprouver la même chose, n'est-ce pas ?

Elle le vit tergiverser, les mâchoires crispées.

— Attirance ? dit-il sans croiser son regard. Folie ?

Il lui répondait par des questions, comme pour lui laisser le choix.

— Attirance, répliqua-t-elle, soulagée de voir leurs sentiments respectifs révélés au grand jour.

Puis sa nature pragmatique reprit le dessus.

— Nous nous connaissons à peine et vivons sous le même toit. Je propose donc que nous en restions là.

Une ombre passa dans le regard de Jordan. Regret ou soulagement ? Elle n'eut pas le temps d'approfondir la question. Déjà, ses yeux avaient recouvré leur impassibilité habituelle.

— Oui, vous avez raison. C'était une erreur, dit-il, plus distant encore que la nuit où il lui avait ouvert la porte de sa chambre.

Désirée sentit son cœur se serrer. Où était passé le lien subtil qui les unissait à l'instant ? Et ce regard, si sombre, si vide de nouveau, comment le ramener à la vie ?

— Nous pourrions être amis, proposa-t-elle. Qu'en dites-vous ?

— Peut-être.

Ignorant toute prudence, elle tendit la main vers lui, mais la laissa retomber au bruit d'un coup frappé à la porte.

— Hé, il y a quelqu'un ? J'ai donné ma clé à Désirée et n'ai pas encore de double.

Nancy. Désirée se figea. Quand était-elle arrivée ? Avait-elle surpris leur conversation ? Comme si cela importait après la scène avec Mme Mabel, qui était à coup sûr en train de faire le tour de la ville… Jordan avait dû lire dans ses pensées car son regard happa le sien.

— A propos de Mme Mabel… Faites comme moi. Gardez la tête haute.

— Garder la tête haute…

Elle leva résolument le menton.

— Oui. C'est ce que je fais toujours.

L'espace d'une fraction de seconde, le regard de Jordan retrouva son éclat rieur comme si l'évocation de leurs passés respectifs les avait momentanément rapprochés. Puis il alla ouvrir à Nancy, et la journée commença.

Jordan trouva de quoi s'occuper pendant que Désirée achevait de compléter ses dossiers patients. Sourcilleux sur ce point, il appréciait qu'elle y accorde la même rigueur. En fait, elle était aussi compétente que sa première demi-journée l'avait laissé présager. Pour la première fois depuis qu'il avait rouvert le cabinet, il ne finissait pas la journée sur les rotules. Même sourire aux patients lui avait coûté moins d'efforts que d'habitude. Peut-être parce qu'il s'était déchargé des cas les plus pénibles sur Désirée…

La jeune femme avait le don de mettre les patients à l'aise, sans toutefois s'attarder avec les uns au détriment des autres. Et rien ne lui échappait. Le bavardage de M. Grayson lui avait vite révélé qu'il ne prenait pas régulièrement son insuline. Quant au mystérieux mal de ventre qui faisait se tordre Tina de douleur, elle avait rapidement — et correctement — diagnostiqué un contrôle de maths mal préparé. Elle avait même pris le temps de conseiller la nièce de Mme Mabel sur sa grossesse, bien que le cabinet ne prît pas en charge les cas d'obstétrique, avant de lui donner le nom de plusieurs spécialistes à Longview.

La journée de Jordan, par contraste, avait été reposante : quelques visites médicales sportives, une infection des sinus, deux rhumes de cerveau et un cas de colique qui avait suscité la compassion de tout le cabinet. Et c'est à Désirée qu'il devait cet emploi du temps allégé.

Comme elle fermait son dernier dossier, il s'aperçut qu'il la fixait.

— Vous m'attendiez pour fermer ? Je pense maîtriser la procédure, mais si vous préférez vous en assurer…

Il se contenta de hausser les épaules. L'explication lui épargnait d'en inventer une. Il n'allait pas lui avouer qu'il cherchait seulement à prolonger l'instant tant il se sentait bien en sa compagnie.

Une fois de plus, elle l'impressionna, fermant le cabinet comme si elle y travaillait depuis toujours. La porte d'entrée verrouillée, il lui effleura le bras.

— J'ai oublié quelque chose ? demanda-t-elle, une lueur d'inquiétude dans ses yeux bleus.

— Non, pas du tout.

— Je vous avais bien dit que j'étais une professionnelle.

Elle le gratifia d'un sourire rayonnant et, d'instinct, il se pencha vers elle. La toucher ne lui suffisait plus. Il voulait embrasser ce sourire, aspirer sa chaleur, ne faire plus qu'un avec cette femme. Pour un solitaire endurci comme lui, la sensation avait quelque chose de singulièrement oppressant.

Platon affirmait avoir reconnu la femme de sa vie à la seconde où il l'avait vue. Cinquante-trois ans plus tard, elle continuait à faire battre son cœur comme au premier jour. Celui de Jordan, justement, battait à tout rompre. Se pouvait-il que… ? Non. Impossible. Les coups de foudre n'existaient que dans les films. Une indéniable alchimie sexuelle les liait, oui, mais rien d'autre.

Par chance, son sac à main faisait barrière, interrompant son geste… Il recula d'un pas, résolu à garder ses distances.

— Je dois faire quelques courses à la supérette. Puisque votre salaire inclut le couvert, que diriez-vous de m'accompagner et prendre ce dont vous avez besoin ? Nous passerons récupérer votre voiture plus tard.

— Excellente idée…

Désirée paraissait enthousiaste. Un peu trop. Son instinct

lui soufflait qu'elle n'avait pas toujours mangé à sa faim par le passé… Avec lui, cela n'arriverait plus.

— Je vais vous ajouter à mon compte client, continua-t-il. Ainsi, vous pourrez acheter ce que vous voulez quand vous le voulez.

Son regard débordant de gratitude lui donna l'impression d'être un super héros. Pas pour longtemps… Comme elle se dirigeait vers le pick-up, il s'efforça de détourner les yeux de son joli postérieur. Sans succès.

« Ça suffit ! », se sermonna-t-il. Il devait cesser de penser à elle, cesser de penser à ce qui pourrait se passer entre eux. En fait, il devait cesser de penser tout court. Sauf que cela revenait à laisser son corps aux commandes. Et son corps réclamait Désirée. Après leur conversation de la matinée, ce serait une erreur.

Arrivé au pick-up, il ouvrit la portière côté passager et, instinctivement, saisit le coude de la jeune femme. Un courant électrique le traversa, si puissant qu'il lâcha prise. Désirée manqua perdre l'équilibre.

— Désolé…, bafouilla-t-il.

— Pas de problème.

Sa voix était basse, à peine audible. Une nuit dans son lit, et elle crierait de plaisir !

Pourquoi un contact si innocent l'embrasait-il ainsi ? Sa ceinture de sécurité bouclée, il s'obligea à rationaliser. Il était en manque de sexe, voilà tout. Il y avait trop longtemps qu'il n'avait plus eu d'aventure. Pourquoi ne pas partir en week-end quelque part ? Ou rappeler ce psychologue dont il gardait la carte dans un coin de son portefeuille…

Comme si Désirée risquait d'entendre ses pensées, il monta le volume de la radio.

— Ce n'est pas trop fort ? demanda-t-il.

Elle fit non de la tête. Une bonne chose qu'elle ne parle pas. Sa voix commençait à lui faire autant d'effet que son contact, ou l'odeur de sa peau… Jamais la cabine du pick-up n'avait été si exiguë. Ni son désir pour une femme si intense.

Inutile de se voiler la face : Désirée était la seule qu'il voulait. Et ce qu'il y avait entre eux n'était pas réel. Elle le lui avait dit elle-même.

8

Les semaines passant, Désirée avait développé avec Jordan d'excellents rapports professionnels. Si seulement leurs rapports personnels étaient aussi simples…

Au moins, les rumeurs à leur sujet n'avaient pas nui au cabinet. Les gens de Piney Woods tenaient trop à leur centre médical pour la critiquer ouvertement. Certains faisaient même un effort pour se montrer amicaux. Désirée soupçonnait Nancy, enfant chérie de la communauté, d'y être pour quelque chose. Ou peut-être les griefs de la ville contre Jordan s'étaient-ils tout simplement atténués.

Elle posa une main sur son ventre. James devenait chaque jour plus lourd, à l'instar du poids pesant sur ses épaules. Etait-ce si difficile de dire « Jordan, je suis enceinte » ? De lui parler de sa sœur décédée ? De lui confier sa solitude, ses doutes, ses peurs ?

Oui. Plus que de garder le silence. Le temps ne tarderait pas à révéler son secret. En attendant, elle continuerait à se rendre indispensable et à économiser pour l'avenir, aussi instable fût-il.

Après quelque temps, elle et Jordan s'étaient répartis les horaires. Jordan travaillait le lundi et le vendredi, et à mi-temps le reste de la semaine. Ce qu'il faisait de son temps libre, elle l'ignorait. Sans doute le passait-il au ranch. Elle, de son côté, travaillait du mardi au samedi, avec le lundi de libre. En l'absence de Jordan, Nancy lui racontait l'adolescence « agitée » de leur patron, comme elle aimait à la décrire. Dans ces histoires, Désirée avait souvent cru déceler un non-dit, comme si un secret s'y tapissait.

Peut-être était-ce seulement ce qu'elle avait envie d'entendre... Elle avait bien conscience d'idolâtrer Jordan. Comment ne pas craquer pour un homme qui faisait la cuisine ? Et la vaisselle, les soirs où il devinait sa fatigue ? Mais cette apparente harmonie était parasitée par une tension sexuelle sous-jacente qui l'arrachait régulièrement à son sommeil, le corps en feu, embrasé dans ses rêves par les baisers de Jordan.

Des rêves qui ne se réaliseraient pas. Cette seconde où il avait failli l'embrasser, devant le cabinet, n'avait été qu'un moment d'égarement qu'il avait sûrement déjà oublié. Mais n'était-ce pas mieux ainsi ?

Tenaillée par une envie pressante, elle sortit du lit pour la seconde fois en quelques heures.

— Au moins, j'aurai l'habitude de me lever en pleine nuit quand viendra le temps des biberons nocturnes, murmura-t-elle, une main sur son ventre.

Son premier salaire en poche, elle avait profité de son lundi de libre pour consulter un obstétricien à Longview. Le bébé se portait bien, l'avait-il assurée. Mais le coût de la consultation et des vitamines prénatales qu'il lui avait prescrites l'avait incitée à faire un détour par l'hôpital public, accessible aux moins riches. L'endroit lui avait paru propre et fonctionnel, le personnel souriant et sûr de lui. A quoi bon une suite luxueuse dans une clinique privée ? Elle pouvait bien accoucher dans une grange, James ne verrait pas la différence.

Bientôt, elle en parlerait à Jordan. Bientôt... Mais comment aborder le sujet ? Elle aurait dû le faire avant, bien sûr. Avoir confiance en lui et en leur amitié. Hélas, accorder sa confiance n'était pas son fort. Elle avait même tendance à devenir paranoïaque, depuis peu. Il y avait d'abord eu ces appels anonymes sur son portable, puis cet inconnu rôdant autour du bureau de poste, particulièrement incongru dans son costume de marque… Rien d'alarmant en soi. Mais elle avait eu un mauvais pressentiment, et son instinct ne la trompait jamais.

Sauf en ce qui concernait Jordan.

Quand il était question de lui, ses émotions prenaient le dessus. Elle était déchirée entre leur amitié grandissante et son attirance pour lui de plus en plus prononcée. La première était un réconfort, la seconde une torture. Et quand les deux entraient en collision…

Comme cette fois où Jordan était rentré du ranch avec le dos douloureux. Compatissante, elle lui avait proposé un massage. A peine ses mains glissaient-elles sous le T-shirt qu'il s'était mis à soupirer de contentement, et elle n'avait pas tardé à l'imiter. Bien sûr, tous deux avaient fait la sourde oreille. Mais elle avait brusquement écourté le massage pour s'enfermer dans sa chambre.

Le lendemain, c'était comme si rien ne s'était passé.

Comme si elle n'avait pas étouffé ses gémissements dans son oreiller et rêvé de lui toute la nuit, les paumes en feu.

Si au moins leur cohabitation se passait mal… Mais non ! Ils s'accordaient sur tout, corvées *et* passe-temps. Jordan faisait la cuisine, elle, la vaisselle. Ils partageaient le même goût des plats épicés et de la lecture. Des heures se passaient sans qu'ils lèvent le nez de leurs livres respectifs, assis côte à côte sur le canapé. Quant aux rares fois où ils regardaient la télévision, ils tombaient toujours d'accord sur le programme.

La tension sexuelle mise à part, jamais elle n'avait vécu dans un environnement aussi relaxant, et c'était à Jordan qu'elle le devait. Que penserait-il s'il apprenait qu'elle ressassait encore leur baiser manqué ? Qu'elle rêvait de lui chaque nuit d'une manière qui rendait sa solitude au réveil de plus en plus insupportable ?

Tout en se lavant les mains, elle étudia son reflet dans le miroir. Son ventre, désormais bien arrondi, tendait la ceinture du jogging. Mais n'était-elle pas devenue indispensable au cabinet ? Et elle était bien décidée à le rester. Dans ces conditions, Jordan n'aurait pas d'autre choix que d'accepter sa grossesse et le congé maternité induit. Elle tenait tellement à ce travail ! Pas seulement parce qu'elle en avait besoin, mais parce qu'elle l'aimait.

Un bruit de voix filtra à travers la porte. Dans sa chambre, Jordan parlait tout haut. Les mots lui parvenaient de façon indistincte, mais le ton trahissait une profonde souffrance morale. Ce n'était pas la première fois qu'elle assistait au phénomène. Vivement, elle regagna sa chambre. Dans quelques minutes, Jordan se glisserait dans la salle de bains. Puis elle entendrait ses pas dans l'escalier et, en tendant l'oreille, le bruit de la porte d'entrée se refermant derrière lui.

Comment ignorer la souffrance de cet homme dont elle se sentait chaque jour plus proche ? Ce soir, elle en était incapable.

En prévision de la fraîcheur nocturne, elle enfila son haut de jogging par-dessus son T-shirt XXL, cachant au mieux sa poitrine volumineuse et son ventre de cinq mois. Bientôt, James ne serait plus un secret. Mais elle n'était pas prête pour le dévoiler. Pas encore.

Dehors, elle s'assit sur la première marche du perron de façon à ne surtout pas manquer Jordan. Dans sa tenue négligée, elle était tout sauf sexy… Comme si cela avait de l'importance, se tança-t-elle aussitôt. Ce qui comptait, c'était son amitié avec Jordan. Une amitié profonde, sincère, telle qu'elle n'en avait jamais connue auparavant. Alors qu'ils se connaissaient à peine ! Comment était-ce possible ? Et si ce n'était pas de l'amitié…

Elle avait bien tenté de minimiser ce qu'elle ressentait. Mais une simple attirance aurait dû s'estomper avec le temps. Et si le désir continuait à couver entre ses reins, c'était autre chose qui emplissait son cœur.

Quand étaient apparus ses sentiments pour Jordan ? A

la seconde où il lui était apparu dans l'arène ? La première fois qu'il avait préparé le petit déjeuner ? Le jour où il avait déclaré devant tous leurs patients qu'elle était une infirmière praticienne hors pair ?

Qu'était-elle *vraiment* pour lui ? Une amie ? Sans aucun doute. Plus ? A part ce « presque baiser », rien dans son comportement n'indiquait qu'il éprouvait quoi que ce soit pour elle. A part peut-être…

Il y avait bien ce jour où elle avait surpris son regard admiratif sur elle. Une admiration suscitée de toute évidence par son décolleté, désormais prononcé sous la blouse. Et toutes ces fois où il l'avait « accidentellement » frôlée, saisissant le même objet qu'elle au même moment… Aurait-il l'air si troublé s'il ne recherchait, comme elle, ce délicieux frisson électrique provoqué par leurs contacts ? Parfois, il se penchait au-dessus d'elle comme pour regarder un dossier, et inspirait discrètement, et elle faisait de même, avide de sa présence, de son odeur, envahie peu à peu par une douce chaleur qui la faisait se sentir à la fois vulnérable et protégée. Personne ne lui avait jamais fait cet effet.

Que ressentait Jordan ? Que voulait-il ?

Et elle, que voulait-elle ?

Les princes charmants sur leurs chevaux blancs n'existaient pas. Jordan était un cow-boy, pas un prince, et son cheval était brun — rouan, pour être exact. Il l'avait appelé Valkyrie. Jordan en dieu nordique, elle n'avait rien contre… Cette pensée la fit rire. Puis la frontière entre fantasme et réalité se brouilla, et son rire s'évanouit.

Jordan avait beau courir, ses pensées le rattrapaient toujours.

Pour la énième fois, il s'était réveillé en sursaut, après un cauchemar dont il ne se souvenait déjà plus. Mais il en devinait la raison : demain était l'anniversaire du jour où il avait tué son meilleur ami.

Sans réduire l'allure, il s'élança dans une côte abrupte. Courir n'effacerait pas ses souvenirs brouillés, mais calmerait un peu la tempête qui le ravageait de l'intérieur. N'y avait-il personne pour voir ses nerfs tressauter, ni le sang battre à ses tempes tandis que défilaient dans sa tête les visages de tous les soldats qu'il avait échoué à ramener sains et saufs, et avec eux, celui de Brad ?

« Pense à tes réussites ! », s'exhorta-t-il. C'était le conseil de son psychologue. Penser à quelque chose de positif. Quelque chose qui lui faisait du bien… *Désirée.* Il pensa à Désirée. A son regard admiratif quand il avait convaincu un enfant de ne pas avoir peur de son abaisse-langue. A l'odeur de ses cheveux encore humides. Au feu qui courait dans ses veines chaque fois qu'elle l'effleurait.

Allongeant sa foulée, il fit demi-tour, plus calme à présent, prêt à rentrer et retrouver ce lit qu'il redoutait. Bien sûr, ce serait différent si Désirée l'y attendait…

Désirée qui avait déjà eu affaire à un homme incapable de lui offrir la stabilité qu'elle méritait. Son ventre arrondi le prouvait. Quel droit avait-il de s'imposer dans sa vie avec sa kyrielle de problèmes ?

Mais il les réglerait, un à un. Certains étaient même en bonne voie. Sa concentration s'était améliorée, tout comme sa capacité à s'ouvrir à ses émotions. Il lui arrivait même de rire, chose impensable quelques mois auparavant. C'était Désirée qu'il l'avait tiré de son apathie. Douce, compréhensive, sexy en diable, elle lui avait redonné l'espoir de parvenir à s'accepter. Peut-être même serait-il assez bien pour elle, un jour ?

Il tournait dans l'allée de gravier, empli d'une énergie nouvelle, quand un vacarme métallique le fit sursauter. La seconde d'après, il était dans le fossé, la main sur une arme de poing absente, prêt à se défendre contre…

… Un couvercle de poubelle projeté par le vent contre une voiture !

Il se redressa, le cœur battant la chamade, repoussant les flash-backs qui l'assaillaient pour affronter le présent.

Il n'allait pas bien.

Et Désirée méritait mieux qu'un minable comme lui.

Encore nauséeux après la brusque montée d'adrénaline, il regagna la maison d'un pas chancelant. Une douche et un bon livre l'aideraient à terminer la nuit. Quant à demain…

Demain était un autre jour. Il aviserait le moment venu.

Désirée releva la tête au bruit de pas. Elle avait la nuque et les épaules ankylosées à force d'attendre, assise sur cette marche inconfortable. Réprimant une grimace de douleur, elle sourit à Jordan. Il dut sentir sa présence dans l'ombre plus que la voir, car il se figea, aux aguets. Quand il l'aperçut, ses yeux se voilèrent d'une tristesse fugitive, juste avant de retrouver leur éternelle impassibilité.

— Je vous ai réveillée.

Sa voix était aussi distante que son regard.

— Non, pas du tout, mentit-elle.

— Vous devez vous reposer.

— Pas plus que vous. Et c'est dimanche, demain. Nous pouvons passer la matinée au lit.

A peine terminait-elle sa phrase qu'elle s'aperçut de sa maladresse. En aucun cas, elle n'avait voulu dire qu'ils pouvaient rester au lit *ensemble* ! Si Jordan avait saisi l'allusion involontaire, il n'en laissa rien paraître.

De peur d'aggraver les choses, elle renonça à se reprendre et alluma la lumière de l'entrée. Alors, seulement, elle remarqua les traces de boue sur son short et son T-shirt, et la longue éraflure qui lui striait le menton.

— Vous êtes blessé ! s'exclama-t-elle.

— Non.

Sa brusquerie lui arracha une grimace. Et il grimaça à son tour en voyant sa réaction.

— Que faites-vous là, Désirée ?

Que voulait-il dire ? Ce qu'elle faisait là, sur le perron, ou là, à Piney Woods ? Ou même là, dans sa vie ?

Elle opta pour la réponse la plus simple.

— Je vous ai entendu sortir…

— Et vous avez décidé de m'attendre dans le froid, en pleine nuit. Pourquoi ? insista-t-il, les yeux plissés.

— Parce que je…

Elle hésita, cherchant vainement le mot juste, celui qui exprimerait exactement ce qu'elle ressentait.

— Parce que je tiens à vous, acheva-t-elle.

— Eh bien, arrêtez.

— Pardon ?

— Je ne veux pas que vous teniez à moi.

Une formidable colère balaya son conflit intérieur.

— Ce n'est pas à vous de décider à qui je tiens ! marmonna-t-elle. Je suis assez grande pour choisir mes amis, et il se trouve que vous en faites partie, que vous le vouliez ou non !

Honteuse d'avoir crié, elle se radoucit.

— Vous êtes un ami précieux, Jordan…

Il eut un sourire sans joie, le regard empreint d'une indéniable tristesse.

— J'aimerais que ce soit vrai…

Il commença à monter les marches et, voyant qu'elle ne bougeait pas, s'immobilisa sur la troisième.

— Bonne nuit, Désirée.

Elle croisa fermement les bras. S'il voulait rentrer, il devrait la bousculer. La frôler, au moins. Elle avait besoin de ce contact pour s'assurer qu'il — et elle aussi — allaient bien.

Mais il ne bougea pas, visiblement décidé à attendre qu'elle s'écarte. Oh ! Il voulait jouer à ça ? Elle descendit trois marches à sa rencontre, de sorte que leurs mentons se trouvaient à présent à la même hauteur.

« Pose une main sur son épaule, s'exhorta-t-elle. Réconforte-le. »

Lentement, elle se pencha en avant…

Les lèvres de Jordan accueillirent les siennes, douces et tièdes. Dans le même temps, son bras s'enroula autour d'elle, et elle s'abandonna à son étreinte avec un gémissement de plaisir. Comme elle glissait la langue dans sa bouche, il se laissa faire et pencha la tête de côté, approfondissant leur baiser.

Puis il la fit pivoter sur elle-même et, d'une main dans le creux de son dos, l'incita à avancer. En temps normal, elle aurait protesté. Mais leur baiser langoureux l'avait privée de toute volonté. Docilement, elle se laissa guider jusqu'à sa porte qu'il ouvrit pour elle.

Si elle lui prenait la main, la suivrait-il ? Etait-ce vraiment ce qu'elle voulait ?

D'une légère pression, il la poussa en avant. A peine avait-elle passé le seuil qu'il la lâcha, laissant en elle un vide glacé.

— Bonne nuit, Désirée, murmura-t-il à son oreille, avant de refermer la porte sur lui.

9

Refermer cette porte était la chose la plus difficile que Jordan eût jamais faite.

Ensuite, bien sûr, impossible de trouver le sommeil. Aussi descendit-il au rez-de-chaussée et il entra dans la chambre en travaux, celle qui aurait dû être destinée à Désirée. Le sol était jonché de rouleaux de papier peint d'un beige quelconque, sans personnalité. A l'opposé de la jeune femme.

« Amis », avait-elle dit. Ils étaient *amis.*

Le mot résonnait dans sa tête comme il arrachait des murs les vestiges de l'ancien papier. Quand le dernier morceau tomba, la nuit était déjà bien avancée. Peut-être parviendrait-il à se reposer quelques heures, finalement. Ses draps sentaient le nouvel adoucissant que Désirée avait acheté, faisant de son lit non plus un ennemi, mais un refuge.

Amis. Il s'endormit sur ce mot, et le retrouva au réveil, moins blessant à la lumière du jour. Presque réconfortant. Après tout, pourquoi ne pas se contenter de leur amitié ? Pourquoi vouloir plus à tout prix ?

Il tendit l'oreille, les nerfs à fleur de peau. Aucun bruit dans la salle de bains. Désirée dormait encore, et tant mieux. A ce stade de sa grossesse, elle avait besoin de repos.

Après une douche rapide, il descendit préparer le petit déjeuner. Les œufs brouillés étaient sa spécialité. Les toasts, eux, attendraient. C'était toujours Désirée qui les faisait griller.

Elle était vraiment la colocataire idéale. Non seulement

ils regardaient les mêmes programmes télévisés, mais ils aimaient également tous les deux lire dans le calme. Les silences entre eux n'étaient jamais gênés. Au contraire, ils devenaient complices, ponctués par le murmure des pages tournées tantôt à l'unisson, tantôt en décalé. Ces heures passées à ses côtés apaisaient son âme, comme seule la solitude avait su le faire jusque-là. Il aurait voulu qu'elles durent indéfiniment.

S'il lui parlait de Brad… S'il lui avouait ce qu'il avait fait… La perdrait-il ?

Une vague de panique le submergea.

Que ferait-il sans elle ?

Inspirant profondément, il s'obligea à fixer son attention sur autre chose. Le gazouillis des oiseaux dehors. Les œufs dans la poêle. Le bruit de pas dans l'escalier. Le passé était le passé. Seul comptait le présent. Quant à l'avenir… Désirée méritait plus que ce qu'il avait à lui offrir. De toute façon, elle ne voyait en lui qu'un ami, et c'était déjà une chance ! Combien d'autres amis avait-il ? Rusty. Platon. L'un était son cousin, et les deux ses employés.

Désirée aussi était son employée. Pourtant, comme pour Rusty et Platon, il sentait que leur amitié ne se limitait pas à cela. Ils discutaient de leurs patients, oui, mais aussi de ce qui se passait en ville, des émissions qu'ils regardaient ensemble, du ranch qu'il lui ferait visiter un jour — de tout, sauf de leurs passés respectifs. Par un accord tacite, ils évitaient ce terrain miné.

Et puis, bien sûr, il y avait le bébé. Difficile d'ignorer le ventre de plus en plus arrondi de la jeune femme. Devait-il aborder le sujet avec elle ? Respecter sa vie privée ?

Elle entra dans la cuisine, l'air fatigué. Peut-être devrait-il commencer par lui donner plus de jours de congés…

— Bonjour, Désirée.

— Je suis enceinte, annonça-t-elle.

Voilà qui résolvait son dilemme.

— Je sais.

Elle le fixa, bouche bée. Avait-il été trop sec ? Il versa les œufs dans deux assiettes qu'il plaça sur la table.

— Pourrais-je avoir de la confiture sur mes toasts, aujourd'hui, au lieu de la marmelade d'orange habituelle ?

— Vous savez ? répéta-t-elle, la voix tremblante.

— Ce genre de chose échappe rarement à un médecin.

Il détourna les yeux vers le toaster. Les épanchements émotionnels n'étaient pas son truc.

— Depuis combien de temps…

— Un moment.

— Pourquoi ne m'avoir rien dit ?

Cette fois, il lui fit face, sans plus chercher à feindre la désinvolture.

— Vous dire quoi, Désirée ? « Faites-moi confiance » ? Etes-vous seulement capable de faire confiance à qui que ce soit ? Je veux bien vous offrir mon aide, encore faut-il que vous soyez prête à l'accepter.

Sa voix avait enflé sous l'effet d'un flot d'émotions tumultueuses. Les vannes étaient ouvertes, et rien ne pouvait plus l'empêcher de libérer ce qu'il avait sur le cœur.

— Je pensais qu'un lien fort nous unissait, Jordan, mais j'avais tort. Nous coexistons. Deux corps partageant le même espace, voilà ce que nous sommes…

Et le sien enflammait ses sens… Ce n'était pas le moment de penser à cela. Le bébé, se rappela-t-il. Ils parlaient du bébé.

— Trois corps, plutôt, en comptant celui que vous avez omis de mentionner…

Il passa une main irritée dans ses cheveux.

— Pourquoi, Désirée ? ajouta-t-il. Que pensiez-vous que j'allais faire ? Vous juger ? Moi qui suis la cible de toutes les critiques imaginables…

Désirée sentit son cœur se serrer devant l'expression torturée de Jordan. Mais son instinct d'autodéfense prit le dessus.

— Et vous, Jordan, quand m'avez-vous fait confiance ?

riposta-t-elle, les mains sur les hanches. Savez-vous combien de fois je vous ai entendu crier dans votre sommeil ? Combien de fois j'ai voulu vous réconforter, immobile derrière votre porte, sans rien pouvoir faire ? M'avez-vous déjà confié quoi que ce soit de personnel ?

James choisit cet instant pour donner un coup de pied. A l'évidence, il désapprouvait son agitation. Inspirant profondément, elle s'exhorta au calme avant de formuler la question qui lui brûlait les lèvres.

— Que sommes-nous l'un pour l'autre, Jordan ?

Le temps se suspendit autour d'elle. Une éternité s'écoula avant qu'il plonge son regard dans le sien.

— Des amis, dit-il. Nous sommes amis, Désirée.

Comme il lui tournait le dos, elle devina sa tension aux muscles saillants de son cou.

— Je n'ai pas l'habitude, alors je risque de faire des erreurs, ajouta-t-il en jetant un pack de lait vide à la poubelle.

— Idem. Mais je compte bien m'améliorer.

Elle ouvrit le réfrigérateur à la recherche d'un pot de confiture. Lorsqu'elle se retourna, il souriait, d'un sourire empreint d'espoir.

— Je vais acheter du lait aujourd'hui. Tu as besoin d'autre chose ? demanda-t-il.

Elle sourit, touchée par son attitude protectrice et le naturel avec lequel il s'était mis à la tutoyer.

— Oui, de bananes ! J'en ai constamment envie, en ce moment.

— Tu as des crampes dans les jambes ? C'est peut-être une déficience en potassium. Tu prends bien tes vitamines prénatales, au moins ?

— Pas de crampes. Et, oui, je prends mes vitamines. Une femme enceinte n'a-t-elle pas simplement le droit d'aimer les bananes ?

— Tu consultes un obstétricien ? insista-t-il.

— Oui, à Longview. Le bébé est en pleine forme.

— Au prochain rendez-vous, c'est moi qui t'emmène, décida-t-il.

— Je peux conduire…

— J'insiste. Moi aussi, je tiens à toi.

— Merci.

Sur une impulsion, elle prit appui sur son épaule et lui planta un baiser dans le cou. Jordan se raidit. Elle retint son souffle.

— Pas de quoi. C'est à ça que servent les amis, dit-il d'un ton léger.

— Peux-tu me passer le beurre, s'il te plaît ?

— Bien sûr.

Comme elle lui prenait le beurrier des mains, leurs doigts se frôlèrent. Un frisson électrique la parcourut. Jordan l'avait-il ressenti aussi ? Etaient-ils vraiment amis… ou davantage ?

Elle se jeta à l'eau.

— A propos d'hier soir…

Sa main tremblait sur le toast qu'elle était en train de beurrer. Doucement, s'exhorta-t-elle. Pas d'excès d'émotivité, ou Jordan se retrancherait derrière une de ces futilités qui lui servaient de protection. Comme si elles pouvaient le protéger de ses cauchemars…

— Tu n'aurais pas dû te lever, la coupa-t-il. Je serai plus discret à l'avenir. Et, promis, une fois installée dans la chambre du bas, tu ne m'entendras plus.

— Oh ! il n'y a pas d'urgence ! J'aime bien ma chambre actuelle.

Proche de Jordan, elle se sentait en sécurité. Elle s'éclaircit la gorge, décidée à ne pas se laisser distraire.

— Ces cauchemars… Ils sont liés à ton passé dans l'armée, n'est-ce pas ?

Elle ne lui laissa pas le temps de nier.

— Peut-être souffres-tu d'un syndrome de stress post-traumatique. Tu pourrais te faire aider…

La fourchette qu'il portait à sa bouche s'immobilisa à

mi-chemin. Il la fixa sans rien dire. Il était sur le point de parler, elle le lisait dans ses yeux. Encore un peu de patience…

Il avala sa bouchée d'œufs, mastiquant soigneusement, avec une lenteur exagérée, puis posa sa fourchette sur la table.

— J'ai fini d'enlever le papier peint cette nuit, annonça-t-il. Mais nous devrions revoir la nouvelle couleur. Ce beige est bien trop terne.

Il osait détourner la conversation ! Exaspérée, elle jeta son toast dans son assiette.

— De papier peint ? C'est de ça que tu veux me parler ?

Il hocha la tête et but une gorgée de thé sans se soucier de la frustration qu'elle manifestait on ne peut plus clairement.

— Quand tu auras fait ton choix, je passerai commande chez Monroe's. Pour la livraison, il faudra bien compter une semaine…

— Des cauchemars te chassent de ta maison, et tu me parles de *papier peint* ? insista-t-elle, peinant à ne pas crier.

Il remuait la cuillère dans sa tasse, hypnotisé par les mouvements circulaires du liquide tiédi. Une façon de s'évader loin de la maison — loin d'*elle*.

— Très bien. Ne parle pas.

Elle empilait bruyamment ses couverts dans son assiette quand il lui saisit le poignet.

— Désirée…

Son regard s'égara un temps dans la pièce, avant de revenir sur elle.

— Je me disais… Si ta chambre actuelle te convient, nous pourrions aménager celle du bas pour le bébé.

Les larmes montèrent aux yeux de Désirée. Toutes ses émotions s'étaient rassemblées en une boule qui lui bloquait la gorge et l'empêchait de parler.

— Je vois un psychologue pendant mes jours de libre, reprit Jordan. Pour le bébé. Je veux lui offrir une vie stable, tu comprends.

De nouveau, il remua distraitement sa cuillère, renversant un peu de thé par mégarde.

— Apparemment, je souffre d'une réaction aiguë au stress. Ce n'est qu'après quatre-vingt-dix jours qu'on parle de syndrome de stress post-traumatique. Je n'en suis pas loin, mais mes récents progrès sont encourageants.

Cette fois, il but une gorgée de thé, et elle l'imita. Le liquide tiède lui fit du bien. Jordan ne l'avait pas lâchée des yeux, comme implorant une connexion. Elle lui adressa un sourire d'encouragement.

Le monde se stabilisa autour de Jordan. Il pouvait y arriver. Désirée *était* son amie et il lui faisait confiance. Elle ne le mépriserait pas pour ses faiblesses, ni ne les utiliserait contre lui. Il pouvait s'ouvrir à elle.

— Ce n'est pas seulement ce que j'ai vu quand j'étais dans l'armée, commença-t-il. Il y a… Quelque chose s'est produit quand j'étais adolescent.

Il baissa les yeux sur son assiette, incapable d'affronter le regard de la jeune femme. Mais c'était Désirée. Elle ne le jugerait pas, n'est-ce pas ?

— Tu as sans doute entendu l'histoire. Personne, ici, n'a oublié…

— Non. On m'a raconté ton adolescence… « agitée », et j'ai senti qu'on me cachait quelque chose. Mais j'ignore quoi.

Elle lui donnait une chance de présenter sa version, comprit-il. Et il *pouvait* le faire. C'était l'occasion ou jamais de tester leur amitié en lui avouant son secret… et risquer de perdre la meilleure chose qui lui soit jamais arrivée.

— De violents orages ont été annoncés, avec pluies torrentielles, grêle, peut-être même tornades. Je vais aller au ranch, histoire de limiter les potentiels dégâts.

— Après le papier peint, la météo ?

Désirée le dévisageait intensément, comme pour percer son âme. Elle s'humecta les lèvres, et la sensualité de ce geste faillit avoir raison de son sang-froid. Il n'avait jamais été attiré par les femmes enceintes, mais elle… c'était différent. Comment serait-elle au lit ?

Bon sang, comme si c'était le moment de penser au sexe !

— O.K., ajouta-t-elle.

O.K. ? Avait-il parlé de sexe tout haut ? Il mit quelques secondes à comprendre qu'elle capitulait seulement devant son silence. Pour l'instant… Désirée était têtue. C'était ce qu'il aimait le plus chez elle. Quand elle tenait à quelque chose, elle s'y accrochait. Et ne lui avait-elle pas dit qu'elle tenait à *lui* ?

— Tu m'accompagnes au ranch ? proposa-t-il sur une impulsion.

Comme si elle allait accepter… Son ex lui avait bien fait comprendre qu'on ne séduisait pas une femme avec des bottes de foin et du crottin de cheval.

— Bien sûr !

— Génial…

Il s'aperçut qu'il souriait comme si elle avait réellement accepté de coucher avec lui. *Coucher avec Désirée.* Non, à elle, il lui ferait l'amour, lentement, sensuellement…

— Prends un manteau, ajouta-t-il.

— Inutile. Il ne fait pas froid. Et puis, j'ai mon ventre pour me tenir chaud, dit-elle en riant.

S'ils avaient été plus que des amis, il lui aurait suggéré un autre moycn dc lui tenir chaud.

— Il fera froid ce soir. La température risque de chuter d'une vingtaine de degrés.

— C'est possible, ça, au Texas ?

— Oui, quand l'air chaud du Gulf Stream rencontre l'air froid du front arctique. Ça arrive chaque automne.

Tout en parlant, il commença à desservir la table.

— Je fais la vaisselle et nous partons. Pense à prendre un bonnet et des gants en plus de ton manteau.

Désirée se mordit la lèvre inférieure, l'air embêté, ce qui lui mit la puce à l'oreille.

— Ne t'inquiète pas. Nous achèterons tout ça au magasin. Je devais y faire un saut de toute façon.

— Je ne sais pas si…

— S'il te plaît, insista-t-il. J'aimerais que tu viennes.

Désirée songea à la petite somme d'argent qu'elle avait économisée pour payer les frais médicaux. Sa fierté lui interdisait d'accepter, elle n'en avait pas les moyens. D'un autre côté, Jordan n'était pas homme à dire « s'il te plaît » tous les jours. Et elle était incapable de refuser quoi que ce soit à…

Un ami ?

Elle posa une main sur son ventre. Après tout, il avait promis de l'aider. Sauf qu'elle voulait plus que son amitié… Mais c'était son problème, pas celui de Jordan.

C'était à elle, et elle seule, de le régler.

10

L'unique magasin de Piney Woods était une véritable caverne d'Ali Baba.

Pendant que Jordan chargeait le ravitaillement pour le ranch dans son pick-up, Désirée s'émerveillait devant les rayons proposant pêle-mêle bougies parfumées, selles, bijoux et vêtements pour bébés. Il y avait même un étal de bananes ! Elle hésita à examiner les échantillons de papier peint, puis décida d'attendre que Jordan soit avec elle. Sa détermination à offrir à James un vrai foyer était une joie secrète qui grandissait chaque jour un peu plus en elle.

Dans le rayon prêt-à-porter féminin, elle repéra un élégant manteau rose qu'elle essaya. La coupe trapèze seyait parfaitement à son ventre rond. Mais le prix la fit reculer, et elle opta finalement pour un sweat à capuche doublé — en solde, lui.

Comme Jordan tardait, elle jeta un coup d'œil à l'unique rayon de vêtements de grossesse. Si on lui avait dit qu'un jour, elle se pâmerait devant un pantalon à ceinture élastique, elle aurait ri. Mais ses propres pantalons lui sciaient le ventre, et le problème n'irait pas en s'arrangeant. Résignée, elle ajouta un jean de grossesse au sweat qu'elle tenait sur le bras et déposa ses articles à la caisse.

— Ce sera tout ? s'enquit la vendeuse.

— Oui. Puis-je utiliser vos toilettes ?

— Bien sûr. A droite après les lampes à lave et les sacs de couchage.

Les lampes à lave ? Peut-être y aurait-elle jeté un coup d'œil, par curiosité, si elle n'avait été si pressée. Lorsqu'elle ressortit, elle aperçut Jordan examinant les sacs de couchage.

— Tu attends depuis longtemps ?

— Non, dit-il.

Jordan n'allait pas lui avouer qu'il avait paniqué en ne la voyant pas dans le magasin. Depuis qu'elle lui avait avoué sa grossesse, son instinct protecteur s'était considérablement aiguisé. Un peu trop…

— Tout va bien ? demanda-t-il.

— Oui. Si ce n'est que je viens de craquer pour cette jolie verte à paillettes, dit-elle en désignant une lampe à lave à côté du sac de couchage qu'il inspectait.

— Et moi qui croyais que tu préférerais la jaune à gouttes bleues.

Il sourit. L'effet Désirée… Elle le faisait sourire comme jamais personne n'avait su le faire.

L'allée était si étroite qu'elle l'effleura par inadvertance en le dépassant. Elle s'écarta brusquement, manquant renverser sa lampe préférée. Devait-il se sentir flatté ou insulté ? Ce qui était sûr, c'était qu'il lui faisait de l'effet.

— Doucement, dit-il en la retenant par le bras.

Cette fois, elle ne recula pas. L'espace d'une seconde, il aurait même juré qu'elle s'était appuyée contre lui.

— Tout va bien. Attends-moi le temps que je paye…

— Déjà fait. J'ai tout réglé en même temps que mon sac de couchage.

Sans lui laisser le temps de protester, il l'entraîna vers la sortie, récupérant leur sac d'achats au passage.

— Merci, murmura-t-elle. Tu dois faire d'autres magasins ?

— Non, je fais toutes mes courses ici. Ce que Monroe's n'a pas, je n'en ai pas besoin, dit-il, guettant sa réaction.

La première fois qu'il avait dit cela à son ex, elle avait eu un rire forcé avant de pâlir en comprenant qu'il le pensait vraiment. Mais Désirée sourit, d'un de ces sourires qui illuminait son monde.

— Une saine philosophie, commenta-t-elle.

— Pas fan de shopping ?

— Pas vraiment.

En route pour le ranch, ils tombèrent dans un silence confortable. Rares étaient les amis de Jordan à deviner quand les mots devenaient superflus. Brad avait été l'un d'eux, et il l'avait tué… Une douleur aiguë lui vrilla le cœur. Presque vingt ans après, la blessure n'était toujours pas refermée.

Comme si elle avait perçu sa souffrance, Désirée plaça la main sur la console entre eux, paume ouverte, sans détourner les yeux de la vitre. Nonchalamment, il y posa la sienne. Elle lui offrait le réconfort dont il avait besoin sans rien réclamer en retour. Jamais il ne lui en avait été aussi reconnaissant.

La chaleur de sa paume contre la sienne lui réchauffait le cœur et la radio diffusait une musique entraînante.

Cette journée s'annonçait peut-être moins pénible que prévue.

Emmitouflée dans son sweat à capuche, Désirée observait la lutte de force entre Jordan et la jument qu'il venait d'attraper au lasso. Le soleil brillait dans le ciel, mais un vent frais s'était levé et la température avait déjà sensiblement baissé.

Rusty vint s'appuyer contre la barrière, près de la souche d'arbre où elle était assise.

— Je déteste me sentir inutile, marmonna-t-il en agitant son bras plâtré.

Elle lui adressa un sourire compatissant.

— Une fracture met du temps à guérir, dit-elle. Soyez patient.

— Je terminerai votre chambre sitôt rétabli, promis.

— Oh ! ne vous inquiétez pas pour ça ! Jordan s'en charge.

Sa décision d'en faire une chambre d'enfant l'emplissait

d'un sentiment de plénitude qu'elle n'aurait jamais cru connaître un jour.

Rusty la scruta attentivement.

— Vous avez une influence positive sur Jordan, vous savez.

Désirée sentit son cœur se gonfler de joie. Rien n'aurait pu lui faire plus plaisir que ces mots.

— Aujourd'hui est un jour difficile pour Jordan. Mais il tient le coup, et c'est grâce à vous.

Dans la pâture, Platon chassa un cheval qui empêchait Jordan de capturer la jument suivante.

— Les juments sont agitées à cause de l'orage imminent, et cet étalon n'arrange rien, commenta Rusty. Habituellement, il ne se laisse jamais approcher. Je ne cesse de répéter à Jordan qu'il nous cause plus de tort que de bien. Mais c'est un bon reproducteur et, sitôt les juments enceintes, il devient surprotecteur et ne les quitte plus des yeux.

Jordan choisit cet instant pour se tourner vers elle et lui faire un petit signe. Rusty éclata de rire.

— Un peu comme un certain étalon de ma connaissance…

Désirée rougit.

— Alors, dites-moi, que disent les gens sur ma grossesse ?

— Vous êtes enceinte ! s'exclama le cow-boy.

Il mimait si mal la surprise qu'elle ne put s'empêcher de sourire.

— Non, seulement ronde du ventre, ironisa-t-elle.

— Ma mère m'a appris à ne jamais supposer une femme enceinte simplement parce qu'elle en avait l'air.

— Une personne sage, votre mère.

— Oui, ma'am. D'ailleurs, elle vous invite à notre repas de Thanksgiving. Le premier en trois ans où Jordan sera là.

— Jordan m'a dit qu'il avait passé dix-huit mois en Afghanistan, murmura Désirée. Quelque chose s'est passé là-bas, n'est-ce pas ? Quelque chose qui rend ce jour difficile ?

— Non…

Le regard de Rusty s'était assombri. Comme il tournait

son attention vers la pâture, elle supposa que la discussion était close. Mais après un moment, il reprit la parole.

— Je ne suis pas sûr de devoir vous le dire…

— Alors ne me dites rien, le coupa-t-elle gentiment.

— Non. Il a besoin de quelqu'un qui le comprenne, et je pense que vous êtes la bonne personne.

Il se frotta les yeux et soupira.

— Quand Jordan avait dix-huit ans, il a eu un accident. Un truc stupide d'adolescents, mais Brad, son meilleur ami, y a perdu la vie. Aujourd'hui est l'anniversaire de sa mort.

Une vague de compassion envahit Désirée. L'émotion lui nouait la gorge.

— Mon Dieu, ça a dû être terrible…

— Il en souffre toujours, marmonna Rusty, les poings serrés. Mais il a confiance en vous. Peut-être qu'à vous, il vous parlera ?

— Je ne suis pas sûre qu'il ait vraiment confiance en moi…

— Il vous a amenée ici.

— Et donc ?

— Il n'a jamais amené personne ici, expliqua Rusty. Pas même son ex au plus fort de leur relation. Ce ranch est son refuge. Seuls Platon et moi y venons, et sa sœur lorsque les chevaux ont besoin d'un vétérinaire. Le reste du temps, elle respecte son espace privé.

— Refuge ? Espace privé ?

Entendre ce genre de jargon dans la bouche d'un cow-boy comme Rusty lui rappela le danger des préjugés.

Il sourit.

— Ma copine est psychologue en lycée, dit-il. Elle a tendance à déteindre sur moi, parfois.

Désirée observa Jordan flatter l'encolure de la jument pour l'amadouer. Elle détestait les commérages, et avait l'impression d'y prendre part en questionnant Rusty, mais c'était plus fort qu'elle.

— Les gens disent que Jordan était un enfant « agité ». Qu'est-ce que ça signifie, au juste ?

Rusty se tourna de nouveau vers la pâture. Son silence avait quelque chose d'accusateur, comme s'il lui reprochait d'avoir posé la question. Mais ces cow-boys, avait-elle appris, exigeaient autant de patience que leurs chevaux. Elle attendit, comptant ses inspirations. Elle en était à quarante-trois quand Rusty se décida à parler.

— Il passait son temps à défier l'autorité. Au football, par exemple… Il jouait comme bon lui semblait au lieu de suivre les stratégies du coach, ou rentrait des heures après le couvre-feu, comme s'il cherchait délibérément à se faire renvoyer de l'équipe. Mais, bien sûr, ce n'est jamais arrivé. Il était le fils de Dean Hart, et Dean Hart était le plus généreux contributeur du club que la ville ait jamais connu.

— Peut-être n'avait-il pas envie de jouer au football ?

— Son père ne lui a pas laissé le choix. Il le voulait dans l'équipe, point.

— Et le rodéo ? insista-t-elle. Nancy m'a dit qu'il s'était blessé dans une épreuve de *bull-riding*.

— Dans le circuit junior, Jordan était une star…

Il fit une pause, hésitant visiblement à poursuivre.

Désirée reporta son attention sur Jordan. A présent au volant d'un tracteur, il ramassait des balles de foin qu'il déposait à l'arrière d'un vieux camion agricole. L'opération terminée, il fit signe à Platon de démarrer.

— Je crois qu'il faisait du rodéo pour fuir ses parents, reprit Rusty. Ça lui permettait de partir sur les routes presque chaque été.

— Seul ?

— Au Texas, ce n'est pas inhabituel d'avoir son permis de conduire à seize ans. Quinze, pour les véhicules agricoles. De toute façon, dans le rodéo, on se serre les coudes. S'il avait eu besoin d'aide, il l'aurait trouvée. Alors que chez lui…

Il se tourna vers elle.

— Vous pensez que c'est trop jeune pour être aussi indépendant ?

— Ma sœur et moi avons dû nous débrouiller quasiment seules après la mort de ma mère, répondit Désirée.

— Quel âge aviez-vous ?

— Moi, dix ans, Céleste, douze. Puis mon père est mort à son tour dans l'ouragan Katrina. Céleste avait alors dix-huit ans. C'est elle qui a empêché mon placement en foyer. Alors, croyez-moi, je sais ce que c'est de devoir grandir trop vite, et je reconnais cette maturité particulière chez Jordan. Mais ça ne colle pas avec les histoires de chauffard alcoolique que j'ai entendues.

— Ces questions, c'est à Jordan qu'il faut les poser, dit Rusty avec un haussement d'épaules. Peut-être qu'à vous, il acceptera de se confier.

Son regard sur elle s'était adouci, comme teinté d'espoir.

— On dirait qu'ils ont fini, là-bas.

Il se redressa, et elle prit la main qu'il lui tendait, consciente du poids de James dans son ventre. Mais il la souleva comme si elle ne pesait pas plus lourd qu'une plume.

Valkyrie, la jument du rodéo, paraissait réticente à regagner la grange. Jordan passa le bras autour de son cou et lui murmura quelque chose à l'oreille. Puis, une main sur son garrot, il l'incita doucement à avancer.

— Jordan a toujours aimé les animaux, commenta Rusty.

Oui. Cela, Désirée le savait.

— Pourquoi n'est-il pas devenu vétérinaire, comme sa sœur ? demanda-t-elle.

— Je l'ignore. Un autre secret de Jordan à exhumer.

— Je doute qu'il s'ouvre à moi sur quoi que ce soit d'aussi personnel…

A sa grande surprise, Rusty la serra contre lui.

— Essaie. S'il te plaît. Et s'il refuse de parler, persévère. Il en vaut la peine.

— Hé, tout va bien, là-bas ? lança Jordan depuis le seuil de la grange.

Désirée tenta de se libérer, mais Rusty resserra son étreinte autour d'elle de son bras valide.

— Désirée grelotte. Je me charge de la réchauffer.

Jordan plissa des yeux soupçonneux.

— J'ai laissé mes clés dans le pick-up. N'hésite pas y allumer le chauffage, dit-il, les yeux rivés sur elle.

— Inutile. Je vais bien, répondit-elle, se dégageant à grand-peine.

— Rusty, puisque tu as envie d'aider, apporte donc un peu d'avoine aux juments.

— Tout de suite, patron.

Il adressa un clin d'œil à Désirée avant de disparaître dans la grange. Restée seule, elle s'aperçut qu'elle grelottait effectivement. Attendre dans le pick-up n'était pas une si mauvaise idée, tout compte fait. Elle mit le moteur en marche et la musique s'enclencha. Une chanson de cow-girl abandonnée par son homme.

Typique, aurait commenté sa sœur. Céleste avait certainement eu son lot de petits amis infidèles. Même son mari, Santone, l'avait trompée à plusieurs reprises pour flatter son ego de mâle dominant. Du moins l'en soupçonnait-elle, et Désirée n'avait aucun mal à le croire. Mais Jordan était différent. Jordan était…

Un ami. Rien de plus. En aucun cas un amant potentiel. Elle et James méritaient un peu de stabilité dans leur vie.

Suivit une chanson sur la pêche, plus entraînante, mais pas suffisante pour chasser Jordan de ses pensées.

Il avait apporté un matelas gonflable et une pompe, ainsi que le sac de couchage acheté chez Monroe's, avec l'intention de dormir plus souvent au ranch. Cette perspective la soulageait et l'attristait à la fois. Si la tension liée à leur cohabitation ne se dissipait pas rapidement…

Qui sait ce qui se passerait ?

Leur conversation de la matinée aurait forcément des conséquences. Surtout si, suivant les conseils de Rusty, elle persistait à le questionner sur son passé. Soit il prendrait ses distances, soit elle renoncerait d'elle-même à percer ses secrets. Une solution à court terme pour contrer leur attirance mutuelle… Et à long terme ?

Des images de Jordan et elle étroitement enlacés déferlèrent dans sa tête. *Non, pas cela*. Elle les chassa résolument.

Au même instant, son portable vibra. Un appel en numéro inconnu, et toujours pas de message. Elle ne se donna pas la peine de rappeler : ses deux dernières tentatives avaient abouti à la boîte vocale d'une firme inconnue. Face à sa paranoïa grandissante, elle fit appel à la logique.

Pourquoi Santone la rechercherait-il ? S'il avait voulu qu'elle remplace sa sœur, c'était uniquement pour sauver la face et prouver sa magnanimité, non ? Son instinct, pourtant, criait au danger. Santone avait déclaré qu'elle lui était redevable de l'argent dépensé pour la fécondation *in vitro*, allant jusqu'à insinuer qu'elle et son fils lui appartenaient.

Un frisson d'angoisse la parcourut.

— Tu as encore froid ?

Jordan venait de la rejoindre dans le pick-up. Augmentant le chauffage, il lui frotta les mains avant d'attraper le sac d'achats sur le siège arrière. A l'intérieur, outre le jean de maternité, elle aperçut le manteau rose qu'elle avait admiré, ainsi qu'une robe, plusieurs chemisiers… et une paire de gants.

— C'est toi qui as acheté tout ça ? s'enquit-elle durement, encore troublée par l'idée qu'on veuille la « posséder ».

Jordan se renfrogna.

— Ça fait partie du gîte et du couvert, marmonna-t-il.

— Depuis quand l'habillement entre-t-il dans cette catégorie ?

— Depuis que ton salaire ne te suffit pas à acheter ce dont tu as besoin.

Il jeta le sac sur le siège arrière et démarra.

— Mon salaire est celui dont nous étions convenus, objecta-t-elle. J'économise pour les frais médicaux, c'est tout.

Elle enfila les gants. La doublure en laine d'agneau lui réchauffa les doigts — mais pas autant que les mains de Jordan.

— Déduis le prix de ces gants de mon prochain salaire. Je rapporterai le reste au magasin.

— Non.

— Non ?

Elle avait durci le ton. Rien de tel qu'une dispute pour oublier provisoirement ses soucis.

— Tu es mon patron, Jordan. Pas mon tuteur.

Jordan serra la mâchoire, les yeux rivés sur la route. Après un moment, il déglutit.

— Ces vêtements sont un cadeau, murmura-t-il d'un ton enjôleur. Tu veux bien les accepter ?

Comment résister à une demande aussi adorable ?

Elle capitula.

— C'est d'accord… J'accepte.

11

Après un bref détour par la station-service, Jordan prit le chemin de la maison. Le ciel s'était considérablement assombri, et des rafales de vent balayaient le paysage. Désirée semblait de plus en plus nerveuse.

— Ce n'est qu'un orage, la rassura-t-il.

« Je te protège. Tu es en sécurité avec moi. » Les mots se bloquèrent dans sa gorge. Ils impliquaient tellement de choses…

Pour lui ou pour elle ?

Il alluma la radio afin de ne plus y penser. Son psychologue aurait désapprouvé. Prendre la fuite n'était pas la solution…

Pendant que Jordan faisait le tour de la maison en prévision de l'orage, Désirée entreprit de préparer le dîner. Au menu, sandwichs au fromage fondu et soupe de tomate en brique. Pas franchement le repas du siècle… Elle aurait voulu faire tellement plus pour lui ! Et pas seulement dans une cuisine. Elle voulait l'aider, se glisser dans son esprit.

Ou dans son lit.

Sauf que Jordan n'avait besoin d'elle ni dans l'un ni dans l'autre, quoi qu'en dise Rusty. Sa façon d'éviter toute conversation dans la voiture le prouvait. Elle posa une main sur son ventre arrondi. Bientôt, quelqu'un d'autre aurait besoin d'elle. Un petit être dont elle s'était juré de prendre soin. Mais qui prendrait soin d'elle ?

Jordan. La réponse s'imposa d'elle-même, comme une évidence. Avait-elle perdu toute volonté d'indépendance ? La porte s'ouvrit brusquement, et un courant d'air froid balaya la pièce, l'odeur de Jordan dans son sillon.

— Ça sent bon…, dit-il en s'approchant de la cuisinière.

— Un thé chaud ?

— Oui, s'il te plaît.

L'espace d'une seconde, elle eut la tentation de se hausser sur la pointe des pieds pour l'embrasser, telle une femme embrassant son homme de retour à la maison après une rude journée. Mais elle se contenta de sortir deux tasses et mettre de l'eau à bouillir. Un bon prétexte pour lui tourner le dos car quelque chose lui soufflait qu'elle n'avait pas cet air calme et assuré qu'elle s'efforçait d'afficher.

Comme Jordan posait les bols de soupe et le plat de sandwichs sur la table, la lumière vacilla.

— Le générateur n'a pas voulu démarrer, expliqua-t-il. Heureusement, j'ai une solution de secours…

Il sortit une lampe à huile d'un placard et la plaça au milieu de la table. A peine l'avait-il allumée que la lumière s'éteignit, plongeant la pièce dans la pénombre. Un dîner aux chandelles ? L'effet était trop romantique pour que Désirée parvienne à l'ignorer, mais, au moins, la quasi-obscurité dissimulerait son trouble. Si seulement elle pouvait être vraiment elle-même, sans restrictions ! Etrangement, avec Jordan, elle se moquait d'être vulnérable…

La table à laquelle ils mangeaient chaque jour semblait avoir rapetissé, réduite au cercle intime dessiné par la lumière de la flamme. Les ombres dansaient sur le visage de Jordan, tout en angles et méplats.

— C'est délicieux, commenta-t-il en mordant sans son sandwich.

— Ce n'est que du fromage grillé, dit Désirée, balayant

le compliment. Il va faire froid, cette nuit, non ? Va-t-on devoir dormir en jogging et chaussettes ?

« Pas très sexy », ajouta-t-elle mentalement.

Jordan leva la tête et croisa son regard, ses yeux bruns tantôt sombres, tantôt brillants à la lueur mouvante de la flamme.

— J'allumerai un feu dans la cheminée après le dîner. Ça nous tiendra chaud.

Désirée hocha la tête. La perspective d'un moment intime avec Jordan devant un feu de bois lui nouait le ventre.

Etait-ce le cadre inhabituel ? Tous deux faisaient durer le repas l'air de rien, s'arrêtant entre chaque bouchée, savourant le silence privé du ronronnement des appareils électriques — un silence qui en disait bien plus long que des mots. Enfin, après... quelques minutes ? Des heures ? La dernière miette fut avalée, et l'air autour d'eux parut se rafraîchir brusquement. Jordan se leva le premier et déposa leurs couverts dans l'évier.

— Il est temps d'allumer ce feu..., annonça-t-il.

Quelques minutes plus tard, à genoux devant l'âtre, il approchait une allumette enflammée du petit bois préparé plus tôt. L'écorce d'une bûche ne tarda pas à prendre, et, bientôt, un feu généreux s'éleva dans la cheminée.

La main de Désirée se posa sur son épaule.

— Joli..., commenta-t-elle, admirative.

S'il tournait la tête d'un quart de tour, il pourrait enfouir le nez dans sa chevelure soyeuse, la toucher... Non. Il ne devait pas. Mille bonnes raisons le lui interdisaient.

— Merci, murmura-t-il.

Sa voix était bourrue, mais s'éclaircir la gorge romprait le charme.

Quel charme ? Il n'était pas un prince charmant ! Ni le héros d'un de ces romans que lisait Désirée. Il n'était que lui-même, un homme ordinaire avec un peu plus de complexes que la moyenne... qu'il essayait de régler. « Toujours compenser le négatif par du positif », insistait son psychologue.

Une bûche crépita. Surprise, Désirée buta contre son pied et perdit l'équilibre, atterrissant sur les fesses. D'instinct, il lui avait posé une main sur le ventre afin de protéger le bébé. Elle mêla ses doigts aux siens et, sous leurs mains entrecroisées, le bébé remua. Des larmes d'émotion montèrent aux yeux de Jordan qui les réprima aussitôt. Mais Désirée ne fut pas dupe.

— Le miracle de la vie, dit-elle avec douceur. C'est une chose si magnifique qu'on ne peut qu'être ému, tu ne crois pas ?

Elle tenta de se redresser.

— Laisse-moi t'aider.

Glissant un bras autour de sa taille, il la plaqua contre lui tout en la relevant. Son corps s'imprimait parfaitement contre le sien, comme le visage de Désirée sur son épaule. Un feu ardent s'alluma entre ses reins. Il serait si simple de pencher la tête, poser les lèvres sur les siennes et sentir cette chaleur se propager entre eux. Si simple…

Mais criminel. Désirée méritait mieux qu'un pauvre type comme lui, instable sur tous les plans — mental, financier, émotionnel. Elle avait besoin d'un homme qui ne la réveille pas en pleine nuit à cause d'ennemis imaginaires. D'un homme qui lui achète de jolis vêtements à la mode au lieu des fins de séries de l'unique magasin de la ville. D'un homme capable de déchiffrer ses propres sentiments sans l'aide d'un thérapeute.

Désirée avait levé la tête, et il vit la question dans ses yeux. Par un suprême effort de volonté, il répondit *non* en silence et recula. La pénombre ne suffit pas à dissimuler la brusque rougeur sur les joues de la jeune femme qui s'écarta à son tour.

— Désolée, murmura-t-elle.

— Non, c'est à moi de l'être.

Il leva les yeux au plafond en quête d'une manifestation divine. Seules les ombres, et les fantômes qu'elles recelaient, lui répondirent.

— Je ne peux pas…

— Reste avec moi, l'interrompit-elle. Juste cette nuit.

Elle se pelotonna sur le canapé, les genoux ramenés sous le menton, et tapota le coussin à côté d'elle.

Jordan se sentit fléchir. Même pour tout l'or du monde, il n'aurait pu lui dire non une seconde fois.

— Tu ne te sens pas seul, parfois ? demanda-t-elle tandis qu'il s'asseyait à l'autre bout du canapé, aussi loin d'elle que possible.

Sa vulnérabilité le toucha. Elle faisait si parfaitement écho à la sienne qu'il renonça à mentir.

— Si, tout le temps, dit-il.

— Moi aussi.

Elle sourit, d'un sourire triste et fragile qui captiva son regard malgré lui. Il *devait* la toucher, c'était plus fort que lui. Lui apporter le réconfort dont elle avait tant besoin. Lui attrapant un des pieds, il le posa sur ses genoux et, du pouce, se mit à effectuer un lent mouvement circulaire sur la voûte plantaire à travers l'épaisse chaussette de laine.

Désirée se laissa aller contre l'accoudoir, un bras négligemment jeté au-dessus de sa tête. Elle inspirait et expirait profondément dans un effort visible pour se relaxer. Mais l'alchimie entre eux n'était pas si aisément vaincue.

« Prends tes distances », s'exhorta-t-il.

— Parle-moi du père du bébé.

La tension, loin de se dissiper, monta d'un cran. C'était comme si un mur s'était brusquement érigé autour de la jeune femme. Il aurait voulu la rassurer, lui promettre que personne ne lui ferait plus jamais de mal. Mais qui était-il pour faire une telle promesse ? Etait-il seulement capable de la tenir ? Rien n'était moins sûr.

Il continuait son massage en silence quand, enfin, elle parla.

— Je ne sais pas qui est le père.

Désirée sentit le mouvement sur son pied s'arrêter, juste une demi-seconde, puis reprendre. Il faut dire que ses paroles prêtaient à confusion. Devait-elle en rester là, sachant que Jordan n'exigerait pas d'explication ? Ou…

— C'est l'enfant de ma sœur, issu d'une fécondation *in vitro*. Mais elle…

« Dis-le. Finis-en une bonne fois pour toutes. »

— Elle est morte il y a quelques mois dans un accident de voiture.

Le mot résonnait dans sa tête, obsédant. *Morte. Morte. Morte*. Instinctivement, elle s'était repliée sur elle-même et se berçait d'avant en arrière, les bras autour des genoux, quand Jordan l'attira doucement contre son torse. Son bras autour d'elle était la seule chose qui l'empêchait de voler en éclats. Depuis que ces deux policiers avaient sonné à sa porte pour lui annoncer la terrible nouvelle, elle n'avait pas réussi à verser une seule larme. Jusqu'à aujourd'hui.

— Pleure, Désirée. Pleure tout ton soûl. Je suis là.

Sa voix grave au creux de son oreille balaya ses dernières réserves. Comment savait-il que c'était exactement les mots qu'elle rêvait d'entendre ?

Toutes ces personnes qui l'avaient serrée dans leurs bras, à l'hôpital, puis à l'enterrement, n'avaient fait qu'ignorer son chagrin. « Ne pleure pas », lui avaient-ils dit. « Tout ira bien. » Comme si c'était possible… Avaient-ils seulement remarqué qu'elle ne pleurait pas ? Que leurs étreintes hypocrites la blessaient plus qu'elles ne la réconfortaient ?

Aujourd'hui, enfin, elle libérait ses émotions sans honte, ni retenue. Dans les bras de Jordan, elle n'avait plus à faire semblant. Il était là pour elle, aussi longtemps qu'elle en aurait besoin.

Le feu était presque éteint lorsque ses sanglots s'apaisèrent. Jordan la tenait toujours enlacée, lui offrant un réconfort tant physique qu'émotionnel. Soudain, elle prit conscience de ce qu'elle avait fait, à quel point elle s'était laissée aller, et se dégagea.

Un frisson la traversa. Pourquoi cette réaction ? Elle n'avait pas à être forte toute seule. Plus maintenant.

— Je remets quelques bûches et je reviens, murmura Jordan du même ton qu'il l'avait encouragée à pleurer.

— D'accord.

Lorsqu'il s'installa derrière elle, quelques minutes plus tard, l'enveloppant de ses bras, elle s'abandonna contre lui, absorbant sa force.

— J'ai confiance en toi, murmura-t-elle.

Ses lèvres lui effleurèrent la joue, tout près de son oreille.

— Merci.

« Moi aussi, j'ai confiance en toi. » Des mots qu'hélas, il ne prononça pas. Pourquoi était-ce si important pour elle ? N'avait-elle pas déjà plus que tout ce qu'elle avait osé espérer ?

— Ce bébé n'aurait jamais dû être le mien…, reprit-elle, brisant le silence qui s'était installé entre eux.

Jordan chercha en vain une réponse adéquate. Il brûlait de toucher son visage, ses cheveux… Toucher son âme comme elle touchait la sienne. Mais il n'en avait pas le droit. Ce moment d'intimité était un miracle, une parenthèse hors du temps. Désirée attendait un homme qui s'engage pour la vie, et il n'était pas cet homme. Ce genre d'engagement impliquait des responsabilités qu'il était incapable de gérer.

Cédant à son impulsion, il lui caressa la joue, et la trouva humide. Les larmes de Désirée lui tordirent le cœur. Une boule d'émotion l'empêchait de parler, mais il le devait ! Elle avait besoin de lui pour partager son fardeau.

— Pourquoi l'avoir gardé ? demanda-t-il.

— Au début, parce qu'il était l'enfant de ma sœur, la seule famille qu'il me restait. Aujourd'hui…

Elle posa une main sur son ventre arrondi.

— Parce que je l'aime.

Pendant un moment, elle resta immobile, la respiration saccadée. Puis il sentit son corps se crisper contre lui, de la nuque aux muscles de ses jambes.

— Calme-toi. Je suis là, dit-il pour la deuxième fois en quelques heures.

Bon sang, que lui arrivait-il ?

Il devait se calmer, lui aussi, ou sa tension risquait de contaminer Désirée. Il dut y parvenir car elle se lova plus étroitement contre lui.

— Ma sœur Céleste a renoncé à tout ce qu'elle était, pour se conformer à ce que Santone attendait d'elle. Leur mariage a été une cruelle désillusion, mais aux yeux du monde, ils formaient le couple parfait. C'était important pour Santone. Il est très attaché à son image publique.

— Santone ? Tu veux dire, le Dr Santone ? Le neurochirurgien de ton ancien hôpital, celui qui t'a donné une mauvaise appréciation ?

— Oui. Ce que tout le monde ignore, c'est qu'il est stérile. Quand j'ai accepté d'être mère porteuse, il a déclaré publiquement que le problème venait de Céleste. Il a organisé la fécondation dans un lieu secret, pour cacher le fait que nous avions recours à un donneur de sperme. Apparemment, son ego aurait souffert si ses amis avaient eu vent de son incapacité à procréer.

Sa voix était dure, empreinte d'amertume. Elle était si tendue qu'il craignait presque de la briser en la touchant. Comme si elle avait lu dans ses pensées, elle entremêla ses doigts aux siens, qu'il serra très fort.

— Un vrai gentleman…, murmura-t-il d'un ton sombre.

— Santone affichait sa soi-disant ouverture d'esprit en nous faisant passer pour la famille parfaite. Céleste a même réussi à me convaincre d'y croire.

Elle eut un rire sans joie.

— Et il n'y a pas que sa stérilité qu'elle l'a aidé à cacher. Santone est un homme brutal et irascible. Céleste a beau l'avoir toujours nié, je le soupçonne de l'avoir frappée, et je sais qu'il l'a torturée mentalement durant toutes leurs années de mariage.

Elle lâcha brièvement sa main pour essuyer une larme. Lorsqu'elle la reprit, elle la serra encore plus fort dans la sienne.

— De franche et extravertie, ma sœur est devenue docile, effacée. Une ombre obéissant à son mari sans poser de question.

Jordan pensa à sa propre relation avec son père, expert en abus physiques et harcèlement moral. Lui avait suivi le chemin inverse. Il était devenu difficile, rebelle. « Agité », comme le décrivaient les gens de Piney Woods. Tous avaient plaint ses parents quand…

Son estomac se noua.

Quand il avait tué Brad.

Rester lui était devenu impossible. Il devait partir, quitter cette ville qui lui rappelait sans cesse l'accident. Un accident qui n'aurait jamais dû se produire. Si seulement…

Non. Le passé était le passé. Rien ne pouvait le changer.

— Ma sœur m'a toujours défendue, reprit Désirée, la voix teintée de nostalgie.

La sienne aussi. Sissy avait été la seule à prendre son parti, à l'époque. Depuis, il aurait fait n'importe quoi pour elle — y compris rouvrir le cabinet de Piney Woods.

— J'étais une pomme de discorde dans son couple, je le sais parce que je l'encourageais à s'affirmer face à Santone.

Au tremblement dans sa voix, il devina un profond sentiment de culpabilité.

— Tu as eu raison, dit-il.

Elle porta leurs deux mains entrecroisées sur son ventre afin qu'il sente le bébé bouger.

— Santone m'a acceptée comme mère porteuse uniquement pour garder une emprise sur ma sœur. Mais quelque chose s'est passé, et j'ignore quoi. Quand elle a grillé ce feu rouge, Céleste était au téléphone avec moi, en route pour l'aéroport. Elle pleurait et disait qu'elle allait tout quitter.

Elle se tut et il respecta son silence, honorant la mémoire

de sa sœur avec elle. Celle de Brad aussi, profondément conscient de tout ce qu'il avait perdu dans sa vie. Des pertes qui l'avaient changé à jamais… Aujourd'hui, il n'avait rien à offrir à Désirée, ni espoir ni promesse. Rien qui puisse chasser sa peine. C'était elle, même, qui le réconfortait !

— Ma sœur sera toujours avec moi à travers ce bébé, murmura-t-elle. Elle l'aimait déjà tellement…

Il lui pressa la main, plus impuissant que jamais. Soudain, il avait besoin de prendre ses distances. Retrouver un peu d'espace.

— On dirait que le vent est tombé. Je vais faire un tour dehors, inspecter les environs, dit-il en se dégageant.

— Dans le noir ?

— Je prends une torche.

— Reste, s'il te plaît. Je t'ai confié mes secrets les plus intimes, alors à ton tour. Pourquoi les gens chuchotent-ils dans ton dos ? Parle-moi, Jordan…

Elle avait saisi sa main qu'il avait crispée en un poing solide. S'il l'ouvrait, elle glisserait ses doigts entre les siens pour le retenir. Comment lui échapper ? Comment éviter un aveu qui l'éloignerait de lui à jamais ?

— Désirée, je…

— S'il te plaît, Jordan. Tu m'as réconfortée. Laisse-moi te rendre la pareille. C'est à ça que servent les amis, non ?

Elle porta son poing à ses lèvres, si douces sur sa peau calleuse… Avait-il droit à une seconde chance ? S'il lui avouait la vérité, lui offrirait-elle ce pardon qu'il ne méritait pas ?

Il inspira profondément, prêt à sauter le pas… et cligna des yeux dans la brusque clarté. L'électricité était revenue, et le salon brillamment éclairé prenait soudain des airs de salle d'interrogatoire. Déjà, le ronronnement du chauffage central emplissait le silence. Retour à la normale.

Lentement, il se leva. Désirée s'agrippa à lui.

— Parle-moi…

Trop tard. L'instant était passé, ils le savaient tous les deux.

Pour lui, ni pardon ni seconde chance. Pas de nouvelle vie pour remplir le vide dans son âme.

Il dégagea son bras.

— Je sors voir s'il y a des dégâts.

Comme il s'élançait dehors, sa torche à la main, il s'étonna de ne pas éprouver plus de soulagement. N'avait-il pas réussi à préserver son secret ? Au lieu de quoi, il se sentait plus seul que jamais. Plus encore que ce jour où il s'était réveillé à l'hôpital et que son père lui avait appris la mort de Brad.

Son père, dont les mots résonnaient encore dans sa tête.

« C'est ta faute. »

12

Désirée avait l'impression d'avoir reçu un seau d'eau glacée en pleine figure.

Que s'était-il passé ?

Elle avait enfin franchi le mur qui les séparait, elle en était certaine. Puis la lumière s'était rallumée, et toutes ses certitudes s'étaient envolées. Jordan affichait son impassibilité habituelle, le regard vide d'expression, les épaules rentrées en une attitude défensive.

Etait-ce ainsi qu'il avait perçu sa sollicitude ? Comme une attaque ? Avait-il cru qu'elle le bombardait de questions moins par empathie que par curiosité ?

Le feu éteint, la pièce s'était rafraîchie. Grelottante, elle se leva et monta se coucher. Inutile de l'attendre puisque, à l'évidence, il ne le souhaitait pas.

En temps normal, elle serait restée éveillée des heures à ressasser leur conversation. Avait-elle mal lu entre les lignes ? Non. L'espace d'une fraction de seconde, il avait déposé les armes, prêt à s'ouvrir à elle. A sceller le lien qui les unissait. Car ce lien existait, elle en était sûre. Mais la fatigue de sa grossesse ne tarda pas à l'entraîner dans un sommeil sans rêves.

Le matin arriva trop tôt et, avec lui, le moment d'affronter Jordan. Que lui dire ? Elle se posait encore la question en descendant l'escalier. Les bruits de cuisine et l'odeur du petit déjeuner, habituellement sources de réconfort, lui vrillaient les nerfs.

Elle trouva Jordan aux fourneaux en train de préparer une omelette, son plat préféré. Sur la table, un verre de lait et une tasse de thé fumant attendaient à côté de son assiette. Un petit déjeuner ordinaire… Pourtant, ce matin, quelque chose semblait différent, comme si Jordan y avait mis un soin particulier…

Mais hier soir aussi il lui avait paru différent. A tort.

— Bonjour, dit-il sans se retourner.

Sa voix était détachée, dénuée de toute émotion. Maintenant qu'il l'avait laissée entrevoir sa vulnérabilité, il se montrait plus distant que jamais. Elle-même n'aurait pas agi différemment… si ce qui le liait à lui n'avait été si fort.

Elle l'aimait. C'était aussi simple que cela. Et tellement complexe à la fois ! Mais elle *devait* essayer.

— A propos de la nuit dernière…

— J'ai une journée chargée, la coupa-t-il. Si tu as besoin de quelque chose, dis-le-moi avant que je parte.

Malgré le ton décourageant, elle le prit au mot.

— J'ai besoin que tu me parles, Jordan.

Les muscles de son cou saillirent. La tension qui émanait de lui était palpable.

— Laisse tomber.

— Alors c'est fini ? Nous ne sommes plus amis ?

— Tu t'en feras d'autres, et de bien mieux que moi.

Il se tourna vers elle, impassible.

— Le petit déjeuner est prêt.

Son estomac se noua. Manger avec lui comme si de rien n'était, en le regardant s'éloigner d'elle un peu plus à chaque bouchée, était au-dessus de ses forces.

— Je dois y aller. Mon patron déteste que je sois en retard, plaisanta-t-elle, nerveuse.

Pour prendre son sac à main, elle devait passer devant lui. L'effleurer. Respirer son odeur. Sentir la chaleur de son corps. Autant de détails qui embrasaient ses sens et affolaient son cœur. La tentation était grande de se jeter dans ses bras en quête de sa protection. De son amour.

— Il faut que tu manges.

L'inquiétude perçait dans son ton péremptoire. Bon sang, pourquoi fallait-il qu'il soit si attentionné ? Tout serait tellement plus simple s'il n'était qu'une ordure sans cœur !

— Je n'ai pas faim, répliqua-t-elle.

— Laisse-moi emballer ton petit déjeuner pour plus tard…

— Inutile. Je n'ai pas besoin de ton aide, comme tu n'as pas besoin de la mienne.

Ces mots suffirent à remettre ses défenses en place.

« Bats-toi, Désirée. Survis. Aucun homme n'est digne de confiance. »

Il y avait longtemps que Céleste n'avait plus investi ses pensées. Aujourd'hui, elle lui donnait la force de frôler Jordan la tête haute. S'il avait cherché à la retenir, ou seulement fait un geste dans sa direction, toutes ses résolutions se seraient évanouies. Mais il ne bougea pas.

Un froid glacé envahit Désirée. Le lien qui s'était tissé entre eux au fil des semaines venait de se rompre, et l'absence qu'il laissait lui donnait le vertige. Déterminée à cacher ses larmes, elle s'élança hors de la maison.

Lorsqu'elle arriva au cabinet, elle avait relégué la soirée de la veille dans le coin le plus reculé de son esprit et adopté une nouvelle stratégie : prétendre que rien ne s'était passé.

— Ah, Désirée, contente que tu sois en avance…, dit Nancy en guise d'accueil. Tu as une journée chargée, aujourd'hui.

— Tant mieux.

Au moins n'aurait-elle pas le temps de penser à cette conversation qu'elle et Jordan n'auraient jamais. Au cabinet, elle était Désirée Novak, infirmière praticienne. Aucun homme ne lui enlèverait jamais son professionnalisme, pas plus que son indépendance ou son estime de soi.

Ce que Jordan n'avait jamais essayé de faire, lui souffla son subconscient. Au contraire, il s'était démené pour lui bâtir une excellente réputation. Seule leur cohabitation lui avait valu quelques remarques réprobatrices. Et infondées… Jordan l'avait rejetée. Rien ne pouvait combler le vide laissé dans son âme. Combien de temps supporterait-elle cette souffrance ?

Vivre avec lui allait être l'enfer. Mais elle n'avait pas le choix. Elle ne gagnait pas assez pour déménager. Désormais, elle se contenterait donc de partager son espace en se faisant la plus discrète possible. Rester confinée dans sa chambre, devenir un fantôme sous son toit… Pas très réjouissant, mais quelle autre solution avait-elle ?

Nancy lui tendit le premier dossier.

— Regina Taylor, seize ans. Elle n'a plus ses règles, mais affirme prendre la pilule. Comme si on ne l'oubliait jamais à son âge…

Elle baissa les yeux sur le ventre de Désirée.

— Ou à n'importe quel âge, d'ailleurs.

Tant de questions se bousculaient dans son regard. Que pensait vraiment Nancy à son propos ? Et Katey ? Et le reste de la ville ? Cette ville où elle élèverait son enfant…

Ce n'était pas le moment d'y penser. Affichant son air le plus professionnel, elle poussa la porte de la salle d'examen.

— Bonjour, Regina. Comment te sens-tu, aujourd'hui ?

Elle sourit, plus pour elle-même que pour la patiente. Noyer sa peine dans le travail avait toujours fonctionné avant Jordan, et fonctionnerait encore maintenant. James avait besoin d'elle. Pour lui, elle était résolue à survivre.

Au volant de son pick-up, Jordan attendait Désirée à la sortie du cabinet.

Sa séance de thérapie de l'après-midi avait été particulièrement éprouvante. Il se sentait nu. Vulnérable. Il était si facile de le blesser… Mais il survivrait. Lui et son psychologue en avaient souvent discuté lors de leurs séances précédentes. Sauf qu'il n'avait jamais *réellement* eu à prendre le risque, jusque-là. Celui d'être incompris et rejeté. Survivrait-il à cette souffrance-là ?

Les dernières lumières du cabinet s'éteignirent, et Désirée apparut sur le seuil.

Son cœur bondit dans sa poitrine. Et si les choses se passaient mal ? Leur cohabitation s'en trouverait irrémédiablement altérée. Mais pouvaient-ils continuer à vivre ensemble avec ce qui le rongeait de l'intérieur ?

Il n'avait pas le choix.

Inspirant profondément, il ouvrit sa portière. Désirée tourna vers lui un regard méfiant.

— Salut…

Sa gorge était sèche, sa mâchoire crispée. Il avait sans doute plus l'air désespéré que soucieux de se faire pardonner… Mais la jeune femme dut percevoir sa sincérité car son expression s'adoucit.

— Salut.

— Tu me ramènes ?

Elle hésita. Son regard s'attarda un instant sur sa voiture, comme en quête d'une échappatoire, avant de revenir sur lui.

— D'accord.

Il lui tendit les clés. Il ne se sentait pas capable de conduire face à l'épreuve qui l'attendait. D'ailleurs, après avoir entendu ce qu'il avait à dire, elle se féliciterait d'être au volant.

Elle prit les clés en évitant de le toucher, mais accepta la main qu'il lui tendait pour monter dans le pick-up. Une onde de chaleur déferla en lui, si brûlante qu'il en eut le souffle coupé. ce fut à peine s'il parvint à lui indiquer la direction de l'autoroute. Désirée, elle non plus, ne parlait pas.

Les mots étaient inutiles. Ils se comprenaient. Leurs

esprits s'harmonisaient aussi naturellement que leurs doigts s'entremêlaient. L'air de rien, il posa une main sur la console entre eux, paume ouverte. Celle de Désirée vint la recouvrir, et ce contact lui insuffla le courage dont il avait besoin.

— Au lycée, j'étais un élève rebelle, indiscipliné. Mes anciens professeurs n'y comprenaient rien. Jusque-là, j'avais toujours été un enfant sage, presque invisible, n'aimant rien mieux que lire et s'occuper des chevaux.

Il eut un rire sans joie.

— Mon père recevait de nombreux visiteurs au ranch. Il voulait que je les impressionne, mais je m'arrangeais toujours pour disparaître. Ma journée idéale consistait à nettoyer les stalles, m'occuper des poulains, puis me cacher dans un coin et lire jusqu'à ce qu'on me trouve. Platon, bien sûr, ne me trouvait jamais avant qu'il soit l'heure de rentrer.

— Que s'est-il passé ? demanda Désirée.

— L'aîné et unique fils de Dean Hart n'avait pas le droit d'être timide. Je devais m'imposer, comme ma sœur. Sissy était l'une des filles les plus populaires de l'école. Déléguée de sa classe, capitaine des pompom girls, présidente d'une association de bienfaisance… Si elle en était capable, pourquoi pas moi ?

Il secoua la tête avec un rictus de dérision.

— Alors j'ai essayé. Je suis sorti avec des filles populaires qui ne disaient jamais non au fils de Dean Hart. J'ai intégré l'équipe de football, où je me débrouillais plutôt bien, même si je détestais ça. Et je suis devenu ami avec Brad, le fils idéal aux yeux de mon père.

Désirée pressa sa main contre la sienne.

— Et en classe ? l'encouragea-t-elle.

— Avant le lycée, j'avais toujours eu de bonnes notes. Puis je me suis mis à faire la fête tous les soirs et à sauter les cours, et mes résultats ont chuté. Mais mon plus gros problème était l'alcool. J'avais besoin de boire pour être extraverti. Et plus je décevais mon père, plus j'essayais de lui plaire, plus je buvais.

— Et quelque chose est arrivé.

Il n'y avait ni jugement ni condamnation dans sa voix. Seulement de la compassion.

— J'ai raté mon examen d'entrée à l'université, dit-il après un silence.

Remarquant où ils se trouvaient, il saisit l'occasion de faire une pause.

— Tourne au prochain croisement. C'est une route de terre mal indiquée, alors ralentis pour ne pas la manquer.

Désirée acquiesça d'un signe de tête.

A présent arrivait le passage la plus difficile de sa confession.

— J'ai échoué car nous avions gagné un match et fêté notre victoire toute la nuit. Le lendemain, j'étais trop mal en point pour me concentrer sur l'examen.

— Qu'appelles-tu « échouer » exactement ? demanda Désirée, comme si elle sentait qu'il exagérait.

Sa foi en lui le réconforta.

— A vrai dire, mon score me permettait d'intégrer une université publique, mais pas la prestigieuse université privée que mon père visait. Quand il l'a appris, il a été furieux, hurlant que j'étais la honte de la famille.

— Que lui as-tu répondu ?

La question le surprit.

— Rien. Je n'ai jamais rien répondu. Ça n'aurait fait que prolonger le sermon inutilement. Tourne ici, ajouta-t-il en désignant le croisement du menton.

Désirée ralentit et mit son clignotant avant de s'engager sur une sorte de chemin forestier.

— Cette route menait à un puits de pétrole actif, autrefois. Mon père était associé avec l'entreprise qui l'exploitait, mais il a fermé peu après ma naissance.

— Et, bien sûr, c'est ta faute, conclut-elle, sarcastique.

— A en croire mon père, oui. Il me juge responsable de tous les revers subis par sa famille.

— *Sa* famille ?

Jordan ignora le vide qui s'était insinué en lui.

— Ce n'est plus ma famille. Et c'est très bien ainsi.

Il prit une profonde inspiration.

— Bientôt, tu devrais arriver à un virage serré. Quand tu y seras, arrête-toi, d'accord ?

— Entendu.

Dans le silence qui suivit, il se perdit dans ses pensées. Mais la voix de Désirée le rappela à elle.

— Que s'est-il passé ensuite ?

— Quand toutes les meilleures universités m'ont refusé, mon père m'a dit…

Ses mots continuaient à le blesser, encore aujourd'hui. Vivement, il passa à la suite.

— Brad et moi avons pris mon pick-up après avoir dévalisé la réserve d'alcool de nos parents. On roulait vite. Beaucoup trop vite. On s'est retrouvés sur cette petite route de terre…

Il s'aperçut qu'ils s'étaient arrêtés. Désirée avait garé la voiture dans le virage, celui bordé par un fossé profond où s'élevait un chêne mort couvert de marques.

Comment avait-elle su ?

— C'est ici que le pick-up a quitté la route et plongé dans le fossé, murmura-t-il. Je m'en suis sorti avec une simple commotion cérébrale.

Désirée essuya une larme, tandis qu'il fixait l'endroit où son ami avait perdu la vie, et lui son âme. Après toutes ces années de silence, il éprouvait soudain le besoin de se libérer.

— Apparemment, j'ai été éjecté. Brad n'a pas eu cette chance. Personne n'a pu déterminer qui conduisait, et je ne me souviens de rien. Quand j'ai appris sa mort, il m'a semblé que les murs de ma chambre d'hôpital se refermaient sur moi. Je me suis demandé si Brad avait ressenti la même chose dans son cercueil…

Cette fois, ce sont ses larmes que Désirée essuya du bout des doigts. Lorsqu'ils frôlèrent ses lèvres, il les embrassa.

— Ses parents ont refusé que j'assiste aux funérailles. J'ai compris que je devais disparaître de leur vie, pour leur permettre de faire leur deuil. Deux semaines plus tard, je m'engageais dans l'armée.

Sans un mot, Désirée libéra ses doigts et sortit du pick-up. Elle en fit le tour, lui ouvrit sa portière et lui tendit la main.

— Viens.

Il s'agrippa à elle, tel un naufragé à une bouée de secours. Sans protester, elle l'entraîna vers le bord du fossé et s'éclaircit la gorge.

— Brad, merci d'avoir été là pour Jordan quand il en a eu besoin. Il est sincèrement désolé et ne t'oubliera jamais.

Jordan fut pris de vertige. Ces mots étaient exactement ceux qu'il avait toujours voulu prononcer sans oser le faire, persuadé qu'il n'en avait pas le droit. Désirée glissa un bras autour de son épaule, lui insufflant sa force.

— Ecoute, chuchota-t-elle.

L'herbe bruissait sous le vent, un son léger, très pur, qui transperça son âme.

— Brad dit qu'il te pardonne, murmura Désirée, une main sur sa joue pour l'empêcher de détourner les yeux. Maintenant, à ton tour de te pardonner.

Alors, pour la première fois, Jordan sut qu'il y parviendrait un jour.

13

Une semaine après, Désirée était au bord de l'implosion. Fidèle à lui-même, Jordan s'était de nouveau isolé dans sa bulle où elle n'avait pas sa place.

En désespoir de cause, elle se tourna vers Nancy.

— Je ne sais plus quoi faire, avoua-t-elle.

— Jordan n'a pas eu une enfance facile, avec son père. Une rumeur court selon laquelle il ne serait pas le fils biologique de Dean Hart, d'où sa sévérité. Rien de ce que faisait Jordan n'était jamais assez bien, alors que Sissy était parfaite.

— Ça a toujours été ainsi ?

Nancy opina et posa son dossier pour se consacrer pleinement à la discussion.

— Ma fille était dans la même classe que Jordan. C'était un garçon calme, studieux, très intelligent. Il était doué pour tout et s'intéressait à plein de choses. Il dévorait tous les livres qui lui tombaient sous la main.

— Et continue à le faire.

Les heures passées à lire en compagnie de Jordan comptaient parmi les plus belles de sa vie.

— Un fils intelligent ne suffisait pas à Dean, reprit Nancy. Il le voulait populaire, extraverti. La star du lycée… Comme sa sœur.

Elle baissa la voix.

— Jordan arrivait souvent à l'école avec des bleus. Personne ne lui a jamais rien demandé, et il n'aurait de toute façon pas parlé. Qui aurait osé s'opposer à Dean Hart ?

— Et sa mère ?

— Elle moins que les autres. Elle tenait trop à son train de vie et à ses séances shopping à Dallas.

— Frappait-il aussi sa sœur ?

— Je ne crois pas. Dean n'était dur qu'avec son fils.

Désirée secoua tristement la tête.

— Nous nous étions tellement rapprochés, Jordan et moi, et maintenant… C'est comme si nous avions atteint une limite, seulement pour faire marche arrière. Que dois-je faire, Nancy ? ajouta-t-elle, envahie par un profond sentiment d'impuissance.

— Je ne sais pas. Etre patiente. Compréhensive. Comme avec tes patients, mais à un niveau plus personnel.

Plus personnel ? Tout ce qui concernait Jordan *était* personnel à ses yeux !

Le bruit du pick-up de Jordan interrompit leur discussion.

S'approchant de la fenêtre, Désirée l'observa tenter d'amadouer un chien errant. Avec précaution, il lui tendit un bout du hamburger constituant son déjeuner. Le chien s'enfuit, mais pas très loin, et regarda en arrière. Jordan resta parfaitement immobile, jusqu'à ce que l'animal lui fasse face. Alors il récompensa sa confiance en déposant un morceau de hamburger par terre avant de reculer pour le laisser manger tranquillement. Ses lèvres bougeaient, et elle devina qu'il l'encourageait gentiment, comme on apaise un animal blessé.

Les semaines suivantes, elle fit de même, s'adressant toujours à Jordan avec beaucoup de douceur, et, peu à peu, ses efforts commencèrent à payer.

Il souriait davantage. Lui prodiguait des encouragements. Quand elle le frôlait « par inadvertance », il ne s'écartait plus. Elle le soupçonnait même de croiser délibérément son chemin pour réitérer le contact. Ce contact électrique qui déclenchait systématiquement en elle de délicieux frissons…

Il essayait même de la faire rire. Comme ce jour où il lui avait offert un T-shirt avec un petit cow-boy sur un cheval à bascule.

— Garde la tête haute, lui avait-il rappelé en lui tendant le vêtement affichant ouvertement sa grossesse.

— Promis.

Ce jour-là, il n'avait pas retiré son bras quand elle y avait posé la main.

Au dîner de Thanksgiving, entouré de ses proches — son oncle et sa tante maternels, ainsi que Rusty et sa copine —, il avait ri de bon cœur. Plus tard, comme il l'aidait à descendre du pick-up, il l'avait serrée dans ses bras en la remerciant de lui avoir fait passer une si bonne soirée.

Il essayait. Vraiment. Mais sa garde baissée, Jordan se sentait plus vulnérable que jamais.

De grands changements s'opéraient en lui, il le savait, et cela prenait du temps. En attendant, il oscillait entre l'homme qu'il voulait devenir et celui qu'il croyait être.

Heureusement, Désirée était là pour le soutenir, toujours prête à discuter les rares fois où il trouvait la force de communiquer. Jamais elle ne se formalisait de ses silences, ni de ses sautes d'humeur. Il lui en était reconnaissant et faisait de son mieux pour le lui montrer.

La semaine avant Noël, ils avaient posé ensemble la frise dans la chambre du bébé. Désirée avait insisté pour qu'il l'accompagne chez Monroe's et jette un coup d'œil à leur sélection. Quand il avait proposé celle avec les bottes et chapeaux de cow-boy, elle s'était ralliée à son choix, et lorsqu'il avait descendu son vieux cheval à bascule du grenier, les larmes lui étaient montées aux yeux.

Ils passaient un bon moment, elle parlant berceaux tandis qu'il écoutait. Puis elle s'était mise à le questionner sur les Noëls de son enfance. Voilà pourquoi, deux jours avant le réveillon, il se retrouvait à installer un imposant sapin dans le salon. Pour se faire pardonner de l'avoir blessée en la rabrouant. Il avait vu la peine dans ses yeux, là où l'instant d'avant se lisait…

De la pitié.

Quand il lui avait dit passer tous ses Noëls sur sa paperasserie, elle l'avait regardé… Oui, avec pitié.

Il n'avait pas besoin de cela. Ni de quoi que ce soit, d'ailleurs. Besoin était synonyme de faiblesse. Et ses faiblesses risquaient d'être exploitées contre lui…

Non. Son psychologue et lui en avaient déjà discuté. Il devait abandonner ce genre de raisonnement. Désirée ne lui avait jamais fait de mal. Elle avait confiance en lui, et il pouvait avoir confiance en elle. Elle était la femme dont il avait besoin, celle dont il s'efforçait d'être digne. Il voulait partager son futur avec elle.

Ses efforts furent récompensés par le visage radieux de Désirée lorsqu'elle vit le sapin. Ils le décorèrent ensemble — elle le bas, lui le haut — avec les ornements qu'il avait achetés chez Monroe's sur le chemin du retour. Il avait l'impression de vivre son tout premier Noël. Puis ils s'installèrent sur le canapé avec une tasse de chocolat chaud.

— Que veux-tu pour Noël ? demanda-t-elle.

Il haussa les épaules. Que pouvait-il désirer de plus que ce qu'il avait déjà ?

— Et toi, que veux-tu ?

— Toi, dit-elle simplement. Je te veux, *toi*, corps et âme.

« Moi aussi, je te veux. » Cinq mots. C'était aussi simple que cela. Alors pourquoi restaient-ils bloqués dans sa gorge ?

Devant son silence, elle eut un sourire triste et quitta la pièce.

Cette nuit-là, elle le rejoignit dans son lit.

Son corps lové contre le sien lui donna une agréable sensation de puissance. Il était son homme et il la protégerait. Les petits gémissements qu'elle poussait mettaient ses sens en fusion. Gémirait-elle aussi lorsqu'il lui ferait l'amour ? Crierait-elle son nom ?

— Jordan, si tu en as envie…

Elle baissa les yeux, tout en promenant un doigt sur son torse. Un feu liquide se répandit dans ses veines pour s'embraser entre ses reins.

Il captura son doigt et le porta à sa bouche.

— Oh ! j'en ai envie…

— Moi aussi.

Ses orteils lui caressaient le tibia, déclenchant en lui une multitude de frissons. Fou de désir, il plaqua la bouche sur son épaule, là où le T-shirt avait glissé, et traça un sillon de baisers dans son cou. Sa peau avait la douceur de la soie sous ses lèvres. Tout en l'embrassant, il avait glissé la main dans son dos et descendait lentement le long de l'échine, délicate mais robuste. Comme Désirée.

— Te dire non est la chose la plus difficile que j'aie jamais faite, murmura-t-il.

Il retira sa main, alors qu'il brûlait de la refermer sur son fessier parfait et l'attirer contre lui.

— Je veux te faire l'amour, Désirée, plus que tout au monde. Mais il ne s'agit pas seulement de nous.

Il caressa son ventre arrondi, et sentit James bouger sous ses doigts.

— Un enfant a besoin d'un père sur qui compter. Un père qui soit toujours là pour lui, quelles que soient ses erreurs. Qui l'aime pour qui il est, sans chercher à en faire quelqu'un d'autre.

Désirée se redressa dans le lit.

— Beaucoup d'enfants s'en sortent très bien, même sans un tel père, dit-elle.

— Mais moi, je peux être ce père. J'aime déjà James inconditionnellement.

Il inspira profondément, décidé à continuer malgré l'air tendu de la jeune femme.

— Pour le reste, j'y travaille. J'apprends à trouver mon équilibre, à accepter qui je suis au lieu de chercher à tout prix à plaire à mon père.

Désirée posa sa main sur la sienne et la serra très fort.

— Je sais, murmura-t-elle. Et je suis fière de toi.

— Serai-je toujours là pour James ?

Il la fixa intensément, comme s'il voulait sonder son âme.

— C'est à toi d'en décider, Désirée. Veux-tu de moi comme époux et père de ton enfant ?

Non. Elle refusait qu'il l'épouse seulement pour le bébé. C'était sans doute la raison qui avait poussé les parents de Jordan à se marier, et quelle réussite ! Santone aussi lui avait fait cette proposition. Bien sûr, Jordan n'était pas Santone, loin de là. Mais elle n'était pas Céleste.

— Tu es quelqu'un de bien, Jordan. Mais je n'épouserai qu'un homme que j'aime et qui m'aime en retour.

Elle attendit les trois mots qui scelleraient son avenir.

Rien ne vint. Jordan avait levé les yeux au plafond, comme chaque fois qu'il cherchait quoi dire. Avec un soupir, elle se recoucha. Elle allait sombrer dans le sommeil quand elle crut entendre Jordan murmurer :

— Je t'aime, Désirée.

Mais lorsqu'elle se retourna, ses yeux étaient clos, sa respiration, lente et régulière.

Cette journée du réveillon s'annonçait longue.

Jordan avait décidé de partir pour le ranch avant que Désirée n'ouvre les yeux. Il était à peine arrivé que Rusty vint à sa rencontre, la mine sombre.

— L'acheteur sera en retard. Il n'arrivera qu'en soirée.

Jordan hocha la tête sans répondre. Il faisait le bon choix, se persuada-t-il. Même si cela le blessait au-delà de toute mesure. Dans la grange, Valkyrie l'accueillit avec un hennissement joyeux.

— Tout ira bien, ma belle. Tu seras entre de bonnes mains.

La jument lui donna un petit coup de tête, et il la caressa derrière les oreilles, comme elle aimait.

Se séparer d'elle lui était presque aussi difficile que refuser Désirée la nuit précédente…

Avec une dernière caresse à Valkyrie et un signe de la main à Rusty, il regagna son pick-up et se mit en route pour le cabinet.

Lorsqu'elle descendit prendre son petit déjeuner, Désirée trouva le sapin allumé. C'était ce genre de petites attentions qui lui rappelaient les progrès qu'elle et Jordan avaient faits et l'encourageaient à être patiente. Difficile avec l'arrivée imminente du bébé… Plus que quelques semaines, avait annoncé le médecin lors de son dernier bilan. L'accouchement était prévu pour mi-janvier.

Une soudaine contraction de Braxton-Hicks lui rappela d'appeler le service comptabilité de l'hôpital. Son dernier chèque n'avait pas été encaissé et cela l'inquiétait. Mais avec le cabinet bondé de patients, elle n'avait pas trouvé le temps de s'en occuper avant.

Sa conversation avec le comptable ne la rassura pas. Elle crut avoir mal compris, mais il répéta patiemment la même explication : son chèque allait lui être retourné car tous ses frais avaient été réglés la semaine précédente.

Désirée se rappela les appels anonymes sur son portable et frissonna.

— Qui a payé ?

— Je l'ignore. Le règlement a été effectué en espèces, dit le comptable. Le Père Noël, peut-être ?

Comme elle raccrochait, Jordan entra dans le bureau. Depuis quelques semaines, il avait pris l'habitude de venir l'aider pendant ses jours de congé. Elle lui aurait proposé de réduire son salaire si elle avait eu assez d'argent pour payer ses factures médicales. Et voilà que quelqu'un semblait s'en être chargé pour elle…

Mais qui ? Santone ? Etait-ce sa manière de lui rappeler qu'elle et le bébé lui appartenaient ?

— Hé, tout va bien ? demanda Jordan.

Non, tout n'allait pas bien. Elle avait besoin de lui en elle, besoin qu'il lui offre la libération que réclamaient ses hormones en ébullition. Après huit mois de libido exacerbée, elle avait le droit d'être sur les nerfs, non ? Sans parler de ses sentiments, qu'il continuait à rejeter… Eux ne disparaîtraient pas après la naissance du bébé. Le seul moyen de mettre un terme à ce tumulte d'émotions était de partir. Quitter Jordan. Mais cette perspective la bouleversait plus encore.

Soudain, elle prit conscience du silence autour d'elle. Toutes les têtes étaient tournées vers les deux étrangers qui venaient d'entrer et la regardaient.

Sauf que l'un d'eux n'en était pas un.

— Santone…

— Désirée.

Il fit un pas dans sa direction, mais Jordan lui bloqua le passage. Santone fronça les sourcils.

— Excusez-moi, je suis venu parler à la mère de mon enfant.

Jordan le regarda comme un insecte qu'il s'apprêtait à écraser, puis se tourna vers l'autre homme.

— Et vous êtes… ?

— David Kessler, agent d'assurances.

Il lui tendit sa carte.

— Que faites-vous ici ?

— Mlle Novak, M. Santone et moi-même aimerions discuter en privé.

Désirée resta prudemment derrière le comptoir. Elle se sentait en sécurité avec Jordan devant elle.

— Nous sommes entre amis, vous pouvez parler, dit-elle.

L'agent d'assurances parut contrarié, mais acquiesça.

— Je suis ici afin que M. Santone bénéficie du fonds d'assurance-vie souscrite au nom de Mme Céleste Santone. Pour cela, j'ai besoin de vérifier que votre rôle se limite à celui de mère porteuse.

Il extirpa une liasse de papiers de son attaché-case.

— Veuillez signer cette déclaration sous serment que M. Santone est le père de l'enfant et en a la garde légale. Une compensation vous sera versée en votre qualité de mère porteuse.

Désirée posa une main protectrice sur son ventre.

— Cet enfant est le mien, et cet homme n'est pas le père, dit-elle en pointant Santone du doigt.

— Bien sûr que si !

Santone fit un pas en avant, les poings serrés, mais Jordan s'interposa. Il tourna vers elle un regard interrogateur, auquel elle répondit par un hochement de tête.

— Je suis le père de l'enfant, annonça-t-il. Et Désirée est la mère.

— C'est faux ! s'écria Santone, menaçant.

Jordan le gratifia d'un regard glacial.

— Je vous serais reconnaissant de vous calmer devant ma fiancée. Peut-être accepteriez-vous de faire un test de paternité après la naissance du bébé ?

L'agent d'assurances poussa un soupir.

— Je vois que la situation est… complexe.

— Comment puis-je vous la simplifier, monsieur Kessler ? demanda Jordan avec une politesse exagérée.

— Eh bien, si Mlle Novak peut prouver qu'elle ne dépend pas de M. Santone pour ses frais de grossesse, je considérerai qu'elle est la mère de l'enfant, et non une mère porteuse.

— Quel genre de frais ?

— Gîte, couvert, habillement, frais médicaux.

Un vertige s'empara de Désirée. Santone avait-il réglé sa facture d'hôpital ?

Jordan sourit.

— Désirée vit avec moi, déclara-t-il. En ce qui concerne la nourriture et l'habillement, je peux vous fournir les reçus de la supérette et du magasin où nous avons effectué tous nos achats.

— Et pour les frais médicaux ?

Elle fouilla dans son sac à main et en sortit une poignée de reçus qu'elle jeta sur le comptoir.

Jordan en extirpa un autre de son portefeuille.

— Et voici celui de l'hôpital où notre fils doit naître, dit-il, peinant à dissimuler sa fierté.

Notre fils. Le sien. Désirée lui avait donné ce privilège.

— Donc, vous affirmez être le père, monsieur… ?

— Hart. Dr Jordan Hart.

Il tendit son permis de conduire afin que l'agent d'assurances vérifie son identité. Ce dernier se racla la gorge.

— Le contrat d'assurance-vie stipule que les bénéficiaires sont les parents ou tuteurs de l'enfant de Mme Céleste Santone. Etes-vous en train de me dire, mademoiselle Novak, que l'enfant que vous portez est le vôtre et celui du Dr Hart ?

— Oui, c'est notre bébé.

Le monde s'illumina autour de Jordan. Jamais il n'avait ressenti pareil bonheur, ni suspecté qu'on puisse aimer et être aimé à ce point.

— C'est un mensonge ! Cet homme n'est pas le père ! protesta Santone avec rage.

— Votre seule option, docteur Santone, est d'attendre la naissance de l'enfant et vous soumettre à un test de paternité, répliqua l'agent d'assurances.

Le chirurgien serra les dents, vaincu, avant de quitter le cabinet en claquant la porte.

Jordan rejoignit Désirée et passa un bras autour de son

épaule. Une merveilleuse sensation de plénitude l'envahit lorsqu'elle se blottit contre lui, acceptant tacitement ce qu'il lui offrait.

Nancy choisit ce moment pour apparaître.

— Le dernier patient vient d'annuler son rendez-vous, annonça-t-elle. Nous allons tous pouvoir rentrer plus tôt.

— L'occasion de te reposer, dit Jordan à Désirée. Si tu faisais une sieste ?

— Si *nous* faisions une sieste, tu veux dire ?

Avant qu'il pût répondre, Nancy leur lança un regard entendu.

— Allez-y. Je fermerai.

Désirée accepta volontiers l'aide de Jordan pour monter dans le pick-up. A deux semaines de l'accouchement, son ventre était si lourd qu'il dut presque la soulever. Lorsqu'elle fut installée et sa ceinture de sécurité attachée, il démarra.

Après un moment, elle se décida à rompre le silence.

— Pour un homme peu loquace, tu avais beaucoup de choses à dire, aujourd'hui.

— Mmm…

Il s'était tourné vers elle, le regard mi-espiègle, mi-méfiant, une ébauche de sourire aux lèvres.

— C'est toi qui as payé ma facture d'hôpital ?

— Oui.

— Et… tu veux bien m'expliquer pourquoi ?

Il exhala un long soupir.

— D'accord.

Sans ménagement, il se déporta sur le bas-côté et coupa le moteur, là, au milieu de nulle part. Un silence suivit. Désirée connaissait le schéma : il allait détourner les yeux, chercher l'inspiration au plafond, avant de se lancer.

Elle compta dans sa tête. Un… Deux… Trois…

— J'en avais envie.

— Mais comment ? insista-t-elle. Je connais tes finances aussi bien que les miennes. Elles ne sont pas au beau fixe.

— J'ai vendu Valkyrie.

— Tu as fait *quoi* ?

Une contraction l'assaillit, si forte qu'elle en eut le souffle coupé.

— C'était nécessaire, dit Jordan, les doigts crispés sur le volant. Je veux m'occuper de toi et du bébé, Désirée. C'est mon vœu le plus cher.

— Je ne sais pas quoi dire…

— Ne dis rien.

— Si. Ce n'est pas assez, mais… merci.

— Je n'ai pas besoin de tes remerciements. Quand je t'ai dit que je voulais être là pour James, j'étais sincère.

Un nouveau silence suivit, chargé d'émotion.

— Valkyrie est-elle déjà partie ? demanda-t-elle.

Jordan secoua la tête.

— Son nouveau propriétaire vient la chercher ce soir. C'est un cadeau de Noël.

— Puis-je aller lui dire au revoir ?

Comme il redémarrait, il s'aperçut qu'avec Désirée à ses côtés, la tristesse de la séparation serait plus supportable.

— Oui. Allons-y.

14

Désirée fut soulagée d'arriver au ranch. Elle se sentait à l'étroit sur son siège et la ceinture appuyait douloureusement sur son ventre.

Mais à peine Jordan descendait-il du pick-up que Rusty apparut.

— Tout va bien ? chuchota-t-il de sa voix de stentor.

Croyait-il vraiment qu'elle ne l'entendait pas ?

Jordan haussa les épaules.

— Désirée est venue voir Valkyrie.

Nouveaux « chuchotements » de Rusty.

— Alors tu lui as dit ?

— Oui, il m'a dit, intervint-elle, irritée.

Elle regretta sa sécheresse. Mais son mal de dos commençait à empirer, et elle avait vraiment espéré un moment d'intimité, seule avec Jordan.

Ce dernier fit le tour du pick-up et l'aida à descendre aussi gracieusement que son ventre rond le lui permettait.

Rusty émit un sifflement.

— Mazette, on a pris du volume !

Elle ouvrit la bouche pour riposter, mais Jordan fut plus rapide.

— Tu n'aurais pas quelque chose à faire ? marmonna-t-il, le regard noir.

— Vérifier les niveaux d'huile du tracteur, peut-être…

— Excellente idée.

Soudain, Désirée avait ce qu'elle voulait : un moment de solitude avec Jordan.

— Une belle journée de décembre, douce et sans vent, commenta-t-il, les yeux levés vers le ciel. Typique du Texas. Mais il ne faut pas s'y tromper. Demain, il pourrait tout aussi bien neiger.

— Quand tu te mets à parler météo, c'est que tu évites quelque chose…

Il ignora son intervention.

— Allons dire bonjour à Valkyrie.

— Bonjour, et au revoir.

Désirée se mordit la lèvre inférieure. Elle aurait voulu le remercier de nouveau. S'excuser d'être la cause d'un tel sacrifice. Le réconforter. Mais rien de tout cela n'aurait eu l'effet escompté. L'ego masculin était une chose si fragile…

Dans la grange, ils s'arrêtèrent devant le box de Valkyrie. Désirée tendit la main pour la caresser.

— Merci encore de faire ça pour moi et le bébé, dit-elle en se tournant vers Jordan.

A son grand soulagement, il hocha la tête, les yeux rivés sur elle. C'était le moment ou jamais.

— Jordan, tout à l'heure… Pourquoi as-tu dit que nous étions fiancés ?

Il s'empressa de reporter son attention sur la jument.

— Parce que je voulais que ce soit vrai.

— Tu veux m'épouser ?

— Mmm…

— Pourquoi ?

— Oh ! les raisons habituelles !

— C'est-à-dire ?

— Parce que…

Il s'approcha du box et flatta l'encolure de Valkyrie.

— Parce que je veux être un bon père pour James. Je veux prendre soin de toi et te serrer dans mes bras après t'avoir fait l'amour…

— Comme une bête sauvage ?

— Si c'est ce que tu veux.

— Seulement le mardi et le vendredi. Le lundi et le mercredi, je préfère des ébats plus voluptueux. Et, bien sûr, marathon sexuel le samedi.

— Et le dimanche ?

— Tirage au sort.

Il fit mine de réfléchir à la question.

— Je pense être à la hauteur…

Elle sourit, presque prête à renoncer à sa question initiale. Mais non. Elle avait besoin de l'entendre.

— Jordan… Y a-t-il une autre raison pour laquelle tu veux m'épouser ?

Cette fois, il ne détourna pas les yeux, mais les plongea dans les siens, et dans ses prunelles sombres, elle lut la réponse qu'elle attendait.

— Je t'aime, Désirée.

— Moi aussi, je t'aime, Jordan.

— J'espérais que tu dirais ça…

— Dans ce cas… oui.

— Oui ?

— Oui, j'accepte de t'épouser.

Il resta bouche bée, comme s'il se repassait leur conversation dans sa tête. Un… Deux… Trois…

— Le plus tôt sera le mieux, décida-t-il enfin.

— Mais d'abord…

— Quoi ?

— Tu vas devoir mettre au monde notre enfant…

Jordan sentit une vague de panique le submerger.

— Tu es sûre ?

— Oui. Les contractions se font plus fortes.

— Quand ont-elles commencé ?

— Ce matin, mais j'ai cru que c'était des fausses. Tu sais, celles de Braxton-Hicks. Alors je les ai ignorées.

Il consulta sa montre et nota mentalement l'heure tandis qu'il l'entraînait vers la sellerie.

— Je vais gonfler le matelas, dit-il.

— Merci.

Elle eut une grimace de douleur.

— Dis, si nous nous faisions rembourser la chambre d'hôpital prévue pour l'accouchement, tu pourrais garder Valkyrie…

— Je préfère te garder, toi.

— Tu peux nous garder toutes les deux. Appelle le nouveau propriétaire et dis-lui que tu es désolé, mais Valkyrie n'est plus à vendre.

— Nous en discuterons plus tard, d'accord ?

Désirée eut un sourire espiègle.

— Plus tard, toujours plus tard…, ironisa-t-elle affectueusement.

Rien ne pouvait ternir son bonheur. Pas même la nouvelle contraction qui la terrassa.

Jordan lui prit la main.

— Si je le pouvais, je partagerais ta douleur…

— Je préfère que tu accueilles notre fils.

A minuit, en cette veille de Noël, James Jordan Hart vint au monde entouré de l'amour de ses parents qui l'aimaient déjà autant qu'ils s'aimaient l'un l'autre.

DAY LECLAIRE

Bébé-surprise

Traduction française de
LÉONIE GADES

HARLEQUIN

Titre original :
THE CHRISTMAS BABY

Ce roman a déjà été publié en 2017.

1

« *C'était la veille de Noël...* »

Et Carrie Manning se sentait d'humeur plus maussade que le Grinch et Ebenezer Scrooge réunis.

En entrant dans son appartement, elle songea avec découragement qu'elle était en train de vivre l'une des pires journées de son existence, pratiquement *ex æquo* avec le jour où Chaz et elle avaient rompu.

La série noire avait commencé dès le milieu de la nuit. Les éclats de voix d'une interminable querelle entre ses voisins l'avaient tenue éveillée presque jusqu'à l'aube. Ensuite, plongée dans un profond sommeil, elle n'avait pas entendu son réveil sonner. Lorsqu'elle s'était enfin réveillée, elle avait frénétiquement enfilé ses vêtements tout en engloutissant pour tout petit déjeuner une barre de céréales dont la consistance rappelait celle de copeaux de polystyrène.

Dans la rue, un mélange désagréable de pluie et de grésil lui avait fouetté le visage. La cohue new-yorkaise avait transformé le trajet en une épopée cauchemardesque, mais tant bien que mal, elle était arrivée au bureau — en retard, ce qu'elle détestait. Ensuite, il lui avait fallu travailler d'arrache-pied pour rattraper le temps perdu.

La direction leur ayant — à contrecœur — accordé l'après-midi à l'occasion des fêtes, sa journée se terminait exceptionnellement à 14 heures. Avant son départ, elle s'était vu notifier l'heureuse nouvelle qu'elle, ainsi que vingt pour cent du personnel du cabinet comptable qui l'employait, était licenciée.

— Joyeux Noël ? Bah ! sornettes ! marmonna-t-elle, reprenant la célèbre réplique du vieux Scrooge.

Comment apprécier, en effet, l'ambiance festive qui régnait autour d'elle quand, pour tout cadeau, elle n'avait reçu qu'une lettre de licenciement ? « Par ici la sortie… Et cette prime de Noël sur laquelle vous comptiez pour payer le mois de loyer en retard ? Désolé, mais vous pouvez faire une croix dessus. »

Enfin, en arrivant chez elle, cerise sur le gâteau, elle était tombée sur la gérante de l'immeuble qui l'attendait pour lui remettre son préavis.

— Votre bail est terminé, mademoiselle, lui avait appris Mme McGower. Votre appartement et celui à côté vont être regroupés et réaménagés en un seul. Le loyer va tripler et vos voisins ont déjà mis une option dessus. Vous avez jusqu'à la fin du mois de janvier pour déménager. Joyeux Noël !

Après avoir claqué la porte derrière elle, Carrie se dirigea à pas lents vers son petit sapin synthétique bon marché, sa seule concession à la période de fête. Même si elle avait eu les moyens de s'en offrir un vrai, cela lui aurait été impossible car la copropriété interdisait les sapins naturels. Dans la lumière incertaine de cette journée d'hiver blafarde, rendue encore plus terne par l'opacité des vitres embuées, l'arbre artificiel lui sembla pathétique. Ses petites branches ployaient tristement sous le poids des décorations qu'elle avait fabriquées elle-même et ses fausses aiguilles hirsutes ressemblaient à un écheveau emmêlé.

— On dirait que nous ne serons que tous les deux, ce soir, mon grand, murmura-t-elle.

Comme en réponse à sa remarque, l'arbre frémit, faisant tomber au passage quelques aiguilles en plastique sur le tapis.

Celles-ci s'agglomérèrent en une horrible petite boulette verte. C'était déprimant. A l'image de sa journée…

Une nouvelle vague de découragement s'abattit sur elle et elle n'aspira plus qu'à se plonger dans sa baignoire remplie à ras bord d'eau bien chaude. Elle allumerait ce qu'il restait des bougies parfumées que Chaz lui avait offertes pour son anniversaire et prétendrait que tout allait pour le mieux dans le meilleur des mondes. Après tout, sa situation avait au moins un côté positif : elle ne pouvait guère empirer.

Comme pour la contredire, le son éraillé de la sonnette défaillante retentit. Encore quelque chose que le propriétaire refusait de réparer, mais Carrie ne songeait pas vraiment à s'en plaindre. Elle s'était prise d'affection pour cette sonnette au charme désuet, et pour rien au monde elle n'aurait voulu que ses visiteurs aient à frapper bruyamment à sa porte, comme c'était le cas pour les autres locataires de l'immeuble.

La sonnerie retentit de nouveau, et Carrie se contenta de regarder la porte sans bouger ; elle n'avait pas l'intention d'ouvrir. Comme pour se conforter dans sa décision, elle croisa résolument les bras sur sa poitrine. Au train où allaient les choses, le visiteur ne pourrait qu'être porteur de mauvaises nouvelles.

— Ouvre cette porte, Manning ! Je sais que tu es là, McGower t'a balancée.

Chaz Latimer. Quelle déveine ! Elle ne se sentait vraiment pas capable d'en encaisser davantage aujourd'hui.

— Va-t'en ! s'écria-t-elle. Je ne suis pas là.

Sans tenir compte de son injonction, il glissa la clé dans la serrure. Elle n'eut que le temps de se maudire pour avoir oublié de mettre la chaîne que déjà il était entré. L'homme qu'elle avait passionnément aimé. Immédiatement, elle fut subjuguée comme elle l'avait toujours été, comme tout le monde l'était toujours en sa présence.

Cette réaction générale devait tenir en partie à sa haute stature, il frôlait le mètre quatre-vingt-dix, et au magnétisme presque animal qui se dégageait de toute sa personne. A cela s'ajoutait une carrure d'athlète, témoignage de sa carrière de footballeur durant ses années de fac. Quand elle songeait qu'il passait désormais l'essentiel de ses journées assis à un bureau pour développer la start-up spécialisée dans les jeux en réseau qu'il avait créée, Carrie se disait que le terme de « geek » prenait avec lui une signification inédite. Comme si cela ne suffisait pas, l'étincelle diabolique qui dansait dans ses prunelles de jais animait son visage aux traits parfaits. Cette combinaison détonante faisait que les femmes ne pouvaient s'empêcher de se retourner sur lui dans la rue. Peu importait qu'elles aient huit ou quatre-vingt-huit ans, quand Chaz Latimer déambulait en ville, toutes celles qui le croisaient manquaient de trébucher en le voyant.

— Tu n'as pas changé la serrure, fit-il remarquer. Pourquoi cela ne me surprend-il pas ?

S'efforçant tant bien que mal de calmer les battements erratiques de son cœur, elle afficha une expression aussi impassible que possible, tout en étant consciente que ce n'était pas gagné.

— Peut-être parce que tu connais Mme McGower ? suggéra-t-elle.

— Sans doute.

Il l'étudia quelques secondes avant d'ajouter :

— Je te souhaiterais bien un joyeux Noël, mais tu me sembles être d'humeur massacrante.

Tout en luttant pour garder un ton détaché, Carrie pria intérieurement pour que son expression ne trahisse pas l'envie qu'elle éprouvait de laisser libre cours aux larmes qui lui brûlaient les paupières et d'aller se réfugier en sanglotant contre son large torse.

— Bien vu ! répondit-elle. Tu sais, « Noël… Bah ! sornettes ! », comme on dit.

Malgré ses efforts, elle sentait que son sourire vacillait

dangereusement. Il fallait dire que le regard perçant de Chaz la déstabilisait.

— Maintenant, j'en suis sûr, dit-il. Quelque chose ne va pas. Tu adores Noël !

Sa remarque, et plus encore l'aplomb avec lequel il l'avait prononcée, lui firent recouvrer immédiatement son sang-froid. Redressant le buste, elle parvint à dompter ses émotions.

— Tu es plutôt mal placé pour l'affirmer. Nous n'avons jamais passé Noël ensemble, répliqua-t-elle d'une voix où perçait une pointe de froideur.

— C'est vrai, mais nous avons longuement évoqué nos souvenirs d'enfance. Les traditions familiales qui évoluaient au fil des ans, nos plans pour les Noëls à venir…

Le rappel de leurs conversations passées fut comme un coup de poignard en plein cœur. A l'époque de leur vie commune, Carrie était persuadée qu'ils passeraient maints Noëls ensemble. Cette éventualité lui paraissait si… réelle, si merveilleuse ! Jusqu'à ce qu'elle découvre que, pour Chaz, tous ces projets de fêtes en famille se situaient dans un futur assez lointain. Dix ans ou plus que ce qu'elle-même espérait.

— Mais tout ça est bel et bien fini, rétorqua-t-elle. Et je maintiens que tu es plutôt mal placé pour faire des commentaires sur mon humeur. Alors, arrête.

Fronçant les sourcils, il traversa le minuscule vestibule. Son expression s'assombrit quand il aperçut le sapin.

— C'est déprimant, Manning, déclara-t-il en s'approchant de l'arbre.

— Pense ce que tu veux.

Il donna une petite chiquenaude dans l'une des décorations « maison ». Celle-ci se balança joyeusement, avant que la légère oscillation ne fasse tomber une autre touffe d'aiguilles aux pieds de Chaz.

— Bon sang ! s'exclama-t-il en reculant d'un pas. Je n'en reviens pas. Ce sapin est nul !

— Arrête de le toucher. Il n'aime pas qu'on le tripote. Je pense qu'il a attrapé froid.

Il jeta un regard horrifié à la boule verte hirsute qui roulait doucement sur le tapis.

— A mon avis, il s'agirait plutôt d'une vilaine crise de foie, remarqua-t-il.

Pendant l'espace d'un instant, Carrie retrouva la merveilleuse complicité qu'ils partageaient naguère. Puis les souvenirs la submergèrent. Elle se souvint de leur première rencontre. Comment ils étaient tombés amoureux, comment elle avait cru que cela durerait toujours et comment leur histoire s'était en fin de compte terminée… Un profond sentiment de lassitude s'abattit sur elle.

— Pourquoi es-tu venu, Chaz ? Que veux-tu ?

— J'ai appris que tu allais devoir quitter l'appartement et je voulais m'assurer…

Avait-il décidé de la tuer à petit feu ? se demanda Carrie. Ne se rendait-il donc pas compte que sa seule présence ici constituait une véritable torture pour elle ?

— De quoi ? l'interrompit-elle. Si j'allais bien ? C'est le cas. Je me mettrai en quête d'un nouvel appartement à la première heure lundi matin. Tu n'as pas besoin de t'inquiéter. D'autant que nous ne sortons plus ensemble, dois-je te le rappeler ?

— Je sais, je sais, acquiesça-t-il. Mais s'il y a quoi que ce soit que je puisse faire…

Il était trop tard, maintenant, mais si elle avait pu remonter le temps, elle aurait voulu que l'amour qu'il disait éprouver pour elle passe avant sa fichue société. Et aussi qu'il ait davantage foi en leur avenir commun. Mais à quoi bon lui dire tout cela, à présent ?

— Merci Chaz, dit-elle en s'obligeant à sourire. Vraiment. J'apprécie ton offre, mais je vais bien.

— Tu sais où j'habite, si tu changes d'avis.

— Je te ferai signe, promis.

Si elle s'avisait de vouloir renouer le contact avec lui, il lui suffirait, effectivement, d'agiter le bras par la fenêtre du salon, car il avait emménagé dans l'immeuble situé de l'autre côté de la rue. Son appartement se trouvait un étage plus haut que sien, deux fenêtres sur la gauche. Combien d'heures inutiles avait-elle passées à observer son ombre aller et venir dans la pièce qui lui servait de bureau ? Beaucoup trop ! Sur ce plan, au moins, son misérable sapin de Noël lui avait rendu service car il lui bouchait la vue sur l'immeuble d'en face. De plus, depuis qu'elle l'avait installé, elle avait veillé à laisser les rideaux de l'autre fenêtre — celle de sa chambre — tirés, afin de ne pas céder à la tentation.

Malgré la promesse qu'elle venait de lui faire, Chaz hésita encore quelques secondes.

— Je ferais mieux d'y aller, marmonna-t-il enfin. C'est le réveillon, ce soir, et tu as probablement des tas de choses à préparer.

Carrie sourit de plus belle en espérant que son enthousiasme forcé réussirait à masquer le profond désespoir qu'elle ressentait.

— Je suis débordée, mentit-elle.

— C'est gentil de la part de ta boîte de t'avoir accordé une partie de l'après-midi. Mon patron n'est pas aussi généreux. Il me fait travailler comme un galérien.

Pour ponctuer sa remarque, il lui lança un de ces sourires ravageurs qui, comme toujours, poussa son cœur à battre la chamade.

— C'est malin ! répliqua-t-elle.

En effet, Chaz était son propre employeur.

— Ça ne m'étonne pas, continua-t-elle. J'ai vécu quelque temps avec ton boss, et je sais qu'il est tout sauf raisonnable quand il s'agit des horaires. Ton frère fait lui aussi des heures supplémentaires ?

— Bien sûr. Thad s'implique autant que moi dans l'affaire.

— Sur ce plan-là, on peut dire que vous êtes aussi « mordus » l'un que l'autre. Eh bien, bonne chance.

Contrairement à elle, Chaz ne sembla pas embarrassé par le silence qui suivit. Qu'attendait-il donc pour débarrasser le plancher ? Elle s'apprêtait à lui dire plus clairement au revoir quand il la devança. Avec l'aisance qui le caractérisait, il glissa un doigt dans l'échancrure de son chemisier et l'attira contre lui.

— Joyeux Noël, Carrie, murmura-t-il de sa voix grave.

Puis il fit ce qu'elle mourait d'envie de le voir faire, tout en espérant que cela ne se reproduirait plus jamais. Il l'embrassa et son univers bascula soudain sur lui-même. Instinctivement, elle se lova contre ce grand corps masculin qui semblait avoir été créé pour l'accueillir ; ses mains, mues par la force de l'habitude, remontèrent le long de son dos puissant. Il avait ouvert son manteau en entrant et elle savoura la douce chaleur de la doublure en mouton.

Son baiser eut un impact étrange sur sa mémoire. Ce fut comme si les souvenirs des horribles trois derniers mois qu'elle venait de vivre s'étaient évaporés. Oubliées, les raisons qui l'avaient poussée à rompre avec Chaz. Oubliés, la douleur et le chagrin. Sans songer un instant à la souffrance qu'elle éprouverait inévitablement quand il s'en irait, elle entrouvrit les lèvres sous la pression des siennes pour lui permettre de prendre possession de sa bouche. Une dernière fois.

L'intensité presque brutale de son baiser et l'avidité avec laquelle il dévorait ses lèvres l'enflamma tout entière. Le feu qui la consumait prenait naissance au creux de son ventre pour se propager comme de la lave en fusion dans le reste de son corps. Elle avait l'impression de fondre. Sous la paume de ses mains fébriles, elle pouvait sentir le jeu des muscles puissants de Chaz. Elle s'enivrait de son parfum, de l'odeur de sa peau, de son haleine tiède. Seigneur ! Comment avait-elle pu se passer de la saveur unique de ses baisers ? Un seul suffisait à la livrer pieds et poings liés à cet homme qui lui faisait perdre la tête.

Cet effet stupéfiant s'était révélé dès leur première rencontre, qui avait eu lieu un jour semblable à celui-ci, alors que des rafales de neige glacée tournoyaient sur la ville. Il faisait nuit et elle venait de se faire chahuter par un groupe de fêtards éméchés. En se débattant pour leur échapper, elle avait glissé sur une plaque de verglas et s'était retrouvée par terre. La situation aurait pu mal tourner si Chaz n'était pas intervenu.

Après avoir fait déguerpir la bande de mauvais plaisantins d'un seul regard glacial, il l'avait aidée à se relever. Ensuite, il avait insisté pour la raccompagner jusqu'à son appartement et l'avait quittée sur le pas de la porte, non sans lui avoir adressé une dernière plaisanterie et un sourire. Puis il s'était éloigné mais, au bout de quelques pas, avait fait demi-tour pour revenir vers elle à grandes enjambées. Il avait alors eu exactement le même geste qu'aujourd'hui. Sans un mot, il avait glissé un doigt dans l'encolure de son manteau et l'avait attirée dans ses bras pour un baiser bref mais passionné. Elle avait été irrémédiablement conquise.

Ils avaient échangé leurs numéros de téléphone et, moins de deux mois plus tard, ils emménageaient ensemble. Dans l'appartement même où ils se trouvaient à présent. Les neuf mois qui avaient suivi furent une période de pur bonheur. Quel contraste avec l'enfer qu'elle vivait depuis leur séparation ! Et voilà qu'elle se retrouvait dans ses bras, comme si elle avait décidé de l'autoriser à la faire souffrir davantage.

Dans un sursaut de lucidité, elle s'arracha à son étreinte avec un petit cri de rage. Reculant d'un pas, elle heurta le sapin qui lâcha encore quelques touffes de ses fausses aiguilles sur le sol.

— Pourquoi ? demanda-t-elle.

Cette question était loin d'exprimer la complexité des sentiments qui s'entrechoquaient dans son esprit.

— Tu sais très bien pourquoi, dit-il. Parce que rien n'a changé.

Les prunelles sombres de Chaz avaient pris la nuance d'un ciel d'orage.

— Tu as raison, répliqua-t-elle en le défiant du regard. Rien n'a changé.

— J'ai toujours autant envie de toi, et je sais que c'est réciproque.

— Ça ne suffit pas. Je refuse de me lancer à l'aveuglette. J'ai besoin de croire en l'avenir.

Une expression frustrée crispa un instant le visage de Chaz.

— Nous aurons un avenir, affirma-t-il. Je te demande seulement de me donner un peu de temps.

— Tu as trente ans, Chaz. Et moi vingt-huit. Je ne tiens pas particulièrement à précipiter les choses, mais quand tu évoques un « peu de temps », c'est à cinq ou dix ans que tu penses.

— A t'entendre, on dirait qu'il s'agit d'une peine de prison.

— Parce que ça y ressemblera. Je parle en connaissance de cause ; l'exemple de mes parents m'a servi de leçon.

— Tu sais parfaitement que je ne me conduirai jamais comme ton père. Je ne te promettrais pas le mariage si je n'avais pas l'intention de tenir ma promesse, et jamais je ne t'abandonnerais, seule et enceinte.

— Ça ne change rien au fond du problème. Tu refuses de t'engager réellement tant que ta société ne sera pas un succès sur toute la ligne. Le hic, c'est que tu n'as jamais réussi à me dire précisément à quel moment tu estimeras avoir atteint ton but. Qu'est-ce que tu considères comme un succès ? Un certain chiffre d'affaires ? Un niveau de ventes ? La reconnaissance internationale ? Quoi d'autre encore ?

Elle vit la mâchoire de son compagnon se crisper.

— Quand j'y serai parvenu, je le saurai, répliqua-t-il avec entêtement.

— Voilà pourquoi j'ai préféré tout arrêter. Parce qu'il y aura toujours une condition supplémentaire, un dernier palier à franchir avant que tu ne considères que tu as réussi.

Il fallait que je limite les dégâts avant qu'il ne soit trop tard et que je ne puisse plus…

A sa grande horreur, Carrie entendit sa voix se briser.

Une expression inquiète se peignit sur le visage de Chaz. Il fit un pas dans sa direction mais elle leva la main pour l'arrêter. Trop d'événements s'étaient succédé au cours de cette journée catastrophique, et elle se sentait de moins en moins capable de résister à la terrible tentation que représentait Chaz Latimer. Elle était sur le point de craquer émotionnellement et ses facultés de réflexion paraissaient l'avoir désertée. S'il la touchait de nouveau, elle céderait et s'abandonnerait à lui. Or, elle ne pouvait se permettre ce genre de faiblesse. Si elle succombait, elle savait ce qui allait arriver. Elle prendrait ses maigres possessions et irait s'installer de l'autre côté de la rue avec lui, où elle passerait des années à attendre qu'il se décide à vivre sa vie au lieu de la planifier.

Elle s'accorda quelques secondes pour recouvrer son sang-froid.

— Tu dois partir, dit-elle quand elle fut certaine que sa voix ne tremblerait pas.

Toute l'attitude de Chaz exprimait une protestation muette.

— S'il te plaît, Chaz.

Le ton suppliant sur lequel elle avait murmuré sa prière eut raison de son obstination. Un muscle tressaillit dans sa mâchoire et il acquiesça d'un brcf mouvement de tête. Pivotant sur lui-même, il se dirigea vers la porte.

— N'oublie pas de mettre la chaîne, déclara-t-il par-dessus son épaule. Et…

— Quoi ?

En son for intérieur, elle pria pour qu'il ne perçoive pas la détresse que cachait ce simple mot.

— Je t'ai laissée partir, Carrie, parce que j'espérais qu'une fois que tu aurais pris un peu de recul, tu retrouverais la raison. Mais quoi que tu veuilles bien en penser, ce n'est pas terminé entre nous. Loin s'en faut.

2

« ... et pas une créature ne bougeait dans toute la maison ; sauf, peut-être, le bébé dans son carton. »

Un peu de recul ?

Au comble de l'indignation, Carrie regardait fixement la porte d'entrée. Chaz venait-il de lui dévoiler le fond de sa pensée ? Croyait-il vraiment que la différence fondamentale entre leurs conceptions respectives de l'existence — une différence qui avait tout d'un gouffre infranchissable — se résumait à un besoin de « prendre du recul » ? Sa remarque lui prouvait, si besoin était, à quel point ils étaient incompatibles. Elle la confortait également dans sa décision : elle avait bien fait de s'en aller avant qu'il ne lui brise définitivement le cœur.

Elle ne voyait qu'un moyen de sortir de l'état où elle se trouvait : un bon bain chaud. Une fois qu'elle serait ramollie et fripée comme un pruneau, elle se glisserait dans son plus vieux jogging, celui qu'elle surnommait affectueusement son « doudou », puis elle puiserait du réconfort dans le pot de glace à la vanille géant qu'elle avait prévu pour son dîner de réveillon.

Malheureusement, rien ne se déroula comme prévu. A l'instant même où elle s'apprêtait à entrer dans la baignoire, la sonnerie émit de nouveau sa mélodie plaintive.

Partagée entre son envie de s'immerger dans l'eau chaude

et celle d'enfiler à la hâte son jogging pour aller voir qui cela pouvait bien être, Carrie hésita quelques secondes.

La vapeur parfumée qui montait de la baignoire la tentait diablement, mais elle faisait partie de ces gens qui ne pouvaient tout simplement pas filtrer leurs appels avec un répondeur. Tout comme elle était incapable d'ignorer l'expression suppliante d'un étranger qui l'abordait par un « Je ne suis pas d'ici. Pourriez-vous m'aider ? »... A plus forte raison, ne pouvait-elle ignorer l'appel pathétique de son antique sonnette, même si cela impliquait qu'elle risquait de se retrouver de nouveau face à Chaz.

Malgré elle, les souvenirs s'imposèrent à son esprit, et une douleur lancinante la traversa. Il avait l'habitude de lui ébouriffer les cheveux tout en se moquant gentiment de ce qu'il appelait son côté « belle du Sud mâtiné de bon Samaritain ». Mais cette fois, elle allait le recevoir. Le véritable bon Samaritain rougirait sans doute en entendant le vocabulaire qu'elle comptait employer.

Après avoir enfilé son sweat-shirt, elle se dirigea résolument vers l'entrée et ouvrit la porte à la volée.

— Ecoute, Latimer..., commença-t-elle.

En découvrant la vieille dame qui se tenait sur le seuil, elle resta sans voix. Une incroyable impression de noblesse se dégageait de l'inconnue. Ses cheveux blancs formaient un halo lumineux encadrant son beau visage ridé. L'intensité avec laquelle elle la dévisageait de ses yeux noirs était déconcertante.

— Latimer ? répéta la visiteuse.

— Pardon, je vous ai prise pour quelqu'un d'autre, s'excusa Carrie.

Quand elle fut revenue de sa surprise, elle réussit à afficher un sourire avenant qui sembla rassurer la vieille dame.

— Je peux vous aider ? poursuivit-elle.

— Oui. Je cherche Latimer. Je peux parler à lui ?

A cause de son fort accent, Carrie dut faire un effort pour comprendre le sens de ses paroles.

— Je suis désolée, mais Chaz a déménagé, répondit-elle en agitant vaguement la main en direction de l'immeuble où son ex-compagnon vivait à présent.

N'étant pas sûre que son interlocutrice l'ait comprise, elle fit un effort pour rester simple et claire.

— Il était ici, mais maintenant il est parti.

— Vous connaître Latimer ?

— Oui. Malheureusement, ne put-elle s'empêcher d'ajouter.

Pour une raison inconnue, sa remarque acerbe ne parut pas émouvoir outre mesure la visiteuse.

— Vous être sa femme ? s'enquit-elle d'un ton soupçonneux.

Comme Carrie secouait la tête dans un mouvement de dénégation, l'expression de la vieille dame trahit un profond soulagement.

— Petite amie ? insista-t-elle néanmoins.

Les intonations mélodieuses de l'inconnue donnèrent à Carrie la curieuse sensation de se prélasser sous le chaud soleil de Toscane. Un bref instant, elle laissa libre cours à son imagination et put presque sentir la brise estivale qui entraînait dans son souffle le lourd parfum des raisins arrivés à maturité auquel se mêlaient des senteurs de foin coupé.

Elle parvint cependant à reprendre rapidement contact avec la réalité. Le moment était mal choisi pour rêvasser.

— Non, je ne suis certainement pas sa petite amie, répliqua-t-elle.

Visiblement rassurée, la vieille dame opina du chef avant de déclarer :

— Ah ! vous être la bonne ! J'ai cadeau pour Latimer. Vous lui donner, d'accord ?

La bonne ? Estomaquée, Carrie en resta bouche bée. Cependant, avant qu'elle n'ait pu protester, l'inconnue avait pivoté sur ses talons et s'éloignait à petits pas rapides dans le couloir.

Ce départ subit laissa à Carrie le temps de se calmer et de reconnaître que son sweat-shirt hors d'âge avait manifestement connu des jours meilleurs. Rien d'étonnant donc à ce que la mystérieuse visiteuse l'ait prise pour la femme de ménage.

En proie à l'indécision, elle resta plantée sur le pas de la porte. Ne ferait-elle pas mieux de suivre l'inconnue ? se demanda-t-elle. De toute évidence, quelque chose clochait. Peut-être avait-elle besoin d'aide ? Allait-elle refermer sa porte sans s'en assurer ? Après tout, c'était la veille de Noël et elle connaissait Chaz. Elle pouvait bien accompagner la vieille dame chez lui. Ensuite, ce serait à lui de se débrouiller avec elle.

Avec un pincement de regret pour le bain qui était en train de refroidir, elle alla chercher son manteau et son sac à main. Elle prit le temps de griffonner « Chaz Latimer n'habite plus ici » sur une feuille de papier. Après avoir souligné de deux traits rageurs le « plus », elle ajouta la nouvelle adresse de son ancien compagnon et prit un morceau de Scotch afin de fixer la note sur la porte.

Quand elle revint dans l'entrée, elle aperçut une grosse boîte posée sur son paillasson.

Le volumineux paquet était recouvert d'un papier vert vif décoré d'angelots dorés. Curieusement, le dessus était mal refermé, formant une sorte de tente à une extrémité du carton. Un bristol agrafé au large ruban rouge qui l'entourait flottait légèrement dans le courant d'air qui s'engouffrait dans le couloir.

« Pour Latimer. De la part de Père Noël », lut-elle.

Elle jura entre ses dents.

— Comment suis-je censée entamer une nouvelle vie quand l'ancienne refuse de se laisser oublier ? pesta-t-elle.

Pour commencer, ce cadeau allait immédiatement être rendu au « Père Noël ». Elle souleva le paquet, surprise par son poids, puis se dirigea à grandes enjambées vers le coin du couloir où la visiteuse avait disparu. Elle arriva juste à temps pour apercevoir la vieille dame qui jetait un coup d'œil par la porte de l'ascenseur. Dès qu'elle l'aperçut, elle lâcha la porte qu'elle tenait encore.

— Latimer. Vous lui donner, d'accord ? se contenta-t-elle de dire avant que l'ascenseur ne se referme.

— Ce n'est vraiment pas mon jour ! fulmina Carrie tandis que l'ascenseur se mettait en marche.

Son exclamation résonna contre les murs du corridor désert, en écho à son sentiment de frustration.

Revenant sur ses pas, elle retourna chez elle et referma la porte à double tour.

Si cette femme pensait qu'elle allait traverser la rue par ce froid polaire pour déposer son cadeau chez Chaz, elle se faisait des illusions. Carrie en avait fini avec lui. Elle avait décidé qu'aujourd'hui marquait le point de départ de sa nouvelle existence.

Résistant à la tentation de jeter un coup d'œil par la fente de l'emballage, elle déposa le paquet au pied de son piteux sapin. Qui sait ? Peut-être que l'arbre synthétique la vengerait de ses déboires en faisant tomber une multitude de ces horribles touffes vertes sur le cadeau de Chaz… En fait, si ça ne tenait qu'à elle, ce paquet pouvait rester là jusqu'à Noël prochain. Le propriétaire n'aurait qu'à son occuper, une fois qu'elle serait partie.

Forte de ces résolutions, elle alla dans sa chambre pour chercher dans son placard la tenue la plus sexy qu'elle possédait. L'inconnue l'avait prise pour la bonne ? Eh bien, elle allait y remédier de ce pas ! Ensuite, elle se dirigea vers la salle de bains. Après s'être déshabillée, elle se laissa glisser dans la baignoire. L'eau était tiède, à présent, et les bougies avaient coulé dans les soucoupes où elle les avait déposées, mais ça lui était égal. Elle avait bien l'intention de se prélasser dans son bain jusqu'à ce qu'elle se transforme en glaçon. Elle retrouverait l'esprit de Noël, même au risque d'attraper une pneumonie.

Elle eut l'heureuse surprise de constater, quand elle tourna le robinet d'eau chaude, que le chauffe-eau capricieux daignait crachoter de l'eau… chaude ! Rassérénée, elle s'allongea, la tête calée contre le rebord de la baignoire, et entreprit de chasser ses soucis en se focalisant sur les résolutions qu'elle allait prendre pour la nouvelle année.

• Premièrement : rayer définitivement Chaz Latimer de son existence.

• Deuxièmement : répéter la résolution numéro un jusqu'à ce que le but soit atteint.

• Troisièmement : retrouver un travail.

A cette pensée déprimante, elle s'enfonça un peu plus dans l'eau chaude. Les offres d'emploi se faisaient extrêmement rares, ces derniers temps, et la situation ne semblait pas vouloir s'améliorer.

Bien qu'elle n'en ait pas la moindre envie, elle allait peut-être devoir se résoudre à retourner à Raleigh, en Caroline du Nord. Là-bas, au moins, elle pourrait compter sur le soutien moral de sa famille, et peut-être même y trouverait-elle d'autres opportunités professionnelles. Elle écarta cependant aussitôt cette éventualité qui ne l'enchantait guère. Avec un peu de chance, elle n'en arriverait pas à cette extrémité ; il était donc inutile d'envisager le pire.

Elle reprit l'énumération de ses bonnes résolutions et y ajouta le quatrièmement : trouver un nouvel appartement.

A ce stade de ses réflexions, elle laissa échapper un grognement. La simple pensée des efforts et des difficultés qui l'attendaien — sans compter le fait qu'elle était complètement fauchée, ce qui rendait la tâche encore plus ardue — lui causa un sentiment de panique qui vint s'ajouter au vague à l'âme qui l'étreignait.

Elle réussit toutefois à surmonter ces émotions négatives pour continuer à se projeter dans l'avenir. Maintenant qu'elle en avait terminé avec ses résolutions pour l'an neuf, elle allait devoir songer sérieusement à son vœu de Noël.

Cette tradition remontait à son enfance. Sa mère et elle y étaient très attachées, au point de considérer qu'elle constituait le clou de la fête. Des jours et des jours à l'avance, elles débattaient longuement du vœu qu'elles allaient faire. Et chaque fois, celui de Carrie se réalisait. Bien entendu, ses discussions avec sa mère y étaient pour quelque chose.

Et pourtant... Une année, elle n'avait pas dévoilé son vœu à l'avance. Cela avait dû se passer à l'âge crucial où elle hésitait entre naïveté et désillusion. Elle avait décidé de garder son vœu secret jusqu'au moment magique où tout le monde serait réuni devant le sapin, le soir du réveillon. Elle avait demandé un petit chien. Et le lendemain, pour son plus grand étonnement et sa plus grande joie, elle avait découvert Bella, un gros nœud rouge autour de son cou. Après cela, elle avait cru dans les vœux de Noël avec une foi inébranlable.

Revenant au présent, elle songea que Chaz et elle n'avaient pas eu l'occasion de sacrifier à cette tradition familiale, puisqu'ils s'étaient rencontrés un jour de l'an et séparés neuf mois plus tard.

Fixant les flammes vacillantes des bougies jusqu'à ce que l'une d'elles s'éteigne avec un bref tremblement et un fin nuage de fumée, elle s'aperçut qu'elle était revenue au point de départ... Chaz occupait de nouveau ses pensées.

Un petit cri, semblable au miaulement d'un chat, la fit sursauter. Son mouvement brusque envoya une giclée d'eau par-dessus le bord de la baignoire. Qu'est-ce que c'était que ça ? se demanda-t-elle. Le cœur battant à tout rompre, elle sortit du bain et se sécha rapidement. Puis, après avoir enfilé en toute hâte la robe qu'elle avait posée sur une chaise, elle sortit de la salle de bains sur la pointe des pieds. Passant la tête par l'entrebâillement de la porte, elle inspecta le salon. D'après ce qu'elle pouvait en voir, rien n'avait bougé depuis tout à l'heure.

Un léger bruit se fit entendre, en provenance du sapin. Cette fois, cependant, le son n'avait rien à voir avec un chat. Il s'agissait sans conteste d'un cri de bébé. Un cri de bébé qui émanait du grand paquet-cadeau destiné à Chaz !

Carrie se précipita jusqu'au sapin, déchira frénétiquement le papier cadeau et écarta les rebords entrouverts du carton. Médusée par ce qu'elle découvrit, elle s'affaissa sur ses genoux.

Enveloppé dans une magnifique couverture, niché au creux du carton rembourré de mousse recouverte de dentelles et de volants, il y avait un bébé, visiblement une petite fille, un joli nœud rouge noué dans ses petites boucles noires. Dès l'instant où son regard se posa sur Carrie, le bébé s'arrêta de ronchonner ; sans cesser de mâchouiller son poing, elle la dévisagea avec curiosité. Puis elle cligna des yeux — de grands yeux noirs semblables à ceux de Chaz — et lui dédia un large sourire édenté.

L'espace d'un instant, Carrie sentit son cœur fondre devant ce regard innocent. La seconde suivante, toutefois, la réalité se fit jour en elle. Submergée par une vague de douleur et de colère, elle réalisa toute la signification de cette petite présence. Cet adorable bébé était l'enfant de Chaz !

Sa fille... Combien de fois avaient-ils discuté de l'éventualité du mariage et de celle d'avoir des enfants ? Et combien de fois avait-il insisté sur le fait qu'il n'avait ni le temps ni le goût pour l'un ou pour l'autre ? Il avait pourtant bien trouvé le temps pour engendrer ce bébé. S'il s'imaginait pouvoir se défiler... elle allait lui prouver le contraire !

En quelques minutes, elle avait ramassé son sac à main et ses clés, puis enfilé son manteau. Par précaution, elle prit la couverture de laine qui recouvrait son canapé et en enveloppa le carton afin de le protéger du froid glacial qui régnait à l'extérieur.

Moins de dix minutes plus tard, elle se tenait devant l'appartement de Chaz. Posant son précieux fardeau par terre, elle frappa énergiquement à la porte.

Quand il lui ouvrit, Carrie ne put s'empêcher de noter que ses cheveux en bataille le rendaient encore plus séduisant. De toute évidence, elle l'avait arraché à sa sieste. Parfait ! songea-t-elle. Il valait mieux qu'il soit en pleine forme pour faire face à ses nouvelles responsabilités.

Elle se pencha pour ramasser le colis.

— Tiens, dit-elle en le lui tendant. C'est arrivé pour toi, de la part du Père Noël. Joyeux Noël ! Tu es papa, espèce de salaud !

Là-dessus, elle pivota sur ses talons et s'éloigna rapidement. Le regard de Chaz quitta le carton dont émanaient des bruits inquiétants tandis qu'il s'exclamait :

— Attends ! Qu'est-ce que tu racontes ?

Avant qu'elle ait pu faire dix pas, il l'avait rejointe — le carton coincé sous le bras comme s'il s'agissait d'un ballon de football américain — et attrapée par la manche de son manteau pour l'obliger à s'arrêter. Refusant de la lâcher, il la força à revenir sur ses pas et à entrer chez lui.

— Lâche-moi, Latimer ! ordonna-t-elle. Ceci est ton problème, pas le mien. Je m'en vais.

— C'est hors de question. Je ne sais pas de quoi il retourne exactement, mais maintenant, c'est *notre* problème.

Sous le coup de la colère, il referma la porte avec fracas, ce qui déclencha une vague de cris aigus. Interloqué, Chaz dévisagea Carrie.

— Bon sang, qu'est-ce que c'est que ça ? Tu as vraiment emballé un bébé ?

— Non ! répliqua Carrie en croisant les bras d'un air outragé. C'est comme ça qu'on me l'a livré. Je l'ai trouvé sur le pas de ma porte, avec un mot disant qu'il t'était adressé. Ce qui signifie que c'est bien *ton* problème, non le nôtre. Et certainement pas le mien !

Chaz ne put s'empêcher de penser que la colère rendait Carrie… lumineuse. Les reflets dorés de ses cheveux châtain clair, noués à la va-vite en chignon sur le sommet de son crâne, mettaient en valeur l'éclat émeraude et or qui illuminait son regard noisette. Il devina qu'elle venait de prendre un bain. De petites mèches encore humides frôlaient sa nuque, et le parfum subtil de son bain moussant préféré se mêlait aux effluves des bougies parfumées qu'il lui avait offertes pour son anniversaire.

Sous son manteau, elle portait une robe vert sombre qu'il ne connaissait pas. L'étoffe fluide et soyeuse épousait les courbes les plus parfaites qu'il ait jamais vues chez une femme, avant de s'arrêter à mi-cuisses, révélant des jambes aussi sublimes qu'interminables.

— Concentre-toi, Latimer ! lança-t-elle quand elle s'aperçut qu'il fixait ses jambes.

Il redressa la tête aussitôt. Son regard se posa de nouveau sur son visage et il aperçut très brièvement l'expression de vulnérabilité qui l'avait traversée. Réalisant à quel point il l'avait fait souffrir, il éprouva un pincement de remords. Certes, cela n'avait pas été intentionnel de sa part, mais le fait était là.

— Enlève ton manteau, dit-il. Tu n'iras nulle part tant que nous n'aurons pas tiré cette histoire au clair.

— Ne compte pas sur moi. Je te le répète une fois encore, ce ne sont pas mes affaires.

— Il est hors de question que tu me plantes là avec ce bébé. Pas sans m'avoir donné quelques explications.

Carrie hésita quelques secondes. Après avoir jeté un regard chargé de regrets vers la porte d'entrée, elle poussa un soupir résigné.

— D'accord, concéda-t-elle. Je vais te raconter le peu que je sais.

Elle ôta son manteau et l'accrocha à l'antique portemanteau que Chaz avait hérité de son grand-père, avant de le suivre dans le salon.

Avec un luxe de précautions, il déposa le carton sur la table basse devant le canapé. Ecartant les couvertures, il découvrit le bébé qui se trouvait à l'intérieur. Un bébé en chair et en os, qui le regardait avec intérêt. Le genre d'être qui gigotait de toute la force de ses petits membres, qui faisait des bulles avec sa bave et des choses peu ragoutantes dans ses couches.

Il laissa échapper une bordée de jurons, qu'il regretta aussitôt. Heureusement, l'enfant était trop jeune pour comprendre.

— C'est pathétique, fit remarquer Carrie. Les premières paroles que tu adresses à ta fille sont des gros mots.

— D'où te vient l'idée que c'est ma fille ?

— Elle a tes yeux. Elle te ressemble. Et ton nom était sur l'emballage.

— Comment est-elle arrivée ici ?

— Je suppose qu'elle a pris le chemin habituel. Un gars rencontre une fille. La fille tombe enceinte. Le gars laisse tomber la fille. La fille a le bébé toute seule et elle est sans doute anéantie.

Chaz lui lança un regard ironique.

— Je constate que l'esprit et la joie de Noël ont déteint sur toi ! rétorqua-t-il avant d'ajouter : Ce que je voulais dire, c'est… qui l'a déposée devant ta porte ?

Carrie se laissa tomber sur le canapé à côté de lui.

— Une femme que je n'avais jamais vue. Elle était assez âgée.

— La Mère Noël, je suppose.

— Ha ha ha ! Je suis morte de rire. Si tu continues sur ce ton, je m'en vais.

— O.K. Je t'écoute.

— A moins que le Père Noël ne vive en Italie, je ne pense pas qu'elle ait le moindre lien de parenté avec lui. Ah oui, j'ai oublié de préciser qu'elle avait l'accent italien. Elle m'a donné ton nom. J'ai essayé de lui expliquer que tu ne vivais plus là, mais la communication passait mal. J'avais l'intention de l'accompagner jusqu'ici, mais pendant que je retournais dans le salon pour prendre mon manteau et mon sac, elle en a profité pour laisser son paquet et disparaître.

— Pourquoi ne l'as-tu pas retenue ?

— Comment aurais-je pu savoir ce qu'elle manigançait ? répliqua-t-elle d'un ton excédé. J'ignorais que le bébé se trouvait dans le carton jusqu'à ce qu'il se mette à gazouiller. A ce moment-là, ça faisait belle lurette que la femme était partie.

— Tu n'as pas eu la présence d'esprit de lui demander son nom, son adresse ou quoi que ce soit ?

— Je te répète que je ne pouvais pas prévoir ce que contenait ce paquet qui, de plus, ne m'était pas destiné. Et elle est partie très vite.

Chaz examina le bébé. Il était impossible que cet enfant soit sa fille ! Il avait toujours veillé à prendre toutes les précautions nécessaires pour que ce genre de mésaventure n'arrive pas. De plus, la seule femme avec qui il avait couché au cours de l'année écoulée était Carrie.

— Quel âge penses-tu qu'elle peut avoir ? demanda-t-il.

— Je ne suis pas experte… Mais je dirais qu'elle a deux ou trois mois.

Chaz fit un bref calcul. Trois plus neuf égale un an… Il y a un an et une semaine, c'était la Saint-Sylvestre. Il sortait avec… Bon sang ! Comment s'appelait-elle déjà ? Angel ? Annie ? Angie ! Oui, c'est ça ! Angie… quelque chose commençant par un C. Il dut faire un effort supplémentaire pour se rappeler ses traits.

Il se souvenait qu'ils avaient bu beaucoup de champagne. Son frère Thad et sa petite amie Dinah avaient passé la soirée à se disputer. En fait, ils avaient fini par rompre ce soir-là, pour des raisons étrangement similaires à celles qui les avaient conduits à la rupture, Carrie et lui-même, neuf mois plus tard.

Thad avait noyé son chagrin dans l'alcool, tandis que Chaz avait décidé d'oublier la scène pénible à laquelle il venait d'assister dans les bras de la sexy Angie. Il se souvenait vaguement d'une brune plantureuse avec de grands yeux sombres et une voix de petite fille. Rien à voir avec Carrie…

Son regard revint vers le bébé et il fronça les sourcils. Angie avait été une aventure sans lendemain, rien de plus. Jamais il n'aurait pensé qu'elle occuperait une place quelconque — et permanente ! — dans son existence.

Ce ne pouvait être qu'Angie, conclut-il. Elle était la seule femme avec qui il avait couché, mis à part Carrie, durant la période cruciale. Ça n'allait pas être facile à confesser, mais comment faire autrement ?

— O.K., admit-il à contrecœur. Il y a eu quelqu'un.

3

« Les souliers étaient alignés
Avec soin sous le sapin…
Mais personne n'attendait un bébé
Et aucun chausson ne lui était destiné. »

Une profonde douleur passa dans les yeux de Carrie, touchant Chaz en plein cœur. Il aurait pu tout aussi bien lui avoir asséné une gifle.

— C'était avant que je te rencontre, s'empressa-t-il de préciser. Juste avant.

— Ça ne me concerne pas, répliqua-t-elle avec un enjouement trop excessif pour être naturel. Je vais te laisser. Tu pourras te mettre en contact avec elle. Joyeux Noël, Chaz.

Voyant qu'elle s'était levée, Chaz bondit sur ses pieds.

— Pas si vite ! protesta-t-il. Tu ne peux pas partir comme ça.

— Vraiment ?

Un éclair furieux traversa son visage aux traits expressifs. Conscient qu'il lui en demandait beaucoup, Chaz éprouva quelques scrupules. Baissant la tête, il passa la main dans ses cheveux.

— S'il te plaît, dit-il quand il releva la tête. Ne t'en va pas. Je n'y connais rien en bébés, alors, soit j'appelle les services de protection de l'enfance ou la police, et ils embarquent le bébé le soir de Noël, soit nous nous occupons d'elle jusqu'à ce que j'y voie plus clair dans cette affaire.

Carrie jeta un rapide coup d'œil à l'enfant dans son carton et son visage se crispa. La simple vue du bébé la faisait souffrir, c'était évident.

— Qu'est-ce que j'ai à voir avec tout ça ? demanda-t-elle en secouant la tête. C'est toi qui ne voulais pas entendre parler d'une relation sérieuse, tu te rappelles ? Ni attaches ni mariage. Et certainement pas de bébé. Et voilà que Papa Noël t'a apporté un nourrisson.

Elle s'interrompit une fraction de seconde, comme si ses paroles lui coûtaient un effort surhumain.

— Comble de l'ironie, conclut-elle, je ne suis pas la mère.

— Carrie, ce n'était qu'une aventure sans lendemain.

Passant devant lui, elle traversa le salon en direction du sapin qu'il avait installé dans un coin. Le sien était vrai et ne laissait pas tomber ses aiguilles synthétiques sur quiconque s'approchait trop de ses branches. Elle contempla l'arbre quelques instants avant de lui faire de nouveau face.

— Je suis consciente qu'il n'y avait rien de sérieux entre toi et cette femme. Mais, pour une raison que j'ignore, ça ne me console pas.

— Je suis désolé.

Que pouvait-il dire d'autre ?

— J'aimerais vraiment pouvoir faire en sorte qu'il en soit autrement, ajouta-t-il.

— C'est impossible.

Le regard de Chaz revint vers le bébé.

— Effectivement, acquiesça-t-il. Ce qui signifie que je dois me préoccuper avant tout de l'intérêt de ce petit bout de chou.

Il s'interrompit un bref instant, comme pour soupeser ce qu'il s'apprêtait à lui demander.

— C'est ici que tu interviens, reprit-il. Je ne peux pas m'en sortir tout seul. Pas dans l'immédiat, en tout cas. Veux-tu m'aider ? S'il te plaît ?

— Te rends-tu compte de ce que tu me demandes ?

— Oui. Je sais combien cette situation doit être pénible pour toi et j'ai l'impression de te faire souffrir, encore et toujours. Mais il ne s'agit pas que de nous deux. Il y a un bébé sans défense. Chérie, c'est Noël, et tu as toujours été un bon Samaritain. Je n'ai pas l'intention d'en profiter sans vergogne, mais je suis suffisamment pragmatique pour le faire si c'est nécessaire.

Une esquisse de sourire éclaira fugitivement le visage de Carrie.

— A ta décharge, il faut reconnaître que tu es honnête.

Elle le laissa encore dans l'expectative pendant quelques secondes qui lui parurent une éternité, avant de poursuivre :

— D'accord. Je vais te donner un coup de main.

— Merci.

Rassuré de la savoir à ses côtés pour affronter cette situation rocambolesque, Chaz parvint à retrouver un semblant de sang-froid. Sa spécialité était l'informatique. Avec les ordinateurs et les affaires, tout paraissait simple. Rien de tel, en revanche, avec les bébés. Pour une raison qu'il ne s'expliquait pas, quand des petits enfants étaient impliqués, il éprouvait toujours une vague sensation de panique.

— Je suppose qu'elle ne portait pas de plaque avec son nom écrit dessus, continua-t-il.

Carrie le rejoignit près de la table basse.

— Je n'en ai pas vu, avoua-t-elle. Mais je n'ai pas vraiment cherché.

Elle souleva délicatement le bébé et le prit dans ses bras pour permettre à Chaz d'inspecter le couffin de fortune.

— Alors ? s'enquit-elle.

— Rien. Mais nous ne pouvons pas continuer à l'appeler « bébé ». Etant donné que c'est Noël, que penses-tu d'Angel ? Ça irait bien avec le papier cadeau qui l'enveloppait…

— Qu'est-ce que tu en penses, trésor ? demanda Carrie au bébé. Angel, ça te plaît ?

Le nourrisson émit un son joyeux, qu'ils considérèrent comme un assentiment.

— Va pour Angel, dans ce cas !

Après une ultime vérification, Chaz extirpa du carton deux couches jetables, une boîte de lait maternisé et un biberon. Une pensée lui traversa soudain l'esprit.

— Angel est arrivée avec le strict minimum dans ses bagages, fit-il remarquer. Ça ne suffira pas jusqu'à demain matin. Sans compter qu'ensuite, tout sera fermé pour le week-end.

— Seigneur ! s'exclama Carrie. Tu as raison. La plupart des magasins doivent déjà être fermés. Nous ferions mieux de nous dépêcher, si nous voulons trouver tout ce dont nous aurons besoin.

— Je ne me suis jamais senti aussi perdu, avoua Chaz. Je n'y connais rien. Où devons-nous aller et que diable devons-nous acheter ?

— Je ne m'y connais pas plus que toi. J'ai bien fait du baby-sitting quand j'étais adolescente, mais je ne me suis jamais occupée d'enfants aussi petits. Une chose est sûre, nous avons besoin de couches. Peut-être une autre boîte de lait. Tu crois qu'elle mange déjà des petits pots ?

— C'est à moi que tu demandes ça ?

Se rappelant soudain un détail important, Carrie fit claquer ses doigts.

— Il y a un Baby Shop au coin de la rue, dit-elle. Nous pourrions leur demander des conseils.

— C'est ça. On va entrer et leur dire : regardez ce que le Père Noël nous a apporté ! On n'y connaît rien en bébés et on aimerait que vous nous indiquiez ce qu'il faut acheter. Ils vont appeler la police en moins de temps qu'il n'en faut pour le dire.

— Tu as raison, admit Carrie en reposant Angel dans son nid en carton. C'est toi l'expert en informatique. Lance une recherche sur internet pendant que je vais chercher un papier et un crayon. On va faire une liste.

Le simple fait que Carrie lui propose un plan le rassura. Il aimait les femmes qui avaient la tête sur les épaules. En moins de deux minutes, ils étaient assis devant son ordinateur, prêts à noter les précieuses indications qu'ils s'apprêtaient à recueillir.

— D'après ce site, il faut du lait maternisé, des couches et des céréales pour préparer sa bouillie.

— Noté ! Quoi d'autre ?

— Bon sang, regarde cette liste ! On n'arrivera jamais à porter tout ça rien qu'à nous deux.

— Arrête de te plaindre, Latimer, et continue de lire.

Carrie ôta la pince qui retenait ses cheveux et les rejeta en arrière. Emerveillé, Chaz les regarda se répandre sur ses épaules en une cascade aux reflets dorés.

S'efforçant de résister à la fascination que la masse de sa chevelure soyeuse exerçait sur lui, il se concentra sur son écran. Il devait aussi éviter de penser à la façon sensuelle et caressante dont sa robe fluide effleurait ses courbes…

— Voyons…, reprit-il. Nous avons aussi besoin de vêtements. Et nous ne pouvons pas la laisser dans cette boîte. Il nous faut donc également un berceau et une poussette.

Il fit tourner la mollette de la souris et poursuivit :

— Des couvertures, des jouets… Tu sais, maintenant que j'y pense : il y a une librairie sur le chemin du magasin. Il doit bien exister un bouquin du genre *Les Bébés pour les nuls*. Nous pourrons vérifier si nous n'avons rien oublié d'essentiel.

— Bonne idée.

— Dépêchons-nous, dit-il après avoir jeté un bref coup d'œil à sa montre. Nous n'avons plus beaucoup de temps devant nous.

— Attends, attends ! s'exclama Carrie en désignant le carton. Nous ne pouvons pas promener Angel dans cette boîte. Ça risque d'attirer l'attention. Si je restais ici pour la garder pendant que tu irais faire les courses ? Tu as la liste.

— C'est vrai. Mais ça ne change rien au fait que je suis en terrain complètement inconnu et que je ne veux pas attirer l'attention en posant trop de questions. De plus, nous devons nous assurer de choisir la bonne taille. Allons-y tous ensemble. Enveloppe-la dans une couverture et nous la porterons. Une fois arrivés au magasin, on la mettra dans une poussette qu'on achètera pour circuler dans les rayons.

— O.K., mais c'est toi qui la porteras. J'ai trop peur de glisser.

Chaz attendit avec impatience qu'elle ait fini d'envelopper méticuleusement le bébé dans une couverture. Heureusement, la tempête s'était calmée et ils arrivèrent sans encombre au Baby Shop, après un rapide crochet par la librairie.

— Nous fermons dans vingt minutes, les avertit l'une des employées en guise de salutation.

D'après son badge, elle se prénommait Debby et son expression revêche indiquait clairement qu'elle n'était pas ravie de voir débarquer ces clients de dernière minute. Chaz la comprenait. C'était l'après-midi du réveillon, et elle comptait sans doute quitter son travail le plus tôt possible.

— Nous n'en avons pas pour longtemps, Debby, la rassura-t-il en la gratifiant d'un sourire.

Cette promesse sembla lui rendre son entrain et elle lui rendit son sourire.

— Pas de problème, assura-t-elle, soudain radoucie. Si vous avez besoin d'aide, n'hésitez pas à m'appeler.

— On va se débrouiller, mais merci.

— Ça ne rate jamais, grommela Carrie en prenant un chariot. De huit à quatre-vingt-huit ans… C'est toujours la même chose.

Chaz la dévisagea, intrigué.

— De quoi tu parles ?

— Laisse tomber. Par quoi on commence ?

— Par la poussette. Ensuite, les couches, la nourriture, et les vêtements.

La discussion sur la poussette idéale leur prit cinq longues minutes. En fin de compte, ils optèrent pour un modèle deux en un, dont la coque pouvait également servir de siège-auto. Sur le chemin vers le rayon des couches, ils trouvèrent un berceau. Au rayon « nourriture », Chaz se contenta d'empiler dans le chariot le plus grand choix possible de lait maternisé en poudre, de céréales premier âge et de petits pots.

— Il nous reste treize minutes, annonça-t-il en se dirigeant vers les vêtements. Pendant que je me charge des couvertures et du linge, choisis des pyjamas. On se retrouve aux chaussures. S'il nous reste un peu de temps, on pourra s'arrêter aux jouets.

Le choix des vêtements se révéla de toute évidence plus ardu qu'il ne l'avait cru, car une fois sa mission accomplie, il dut rebrousser chemin pour voir où Carrie en était de ses emplettes.

— Si c'est du trois mois, prends-le ! dit-il à voix basse. Ce n'est pas une virée shopping entre filles. On se fiche de savoir si cette tenue lui fera un gros derrière. O.K. ?

— J'ai compris, répliqua-t-elle sèchement. Je promets que je ne vais pas me soucier de savoir si ces vêtements feront ressembler Angel à Bibendum. En attendant, je te suggère de me laisser terminer ici pendant que tu te chargeras d'une tâche où les hommes excellent.

— Je n'ose imaginer ce que ça peut être.

— Acheter des jouets. Des peluches, des hochets, un anneau de dentition… Tout ce que tu voudras, sauf des camions, des vaisseaux spatiaux ou des sabres-laser.

— Rabat-joie !

— Rendez-vous à la caisse dans cinq minutes.

Chaz se dirigea vers le rayon des jouets où il prit pratiquement tout ce qui était en peluche et rose. Quand il eut terminé, il avait amassé un véritable zoo. A l'instant même où Debby annonçait au micro que la fermeture était imminente, il poussait le chariot débordant d'achats vers la caisse.

La gérante impatiente appela plusieurs stagiaires à la rescousse pour accélérer l'enregistrement et l'emballage du contenu du chariot. Chaz récompensa tout le monde par de généreux pourboires et enrôla le plus costaud des adolescents pour l'aider à porter ses emplettes jusqu'à son appartement.

Une fois que la porte se fut refermée sur le garçon qui souriait jusqu'aux oreilles en empochant le gros billet qu'il venait de recevoir, Carrie et Chaz déballèrent leurs achats.

Quand ils eurent terminé, il faisait nuit. Un coup d'œil à sa compagne fit comprendre à Chaz qu'elle était sur le point de tout laisser tomber, mais il était déterminé à l'en empêcher. Certes, elle arborait son sourire radieux de belle du Sud, celui destiné à masquer ses émotions derrière une affabilité de façade. Dès le début de leur relation, il avait appris à reconnaître ce sourire qui signifiait en fait qu'elle était contrariée et qu'elle allait l'étriper sous peu.

— Ne fais pas ça, déclara-t-il sans ambages.

Le sourire de Carrie se dissipa.

— Ne fais pas quoi ? demanda-t-elle avec une froideur toute new-yorkaise.

— Tu vas t'en aller, et je ne veux pas.

Carrie tourna la tête pour regarder Angel qui dormait à présent dans la poussette.

— Je me rends bien compte que tu ne te sens pas prêt à assumer tes nouvelles responsabilités, dit-elle, mais tu t'y feras. Si tu as un problème, appelle ta mère. Je suis persuadée qu'elle sera ici en un clin d'œil, ravie de pouponner sa première petite-fille.

— Ça n'a rien à voir avec le bébé, mais avec nous.

— Il n'y a pas de « nous », répliqua-t-elle en évitant son regard.

— Ça pourrait changer.

Le menton de Carrie se mit à trembler d'une façon inquiétante et quand elle leva enfin la tête pour soutenir son regard, ses yeux brillaient de larmes contenues.

— Tu te trompes, répondit-elle. Maintenant plus que jamais, ce serait une erreur. Je vois mal comment tu pourrais consacrer du temps à une relation de couple, en plus de tout le reste. Tes nouvelles responsabilités de père, les problèmes que tu vas devoir résoudre avec la mère d'Angel… Sans oublier ton unique et véritable amour : ton site Web…

— Je me préoccuperai de tout ça demain. C'est le réveillon de Noël, Carrie. Passons-le ensemble, je t'en prie.

Il ne lui laissa pas la possibilité de refuser. Comme il l'avait fait quelques heures plus tôt, il se contenta de l'attirer dans ses bras et de l'embrasser. Et tout comme alors, elle fondit. Ses lèvres s'entrouvrirent pour laisser échapper un soupir.

Enivré par son parfum, Chaz ferma les yeux. Il éprouvait avec émerveillement la douce chaleur de son corps contre le sien. Les lèvres de Carrie avaient le goût de Noël et du printemps réunis. Elles lui rappelaient le soleil et les fleurs des champs, la couronne de branches de sapin et le punch au cidre.

— Reste, murmura-t-il. Reste avec moi pour Noël.

Emportée par un désir incontrôlable, Carrie succomba. La partie — infime — de son cerveau où subsistait un peu dc pensée rationnelle avait beau lui envoyer des signaux d'alarme, ils se confondaient avec le tintement des clochettes qui accompagnaient les chants de Noël. Une mélodie joyeuse résonnait dans sa tête. De la joie. Voilà ce qu'elle éprouvait quand Chaz la tenait dans ses bras. Une joie pure et inaltérable.

Sans un mot, il la souleva dans ses bras et l'emporta jusqu'au canapé. Ils se laissèrent tomber dessus, jambes et bras entremêlés.

Il reprit possession de sa bouche pour la dévorer passionnément. En réponse à son baiser, elle entrouvrit les lèvres, ravie de s'adonner avec lui à cette joute sensuelle qui lui faisait tourner la tête. Elle n'avait tout simplement plus ni l'envie ni la volonté de protester quand ses mains remontèrent sur sa robe de soie et se posèrent sur ses seins dont il taquina les pointes à travers l'étoffe. Quand celles-ci se dressèrent pour former deux bourgeons durcis, la respiration saccadée de Carrie se transforma en un gémissement langoureux.

Quittant ses lèvres, Chaz parsema sa gorge de petits baisers légers, pour finir par poser sa bouche dans le creux à la base de son cou. Ses mains parcoururent son buste avant de se faufiler sous sa robe. Quand il caressa la peau si délicate de l'intérieur des cuisses, Carrie sentit une vague de chaleur à la limite du supportable l'envahir. En remontant le long de sa jambe, il écarta l'élastique de sa culotte, et effleura du bout des doigts le cœur vibrant de sa féminité.

Carrie perdit toute conscience de la réalité. Cela faisait si longtemps… si désespérément longtemps ! Elle enroula les jambes autour de la taille de Chaz et se serra davantage contre lui. Ces préliminaires grisants lui parurent bientôt insuffisants. Elle voulait plus ; elle voulait le sentir en elle. Elle voulait s'abandonner avec lui à cette danse possessive et enfiévrée qu'ils avaient perfectionnée au cours des mois qu'ils avaient passés ensemble. Jusqu'à ce qu'elle rencontre Chaz, elle ignorait que l'amour pouvait atteindre une telle intensité, et chaque fois qu'elle se retrouvait dans les bras de cet homme, elle vivait un moment exceptionnel. C'était comme assister à la réalisation de tous les vœux de Noël qu'on avait formulés durant sa vie en un seul et glorieux instant.

Chaz devait éprouver la même chose, car il gémit à son tour.

— Ça n'est pas assez, murmura-t-il. Tu sais ce que nous voulons tous les deux… ce dont nous avons besoin. Ne me repousse pas, Carrie. Pas cette fois.

— Je ne te repousse pas. J'en serais incapable, dit-elle dans un souffle.

A son tour, elle l'embrassa avec une ardeur délirante. Il ôta sa main et elle crut qu'elle allait crier de frustration, quand elle entendit crisser la fermeture Eclair de son pantalon.

— Dépêche-toi, le supplia-t-elle. Je t'en prie…

Non loin d'eux, Angel commença alors à s'agiter dans sa poussette. Ses petits grognements se transformèrent rapidement en cris stridents.

L'ambiance de sensualité torride qui les avait emportés dans son tourbillon s'évanouit comme par enchantement, et ils s'immobilisèrent.

Comment avait-elle pu oublier ? se demanda Carrie. Chaz avait eu un enfant avec une autre femme ! Elle aurait aimé en être la mère, et avoir une relation digne de ce nom avec Chaz, mais ce n'était pas le cas. Elle ne partagerait jamais de tels moments avec lui, à moins d'un miracle. Et son instinct lui soufflait que le Père Noël n'avait pas de miracle pour elle dans sa hotte cette année.

— J'ai perdu la tête, chuchota-t-elle en s'arrachant à l'étreinte de Chaz.

Les jambes flageolantes, elle se leva non sans effort puis, en évitant soigneusement son regard, elle entreprit de remettre de l'ordre dans sa tenue.

— Je ne peux pas faire ça, poursuivit-elle. C'est impossible. Je dois m'en aller.

— Carrie, attends !

Comme Angel s'égosillait de plus belle, il grimaça et se baissa pour la prendre dans ses bras. Il commença à la bercer, mais on pouvait voir qu'il était mal à l'aise. Son geste eut cependant l'effet escompté. Sa fille cessa immédiatement de pleurer et le dévisagea avec intérêt, sa moue semblant hésiter entre le sourire et les pleurs. Rassuré, il fit un pas en direction de Carrie.

— Il faut que nous parlions.

— Nous n'avons rien à nous dire. Le bébé que tu as dans les bras vaut tous les discours.

— Chérie…

Elle attrapa son sac à main avant de se retourner vers lui pour l'affronter.

— Que peux-tu exiger de plus, Chaz ? J'ai fait tout ce que tu m'as demandé. Plus que n'importe quelle femme n'aurait fait, étant donné les circonstances. Maintenant, il est temps que je parte.

Faisant un crochet pour l'éviter, elle se hâta vers l'entrée et prit son manteau. Quand elle l'eut enfilé, elle ouvrit la porte d'un geste rageur.

Elle n'aurait su dire qui éprouva la plus grande surprise : elle-même ou la mère de Chaz qui se tenait sur le seuil, la main levée pour frapper.

Joanne Latimer cligna des yeux en l'apercevant. Puis son regard alla à son fils, avant de découvrir Angel. Ses yeux s'agrandirent sous l'effet du choc et de l'incrédulité.

Sa bouche s'ouvrit et se referma trois fois avant qu'elle parvienne enfin à articuler :

— Ô mon Dieu !

4

« Bien confortablement niché dans son berceau, Bébé sombra dans un sommeil peuplé de doux rêves. »

Ne sachant comment affronter cette situation, Carrie se figea.

— Madame Latimer…, commença-t-elle d'une voix faible.

— Je vous en prie, je pensais que nous nous étions mises d'accord pour que vous m'appeliez Joanne.

Elle s'interrompit pour pointer Angel du doigt.

— N'est-ce pas un bébé que mon fils tient dans ses bras ?

Carrie déglutit péniblement.

— Oui. C'est son bébé.

Joanne ne prit pas la peine de cacher son immense étonnement.

— Je pensais que Chaz et vous aviez rompu. Et maintenant, vous avez un bébé. C'est un miracle de Noël, on dirait ! s'exclama-t-elle en prenant Carrie dans ses bras. Je suis tellement heureuse !

— Non, non. Ce n'est pas ce que vous pensez, répondit Carrie.

Elle lança un regard désespéré à Chaz par-dessus l'épaule de sa mère et n'aima pas la lueur — familière — qu'elle surprit dans ses prunelles. Il réfléchissait à toute allure, ce qui ne pouvait présager qu'une chose : des ennuis.

— Ne t'avise pas…, grommela-t-elle en laissant sa menace en suspens.

Son avertissement ne sembla pas troubler Chaz outre mesure.

— J'ai appris son existence seulement aujourd'hui, dit-il en s'adressant à sa mère.

Constatant qu'Angel semblait définitivement calmée, il alla la reposer dans sa poussette. De son poste d'observation, le nourrisson regarda avec intérêt la scène qui se jouait sous ses yeux.

— Carrie me l'a apportée il y a quelques heures, ajouta-t-il.

Joanne resserra son étreinte.

— Seigneur ! s'exclama-t-elle d'une voix hachée par l'émotion. Je n'arrive pas à y croire ! C'est la plus merveilleuse des nouvelles, exactement ce dont j'avais besoin un jour comme aujourd'hui.

— Quelque chose ne va pas ?

Chaz et Carrie avaient posé la question en même temps.

Joanne lâcha Carrie et alla vers son fils qu'elle serra à son tour dans ses bras.

— Non. En tout cas, rien qui sorte de l'ordinaire. La période des fêtes de fin d'année est toujours un moment difficile pour moi.

Ses yeux, qui s'étaient embués à cette pensée, s'illuminèrent de nouveau sous l'effet de la joie.

— Mais c'est fini, maintenant, poursuivit-elle. Laissez-moi voir ce petit bébé. Je veux tout savoir. C'est une fille ou un garçon ? Je pencherais pour une fille, à en juger par ces jolies dentelles. Quel âge a-t-elle ? Comment est-ce arrivé ? Oh ! racontez-moi tout !

Carrie esquissa une grimace. De toute évidence, Joanne avait perdu tout sens de la logique sous le coup de l'émotion. Sinon, un rapide calcul lui aurait fait comprendre que Carrie ne pouvait être la mère de l'enfant.

Elle s'apprêtait à mettre les choses au clair quand Chaz la prit de court.

— Elle s'appelle Angel, intervint-il. Du moins, pour le moment. Et j'aimerais vraiment pouvoir confirmer tes soupçons, mais ce n'est pas ce que tu penses.

Le sourire de Joanne s'évanouit.

— C'est bien ton bébé ? demanda-t-elle.

— En quelque sorte.

— Arrête de tourner autour du pot, Chaz ! s'exclama Joanne en posant ses mains sur ses hanches. Il n'y a pas de « en quelque sorte » qui tienne. Soit c'est ta fille, soit elle ne l'est pas. Tu n'es pas en train d'essayer de me faire comprendre que Carrie a eu une aventure et que vous n'êtes pas sûrs… Oh ! Seigneur !

Elle se tourna vers Carrie.

— Est-ce pour cette raison que vous vous êtes séparés ? lui demanda-t-elle. Vous aviez rencontré quelqu'un d'autre et maintenant vous ignorez qui est le père ?

— Non ! s'insurgea Carrie, avant de s'adresser à Chaz : Tu as intérêt à t'expliquer rapidement, sinon je m'en vais.

Elle appuya son ultimatum d'un regard assassin.

— O.K. Voilà ce qui s'est passé…, commença Chaz en levant les mains dans un geste d'apaisement.

Des coups frappés à la porte l'interrompirent.

— Frérot ! Ouvre cette fichue porte pour qu'on puisse trinquer à la santé de ce bon vieux Père Noël !

— A mon avis, Thad a déjà commencé à trinquer dans son coin, marmonna Carrie.

Joanne prit un air soucieux.

— J'ai bien peur que cette période de l'année soit aussi déprimante pour lui que pour moi, fit-elle remarquer. Il n'a jamais réussi à surmonter sa séparation avec Dinah. La connaissiez-vous, Carrie ? Thad et elle sortaient ensemble depuis des années.

— En fait, ils venaient de rompre au moment où j'ai rencontré Chaz. Mais croyez-moi, je la comprends.

Elle regretta aussitôt d'avoir laissé échapper cette dernière remarque. Le courant de sympathie qui s'était instauré entre elles s'évapora aussitôt.

— On peut dire que vous êtes la Dinah de Chaz, dit Joanne d'un ton où perçait une pointe de critique.

Il était hors de question pour Carrie d'éprouver la moindre culpabilité à propos de sa rupture avec Chaz.

— On peut aussi considérer qu'il est « ma » Dinah, répliqua-t-elle sans se démonter. Ce sont des choses qui arrivent.

— Généralement, quand ces choses arrivent, il n'y a pas de bébé.

— C'est vrai.

Quand Chaz ouvrit la porte, Thad eut un mouvement de recul en découvrant la petite réunion qui se tenait dans l'entrée de son frère.

— Une fête ! s'exclama-t-il quand il les eut dévisagés l'un après l'autre. Cool ! Je mets une option sur la jolie fille.

— Ne t'avise pas de l'approcher, l'avertit Chaz.

— Je fais ce que je veux, répliqua Thad. Elle est à moi.

Puis il s'approcha de sa mère et la prit dans ses bras pour déposer un baiser sur chacune de ses joues.

— Comment va la femme de ma vie ? Joyeux Noël !

— Mieux, maintenant que tu es arrivé, répondit Joanne en riant. Peut-être que tu pourras m'aider à éclaircir le petit mystère qui plane sur cet appartement.

— Quel mystère ?

En réponse à la question de Thad, Angel émit un petit cri et agita bras et jambes.

— Waouh ! s'exclama le frère de Chaz. Qu'est-ce que nous avons là ? Quelqu'un a commandé un bébé pour Noël ? Maman, tu as quelque chose à nous dire ?

— Oh ! arrête de faire l'idiot ! s'écria Joanne en donnant

une tape affectueuse à son fils. Tu sais très bien qu'elle n'est pas à moi.

— Il ne nous reste donc plus que..., continua-t-il en se tournant vers Carrie. Vous êtes allés vite en besogne !

— Tu as tout faux, Thad, répliqua Carrie en levant les mains. Elle n'est pas à moi non plus.

— Comment ? s'exclama Joanne, stupéfaite. Qu'est-ce que vous racontez ?

— C'est ce que nous étions en train d'essayer de t'expliquer, intervint Chaz.

— Ce que *j'étais* en train d'expliquer, rectifia Carrie.

— Si tu veux, concéda Chaz avant de poursuivre : Angel a été déposée devant la porte de Carrie avec une carte portant mon nom. Nous ne savons pas exactement à qui elle est.

— A part à toi, glissa Carrie.

Joanne examina plus attentivement le bébé.

— En tout cas, c'est ton portrait craché au même âge, affirma-t-elle. J'en déduis que, qui que soit la mère, tu es papa. Ce qui signifie...

Elle s'inclina vers la poussette et prit Angel dans ses bras.

— ... que je suis grand-mère ! Bonjour, ma petite chérie. Qui peut être assez inconscient pour avoir abandonné un bébé sur le palier d'une inconnue ? Pauvre chou ! Oh ! je pense qu'elle est mouillée. Quelqu'un veut bien...

Elle tendit Angel vers Carrie et Chaz.

— Je n'ai aucune idée de comment on doit changer un bébé, protesta Chaz.

— N'est-ce pas le moment idéal pour apprendre ? suggéra Carrie d'un ton mielleux. Qu'en pensez-vous, Joanne ?

— Je suis d'accord avec Carrie. Vas-y, Chaz, prends ta fille et change-la. Quand tu enlèveras la couche mouillée, tu n'auras qu'à bien faire attention et tu devrais être capable de lui mettre une couche propre sans trop de problèmes. Ce n'est pas de la physique nucléaire, tu sais.

— Je pense que j'aurais moins de mal avec la physique, marmonna Chaz.

Il prit néanmoins sa fille des bras de sa mère et se dirigea vers sa chambre, où Carrie et lui avaient installé un coin dédié à l'enfant. Après avoir déposé Angel sur la petite table où se trouvait le tapis à langer — accessoire dont il ignorait jusqu'à l'existence moins de trois heures plus tôt —, il défit les boutons-pressions de la jolie barboteuse vert et rouge qu'elle portait. Dès l'instant où elle fut libérée du vêtement, Angel agita joyeusement ses petites jambes avec l'énergie d'un cycliste en plein effort. Il s'immobilisa pour la contempler avec curiosité.

Un sentiment d'émerveillement l'envahit quand il réalisa que ce bébé était plus que probablement le sien.

Il n'avait certainement pas planifié sa venue, mais maintenant qu'elle était là… Bon sang ! Il n'allait pas s'en débarrasser, même s'il en avait la possibilité. Durant les heures qui venaient de s'écouler, il n'avait pratiquement fait que courir. Il avait appréhendé le problème sous l'angle purement pratique. Bien sûr, il y avait aussi eu ce moment assez bref où il s'était laissé distraire par Carrie, sur le canapé. Au point d'oublier le fait qu'il avait une fille et les ramifications multiples que cette découverte entraînait. Mais à présent, il se tenait devant elle et la regardait. Il la regardait vraiment.

Elle était si petite, mais en même temps si pleine de vie ! La personne qui s'était occupée d'elle jusqu'à présent l'avait bien nourrie et choyée, de toute évidence. D'un autre côté, on l'avait abandonnée devant la porte de Carrie comme un vulgaire paquet et quelqu'un allait devoir lui rendre des comptes pour cela. Toutes ces considérations ne changeaient cependant rien à ce simple fait : il était papa.

Cette pensée suffit à rendre sa respiration plus difficile. Il devinait que cette réaction excessive s'expliquait par sa propre histoire familiale. Son père n'avait jamais remporté le prix du « papa de l'année » mais au moins, contrairement au père de Carrie, James Latimer était resté avec sa femme jusqu'à ce que ses fils soient assez grands et suivent leur propre chemin.

C'est sa mère qui avait pris l'initiative du divorce, sans doute dans l'espoir d'attirer l'attention d'un mari qui ne pensait qu'à son travail. Le moins que l'on puisse dire, c'est que son plan avait échoué. Chaz n'était même pas sûr que son père ait remarqué que son mariage était terminé. Il avait probablement signé les papiers du divorce sans s'en rendre compte, parmi la pile de lettres à signer que sa secrétaire avait préparées dans son parapheur ce matin-là. Son indifférence face à ce qui sonnait le glas de trente années de vie commune avait anéanti Joanna au-delà de toute mesure.

Suite à ce bouleversement familial, Chaz avait résolu de ne surtout pas suivre l'exemple paternel. Il ne laisserait pas son travail prendre le pas sur sa femme et ses enfants. C'est pourquoi il avait décidé de ne pas s'engager dans la vie de famille avant d'avoir atteint ses objectifs professionnels.

Angel interrompit sa gymnastique pour le dévisager à son tour avec curiosité. Elle se demandait sûrement ce qu'il attendait pour changer sa couche. Il ne put retenir un sourire.

— O.K., message reçu ! Je m'en occupe.

Après avoir ôté la couche usagée, il la prit entre le pouce et l'index et la jeta dans la corbeille à papier, puis examina la couche neuve. Cela semblait simple. Pièce A sous les fesses de bébé. Replier la pièce B sur le dessus. Positionner la bande collante C sur le côté gauche de la pièce B. Positionner la bande collante D sur le côté droit de la pièce B. Facile. Sauf que les mouvements frénétiques du bébé rendaient la tâche plus hasardeuse que prévu. Lorsqu'il parvint enfin à fixer la bande D sur le côté droit de la pièce B, elle ne résista pas à un coup de pied plus vigoureux que les autres. Chaz se tira de ce mauvais pas en recourant au rouleau de ruban adhésif posé sur son bureau. Il était assez fier du résultat quand une nouvelle difficulté se présenta. Il devait maintenant réintroduire les petites jambes gigoteuses dans la non moins petite grenouillère. Mais là encore, il finit tant bien que mal par réussir.

Quand il eut terminé, il prit Angel dans ses bras. Le nez plongé dans le creux de son cou, il inhala son odeur. Seigneur ! Elle sentait bon ! Pas bon comme Carrie, non. Bon comme un bébé. Et sa peau était incroyablement douce. Il était papa ! s'émerveilla-t-il de nouveau. Et cette petite créature, dont il pouvait sentir le cœur battre à toute vitesse contre sa poitrine, faisait partie de lui, de sa vie, pour toujours. C'était à la fois terrifiant, éblouissant, et en même temps incroyablement revigorant.

Lorsqu'il revint dans le salon, il trouva Carrie et Joanna en train de bavarder tranquillement sur le canapé, ce qui suscita sa méfiance. Dieu sait ce que ces deux-là pourraient décider une fois qu'elles auraient eu une conversation à cœur ouvert. Pour ne rien arranger, Thad fixait d'un air morose le sapin, qui devait lui rappeler le Noël précédent qu'il avait passé avec Dinah.

Carrie l'accueillit avec un sourire amusé, avant de lui désigner un biberon posé sur la table basse.

— J'ignore quand Angel a mangé pour la dernière fois, mais au cas où, je lui ai préparé un biberon.

Si elle s'imaginait qu'il avait l'intention de se défiler et de déléguer, à elle ou à sa mère, ses obligations paternelles, Carrie se trompait lourdement, songea-t-il. Il n'avait pas recherché cette situation, mais il prenait ses responsabilités au sérieux. Une fois assis, il cala Angel dans le creux de son bras, attrapa le biberon et lui mit devant la bouche. Elle ouvrit ses petites lèvres roses et se jeta sur la tétine avec la voracité d'un barracuda.

— Carrie nous a expliqué comment tu t'es retrouvé dans cette situation, dit Thad à mi-voix. Je dois admettre que je suis surpris. Tu as toujours été celui qui insistait sur l'importance de prendre des précautions.

— Et c'est ce que j'ai toujours fait, rétorqua Chaz.

— Pourtant, te voilà avec un bébé dans les bras, commenta Thad avec aigreur.

Chaz réussit à réprimer une vague d'irritation. Il savait que la mauvaise humeur de son frère n'avait que peu à voir avec lui-même ou le bébé. Il le connaissait suffisamment pour savoir que Thad pensait en fait à Dinah et à la vie qu'ils auraient pu avoir ensemble.

— Aucune protection n'est sûre à cent pour cent, remarqua-t-il. Tu le sais.

L'air maussade, Thad observa Angel pendant quelques secondes.

— Tu te rends compte, dit-il enfin, que cela change tout, n'est-ce pas ? Il va falloir complètement revoir nos plans.

Il avait légèrement haussé le ton sur ces dernières paroles, attirant l'attention de leur mère et de Carrie.

— N'exagère pas, répondit Chaz. Je vais réorganiser mon emploi du temps de façon à y intégrer quelques responsabilités supplémentaires, c'est tout. Comme mon bureau se trouve dans mon appartement, je pourrai veiller sur Angel sans cesser de travailler.

— Tu ne pourras jamais faire autant d'heures. Sais-tu les sacrifices que j'ai dû accepter pour notre société ?

— Les mêmes que moi, répliqua Chaz en s'enjoignant au calme.

Une expression de refus buté se peignit sur le visage de Thad.

— Ce n'est pas la même chose, objecta-t-il. Pas la même chose du tout. J'aimais Dinah, bon sang ! Je voulais l'épouser et avoir des enfants avec elle.

Il s'interrompit pour pointer Angel du doigt.

— Un enfant comme le tien. Mais je n'avais pas le droit ! Nous nous étions fait une promesse, toi et moi. Et tu sais à quel point nos promesses sont importantes.

— Je sais.

Joanne se leva, son regard allant de l'un à l'autre.

— Je ne comprends pas ce qui se passe ici, dit-elle d'un ton hésitant. De quelle promesse parlez-vous ?

Thad pivota sur lui-même et saisit la bouteille qu'il avait apportée en guise de cadeau de Noël. Après l'avoir débouchée d'un geste rageur, il versa une bonne rasade de whisky dans un verre.

— Demande à Chaz, marmonna-t-il. C'est lui qui a eu cette brillante idée.

— Chaz ? murmura Joanne. Qu'est-ce que c'est que cette histoire ?

— Il s'agit de papa et de la façon dont il nous a élevés, si on peut employer ce terme, répondit Chaz en soupirant. Et d'une promesse que Thad et moi nous nous sommes faite.

— Pourrais-tu être un peu plus précis ?

Chaz choisit chacun de ses mots avec précaution.

— Tu sais comment papa était…

— Oui, oui, acquiesça Joanne en balayant ses hésitations d'un geste de la main. Le travail avant tout.

Chaz hocha la tête.

— Quand Thad et moi avons décidé de créer notre société ensemble, nous ne voulions pas devenir comme lui. Il nous avait fait des promesses, à nous tous, qu'il n'a jamais tenues. Tu faisais ton possible pour le couvrir, maman, et tu le faisais bien. Mais quand nous avons grandi… Disons que tes efforts ne servaient plus à rien.

Des larmes commencèrent à embuer les yeux de sa mère.

— Je suis désolée. Ce n'était pas intentionnel de sa part.

— Non ! intervint Thad. Ne le défends pas. Pas après toutes ces années.

— Il avait du mal à hiérarchiser ses priorités, c'est tout. Je suppose que c'est toujours le cas, ajouta-t-elle en refoulant ses larmes. Mais je ne vois pas le rapport avec cet arrangement entre vous deux.

Chaz jeta un coup d'œil à Carrie. Il vit qu'elle serrait les bras autour d'elle, comme si elle se préparait mentalement à recevoir un coup terrible. Son cœur saigna pour elle. Il l'avait fait souffrir, même si telle n'avait jamais été son intention. En fait, le but de la promesse que son frère et lui s'étaient faite était justement d'éviter que les gens qu'ils aimaient ne souffrent.

— Thad et moi, nous nous sommes mis d'accord pour mettre notre vie personnelle en veilleuse jusqu'à ce que notre affaire soit lancée et sur la voie de la réussite. Nous ne voulions infliger à personne ce que papa nous a infligé.

— Et pourtant, l'interrompit Carrie, c'est bel et bien ce qui a fini par se produire. Pour moi et, apparemment, pour Dinah.

La froideur avec laquelle elle avait dit cela glaça le sang de Chaz.

5

« Ma mère fondit en larmes, à mon grand désarroi,

Mon frère était ivre et ma femme me battait froid… »

Carrie dévisagea les deux hommes.

— Arrêtez-moi si je me trompe, reprit-elle, mais n'est-ce pas ce qui est arrivé ? Vous vous êtes bien gardés d'informer les femmes qui partageaient votre vie de ce pacte. Vous avez tout simplement négligé de nous prévenir qu'il n'y avait aucun espoir pour que cette relation débouche sur quelque chose de concret à court terme, ni même à moyen terme.

— Dinah était au courant, marmonna Thad.

— J'ai toujours joué franc jeu avec toi, se défendit Chaz en soutenant son regard meurtrier. Dès le départ, je t'ai dit que je ne m'engagerai pas à cent pour cent dans une relation avant d'avoir réussi à donner des bases solides à ma société.

Carrie parvint à masquer la souffrance que sa remarque lui causait.

— C'est curieux, mais à mes yeux notre relation semblait destinée à durer, rétorqua-t-elle. Nous vivions ensemble, Chaz. Nous faisions des projets d'avenir. Et pourtant, pas une fois tu n'as fait allusion à cette fameuse promesse entre vous deux. Du moins pas sous cet angle. A t'entendre, je pensais qu'il s'agissait d'une stratégie commerciale.

— Oh ! mes enfants ! intervint Joanne d'un ton lourd de

reproche. Je comprends tout à fait votre décision de ne pas vous engager dans une relation tant que vous ne pourriez pas vous consacrer pleinement à votre couple ou à votre famille, mais vous vous y êtes mal pris. Pourquoi faudrait-il absolument choisir entre famille et travail ? N'existe-t-il pas un juste milieu ?

— De toute évidence, Chaz va devoir le trouver, dit Thad en levant son verre en direction de son frère. Il a la fille, le bébé et la vie de famille… Bref, tout ce que nous avions juré de repousser à plus tard. Et moi dans tout ça, qu'est-ce que j'ai récolté ?

— Une cuite, apparemment, répliqua Chaz.

— Excusez-moi de m'immiscer dans votre petite querelle fraternelle, les interrompit Carrie, mais Chaz n'a pas la « fille », à moins qu'il n'ait l'intention de renouer avec la mère d'Angel.

Chaz prit le temps de recoucher sa fille dans la poussette avant de lancer à la cantonade :

— O.K., ça suffit, tout le monde. On va faire une pause.

Son ton sans réplique ramena immédiatement le calme. C'était toujours ainsi, avec lui. Il dominait une assemblée par le simple pouvoir de son autorité naturelle. La plupart des gens se pliaient à sa volonté. Et quand ça ne marchait pas, il lui suffisait de recourir à l'un de ses sourires irrésistibles pour que les dernières réticences tombent.

Bien que consciente de tout cela, Carrie obtempéra comme les autres.

— Ce soir, c'est le réveillon de Noël, reprit-il. Nous n'allons pas continuer à nous chamailler.

Il traversa la pièce pour prendre la bouteille de whisky posée sur la table basse. Les yeux fixés sur son jeune frère, il la reboucha.

— Et au lieu de boire de façon déraisonnable, nous allons commander un repas de fête.

— Ça me va, approuva Thad.

— A moi aussi, ajouta Carrie.

— J'en suis ! renchérit Joanne en se redressant. J'adore quand quelqu'un d'autre est aux fourneaux.

— Puisque tout le monde est partant, nous allons commander le meilleur festin qu'on puisse obtenir en si peu de temps.

Il ponctua sa phrase d'un sourire dévastateur qui fit fondre Carrie, dissipant peu à peu la peine qu'elle éprouvait encore.

Ce fut comme si un rayon de soleil la caressait, et les sentiments qu'elle avait naguère éprouvés pour Chaz s'échappèrent avec une vigueur toute neuve de la cage où elle les tenait enfermés depuis des mois. Non ! Il ne fallait pas… A présent que Thad avait révélé l'existence du pacte entre son frère et lui, elle savait qu'un avenir avec Chaz était impossible. Malheureusement, son cœur semblait indifférent à la perspective d'être de nouveau réduit en morceaux. Le destin lui offrait cette soirée avec l'homme qu'elle aimait.

Qu'elle *aimait*…

Cette évidence la prit au dépourvu. Pourtant, elle ne pouvait le nier, elle aimait toujours Chaz Latimer. Et ses sentiments allaient bien au-delà du désir purement physique — ô combien puissant ! — qu'elle ressentait pour lui. Au-delà aussi de l'admiration qu'elle lui vouait encore, malgré ce qu'elle considérait comme sa trahison. Elle était amoureuse de cet homme du plus profond de son être, de son âme.

Un intense sentiment de vulnérabilité l'envahit. Si elle avait suivi son instinct, elle aurait pris ses jambes à son cou, mais sa raison lui soufflait qu'elle ne pouvait pas s'en aller comme cela, pas dans ces circonstances. Elle eut besoin de s'isoler, ne serait-ce que quelques instants, pour retrouver un semblant d'équilibre. Quand son regard se posa sur Angel, elle saisit ce prétexte.

— Je vais lui donner le reste de son biberon au calme, proposa-t-elle. Puis je la coucherai dans son berceau.

Sans attendre de réponse, elle prit le bébé dans ses bras et, abandonnant ses compagnons qui débattaient du menu, se dirigea vers la chambre de Chaz. Une fois à l'intérieur, elle alluma la lampe de chevet et referma la porte. Ouf ! Maintenant, elle devait respirer lentement, prendre plusieurs profondes inspirations afin de recharger ses batteries émotionnelles. Lorsque ce fut fait, elle s'assit sur le lit et regarda Angel avec une pointe de mélancolie. Le bébé reprit la tétine et but tout en l'observant.

Dire que si la vie en avait décidé autrement, cette adorable petite fille aurait pu être la sienne ! songea-t-elle. A cette pensée, des larmes vinrent brouiller sa vision. Génial ! Ce n'était pas ainsi qu'elle allait s'en sortir. Si elle ne parvenait pas à maîtriser ses émotions rapidement, elle allait bientôt patauger dans une flaque de larmes. Elle n'aurait alors plus qu'à s'échapper par l'issue de secours, car il était hors de question qu'elle affronte Chaz et sa famille dans cet état.

La porte s'ouvrit doucement sur Chaz. Il resta un instant sur le seuil puis entra et referma la porte derrière lui.

— Qu'est-ce qui ne va pas ? demanda-t-il.

— Tout va très bien, assura Carrie avec un sourire enjoué.

— Maintenant je suis sûr que quelque chose te contrarie, dit Chaz après l'avoir scrutée attentivement. C'est ce satané pacte, n'est-ce pas ?

— Tout me contrarie, reconnut-elle, cessant de faire semblant. Le pacte, Angel, Thad et Dinah… Tout ça forme une immense complication dont je me passerais volontiers.

Elle hésita quelques secondes avant de continuer.

— Ecoute, peut-être que je ferais mieux de rentrer chez moi. Je me sens comme une intruse. Je n'ai rien à faire ici, Noël est une fête de famille.

— Laisse-moi décider avec qui j'ai envie de passer Noël.

En quelques enjambées, il vint la rejoindre sur le lit. S'asseyant derrière elle, il l'enveloppa, ainsi que le bébé, dans ses bras. Il appuya sa tête contre la sienne et elle sentit son souffle tiède caresser sa joue au rythme de sa respiration. Un frémissement la parcourut tandis qu'une vague de souvenirs l'assaillait. Il l'enlaçait ainsi, autrefois. Généralement, ces tendres étreintes préludaient à une intimité plus grande. Seigneur ! Avec quelle passion, quelle ferveur, ils faisaient l'amour ! C'était l'union enflammée de deux corps… et de deux cœurs.

— Nous allons nous en sortir, Carrie. J'ignore comment, mais nous trouverons une solution.

Le murmure de sa voix grave contre son oreille provoqua un frisson langoureux. Elle parvint néanmoins à réprimer le tremblement qui l'agitait.

— Quand j'étais enfant, j'étais fermement convaincue que les vœux qu'on faisait le soir de Noël se réalisaient, murmura-t-elle. Mais j'ai grandi. Je ne pense pas que le Père Noël m'apportera un petit chien cette année.

Chaz s'écarta légèrement d'elle, comme s'il cherchait à deviner son expression dans la faible lueur de la lampe.

— J'ai l'impression qu'il y a un sens caché derrière tes paroles. Explique-moi.

Avec un luxe de précautions, elle fit passer Angel sur son autre bras.

— Tu te souviens de la tradition de Noël de ma mère ? Je t'en ai parlé.

— Tu veux parler de son rituel des vœux ? Bien sûr que je m'en souviens.

Elle lui narra l'épisode du petit chien.

— Après ce Noël-là, je suis restée persuadée de l'efficacité des vœux de Noël pendant longtemps. Jusqu'à ce qu'une voisine me dévoile par hasard la clé du mystère, quelques années plus tard. Quand maman a entendu que je voulais un chiot, elle a aussitôt mis tout le quartier sens dessus dessous au beau milieu de la nuit pour en trouver un. Grâce au bouche-à-oreille, elle a fini par apprendre que l'ami d'une amie essayait de donner un petit chien, dernier d'une portée, dont personne ne voulait.

— Est-ce si important que ça de savoir comment elle s'y

est prise pour exaucer ton vœu ? demanda Chaz, pensif. En matière de vœux, ce qui compte, à mon avis, ce n'est pas qui a trouvé le cadeau. Peu importe, au fond, si c'est papa, maman, le Père Noël ou l'ami d'une amie.

— J'avoue que je n'avais jamais envisagé la question sous cet angle, admit Carrie après un instant de réflexion.

— L'essentiel, c'est que ton vœu se soit réalisé. Et après tout, qui sait ? Peut-être que le Père Noël a fait jouer ses relations pour être sûr que tu aurais ton petit chien…

A l'intonation de sa voix, elle sut qu'il souriait.

— Au fond, tu es un optimiste, le taquina-t-elle.

— C'est vrai, concéda-t-il d'un ton déterminé.

Prenant Angel, qui s'était endormie dans ses bras, il alla la déposer dans son berceau. Carrie n'en revenait pas de la rapidité avec laquelle il s'était attaché à la petite fille. Elle n'aurait jamais imaginé qu'il pourrait faire une place dans sa vie à son enfant avec une telle facilité. La tendresse qu'elle lisait sur son visage l'émut profondément. Pourquoi n'avait-il pas voulu partager cette expérience avec elle ? Pourquoi avait-fallu ce petit miracle de Noël pour que Chaz trouve enfin un moyen de concilier sa vie professionnelle avec une vie de famille ?

— La tradition de ta mère me plaît, dit-il quand il se retourna vers elle. C'est pourquoi j'ai décidé que ce soir nous ferions tous notre vœu du réveillon.

— Ne m'inflige pas ça, Chaz, murmura-t-elle. Je ne pense pas que je survivrai à la déception.

Il s'approcha d'elle.

— Qui te dit que tu seras déçue ?

Carrie ferma les yeux. Ne se rendait-il donc pas compte qu'il la torturait ? Elle devait se contenir de toutes ses forces pour ne pas exploser en invectives… ou en pleurs.

— Je serai inévitablement déçue, parvint-elle à répliquer, parce que tu ne pourras pas me donner ce que je souhaite. Personne ne le peut.

— Confie-moi ton vœu.

Sous le coup de l'étonnement, elle rouvrit les yeux. Il était tout près d'elle. Beaucoup plus près qu'elle ne l'avait cru. Et la compassion qu'elle perçut dans sa voix la bouleversa au plus profond d'elle-même.

— Si tu veux suivre la tradition à la lettre, il est encore trop tôt pour le faire, répondit-elle machinalement.

Chaz s'assit de nouveau à côté d'elle et l'attira dans ses bras.

— On pourrait inaugurer notre propre tradition…

— Comment oses-tu seulement le suggérer ? rétorqua-t-elle sèchement. Thad et toi, vous nous avez exclues de votre vie avec votre promesse, Dinah et moi.

Quand il ouvrit la bouche pour se défendre, elle l'interrompit d'un geste de la main.

— Tu ne peux pas effacer ce pacte du revers de la main. Comme tu ne pourras pas effacer l'existence d'Angel.

— Je n'ai pas l'intention d'effacer Angel, comme tu dis. J'en suis responsable, à présent, et je compte lui accorder toute l'attention dont elle a besoin.

— Raison de plus pour que nous ne restions pas enfermés ici plus longtemps. Ta fille est bien plus importante que tout ce qui a pu exister entre nous.

— Ce qui existe entre nous, rectifia-t-il.

— Tu te trompes.

— En es-tu sûre ?

Puis, sans même lui laisser l'occasion de répondre à sa question de pure forme, il choisit une méthode plus directe pour lui prouver qu'il avait raison. L'attirant contre lui, il l'embrassa, et ce simple baiser suffit à chasser toute pensée cohérente qu'elle pouvait encore avoir.

Dans un dernier sursaut de lucidité, Carrie songea qu'elle ne devait pas s'abandonner ainsi. Elle devait le repousser, se mettre en colère… N'importe quoi plutôt que de capituler. Mais comment résister à ces lèvres expertes qui effleuraient les siennes avec une avidité contagieuse ? Ses velléités de résistance fondirent comme neige au soleil. Quand un gémissement langoureux s'échappa de sa gorge, elle comprit que même son corps la trahissait.

En réponse à son acceptation muette, Chaz prit son visage en coupe entre ses mains et se pencha davantage pour approfondir son baiser. Là encore, elle aurait dû lui intimer l'ordre d'arrêter mais elle n'en fit rien. Comme un peu plus tôt dans la journée, elle succomba à l'assaut sensuel de sa bouche avide. Saisie d'un délicieux vertige, elle se laissa tomber à la renverse sur le lit, l'entraînant dans sa chute. Le contraste entre le moelleux de l'édredon et la dureté du corps musclé plaqué contre elle l'électrisa.

Seigneur ! Combien de fois avait-elle rêvé de cet instant au cours des trois derniers mois ? Cette période terrible, durant laquelle elle s'était sentie si seule et abandonnée. Il lui avait terriblement manqué, et pas un jour ne s'était écoulé sans qu'elle ne pense à lui. Si seulement il avait pu être un peu moins accaparé par son travail et avait pu lui consacrer une petite place dans sa vie ! Au fond d'elle-même, elle savait qu'il en avait envie. Aujourd'hui, enfin, elle comprenait pourquoi il avait été si inflexible dans sa décision de ne pas s'engager sur la voie du mariage et de la vie de famille.

Répondant avec une ardeur presque sauvage aux baisers de plus en plus pressants de Chaz, Carrie enroula son bras autour de la nuque de son compagnon pour resserrer leur étreinte. Les mains de Chaz quittèrent son visage pour descendre jusqu'à ses épaules, puis plus bas. Il s'attarda sur ses seins, taquinant leurs pointes jusqu'à ce qu'elle frémisse de désir exacerbé, puis il poursuivit sa lente exploration.

Elle sentait la fraîcheur de l'air sur ses cuisses, sensation d'autant plus remarquable qu'elle avait l'impression que tout son corps était en flammes.

— Chaz, gémit-elle presque malgré elle. Nous ne pouvons pas…

— Je sais, marmonna-t-il avec un grognement de frustration. Mais laisse-moi te caresser encore. Juste une minute. Ensuite, je m'arrêterai.

De qui se moquaient-ils ? songea Carrie. Ils savaient l'un comme l'autre qu'il ne s'arrêterait pas ; il en était incapable. Tout comme elle-même ne ferait rien pour qu'il s'interrompe. Elle lui appartenait au même titre qu'il lui appartenait. De plus, ils avaient été trop longtemps séparés pour résister à l'attirance incroyable qui les précipitait l'un vers l'autre. Instinctivement, elle s'arqua contre lui pour mieux s'abandonner à ses caresses.

S'ils pouvaient passer cette seule nuit ensemble, elle serait comblée. Certes, le quitter au petit matin l'anéantirait, mais elle s'en sentait capable, pour peu qu'elle puisse faire l'amour avec lui une dernière fois. Dans les bras l'un de l'autre, ils s'adonneraient à ce rite de possession mutuelle, et elle se sentirait revivre.

Comme s'il avait lu dans ses pensées, Chaz avait soulevé sa robe et glissé la main entre ses cuisses. Elle pouvait entendre sa respiration de plus en plus haletante tandis qu'il tirait sur l'élastique de sa culotte de dentelle.

— Je n'ai jamais connu de femme plus belle que toi, chuchota-t-il. Et jamais je n'ai ressenti ce que je ressens pour toi.

Son aveu brisa le cœur de Carrie et lui rendit la raison. Dans un mouvement désespéré, elle posa les mains sur celle de son compagnon pour faire cesser sa délicieuse caresse.

— Ceci ne changera rien, dit-elle. Tout ce que ça fera, c'est rendre les choses plus difficiles.

La mâchoire de Chaz se crispa et sa moue entêtée la fit chavirer.

— Je m'en fiche, répondit-il. C'est Noël, et c'est mon vœu de Noël.

Si elle avait été honnête, Carrie aurait reconnu que c'était également le sien. Mais ce n'était pas suffisant, et en même temps, c'était trop.

— Chaz…

Elle n'eut pas le temps de terminer sa phrase et Chaz ne sut jamais si elle s'apprêtait à lui accorder satisfaction. Un coup discret frappé à la porte les ramena à la réalité.

— Chaz ?

Rien n'aurait pu davantage doucher l'ardeur de Chaz que la voix de sa mère. Il se leva immédiatement et entreprit de remettre de l'ordre dans sa tenue tout en aidant Carrie à se mettre debout. Puis il lui indiqua silencieusement un angle mort près de la porte, où sa mère ne pourrait pas la voir — ou voir l'état dans lequel il avait mis ses vêtements et ses cheveux. En effet, un regard suffisait pour deviner ce qu'ils étaient en train de faire quand ils avaient été interrompus.

Dès que Carrie fut hors de vue, il s'approcha de la porte, qu'il entrouvrit légèrement.

— On arrive dans deux minutes, déclara-t-il. Angel vient de s'endormir.

— Oh…, bien, fit sa mère.

Quand elle se mordit la lèvre pour se retenir de sourire, il comprit qu'elle n'était pas dupe.

— Nous avons choisi ce que nous voulions commander, continua-t-elle. Dès que vous serez prêts…

— O.K., on arrive, répéta-t-il. Dis à Thad de passer la commande, mais vérifie qu'il ne lésine pas sur la quantité.

Lorsqu'il eut refermé la porte, il regarda Carrie. Elle était tout simplement sublime. Sa chevelure défaite retombait sur ses épaules en une cascade de boucles châtaines aux reflets dorés. Ses lèvres gonflées sous l'effet de leurs baisers avaient pris une nuance carmin, et si le désordre éloquent de sa robe n'avait pas suffi, ses yeux l'auraient inévitablement trahie. Le feu de la passion avait laissé des braises ardentes dans ses prunelles qui brillaient de reflets presque surnaturels, où le jade se mêlait à l'ambre. Et que dire de sa robe soyeuse qui mettait en valeur son corps de déesse ?

Il savait pourtant que c'était plus que ce physique de rêve qui l'attirait.

Carrie avait le cœur sur la main. S'il l'avait souvent taquinée à propos de sa générosité, trait de caractère plutôt rare parmi les New-Yorkais, il ne l'en admirait pas moins pour cela. Tout comme il admirait sa conscience professionnelle et son don pour jongler avec les chiffres. Il se demandait comment il avait réussi à traverser les trois mois qui venaient de s'écouler sans entendre le son de son rire, sans apercevoir son sourire. Ou sans sentir son corps si doux s'abandonner dans ses bras. Ils étaient faits l'un pour l'autre. Leur entente était parfaite, et pas seulement sur le plan physique.

S'il avait dû faire son vœu maintenant, il aurait souhaité qu'elle porte ses enfants et qu'une alliance étincelle à son annulaire. Il aurait voulu que Thad et lui puissent rompre leur pacte diabolique et que leur père se rende enfin compte que la famille primait sur tout. Même sur la carrière. Enfin, il aurait souhaité trouver le moyen de concilier l'attention que requérait son entreprise embryonnaire avec les désirs de son cœur.

En fait, il aurait voulu tout avoir.

Une femme.

Un bébé.

Une famille.

Et le succès sur le plan professionnel.

— J'ai l'air si terrible que ça ? demanda Carrie en réponse à son regard qui s'éternisait sur elle.

La tension qui vibrait dans sa voix arracha Chaz à ses réflexions.

— Pas du tout, la rassura-t-il. Tu es très bien. Je voulais juste nous donner quelques minutes pour nous remettre de nos émotions.

Elle passa les mains dans ses cheveux pour arranger ses boucles emmêlées.

— C'est mieux, comme ça ? s'enquit-elle.

— Tu es superbe, dit-il en caressant ses cheveux. Ça va ?

— Oui.

— Parfait. Avant de te rejoindre, tout à l'heure, j'ai mis de la musique de Noël et j'ai même ouvert une bouteille de mon meilleur vin.

Il pressa légèrement son épaule, comme il avait l'habitude de le faire quand il la taquinait. Elle ne put se retenir de lui sourire.

— Elle avait un bouchon de liège, c'est tout dire…, conclut-il.

A son grand soulagement, Chaz sentit ses muscles se détendre tandis qu'elle se mettait à rire.

— Waouh ! Alors, là, tu m'épates.

Comme s'il venait d'avoir une idée, il claqua des doigts.

— Je dois faire quelque chose avant que nous ne rejoignions les autres. Ça ne me prendra que quelques secondes.

— Quoi ?

— Je ne peux rien dire, c'est une surprise !

Conscient d'avoir largement dépassé les quelques minutes supplémentaires que sa mère lui avait accordées, il prit un papier et un stylo sur la commode pour griffonner à la hâte quelques mots, puis il enfouit la note dans la poche de son pantalon et inclina la tête en direction de la porte.

— Tu es prête ?

— Oui, répondit Carrie après avoir pris une profonde inspiration.

A l'instant où ils arrivèrent dans le salon, Thad refermait son téléphone portable.

— Ça y est, j'ai passé la commande, annonça-t-il. Ils m'ont garanti un service rapide.

Un coup frappé à la porte les surprit tous.

— Eh bien ! s'exclama Chaz. Ils ne se sont pas moqués de toi. Pour du service rapide, c'est du service rapide !

Un large sourire aux lèvres, il alla ouvrir la porte. Un juron lui échappa et il faillit la refermer aussitôt.

— Ce n'est pas *ça* que j'avais souhaité, marmonna-t-il entre ses dents.

En face de lui, son père risqua un sourire crispé.

— Joyeux Noël, fiston, dit-il. Le mot sur la porte de ton ancien appartement indiquait que tu vivais ici, maintenant. J'ignorais que tu avais déménagé, à moins que je n'aie égaré l'avis de changement d'adresse.

Il s'interrompit pour tirer par la manche la personne qui l'accompagnait mais qui, jusque-là, était restée sur le côté.

— Et regarde qui j'amène avec moi, ajouta-t-il.

— Surprise ! s'exclama Dinah en s'avançant à son tour. C'est moi !

6

« Quand, sous mes yeux ébahis,
Deux ex s'invitèrent dans mon logis. »

Malgré l'envie qui le démangeait de mettre son père à la porte, Chaz ne put s'y résoudre. Pas le soir du réveillon, alors que toutes les familles se rassemblaient pour célébrer Noël. Combien de fois, par le passé, son père avait-il été parmi eux un soir comme celui-ci ? Il pouvait les compter sur les doigts d'une main.

S'écartant de l'entrebâillement de la porte, il invita Dinah à entrer puis se planta résolument devant son père au moment où celui-ci s'apprêtait à emboîter le pas à la jeune femme.

— Maman est là, l'avertit-il à mi-voix. Elle est très vulnérable. Alors, si tu t'avises de lui faire de la peine, jc n'hésiterai pas à te mettre dehors, même en cette veille de Noël. C'est clair ?

Comme s'il n'avait retenu que la première partie de sa phrase, les yeux bleus de son père s'illuminèrent et ses joues prirent une belle teinte rouge.

— Joanne est ici ? Je l'ai appelée toute la journée, mais je suis toujours tombé sur son répondeur. Je pensais qu'elle était partie pour les fêtes.

— Tu n'as pas répondu à ma question, papa.

Un peu de la bonne humeur de son père se dissipa,

remplacée par un soupçon de tristesse et de regret. Il poussa un profond soupir.

— Oui, Chaz, je comprends. Et je te rassure, je ne suis pas venu avec l'intention de semer la zizanie.

Avant que Chaz ait pu lui demander les raisons exactes de sa venue, James le contourna et suivit Dinah dans le salon.

Un silence glacial accueillit leur arrivée et Thad bondit du canapé.

— Qu'est-ce que tu fiches ici ? s'écria-t-il, les yeux fixés sur Dinah.

— Thad ! le réprimanda Joanne. Surveille tes manières ! Ce n'est pas ainsi qu'on accueille…

Son regard passa de Dinah à James et, sous le choc, elle ne put d'abord qu'écarquiller les yeux. Chaz comprit que sa mère n'avait pas réalisé qui était l'autre visiteur jusqu'à ce moment précis. Sa réaction, quand elle recouvra ses esprits, confirma son intuition.

— Qu'est-ce que tu fiches ici ? s'exclama-t-elle.

Le regard chargé d'appréhension de Dinah alla de Thad à James, puis à Joanne, et ses yeux se remplirent de larmes.

— Ce n'était peut-être pas une bonne idée…, balbutia-t-elle en reculant. Je ferais mieux de partir.

Chaz n'en revenait pas. Décidément, la soirée s'annonçait de plus en plus compliquée.

— Personne ne va nulle part, intervint-il. Le dîner doit bientôt arriver et il y aura assez à manger pour tout le monde. Nous allons tous nous asseoir et…

— Non, coupa Thad. Si Dinah reste, c'est moi qui m'en vais.

— Et s'il reste, déclara Joanne en pointant un doigt accusateur en direction de son ex-mari, moi aussi je pars.

James eut le même geste d'apaisement que Chaz, plus tôt dans la soirée.

— Je sais que je suis mal placé pour vous demander ça, dit-il, mais j'aimerais vraiment que vous acceptiez d'écouter ce que nous avons à vous dire. Ensuite, si vous voulez toujours que nous partions, nous partirons.

Joanne croisa les bras sur sa poitrine.

— D'accord, marmonna-t-elle. Mais dépêchez-vous. Plus vite nous en aurons fini, plus vite nous pourrons continuer à passer une bonne soirée… Sans vous.

— Pour commencer, enchaîna Thad, je serais curieux de savoir comment vous avez atterri ici. Tous les deux ensemble, je veux dire.

L'expression qui se peignit sur le visage de son père alerta Chaz. A en juger par son air coupable, quelles qu'aient pu être les raisons qui avaient réuni James et Dinah, elles allaient être mal accueillies. Il estima que le moment était bien choisi pour amener une petite diversion afin de détendre l'atmosphère.

— Qui veut un verre de vin ? s'enquit-il. Papa… ?

— Volontiers, répondit son père, visiblement soulagé.

— Dinah ? continua Chaz.

— Oui, s'il te plaît.

En balayant l'assemblée des yeux, il croisa le regard plein de sympathie dont Carrie le couvait. Pendant qu'il remplissait les verres et faisait asseoir tout le monde en veillant à maintenir une distance respectable entre les uns et les autres, elle se chargea de les distraire en leur narrant les mésaventures qui avaient jalonné sa journée. Grâce à son sens de l'humour, ces événements, qui avaient dû être plutôt pénibles, prenaient une tournure comique.

Quand elle raconta comment elle avait été licenciée, Chaz en fut si surpris qu'il renversa un peu de vin.

— Tu ne m'avais pas dit que tu avais été renvoyée ! s'exclama-t-il.

Sa situation était bien plus désastreuse que ce qu'il pensait, car entre son licenciement et la fin de son bail, elle se retrouvait littéralement à la rue.

— Nous avions des choses plus importantes à discuter, lui

rappela-t-elle avec un regard entendu. Je te laisserai prendre la suite quand j'en arriverai à ce moment de mon histoire.

— Certains d'entre nous connaissent déjà cette histoire, intervint Thad. Je ne voudrais pas me montrer grossier...

— Pourtant tu y parviens à merveille, railla Chaz.

Sous sa remarque acerbe, Thad rougit.

— Tu as raison, je suis désolé.

Il se tourna vers Dinah et la dévora pratiquement du regard.

— C'est seulement que je n'en peux plus d'attendre, continua-t-il. Que se passe-t-il ? Que fais-tu ici, qui plus est, avec mon père ?

Une expression de pure panique se dessina sur les traits de Dinah.

— Je pense que James vous expliquera ça mieux que moi, dit-elle.

— James ? répéta Thad d'un ton soupçonneux. Depuis quand appelles-tu mon père par son prénom ? La seule fois où tu l'as rencontré, je me souviens que tu lui as donné du « Monsieur Latimer ».

— C'était avant Las Vegas.

Dinah avait murmuré cela d'une voix pratiquement inaudible.

— Quoi ?

La même question avait été posée simultanément par quatre des six personnes présentes.

Chaz reposa la bouteille de vin et ouvrit celle de whisky.

— Papa... Je suggère que tu prennes la suite et que tu nous expliques ce qui se passe. Rapidement.

— Dinah et moi, nous nous sommes rencontrés à Las Vegas, dit James après s'être éclairci la gorge.

— Vous... vous ne vous êtes pas..., commença Joanne, incapable cependant de finir sa phrase. C'est impossible...

Son regard allait de la main gauche de son ex-mari à celle de Dinah.

— Non, nous ne nous sommes pas mariés, répondit James. Même si c'était notre plan initial.

— *Quoi ?*

D'un geste apaisant de la main, James tenta de nouveau de ramener le calme.

— Oh ! nous n'avions pas l'intention de nous marier l'un avec l'autre ! Ou du moins, pas exactement.

Il lança un regard encourageant vers Dinah, qui n'eut cependant aucun effet sur la jeune femme, car celle-ci continuait à jeter des regards désespérés vers le vestibule.

— Nous nous sommes tous les deux rendus à Las Vegas pour assister à un *speed dating*, dit-elle.

Thad fronça les sourcils.

— Tu es allée jusqu'à Las Vegas pour ça ? Tu n'avais pas besoin d'aller si loin ! Ce genre de manifestations existe aussi à New York.

Sans chercher à masquer son incrédulité, Joanne les dévisagea l'un après l'autre.

— Vous êtes allés à Las Vegas pour un *speed dating* ?

Comme si ce constat la laissait sans voix, elle but une gorgée de vin, avant de s'adresser à Chaz.

— Es-tu sûr que c'est bien du vin que tu m'as servi ? J'ai l'impression d'être victime d'hallucinations.

— Oui, j'en suis sûr. Et tu ne rêves pas.

Après avoir rassuré sa mère, il se tourna vers James.

— Tu n'es pas un peu vieux pour ce genre de rencontres ?

— Pas du tout ! s'offusqua James.

— Et vous, demanda Joanne à Dinah, n'êtes-vous pas trop jeune ? Quel âge avez-vous, d'ailleurs ?

— J'ai vingt-deux ans. Et tous les gens que je connais ont déjà participé à des *speed datings*.

Joanne en resta de nouveau bouche bée. Puis elle s'adressa à son ex-mari.

— James Latimer, comment as-tu pu… ? Tu as au moins trente de plus qu'elle ! Sans parler du fait qu'elle est l'ex-petite amie de ton fils. Aurais-tu complètement perdu la raison ?

— J'ignorais qu'elle était la petite amie de Thad. Du moins au début.

— Et il fait plus jeune que son âge, ajouta Dinah. Je trouve qu'il est gentil, et il aurait fait un bien meilleur mari que bien d'autres types que j'ai rencontrés à Vegas.

Un silence de mort suivit cette déclaration.

Chaz vida son verre de whisky dans l'espoir que ça l'aiderait. A quoi ? Il n'aurait su le dire.

Thad se retenait visiblement à grand-peine de sauter à la gorge de leur père ; Carrie avait l'air choquée, bien qu'il crût apercevoir une lueur d'amusement dans son regard, et sa mère semblait sur le point de perdre connaissance.

James, qui paraissait soudain à l'étroit dans sa chemise, s'éclaircit une nouvelle fois la gorge, avant de reprendre :

— Je crois que j'ai oublié de préciser que cette soirée était spécialement destinée à des gens recherchant un partenaire pour la vie.

— Tu l'avais effectivement oublié, déclara Joanne, avant de poursuivre d'un ton accusateur : Et laisse-moi clarifier les choses encore une fois. Il s'agit bien d'une gamine de vingt-deux ans et d'un idiot d'âge plus que mûr de cinquante-deux ans ?

— Oh ! il y avait aussi des femmes d'âge mûr ! intervint naïvement Dinah. Et James avait beaucoup de succès auprès d'elles. Vous auriez dû voir les regards mauvais qu'elles me lançaient ! Maintenant que j'y pense, elles me regardaient exactement comme vous en ce moment, Joanne… Euh, madame Latimer.

Chaz intercepta sa mère avant que celle-ci ne tente d'étrangler Dinah. Il remplaça son verre de vin par un autre, de whisky, qu'elle avala d'un seul trait.

— Du calme, maman, lui murmura-t-il. Tu vois bien qu'ils ne sont pas allés jusqu'au bout. Ils sont venus ici ce soir pour une bonne raison. Ecoutons ce qu'ils ont à nous dire.

— Oh ! je compte bien les écouter ! répliqua-t-elle en

fulminant. Ensuite, je casserai la figure à ton père. Et elle, je vais lui arracher les cheveux.

— D'accord, mais laisse-les d'abord s'expliquer.

Carrie s'approcha d'eux et prit Joanne par la taille.

— Venez vous asseoir à côté de moi, proposa-t-elle. Vous pourrez me murmurer des remarques désobligeantes à l'oreille et je rirai sous cape. Ça vous convient ?

— Ce sera merveilleux, acquiesça Joanne.

Elle remplit son verre de whisky et se dirigea vers le canapé avec la dignité d'une reine outragée, en prenant soin de faire un grand détour pour éviter de passer près de Dinah ou de James.

Dinah était trop occupée à jeter à la dérobée des regards anxieux vers Thad — qui bouillonnait de rage contenue — pour remarquer quoi que ce soit.

James, quant à lui, faisait profil bas et semblait à présent le plus misérable des hommes.

— Alors ? dit-il finalement. Je peux continuer ? Voulez-vous savoir pourquoi je me suis rendu à Las Vegas ?

— Je pense que tu nous l'as déjà expliqué, lança Joanne en relevant le menton. Tu espérais retrouver ta jeunesse perdue en faisant miroiter un mariage express à une gamine paumée. Qu'est-ce que tu t'imaginais, mon pauvre ami ? Tu veux que je te dise ? Une chose aurait été aussi rapide que ce mariage : le divorce qui l'aurait inévitablement suivi.

— Tu as absolument raison, approuva James. Et…

Son acquiescement sans réserve surprit tout le monde, mais avant qu'il puisse poursuivre, le carillon de la porte d'entrée retentit.

— J'espère que c'est notre dîner, marmonna Chaz. Je ne supporterai pas une surprise de plus, ce soir.

C'était effectivement le repas du réveillon, livré par un coursier déguisé en elfe, qui ployait littéralement sous le poids des paquets contenant le festin que Thad avait commandé.

— Chouette Noël, les gars ! s'exclama l'elfe. J'espère que

le Père Noël vous gâtera. Moi, il m'a déjà donné un lumbago, avec tout ce que j'ai porté. Aïe ! Ça vous embête si je pose tout ça quelque part ?

— Je vais vous débarrasser, déclara Chaz.

Le coursier — à peine sorti de l'adolescence — lui tendit les deux plus gros des trois cartons qu'il portait et poussa un soupir de soulagement. Après avoir pris une profonde inspiration, il débita le texte qu'il avait dû apprendre par cœur :

— Petit papa Noël n'a pas pu venir jusqu'ici. Comme vous pouvez vous en douter, il est très occupé ce soir, alors il m'a envoyé à sa place. Si vous avez tous été bien sages, j'ai apporté pour vous de délicieuses surprises de Chez Henri.

Son sourire s'évanouit quand il se rendit compte à quel point l'ambiance était tendue dans le salon. L'assistance le regardait d'un œil morne.

— Waouh ! s'exclama-t-il. Je ne me suis pas trompé d'endroit ?

Pour s'en assurer, il jeta un œil sur l'adresse qu'il avait griffonnée au stylo sur le dos de sa main, puis vérifia le numéro sur la porte.

— Dîner de réveillon pour Latimer, c'est bien ici ?

— Malheureusement, oui, lui confirma Chaz.

— Je n'aimerais pas être à votre place, murmura l'elfe entre ses dents.

Puis il fronça son nez peint en rouge et poursuivit :

— On dirait que tous les enfants qui n'ont pas été sages se sont donné rendez-vous chez vous.

— Oh ! l'elfe ! Et si vous la fermiez ? lança Thad. Vous pouvez déposer vos cartons sur la table et ficher le camp d'ici.

— Hé ! s'exclama l'elfe en agitant un index grondeur en direction de Thad. Ce vilain garçon-là n'aura pas son joli cadeau. Une bonne fessée me semble plus indiquée.

Avant que le « vilain garçon » ne se rue sur l'elfe qui lui arrivait à peine à l'épaule, Chaz avait attrapé son portefeuille. Il en tira une poignée de billets qu'il glissa dans la main du coursier.

— Prenez ça et allez retrouver le Père Noël. Il a sans doute encore besoin de votre aide.

— Merci, monsieur ! Vous, au moins, vous vous retrouvez dans le top 5 des gentils garçons et gentilles filles. Encore un petit effort, et vous arriverez en tête de ma liste.

— N'en faites pas trop, l'avertit Chaz.

— O.K., j'ai compris. Joyeux Noël, monseigneur, dit-il avant de se tourner vers Thad : Et vous « Bah, sornettes ! »

Chaz réussit à mettre l'impertinent à la porte juste avant que Thad ne lui saute dessus. Il n'en aurait sans doute fait qu'une bouchée. A moins que… Qui sait ? L'elfe semblait malin comme un singe et il émanait de sa frêle silhouette une assurance de gosse des rues. Il devait savoir se battre pour se faire respecter malgré sa petite taille.

Une fois le livreur parti, Chaz poussa un soupir. A présent, il ne lui restait plus qu'à faire asseoir tout son monde à table pour déguster ce festin, à écouter les confessions de James et Dinah, puis à leur souhaiter à tous une bonne nuit. Quand, enfin, il serait en tête à tête avec Carrie, il pourrait passer le reste de la nuit à tenter de la convaincre qu'ils étaient faits l'un pour l'autre. Il devait bien exister un moyen pour leur permettre de surmonter leurs problèmes.

Fort de cette résolution, il décida de ne pas prendre de gants, cette fois.

— Ecoutez-moi tous, s'écria-t-il d'une voix de stentor. Je veux vous voir assis à table dans moins de deux minutes. Sinon, je vais vraiment me fâcher. Vous allez tous prendre sur vous et nous allons dîner ensemble dans le calme. Chacun restera courtois pendant le temps que durera ce repas. Le premier qui fera la moindre remarque désobligeante se retrouvera au sommet de mon sapin, où il remplacera l'étoile. Je vous rappelle que c'est Noël, au cas où vous l'auriez oublié. Pour une fois, nous allons célébrer cet événement dans les règles de l'art. Comme une famille. Dans la paix et dans la joie, entre hommes — et femmes — de bonne volonté, même si ça nous coûte. Maintenant, à table !

Un silence abasourdi suivit sa tirade. Puis, tout le monde se dirigea sagement vers la salle à manger. Quand ils passèrent devant lui, il put lire des sentiments très divers dans le regard que chacun lui lança.

— C'était un peu rude, fiston, fit remarquer son père.

— Vraiment pas cool, mon pote, ajouta Thad.

Joanne se contenta de pincer les lèvres tandis qu'elle prenait place, son verre de whisky à la main. Elle s'affala sur sa chaise en laissant échapper un hoquet.

— Tu as quelque chose à ajouter ? demanda Chaz quand Carrie s'approcha.

Elle tourna la tête pour que lui seul puisse voir la lueur moqueuse qui pétillait dans ses yeux. Ses lèvres s'étirèrent en un sourire malicieux.

— Chouette Noël, mon gars ! murmura-t-elle en imitant à la perfection la mimique canaille de l'elfe.

7

« Tous les mystères furent bientôt résolus,
Car, cartes sur table, la vérité apparut. »

Pendant que Chaz et Thad déballaient le contenu des cartons du traiteur et disposaient les plats sur la table, Carrie et Dinah allèrent chercher des assiettes, des couverts et des verres dans la cuisine. En moins de temps qu'il n'en faut pour le dire, le couvert fut mis et les assiettes remplies. Avant qu'ils ne se mettent à manger, James dit une brève prière :

— Pour les amis et la famille réunis ici ce soir, et pour la nourriture que nous allons recevoir, soyons tous sincèrement reconnaissants.

Curieusement, cette simple action de grâces modifia l'atmosphère. Carrie surprit la lueur de nostalgie qui traversa le regard de Chaz alors qu'il observait ses parents du coin de l'œil. Le même sentiment se lisait dans l'expression avec laquelle Thad regardait Dinah à la dérobée. Se souvenaient-ils de Noëls passés, d'occasions emplies de joie et de rires ? Elle aurait tant voulu avoir passé ne serait-ce qu'un Noël avec Chaz ! Il n'avait jamais beaucoup évoqué les fêtes de fin d'année de son enfance, sauf pour lui confier que sa famille était rarement réunie au grand complet. Cela expliquait en grande partie l'accord que lui et Thad avaient passé, même si leur façon d'éviter que l'histoire familiale ne se répète était un peu trop radicale à son goût.

En effet, ne pouvait-elle pas se considérer comme une victime collatérale du manque d'attention du père pour ses fils ? Malgré tout, elle refusait d'abandonner tout espoir. Peut-être que, au cours de l'année à venir, tout changerait. Et si James, en découvrant qu'il était grand-père, réalisait enfin l'importance du rôle de la famille dans sa vie ? Quand Thad verrait comment Chaz conciliait la paternité avec ses obligations professionnelles, peut-être que lui et Dinah parviendraient à surmonter leurs différends ?

Quant à elle... Elle doutait que sa situation puisse changer. Entre sa société et sa fille, Chaz aurait encore moins de temps à consacrer à sa vie sentimentale.

Pendant un moment, on n'entendit plus que le cliquetis des couverts tandis que tous faisaient honneur au festin préparé par le traiteur. Profitant de ce que sa famille était absorbée à satisfaire son appétit, Chaz se pencha vers elle.

— Tout va bien ? demanda-t-il à mi-voix.

Indubitablement, il faisait allusion à ce qui s'était passé entre eux dans sa chambre.

— Oui, répondit-elle en lui adressant un sourire rassurant.

— J'imagine que tu as eu une rude journée, reprit-il d'un ton plein de sympathie qui la prit au dépourvu. Perdre ton travail et ton appartement la veille de Noël, c'est un coup dur.

Il lui prit la main sous la table avant de poursuivre :

— Tu peux venir t'installer ici en attendant de retrouver du travail. Qu'en dis-tu ?

Ne voulant pas qu'il devine le coup de poignard que constituait sa proposition, Carrie baissa les yeux.

— Tu sais parfaitement que c'est impossible.

— Tu te trompes. Non seulement c'est possible, mais ça nous donnera l'occasion de faire le point sur notre relation. Nous pourrions essayer de nouveau. Et cette fois, nous jouerions cartes sur table.

Décidément, il faisait semblant de ne pas comprendre !

— En quoi cela changera-t-il la différence fondamentale

qui existe entre nous, Chaz ? chuchota-t-elle. D'autant que tu as encore plus de responsabilités aujourd'hui qu'il y a trois mois.

— Je n'ai pas dit que ce serait facile, reconnut-il. Mais je pense que nous pourrons trouver une solution, si nous nous y mettons tous les deux.

Sous la table, il serra plus fort sa main. Elle ne put s'empêcher de penser que leurs doigts entrelacés symbolisaient à merveille le lien indéniable qui existait entre eux.

— Dans mon souvenir, c'est toi qui affirmais toujours que tout était possible, insista-t-il. Tu disais que les rêves finissaient par se réaliser, pour peu qu'on y croie suffisamment fort et suffisamment longtemps.

— Je le croyais, effectivement.

« Avant que mon univers ne s'effondre brutalement », se retint-elle d'ajouter. Avant qu'elle ne perde, les unes après les autres, les choses qui lui tenaient le plus à cœur.

— Ecoute, Chaz, continua-t-elle, cette conversation ne nous mènera nulle part parce que… Pour être honnête, j'envisage de retourner chez moi, à Raleigh.

— Tu plaisantes ?

— Qu'est-ce qui me retient ici ? Je n'ai plus de travail, plus d'appartement, aucune attache…

— Tu sais que c'est faux !

Sous le coup de l'émotion, il avait élevé la voix et tous les regards se tournèrent aussitôt vers eux. Il se ressaisit immédiatement pour poursuivre d'une voix plus basse :

— Ce n'est ni le lieu ni le moment pour en débattre. Nous reprendrons cette conversation quand tout le monde sera parti. Mais fais-moi confiance, ce n'est pas fini entre nous.

Leur discussion fut interrompue par James, qui toussota discrètement pour attirer l'attention générale.

— Je ne veux pas déclencher une nouvelle dispute, commença-t-il, mais je pense qu'il est important, tout particulièrement ce soir, de dissiper les malentendus. Si vous voulez bien faire preuve d'un peu de patience et m'écouter une minute, j'aimerais expliquer ce que Dinah et moi faisions à Las Vegas.

Carrie pouvait littéralement sentir les ondes négatives qui émanaient des autres convives. Elle décida d'intervenir pour encourager James.

— De toute évidence, vous cherchiez tous les deux un partenaire pour la vie, dit-elle. Et apparemment, vous ne l'avez pas trouvé, puisque vous êtes revenus célibataires.

James accueillit son entrée en matière avec gratitude.

— Exactement ! Nous sommes allés là-bas pour chercher quelque chose qu'aucun de nous n'a trouvé.

Tandis qu'il parlait, son regard allait de son ex-femme à chacun de ses fils.

— Je n'ai pas l'intention de justifier mon attitude passée, reprit-il. J'ai été en dessous de tout avec vous trois.

— C'est vrai, approuva Joanne.

James encaissa la critique avec une expression peinée, avant de s'adresser à ses fils.

— J'étais pratiquement toujours absent, durant votre enfance. Jamais là quand vous auriez pu avoir besoin d'un père. Après toutes ces années, je sais bien que ça n'y changera rien si je m'excuse, mais je veux que vous sachiez que je suis sincèrement désolé. J'avais tout faux.

— Pourquoi ne pouvais-tu pas être à la fois un père et un homme d'affaires ? demanda Chaz.

— Oui, pourquoi as-tu fait passer ta carrière avant nous ? renchérit Thad.

Carrie tressaillit. Tout au long de sa relation avec Chaz, elle avait eu l'intuition qu'il restait toujours un peu sur la réserve. Certes, il lui était arrivé de se laisser aller et, dans ces moments-là, sa carapace s'était craquelée et les émotions qu'il avait profondément refoulées avaient affleuré à la surface. Toutefois, ces instants avaient été trop rares.

A présent, elle commençait à entrevoir la véritable cause

de ce trait de caractère. Combien de fois avait-il espéré, enfant, que son père les rejoindrait à Noël ? Et combien de fois avait-il été déçu ? Au bout d'un certain temps, il avait dû abandonner tout espoir, et enfouir sa souffrance et sa soif d'affection au plus profond de lui-même. Et voilà que tous ces sentiments longtemps réprimés resurgissaient, au vu et au su de tous.

— Maman faisait de son mieux, ajouta Chaz en posant la main sur celle de sa mère. Mais ce n'est pas pareil.

James ne se déroba pas.

— Je croyais qu'il était plus important de faire en sorte que vous ne manquiez de rien sur le plan matériel. Je n'imaginais pas que vous aviez tout autant besoin de mon temps et de mon attention. C'est comme ça que j'ai été élevé… Mais j'avais tort.

Joanne éclata en sanglots. A défaut de mouchoir, elle enfouit son visage dans sa serviette. James se leva et alla s'agenouiller devant elle.

— Chérie, je t'en prie ! la supplia-t-il. Ne pleure pas.

— Comment oses-tu ? hoqueta-t-elle. Comment oses-tu me faire ça maintenant ? Pendant toutes ces années, je t'ai supplié pour que tu consacres un peu de temps aux garçons. A moi. Et tu n'as jamais tenu compte de nos besoins ! J'ai cru quc tu rctrouverais la raison quand je t'ai menacé de divorcer. Mais tu t'es contenté de signer les papiers que te tendait mon avocat, avant de replonger dans tes fichus dossiers, sans même songer un instant que mon univers s'écroulait.

— J'avais tort, répéta James. J'étais un idiot.

— Oui ! approuva Joanne rageusement en reposant sa serviette sur la table.

— Je veux changer. Si tu m'en laisses l'occasion.

Indignée à cette seule pensée, elle le repoussa.

— Tu as perdu la tête ? Je n'en reviens pas ! Maintenant que tout est fini, tu pointes enfin ton nez. Et qu'est-ce que tu nous dis ? Que tu as eu une révélation ! Que tu aspires à une vie de couple et de famille ! Et au lieu de revenir vers moi, tu as sauté dans le premier avion pour Las Vegas dans l'espoir de trouver quelqu'un avec qui partager le reste de tes jours.

Son visage se crispa, mais au prix d'un effort considérable, elle parvint à retenir une nouvelle crise de larmes. Elle le toisa d'un regard plein à la fois de souffrance et de dignité.

— Comment as-tu pu, James ? Comment as-tu pu me faire ça ?

— Je pensais que tu ne voudrais plus de moi, avoua-t-il en baissant la tête. Je pensais que c'était irrémédiablement fini entre nous.

— Mais c'est le cas !

— Chérie, écoute-moi. Je n'ai compris la vérité que lorsque j'ai rencontré Dinah.

— Dinah !

Devant le regard que Joanne lui lança, la jeune femme se recroquevilla sur elle-même, visiblement inquiète. Thad rapprocha sa chaise de la sienne.

— Ne t'en prends pas à elle, protesta-t-il, s'adressant à sa mère. Papa est seul en cause.

— Elle était pourtant bien à Vegas, il me semble, rétorqua Joanne.

— C'est vrai, reconnut Thad avant de se retourner vers Dinah : Que faisais-tu là-bas ?

— Je cherchais un mari, chuchota-t-elle.

Thad ne put contenir sa colère.

— Bon sang ! Qu'est-ce qui t'a pris ? s'exclama-t-il.

— J'avais mes raisons, répondit Dinah avec une moue butée.

— Quoi qu'il en soit, intervint James, quand nous avons compris le lien qui nous rattachait à toi, Thad, nous avons tous les deux réalisé que nous étions sur le point de commettre une énorme erreur. Nous avons aussitôt décidé qu'il fallait que nous rentrions à New York.

— Pourquoi ? demanda Joanne sans ménagement.

James s'accorda quelques instants de réflexion avant de répondre :

— J'ai compris que je ne voulais pas n'importe quelle femme. Et certainement aucune de celles que j'ai vues à Las Vegas. Il n'y a qu'une personne au monde capable de m'apporter ce que je recherchais. Et c'est la femme que j'ai épousée il y a trente ans.

Carrie sentit des larmes d'émotion lui picoter les yeux quand elle vit le changement qui s'opérait dans l'expression de Joanne. A cet instant, sa ressemblance avec Chaz était frappante. Ses yeux noirs étincelaient comme le jais et les traits de son visage s'adoucirent.

— Oh James ! murmura-t-elle en secouant la tête. J'aurais voulu que tu le comprennes il y a bien des années.

— C'est trop tard ? Je t'en prie, ne me dis pas ça.

— J'ai besoin de temps, déclara-t-elle après quelques secondes d'hésitation. Et toi aussi. Nous devons réapprendre à nous connaître et à nous faire confiance.

Une vague de soulagement chassa l'anxiété qui assombrissait l'expression de James.

— Je comprends. Mais tant que tu voudras bien me donner une seconde chance, peu m'importe ce que ça me coûtera pour te reconquérir.

Quittant un instant Joanne du regard, il s'adressa à Dinah par-dessus son épaule :

— C'est ton tour, maintenant.

— Son tour de quoi ? voulut savoir Thad, soupçonneux.

De toute évidence nerveuse et un brin effrayée, Dinah fixait obstinément son assiette.

— Je ne sais pas si j'y arriverai, dit-elle.

— A quoi ? demanda Thad.

— A te dire la vérité, murmura-t-elle à contrecœur. A t'expliquer pourquoi je suis allée à Las Vegas.

— Tu veux dire m'expliquer pourquoi tu t'apprêtais à épouser un inconnu ?

— Oui.

— Tu le peux, l'encouragea James.

Dinah parvint enfin à relever la tête et à regarder Thad dans les yeux.

— J'ai quelque chose à t'avouer, mais j'ai peur que tu te mettes en colère.

— Je ne me mettrai pas en colère, assura Thad, avant de se raviser. Bon, d'accord, je me mettrai probablement en colère, mais je ne crierai pas contre toi. En tout cas, si je commence à hurler, Chaz a l'autorisation de me donner un coup de poing.

— O.K., ça me va, dit-elle avec un pâle sourire. Tu comprends…

Avant qu'elle ait pu aller plus loin, des pleurs discrets en provenance de la chambre de Chaz se firent entendre. Carrie et Chaz se levèrent d'un seul bond.

— C'est ma fille, je m'en occupe, annonça-t-il.

— C'est un bébé qu'on entend ? demanda James, abasourdi. Et est-ce que j'ai bien entendu… « ma fille » ?

— Tu ne rêves pas, répondit Joanne avec un petit sourire.

— Mais, enfin ! Que se passe-t-il, ici ?

Joanne lui tapota gentiment la main.

— Il y a beaucoup de choses que tu ignores, lui dit-elle. C'est le genre d'événements qui se produisent dans la famille en ton absence.

— Tu crois vraiment que je ne suis jamais au courant de rien ? répliqua James en haussant un sourcil narquois. Attends un peu, mon cœur, tu vas bientôt découvrir qu'il y a certaines choses que *tu* ignores.

Une minute plus tard, Chaz revint dans le salon avec Angel, rouge et encore à moitié endormie, dans ses bras.

— Je vous présente ma fille, Angel.

Comme par enchantement, ils se mirent tous à parler et

à rire en même temps, sauf Dinah. Elle se leva de sa chaise si brusquement que celle-ci se renversa.

— Qu'est-ce que tu fais avec *mon* bébé ? s'écria-t-elle d'une voix hystérique.

8

« Se penchant pour m'embrasser,
Mon amour s'exclama :
— Joyeux Noël, à tous, et à tous, une bonne nuit. »

L'exclamation de Dinah fit l'effet d'une bombe.

— *Ton* bébé ? s'exclamèrent-ils d'une seule voix.

— Non, c'est la fille de Chaz, tenta d'expliquer Carrie.

— Elle a été déposée dans un carton devant chez Carrie, avec une étiquette à mon nom.

— C'est *mon* bébé, insista Dinah, les joues baignées de larmes. Mon bébé et celui de Thad. Rends-la-moi tout de suite !

Thad bondit sur ses pieds.

— Notre bébé ? s'exclama-t-il. *Mon* bébé ? C'est moi le père ?

Sous l'effet du choc, il se laissa retomber sur sa chaise.

Dinah contourna la table avec une rapidité étonnante et arracha sa fille à Chaz. Dès qu'elle la tint dans ses bras, elle couvrit son petit crâne de baisers tandis qu'Angel poussait des gloussements ravis. De toute évidence, elle avait reconnu sa mère.

— Voilà ce que j'essayais de t'apprendre, dit Dinah en se tournant vers Thad. Après notre rupture, je me suis aperçue que j'étais enceinte. C'est pour ça que je voulais trouver un mari. Pour ça que je suis allée à Las Vegas.

— C'est aussi pour cette raison que nous avons passé une

bonne partie de la journée à vous chercher partout, tous autant que vous êtes, ajouta James. Je lui ai conseillé, puisqu'elle recherchait un père pour son enfant, de commencer par proposer le rôle à celui qui était responsable de sa situation.

— C'est-à-dire, toi, Thad, reprit Dinah. Angela est ta fille.

— Angela ? répéta Carrie. C'est vraiment son nom ?

— La plupart du temps, je l'appelle Angel, mais son nom entier est Angela. C'est le prénom de mon arrière-grand-mère.

Chaz et Carrie échangèrent un regard interloqué.

— Etrange, murmura-t-elle.

Dinah serra sa fille contre elle, avant de lancer à Thad :

— Pour ton information, Thaddeus Latimer, ça m'est égal si tu ne me crois pas. C'est ta fille.

— Je… je te crois. Je trouvais qu'elle ressemblait à Chaz. Mais ça veut dire qu'elle me ressemble aussi.

Il s'approcha et tendit les bras. Dinah hésita un long moment avant de lui confier son précieux fardeau. Thad resta immobile, sans prononcer une parole, se contentant de contempler le bébé qu'il tenait contre sa poitrine.

— Ma fille… Notre fille ! murmura-t-il quand il parvint enfin à retrouver l'usage de la parole. Elle est incroyable, chérie. Je n'ai jamais rien vu de plus beau.

— C'est vrai, admit Dinah, avant de lancer un regard de maman tigresse vers Chaz et Carrie. Je serais curieuse de savoir comment ma fille s'est retrouvée chez vous.

Chaz ne put que hausser les épaules. C'était comme s'il venait de recevoir un coup de poing dans l'estomac. Il venait seulement d'accepter l'idée qu'Angel était sa fille, et voilà qu'on la lui arrachait des mains.

Comprenant soudain que Dinah attendait une réponse, il mit quelques secondes à recouvrer ses esprits.

— Pour être franc, nous ne savons pas grand-chose, dit-il. Une femme d'un certain âge l'a déposée devant l'appartement de Carrie. Elle était dans un carton rembourré, avec mon nom attaché dessus.

Il luttait manifestement pour surmonter la déception que constituait ce rêve qui s'éloignait irrésistiblement.

— En fait, l'étiquette ne mentionnait que « Latimer », intervint Carrie en lui jetant un regard contrit. Elle ne précisait pas s'il s'agissait de Thad ou de toi. Comme tu vivais dans l'appartement auparavant, j'en ai déduit que le paquet t'était destiné.

Chaz regarda Angela et se força à abandonner son rôle de père pour endosser celui d'oncle.

— C'est une erreur compréhensible, parvint-il à dire d'un ton neutre.

— A quoi ressemblait cette femme ? demanda Dinah. Avait-elle une quarantaine d'années ? Blonde ?

— Pas du tout, répondit Carrie. Plutôt âgée, les cheveux blancs, un fort accent italien.

— Seigneur ! s'exclama Dinah. *Nonna* ! C'est mon arrière-grand-mère, celle dont Angela porte le nom !

Son expression se durcit tandis qu'elle poursuivait :

— Je n'arrive pas à croire qu'elle ait pris un tel risque avec Angel. Comment a-t-elle pu mettre ainsi ma fille en danger ?

Un coup frappé à la porte coupa court à leur discussion.

— Avec la chance qu'on a, ce sont les services de protection de l'enfance ou la police, marmonna Chaz en allant ouvrir.

Il se trouva nez à nez avec deux inconnues.

— Etes-vous Chaz Latimer ? s'enquit la plus jeune, une femme blonde. Je suis Rosalia Luciano. Nous cherchons…

— Angela, termina-t-il à sa place.

A l'évocation de ce nom, la visiteuse chancela. Chaz s'avança promptement pour lui offrir un bras secourable.

— Oui ! répondit-elle. Seigneur ! Vous l'avez vue ? Est-elle avec vous ?

Soutenant Rosalia d'un bras, il tendit l'autre à la vieille dame qu'il soupçonna d'être la « Mère Noël » ayant livré Angel.

— Entrez donc, dit-il. Venez vous joindre à notre petite réunion de famille.

Rosalia parcourut la salle à manger du regard et se figea en voyant sa fille.

— Dinah !

— Maman !

Quand Mme Luciano découvrit Angela dans les bras de Thad, Chaz sentit qu'elle luttait de toutes ses forces pour ne pas éclater en sanglots tant son soulagement était vif.

— Dieu merci ! Angela est avec vous, murmura-t-elle. Vous ne pouvez pas vous imaginer mon inquiétude ! J'étais sortie pour quelques courses de dernière minute et, quand je suis revenue, le bébé avait disparu. Ça m'a pris une bonne heure pour découvrir ce que *Nonna* avait manigancé. Elle refusait de me dire ce qu'elle avait fait d'Angela jusqu'à ce que je la menace d'appeler la police. Quand nous sommes arrivées à l'appartement où elle affirmait avoir laissé le bébé, nous n'avons trouvé personne. J'ai cru que j'allais devenir folle.

— Euh…, fit James. Dinah et moi avions pris la nouvelle adresse que Carrie avait collée sur la porte pour nous aider à retrouver la trace de Chaz.

Rosalia ferma les yeux et se contenta de secouer la tête ; Chaz remarqua qu'elle tremblait toujours légèrement. Estimant qu'elle pouvait désormais tenir sur ses jambes sans son aide, il traversa la pièce pour lui préparer un peu du whisky que Thad avait apporté en début de soirée et dont le niveau avait sérieusement baissé.

Elle lui dédia un sourire reconnaissant quand il lui mit le verre entre les mains.

— Heureusement, reprit-elle, que la gérante de l'immeuble est arrivée à ce moment-là. C'est elle qui nous a conseillé de venir ici.

A ce stade de la discussion, Dinah s'avança vers son arrière-grand-mère, les mains sur les hanches.

— *Nonna*, pourquoi as-tu donné mon bébé ? Maman m'avait promis de garder Angela pendant que je me rendais à Las Vegas pour lui trouver un père. Te rends-tu compte du danger que tu lui as fait courir ?

— Pas dangereux. J'ai donné le bébé à la bonne, répliqua la vieille dame en désignant Carrie du doigt. Je lui ai dit donner le bébé à Latimer.

— La bonne ? répéta Chaz en haussant un sourcil intrigué.

— Je portais mon vieux jogging…, marmonna Carrie.

— Ce truc informe qui te sert de doudou ? demanda-t-il avec une grimace.

— Oui. Je suppose que je devais ressembler à la femme de ménage.

— Ce n'est pas exactement l'image que je me fais d'une bonne.

Carrie leva les yeux au ciel et répliqua d'un ton sarcastique :

— Tu veux dire que ça ne correspond pas à ton fantasme de macho concernant les soubrettes ?

— Exactement.

Dinah interrompit leur petit échange.

— Je ne comprends toujours pas pourquoi elle s'est mis en tête de donner mon bébé au premier venu !

— *Nonna* désapprouvait ton projet « Las Vegas », répondit Rosalia. Selon elle, le père d'Angela devait assumer ses responsabilités à l'égard de son enfant. Mais elle a confondu Chaz et Thad et… voilà où nous en sommes.

— Avez-vous faim ? s'enquit Chaz. Voulez-vous manger quelque chose ?

— Non, merci. Nous devons rentrer à la maison.

— J'insiste. Restez avec nous, je vous en prie.

Nonna ne se le fit pas répéter. Elle alla s'installer d'autorité à l'une des extrémités de la table. Thad, qui avait confié à contrecœur Angela à Rosalia, lui servit une assiette.

— Vous, le père de mon Angel ? demanda-t-elle d'un air soupçonneux.

Le visage fermé de Thad s'illumina aussitôt d'un sourire radieux.

— Oui. C'est moi.

— Vous, mauvais garçon, répliqua-t-elle en agitant une fourchette menaçante dans sa direction.

— Vous avez raison, *Nonna*, admit-il.

Sa tentative de prendre un air contrit échoua lamentablement et il continua de sourire béatement.

— Mais ne vous inquiétez pas, poursuivit-il. Je vais arranger tout ça immédiatement. Hé ! frérot ?

Chaz savait ce que son frère allait lui demander. Il savait aussi que c'était à lui de faire le premier pas.

— Notre pacte est un échec, dit-il. Je propose de le modifier. Qu'en penses-tu ?

— Le modifier ? Comment ?

— J'avais dans l'idée de l'annuler purement et simplement. Que dirais-tu si nous essayions d'introduire un peu d'équilibre dans nos vies ? La société mettra un peu plus de temps pour se développer pleinement, mais la famille passe avant tout, tu ne crois pas ?

— Je suis entièrement d'accord avec toi, répondit Thad en lui donnant une tape dans le dos.

Puis il s'approcha de Dinah. L'attrapant par le coude, il la fit asseoir sur une chaise avant de mettre un genou à terre devant elle.

— Je n'ai jamais cessé de t'aimer, Dinah, déclara-t-il. J'ai été fou de te laisser partir, alors que je n'avais qu'une idée en tête : passer ma vie à tes côtés, fonder une famille... Bien que, sur ce plan, il semble que nous ayons déjà pas mal progressé. Veux-tu m'épouser ?

— Oh oui ! s'exclama Dinah en l'enlaçant. Je t'aime tant !

— Peut-être pas si mauvais garçon, commenta *Nonna*. Mais pas bon. D'abord la bague. Et le prêtre. Après, c'est bien.

Une fois sa sentence rendue, elle fit de nouveau honneur au contenu de son assiette.

Les deux heures qui suivirent se déroulèrent dans une ambiance de joie partagée. Chacun s'émerveilla devant

Angela, lui fit des risettes, et on félicita chaudement les nouveaux fiancés. Chaz ne put s'empêcher de remarquer qu'ils ne s'éloignaient jamais de plus d'un mètre l'un de l'autre. Il surprit aussi des regards pleins de douceur et l'ébauche de gestes tendres entre ses parents. Tout le monde semblait heureux… sauf Carrie, qui prenait soin de garder ses distances. Il n'y aurait apparemment pas de happy end pour eux. Ce constat ne l'empêcherait cependant pas de faire son possible, décida-t-il.

Plus tard dans la soirée, *Nonna* et Rosalia partirent pour assister à la messe de minuit, tandis que ceux qui restaient chez Chaz allèrent s'installer dans le salon. Les illuminations du sapin clignotaient allègrement, offrant un spectacle qui réchauffait le cœur.

Chaz n'avait pas oublié la promesse qu'il avait faite à Carrie. Le moment était propice pour perpétuer une vieille tradition — celle de Carrie — et en commencer une nouvelle, qui deviendrait la leur. Il prit le temps d'expliquer la coutume que la mère de Carrie avait instaurée pour le soir du réveillon et, à sa grande satisfaction, tout le monde la trouva excellente. En fait, la seule personne qui semblait peu encline à s'y prêter était Carrie.

— Je ne suis pas sûre que ce soit une bonne idée, murmura-t-elle.

— C'est une excellente idée, au contraire, assura Joanne qui l'avait entendue. Il est presque minuit, et je trouve que c'est une façon merveilleuse de conclure la soirée.

Chaz n'avait jamais vu sa mère aussi épanouie.

— Je pense que nous avons tous un vœu que nous voudrions voir se réaliser, ce soir, renchérit James en couvant sa femme d'un regard entendu. Un vœu que nous aurions dû faire il y a bien longtemps.

Ils se rassemblèrent tous les six autour du sapin en se tenant par la main. Le silence se fit tandis qu'ils réfléchissaient à leur vœu. Ce fut James qui ouvrit le ban :

— J'aimerais devenir le père que je n'ai jamais su être, et le mari que j'aurais dû être il y a trente ans.

Joanne lui adressa un sourire empreint d'une tendresse infinie, comme Chaz ne lui en avait pas vu depuis des années.

— Et mon vœu, dit-elle, est d'être près de toi quand le tien se réalisera.

— Oh ! Jo, chuchota-t-il. Tu pourrais pardonner à un vieux fou ?

— Si tu es vraiment sincère, oui.

— Je le suis.

— Je crois que mon vœu s'est déjà réalisé, déclara Dinah quand ce fut son tour. Je voulais absolument un père pour mon enfant, mais je me rends compte à présent que je n'imaginais que Thad dans ce rôle…

Thad embrassa la main de Dinah qu'il tenait dans la sienne.

— Et mon vœu, c'est d'épouser la femme que j'aime et d'élever avec elle notre fille. Et peut-être, un jour, donner un petit frère ou une petite sœur à Angel. Sauf que ce jour-là, je voudrais être présent pour assister à la naissance de mon enfant.

Il échangea un bref regard de connivence avec son père avant de conclure :

— Je pense que nous avons tous les deux compris la leçon, n'est-ce pas, papa ?

— Oui, acquiesça James. Mais je m'en veux terriblement de ne pas l'avoir comprise plus tôt. Je suis heureux et soulagé que tu t'en sois rendu compte à temps, avant d'avoir perdu ce qui t'était le plus cher.

— Carrie, c'est à ton tour, dit Chaz.

Carrie leva la tête et contempla le sapin pendant quelques secondes. Il pouvait sentir le léger tremblement de sa main.

— Je…

Sa voix se brisa et elle retira sa main.

— Je suis désolée, balbutia-t-elle. Je ne peux pas. Je n'y

arrive pas. Je vous souhaite à tous un joyeux Noël, mais je dois m'en aller.

Profitant de la surprise créée par ses paroles, elle se dirigea en trombe vers l'entrée et attrapa son manteau. Avant que Chaz ait pu réagir, elle avait disparu. Il eut un instant de stupeur puis la suivit dans le corridor et la vit s'engouffrer dans l'ascenseur qui venait de laisser sortir un couple. Comme elle appuyait frénétiquement sur le bouton du rez-de-chaussée, il comprit qu'il n'avait aucune chance de l'intercepter avant que les portes se referment. Il se rua alors vers la cage d'escalier, et dévala les marches quatre à quatre.

A l'instant où il parvint au rez-de-chaussée, il l'aperçut qui ouvrait la porte du hall pour se fondre dans la nuit hivernale. Il la rattrapa sur le trottoir. Dans sa précipitation, il n'avait pas pris de manteau et le froid mordant l'assaillit brutalement, mais peu lui importait. Seul comptait à ses yeux l'unique objet de son désir.

Carrie.

— Ne pars pas ! s'écria-t-il en lui saisissant le bras et en l'obligeant à lui faire face. Chérie, ne pars pas, s'il te plaît !

Une bourrasque glaciale les enveloppa dans son tourbillon et fit voleter les cheveux de Carrie dont les yeux emplis de tristesse ressemblaient à des lacs sombres. Une expression froide et distante sur son visage d'une pâleur inquiétante, elle soutint son regard

— Que reste-t-il à ajouter, Chaz ?

— Tu ne m'as pas dit quel était ton vœu.

— A quoi bon ? Ça ne changera rien.

— Je t'en prie, Carrie. Il ne pourra pas se réaliser, si tu ne me le dis pas.

— Tu n'as donc pas compris ? Il ne pourra pas se réaliser, quoi qu'il arrive. Parce que les vœux de Noël ne sont que des vœux.

— Ne dis pas ça, répliqua Chaz en l'attirant dans ses bras. Pas toi, l'incorrigible optimiste qui a foi en la bonté des gens. N'est-ce pas toi qui aides les vieilles dames à traverser et qui trouves toujours un mot gentil à dire à tout le monde ? Tu dois y croire.

— Oh ! Chaz ! Je n'y arrive plus, c'est tout, avoua-t-elle. Tout ce que je veux, c'est rentrer à la maison.

Elle leva la main pour caresser sa joue en un geste d'adieu.

— Tu es gelé, murmura-t-elle. Tu devrais rentrer.

— Je refuse de bouger tant que tu ne m'auras pas dit quel est ton vœu, déclara-t-il d'un air obstiné. Dès que tu l'auras fait, je te laisserai partir et je rentrerai me mettre au chaud.

Sur son visage, il pouvait lire les sentiments contradictoires qui l'agitaient. Il savait que sa bonté innée l'empêcherait de le laisser piétiner dans le froid plus longtemps.

— Tu ne devines pas ce que c'est ? demanda-t-elle après d'interminables secondes d'hésitation. J'ai fait le vœu que tu m'aimes autant que je t'aime.

La tendresse de sa voix fit à Chaz l'effet d'une caresse. Son soulagement était tel qu'il ferma les yeux.

— Prends le papier qui est dans ma poche, murmura-t-il.

— C'est une plaisanterie ? s'exclama-t-elle en s'écartant légèrement. Je viens de t'avouer que je t'aime, et tout ce que tu trouves à me dire c'est de mettre la main dans ta poche ?

— Arrête de discuter, Carrie Manning, et fais ce que je te demande !

Elle obtempéra. Quand elle glissa la main dans sa poche, une agréable sensation de chaleur lui réchauffa brièvement la cuisse. Elle prit le morceau de papier plié qu'il y avait glissé plus tôt dans la soirée et le lui tendit.

— C'est ça que tu voulais ?

— Oui. Ouvre-le et lis ce qui est écrit dessus.

De nouveau, elle obéit à son injonction.

— « Je voudrais que tu m'aimes… », commença-t-elle à lire.

Elle s'interrompit brusquement et éclata en sanglots.

— Oh ! Chaz ! Nos vœux…, reprit-elle quand elle put de nouveau parler. Ce sont les mêmes.

— C'est signe que nous sommes faits l'un pour l'autre, Carrie.

Il posa l'index sous son menton et l'obligea à le regarder en face.

— Je t'aime, dit-il. Je t'aimerai toujours. Je veux t'épouser, Carrie. Et je veux que nous ayons notre propre bébé bientôt.

— Oh oui ! Ça me plairait aussi.

Chaz ne lui laissa pas le temps d'en dire plus et se pencha vers elle pour s'emparer de ses lèvres.

Si les baisers qu'ils avaient échangés au cours de cette journée riche en surprises avaient été chargés de frénésie et de désespoir, teintés de chagrin et de regrets, celui qu'ils échangeaient à présent ressemblait à une déclaration.

Carrie et lui avaient le pouvoir de combler leurs vœux respectifs. A cette pensée, une vague de chaleur envahit Chaz, en commençant par ses lèvres, puis son visage, avant de se propager dans tout son corps. Conscient qu'il vivait l'un des plus beaux moments de son existence, il savourait l'instant. Carrie était avec lui et ils s'aimaient. Que lui importait le reste ?

Il n'aurait pu dire combien de temps ils restèrent ainsi enlacés. Les bruits de la rue — coups de Klaxon et moteurs de voitures — ainsi que la présence de piétons qui passaient auprès d'eux lui parvenaient comme à travers un épais brouillard. Il finit quand même par s'arracher à l'ivresse de leur étreinte.

— Je t'en prie, reviens chez moi.

Il n'eut pas besoin d'insister, cette fois. Carrie enroula son bras autour de sa taille et le suivit sans rechigner.

Quand ils revinrent dans l'appartement, ils trouvèrent Thad et Dinah pelotonnés l'un contre l'autre sur le canapé, devant le sapin. Angel dormait dans son berceau à côté d'eux.

— Où sont tes parents ? chuchota Carrie.

Chaz lui indiqua le petit balcon d'un mouvement du menton. Ses parents s'y tenaient, tendrement enlacés, le regard perdu sur la ville étendue sous leurs yeux.

— On dirait que tout le monde a vu son vœu de Noël se réaliser, ce soir, fit-il remarquer.

Carrie observa la scène, les yeux embués.

— Tu te rends compte que sans l'arrivée de ce petit bébé innocent dans nos vies, rien de tout cela ne serait jamais arrivé ? s'émerveilla-t-elle.

Chaz s'absorba quelques instants dans ses pensées.

— Tu penses qu'il s'agit d'un miracle de Noël ? demanda-t-il.

Carrie lui sourit tendrement, puis haussa les épaules.

— Certains pourraient le penser.

— Et toi ?

— J'ai décidé de le croire.

Main dans la main, ils allèrent dans la chambre de Chaz. Les lumières de la ville filtrant à travers les rideaux éclairaient suffisamment la pièce, aussi ne prit-il pas la peine d'allumer. Il attira Carrie dans ses bras et ils s'embrassèrent avec une fougue renouvelée. Tous deux étaient conscients qu'il s'agissait d'un prélude. D'une promesse.

Leurs vêtements tombèrent sur le sol, ponctuant leurs murmures passionnés d'un doux froissement d'étoffes. A l'instant où Chaz allait la reprendre dans ses bras, Carrie se déroba et alla jusqu'à la fenêtre où elle sembla scruter l'obscurité.

— Chérie ? Quelque chose ne va pas ?

— Bien au contraire, répliqua-t-elle en l'invitant à la rejoindre. Viens voir.

Quand il arriva près d'elle, il vit que la neige s'était mise à tomber. Pas la neige mouillée et glacée de l'après-midi, mais une pluie de flocons blancs et aériens qui voletaient dans l'air avec grâce.

Au loin, ils entendirent des cloches sonner les douze coups de minuit.

Noël était là.

Sans un mot, Chaz souleva sa future épouse dans ses bras et l'emporta jusqu'au lit. Tandis que peu à peu un manteau immaculé recouvrait la ville, ils célébrèrent l'heureux événement avec toute la passion des amants.